SCIENCE FICTION

Herausgegeben
von Wolfgang Jeschke

Von **SHADOWRUN™** erschienen in der Reihe
HEYNE SCIENCE FICTION & FANTASY:

1. Jordan K. Weisman (Hrsg.): *Der Weg in die Schatten* · 06/4884

TRILOGIE GEHEIMNISSE DER MACHT

2. Robert N. Charrette: *Laß ab von Drachen* · 06/4845
3. Robert N. Charrette: *Wähl deine Feinde mit Bedacht* · 06/4846
4. Robert N. Charrette: *Such deine eigene Wahrheit* · 06/4847

5. Nigel Findley: *2 X S* · 06/4983
6. Chris Kubasik: *Der Wechselbalg* · 06/4984
7. Robert N. Charrette: *Trau keinem Elf* · 06/4985
8. Nigel Findley: *Schattenspiele* · 06/5068
9. Carl Sargent: *Blutige Straßen* · 06/5087

TRILOGIE DEUTSCHLAND IN DEN SCHATTEN

10. Hans Joachim Alpers: *Das zerrissene Land* · 06/5104
11. Hans Joachim Alpers: *Die Augen des Riggers* · 06/5105 (in Vorb.)
12. Hans Joachim Alpers: *Die graue Eminenz* · 06/5106 (in Vorb.)

13. Tom Dowd: *Spielball der Nacht* · 06/5186
14. Nyx Smith: *Die Attentäterin* · 06/5294 (in Vorb.)

TOM DOWD

SPIELBALL DER NACHT

Dreizehnter Band
des
SHADOWRUN™-ZYKLUS

Deutsche Erstausgabe

WILHELM HEYNE VERLAG
MÜNCHEN

HEYNE SCIENCE FICTION & FANTASY
Band 06/5186

Titel der Originalausgabe
NIGHT'S PAWN
Übersetzung aus dem Amerikanischen von
Christian Jentzsch

Redaktion: Rainer Michael Rahn

Printed in Germany 1994
Umschlagbild: FASA Corporation
Innenillustrationen: Larry MacDougall
Umschlaggestaltung: Atelier Ingrid Schütz, München
Technische Betreuung: Manfred Spinola
Satz: Schaber Satz- und Datentechnik, Wels
Druck und Bindung: Elsnerdruck, Berlin

ISBN-453-07955-8

PROLOG

SEATTLE, 2048

Erwachen – Bezieht sich auf die Wiederkehr offenkundiger magischer Aktivitäten in die moderne Welt sowie das Wiederauftreten von Elfen, Zwergen, Orks, Trollen und Drachen, die zuvor für Rassen und Wesen mythischen Ursprungs gehalten worden waren. Als Beginn dieses Vorgangs wird allgemein der 24. Dezember 2011 betrachtet, obwohl es einige Indizien gibt, die darauf hindeuten, daß sich die Anfänge der Magie weiter zurückdatieren lassen.

WorldWide WordWatch, Ausgabe von 2053

Die Schlange vor Dantes Inferno war lang, schäbig und so fremdartig für ihn wie die Leute, die darin standen. Er war schon in Seattle gewesen, sogar in diesem Club, aber der Anblick erstaunte ihn immer wieder. Er verstand, daß man sich modisch kleidete, um gut auszusehen, doch physischer Extremismus stieß ihn ab. Zu Hause arbeiteten die Shadowrunner ebenso schwer wie anderswo, und ihre Farben demonstrierten das. Dort trug man die Kleidung, die einem paßte, die ihren Zweck erfüllte, die das Leben vereinfachte und erleichterte. Jeder Policlub hatte seinen eigenen Look, seine ganz besondere Ausdrucksweise, aber keiner von ihnen wäre je auf die Idee gekommen, körperliche Verstümmelungen als ein Symbol der Überlegenheit zu betrachten. Maßgefertigte Erweiterungen, ja. Aber damit zu protzen, hieß, den Ärger geradezu herauszufordern.

Es kam ihm so vor, als sei man in Amerika, und ganz besonders in dieser Stadt, niemand, wenn man den Leuten auf der Straße nicht auffiel. Doch wenn er, ein Mann, dessen Leben die Straße *war*, den Leuten auffiel, konnte das schon gleichbedeutend mit dem Tod sein. Ein Freund hatte einmal gewitzelt, die amerikanische Vorliebe für Chrom entspringe der Erinnerung an uralte Automobile. Hier und jetzt in Seattle glaubte er es.

Wie wenig Stil sie haben, dachte er, als er die Schlange ungeduldiger Leute passierte, die alle zur gleichen Zeit in denselben Laden wollten. In einen Laden, in dem sie offensichtlich nicht willkommen waren. Für sie war der Versuch, ins Allerheiligste von Dantes Inferno einzudringen, ebenso wertvoll und bedeutsam wie ein Tanz auf seinem Glasboden. In Berlin, dachte er, würden sich die Leute nicht zum Affen machen und Schlange stehen, zurückzukehren, noch verstärkte. Es reichte schon, daß er im Laufe der Nacht sterben konnte, aber der Gedanke, sein Tod könne von den Klängen einer erbärmlichen Interpretation von ›Bangin' the Duke‹ begleitet werden, war zuviel.

Er wollte glauben, daß sein Volk nicht wie diese Nachtschwärmer war, die in diesem Laden mit Armen und Beinen ruderten. Er wollte glauben, daß in der Heimat alles anders war, daß sich sein Volk an seine glanzvolle kulturelle Vergangenheit erinnern konnte und sie in Ehren hielt. Er wollte glauben, daß er diesen Amerikanern mit ihrer allesverzehrenden Lust auf das Neue überlegen war. Doch er wußte genau, daß Europas glänzende Vergangenheit heute vergessen war, als hätte es sie nie gegeben. Die Technologie hatte die Unterschiede zwischen den Nationen verwischt, Sprachchips hatten die Grenzen geschwächt, und die Euro-Kriege hatten sie völlig zerstört.

Die Restauration mag die europäischen Länder und Völker materiell wiederaufbauen, dachte er, aber sie vernichtet uns kulturell. Die treibende Kraft dieser Entwicklung waren die Euro-Konzerne, die den Gral des unbegrenzten Wachstums suchten. Wenn die Konzerne alle nationalen Grenzen beseitigen konnten, war dies gleichbedeutend mit dem Wegfall aller Einfuhr- und Ausfuhrzölle. Es war gleichbedeutend mit der Verfügbarkeit über ein riesiges Reservoir billiger Arbeitskräfte. Und es war gleichbedeutend mit dem Ende einer dreitausendjährigen Geschichte dynamischen sozialen Ausdrucks. Eine radikale Politik der Rückkehr zum Nationalismus war die einzige Hoffnung für die Rettung des Individualismus, der Einzigartigkeit der vielen Völker auf dem Kontinent. Das neo-europäische Viertel der globalen Metropolis durfte nicht gebaut werden.

Die Policlubs waren aus dem Drang nach einer anderen Art von Restauration geboren worden, den viele verspürten. Sie wollten Europa ebenfalls wiederaufbauen, selbst wenn dies zu einem Rückfall in kriegerischere Zeiten führen mochte. Ihr Europa war kein für den Massenkonsum homogenisierter Kontinent. Sie wollten ein geteiltes Europa, komme, was da wolle. Nur diese Gruppierungen hielten die Fahne des politischen Aktivismus und der individuellen Ausdrucksweise aufrecht. Ohne die Policlub-Bewegung würde Europa sehr bald zu einem konzernbestimmten Disneyversum verkommen.

Natürlich waren sich die verschiedenen Policlubs nicht über die Mittel einig, nicht einmal über die Zwecke – doch sollte das nicht auch so sein? An der Oberfläche machte die Restauration scheinbar wie geplant Fortschritte. Aber hinter den Kulissen herrschte in Europa Krieg – auf den Straßen, in den Datenfaxen, in den Herzen und Gemütern jener, die noch lebendig genug waren, um zuzuhören. Europa würde kein zweites Manhattan werden, nicht einmal ein zweites Seattle. Er war gekommen, um das endgültig zu gewährleisten.

Er blinzelte, erkannte plötzlich, daß er sich in Grübeleien verloren und die pulsierende, wogende Masse länger angestarrt hatte, als ihm lieb war. Die Braut war noch da, ein paar Schritte von ihm entfernt. Er zupfte an ihrem Arm, und sie drehte sich mit fragendem Blick zu ihm um. »Achte auf die Tänzer«, sagte er, während er sich gegen einen lichterfüllten Pfeiler lehnte. Er entspannte sich körperlich und geistig und konzentrierte sich auf die pulsierenden Laserlichter, ließ sich von ihrem lautlosen Rhythmus gefangennehmen.

Ein Augenblick verging.

Dann ein längerer.

Sein Geist verließ die Enge seines Körpers, und er war frei und sah die Welt auf eine Weise, wie es nur wenige konnten. Er sah die geisterhaften Auren der ausgelassen tanzenden Männer und Frauen, die dem Weltlichen verhaftet waren und ihn nicht wahrnehmen konnten. Er ließ den Blick rasch über diese Ebene schweifen.

Hier und da regte sich in der schwachen Aura billigen Plunders, der an irgendwelchen Straßenecken verhökert wurde, unbedeutende magische Aktivität, doch kein strahlendes Aufblühen oder schwindelerregendes Vibrieren, das eine eingehendere Überprüfung gerechtfertigt hätte.

Die irisierenden Körper der Tänzer auf den Glasböden der tiefergelegenen Ebenen versperrten ihm die Sicht, so daß er sein astrales Ich ausschickte. Rasch sank er durch die Ebenen, bis er einen Punkt erreichte, der ihm die Betrachtung seines Bestimmungsortes gestattete. Er sah, daß er von der kühlen grünen Kraft des Schirms umschlossen war, doch keine Spur von der Person, die er hier treffen sollte. Der Schirm hinderte ihn daran, in Erfahrung zu bringen, ob sie sich bereits innerhalb seines Schutzes befand. Der Schirm ließ sich nur auf körperlichem Weg durchdringen. Für den reinen Astralkörper stellte er ein fast unüberwindliches Hindernis dar, und ihn zu durchbrechen, war den meisten ohne Hilfe unmöglich.

Sein Körper zuckte, als sein Geist in ihn zurückkehrte. Er hatte seine mystische Fähigkeit erst sehr spät in seinem Leben entdeckt, vor wenig mehr als zehn Jahren, und hatte sich immer noch nicht ganz daran gewöhnt. Die Braut sah ihn an, als wolle sie ihn fragen, was als nächstes auf dem Programm stehe. Er nahm ihre Hand und führte sie weg.

Sie gingen ein paar Ebenen nach unten. Auf halbem Weg blieb er beim Anblick eines posierenden Konzern-Cowboys stehen. Auf dem Rücken seiner Jacke prangte kühn und unübersehbar das Konzernlogo von Saeder-Krupp, ein Drache auf der deutschen Flagge. Dieses Zusammentreffen gab ihm zu denken, aber er schüttelte die Vorstellung ab, die Frau, die er treffen sollte, könne ihren Auftrag bereits erfüllt haben. Schließlich war es nicht so ungewöhnlich, Leute zu sehen, die das Drachenlogo trugen. Außerdem verließ er sich auf die Tatsache, daß die Frau zu diesem Zeitpunkt weder seine Motive noch seinen Wissensstand kannte. Sie war mächtig und gerissen, aber er hatte sich alle Mühe gegeben, sie im unklaren zu lassen. »Lerne deine Feinde kennen und benutze diese Kenntnisse gegen sie«, war ein Motto, dem sie folgte. Nun, er hoffte, sie wußte lediglich das über ihn, was er sie wissen lassen wollte. Bedauerlicherweise wußte er noch weniger über sie als sie über ihn.

In der sechsten Ebene ging er mit der Braut zur nächsten Bar und winkte der Bedienung. Sie schmiegte sich sanft an ihn; er drehte sich zu ihr um und sah ihr tief in die Augen. Sie schlug sie nieder, um sie gleich darauf wieder zu heben. Hinter der Phosphoreszenz waren sie hellblau. »Ich heiße Karyn«, sagte sie, »mit einem ›y‹.«

Er lächelte. »Nein, heißt du nicht.«

Sie blinzelte zweimal, als der elfische Barmann zu ihnen kam und mit einem Lappen über die Theke vor ihnen wischte. Dann beugte er sich zögernd vor und dämpfte seine Stimme so sehr, daß ihn kein anderer Gast hören konnte. »Sei gegrüßt, mein Freund«, sagte er in klarem, akzentfreiem Russisch. »Wie geht's, wie steht's?«

»Streß, wie üblich«, erwiderte er in derselben Sprache, wenn auch bei weitem nicht so flüssig wie der Barmann.

»In der Hölle wartet ein Mann namens Shavan auf dich.«

»Ein Mann?«

Der dunkelhaarige Elf zuckte die Achseln. »Man hat mir nur den Namen genannt, und für mich klingt er männlich.«

Der Mann nickte. »*So ka*. Für mich das Übliche und für meine Freundin einen Firedrake.« Er zog einen Kredstab aus seiner Unterarmscheide, doch der Elf winkte ab.

Jetzt sprach der Elf wieder Englisch, während er sich

von ihnen entfernte. »Ist alles geregelt, Chummer. Das Inferno ist dir immer noch was schuldig. Und wenn nicht, geht das um der alten Zeiten willen auf mich.« Der Mann schob den Kredstab in die Scheide zurück. Ja wirklich, die alten Zeiten. Er kicherte und fragte sich, wie sehr ihn der Elf haßte oder auch fürchtete.

In diesem Augenblick brüllte die Menge entzückt auf, als ein greller, farbloser Lichtblitz durch die Ebene zuckte. Er hatte die Nummer schon gesehen und dachte sich, der Leadsänger müsse gerade ein wenig Nachtlicht losgelassen haben und versuchen, es jemandem in den Hals zu schieben. Ach ja, die Kunst.

Die Braut drückte sich wiederum an ihn, während sie ihm angelegentlich eine Hand auf den Arm legte. »Netter Spruch«, sagte sie, das Timbre ihrer Stimme senkend. »Ich hätte fast geglaubt, du wüßtest, wovon du sprichst. Nur eine Sekunde.«

Diesmal lächelte er nicht. »Du bist immer noch nicht ganz sicher.« In diesem Augenblick trafen ihre Getränke ein, und sie starrte verblüfft auf ihren Firedrake. Er stürzte seinen Blind Reaper in einem Schluck hinunter und berührte ihren Arm.

»Das ist dein Lieblingsdrink.« Sie sah ihn mit geweiteten Augen an. »Und du heißt auch nicht Karyn, ob mit ›y‹ oder ohne. Und du stammst nicht aus dieser Gegend, nicht einmal aus der Nähe.« Furcht schwamm jetzt in ihren Augen. »Aber egal«, fuhr er fort. »Heute abend bist du bei mir.«

Er führte ihre Hand an seine Lippen und küßte sie sanft auf die Innenfläche, dann schloß er ihre Finger einen nach dem anderen, so daß ihre Hand eine Faust bildete. »Ich habe etwas zu erledigen. Das kann eine Zeitlang dauern, aber ich will, daß du etwas für mich aufbewahrst.« Macht tanzte ruhig und stetig hinter seinen Augen, und sie schluckte. Sie hatte die Verwandlung gespürt.

Als sie langsam die Hand öffnete, entfaltete sich ein

Wirrwarr aus leuchtend roter Seide, das zuerst die Gestalt einer Blume annahm und sich dann wie ein Tuch über ihre Hand legte. Er nahm es und band ihr den Farbtupfer um den Hals. Sie berührte das Tuch und starrte ihn mit einem seltsamen Glitzern in den Augen an. Ihre Mundwinkel zuckten leicht.

»Du kannst es mir später zurückgeben.« Er sprach jetzt leise, kaum hörbar, und sie mußte sich anstrengen, um ihn zu verstehen.

Sie hatte die Seide in ihrer Hand auftauchen gespürt, wußte aber nicht, ob er irgendeinen faulen Zauber oder echte Magie angewandt hatte, um sie dorthin zu praktizieren. Sie würde darüber nachdenken, dann weiter darüber nachdenken und es schließlich ganz genau wissen wollen. Später würde er es ihr verraten.

Er strich ihr mit den Fingern über die Wange, dann über das Haar und ließ sie dann stehen, ohne sich noch einmal nach ihr umzudrehen. Wenn alles glatt lief, würde er anschließend noch so lebendig sein, um irgendwohin verschwinden zu müssen, und zwar *pronto*. Und wenn er die Braut richtig einschätzte, war sie die gelangweilte Tochter eines gleichermaßen gelangweilten Superseidenpinkels. Wahrscheinlich hatte sie die Makroglas-Szene satt und war ganz hingerissen vom Rhythmus und der Farbe der Straße, doch blind für ihre Regeln und Wirkungsweisen. Aus Angst, wegen ihrer tatsächlichen Identität ausgestoßen zu werden, hatte sie sich so herausgeputzt, wie es die Bräute in den Trids taten. Dadurch, daß sie die Schablone bis ins letzte Detail kopierte, hatte sie sich verraten.

Die Vierfachrampen wanden sich spiralförmig die Außenwand des Clubs entlang und ahmten die Krümmung einer DNS-Spirale nach. Er drang immer tiefer in den Sumpf der Verdorbenheit vor, da jede Ebene einem Namen oder Ort aus Dantes Alptraum entsprach: dem Alptraum sowohl des Dichters als auch des Besitzers. Er ignorierte die Schreie und anderen Geräusche und bereitete sich während des Abstiegs innerlich vor.

Unter der am tiefsten gelegenen Tanzfläche befand sich die Hölle, die man nur über eine kurze, gewundene, abwärts führende Rampe erreichte. Kein Schild wies auf ihr Vorhandensein oder gar ihre Lage hin. Man mußte ganz einfach wissen, daß es sie gab. Der Eingang wurde von zwei spärlich bekleideten androgynen Gestalten flankiert, die jeden seiner Schritte mit beinahe fieberhaftem Interesse beobachteten. Er steckte die Hände in die Taschen, und die Zwillinge zuckten zusammen. Er bedachte sie mit einem strahlenden Grinsen. »Shavan wartet auf mich?«

Der linke Zwilling nickte, während der rechte das Antworten übernahm. »In der Tat«, sagte er in einem bedrohlichen Tonfall. »Du wirst erwartet.« Die Körper der Zwillinge waren perfekt, makellos, die besten, die je hergestellt worden waren, behaupteten manche. Er bezweifelte das, aber sie waren die idealen Wächter für die Hölle.

Man brauchte nur einen dicken Kredstab zu schwenken, und schon konnte man die Hölle mieten und sich völliger Abgeschiedenheit sicher sein. Der Raum wurde vor und nach jeder Besprechung magisch und elektronisch gesäubert. Sobald alle Teilnehmer versammelt waren, kam niemand mehr herein. Es war unmöglich, auf magischem Weg belauscht zu werden. Der astrale Schirm verhinderte dies. Auch über höhere Ebenen war kein Zutritt möglich, und genau darauf würde sich Shavan verlassen.

Die Erbauer der Hölle waren so nett gewesen, an ein einigermaßen großes Foyer direkt hinter den Außentüren zu denken, so daß einem ein Augenblick der Vorbereitung möglich war. Unglücklicherweise gab es kaum einen Zauber, den er vorbereiten und aufrechterhalten konnte, ohne daß sie ihn entdecken würde. Dafür zu sorgen, daß sie bis zum letzten Moment die Ruhe bewahrte, war der Schlüssel, um dieses Treffen lebendig zu überstehen. Er prüfte seine Ausrüstung und hockte sich dann im Lotussitz auf den Boden. Der Rhythmus seines Pulses beruhigte ihn, und er gönnte dem Gitterwerk des Schirms und seiner Umgebung einen raschen astralen Rundumblick. Alles war ruhig, aber es war auch noch früh. Seine Sinne kehrten in seinen Körper zurück, und er traf seine Vorbereitungen.

Shavan war ein Rätsel. Sie war die Anführerin eines unter dem Namen The Revenants bekannten Policlubs und verfügte über große Macht. Kaum etwas war über sie bekannt, und nur wenige waren ihr je wirklich begegnet. In der einzigen Beschreibung, die ihm je zu Ohren gekommen war, hieß es, sie sei nordischer Abstammung, aber heutzutage konnte darüber nur eine DNS-Probe zuverlässig Auskunft erteilen. Sie war eine mächtige Magierin, vielleicht sogar eine Adeptin, und hatte sich auf diese Tatsache verlassen, um ihre Reise nach Seattle geheimzuhalten. Sie mußte mit jemandem reden, und diese Person würde sich nicht mit ihr treffen. Womit sie nicht gerechnet hatte, war, daß jemand anderer besser wußte, wie man nach jemandem suchte, als sie, wie man sich versteckte.

Shavan war überrascht gewesen, daß er von ihrem Aufenthalt in Seattle wußte, ganz zu schweigen davon, daß er auch wußte, wo er sie finden konnte. Sie hatte geglaubt, ihr Unternehmen sei perfekt getarnt. Das war ihr erster Fehler. Ihr zweiter war der zu glauben, daß er es aufrichtig mit ihr meinte.

Er hatte den Treffpunkt ausgewählt, der für seine Sicherheit berühmt war, und sie hatte den Zeitpunkt festgelegt. Seine einzige Garantie für ihre Anwesenheit zum verabredeten Zeitpunkt war ihr Wort, und das hatte gereicht. Sie hatten beide einen Ruf, dem sie gerecht werden mußten.

Er trat durch die Innentür und fand sie wartend vor, ganz nach Plan. Er hatte sich verspätet.

»Alexander«, sagte sie, während ein etwas boshaftes Lächeln ihre Lippen kräuselte. »Wie nett, Sie hier zu treffen.«

Ihr Anblick unterschied sich so sehr von dem, was er erwartet hatte, daß er angelegentlich den Raum betrachtete, um seine Überraschung zu verbergen. In auffälligem Gegensatz zu der Frau waren der Raum und seine Einrichtung reinweiß. Alles an Shavan war dunkel. Ihre Kleidung, ihre Haut, ihre Augen, sogar ihre Stimme.

Sie lachte. »Ich glaube, das gehört Ihnen.« Sie griff in die Tasche und zog ein Knäuel aus leuchtend roter Seide heraus, das sie mit einer lässigen Handbewegung auf ein Sofa warf.

Seine Chancen, das Treffen heil zu überstehen, waren plötzlich drastisch gesunken. Sein Verstand erwog blitzartig die Möglichkeiten, wie sie an die Seide gekommen sein konnte, und ebenso schnell verwarf er jede einzelne. Es gab keine Möglichkeit, wie sie sich die Seide hatte beschaffen und trotzdem vor ihm hier unten hatte eintreffen können. Dessenungeachtet hatte die kleine Vorführung ihre Wirkung nicht verfehlt: Sein Schwung war dahin. Seine Möglichkeiten hatten sich bereits halbiert, und er mußte immer noch mindestens fünf Minuten überbrücken, bevor er seine Karten ausspielen konnte.

Er nahm die Seide und band sie sich um den Hals. »Gefällt sie Ihnen?« fragte er so gelassen wie möglich.

Sie wirkte belustigt. »Was soll mir gefallen?«

»Die Seide.«

Ihre Belustigung nahm zu. »Ach so, ja, ganz reizend, das muß ich zugeben. Und zweifellos echt.« Sie drehte sich zur Seite, um sich einen Drink zu mixen, wobei sie ihn jedoch nicht aus den Augen ließ.

»Hundertprozentig.«

»Nur das Beste für Alexander.«

Er ließ einige Augenblicke verstreichen, in denen er zur Audio-Video-Konsole ging und das Auswahlmenü betrachtete. »Nur das Beste für Gunther Steadman«, sagte er, auf den berührungssensitiven Bildschirm drückend. Er stellte die Anlage so ein, daß das erste Stück etwa in der Mitte ausgeblendet wurde und das zweite im Anschluß daran nach einer kurzen Pause folgte.

Die Erwähnung von Steadmans Name versetzte Shavan solch einen Schock, daß sie ihrer Überraschung erst wieder Herr wurde, als er sie längst registriert hatte. Sie wußte bereits, daß Steadman tot war. Er spürte die Angst und die Wut, die sie überkam, bevor sie sich wieder in der Gewalt hatte. Für jemanden mit ihrer Macht war Shavan viel zu leicht zu durchschauen.

Lässig mixte sie ihren Drink zu Ende und sah ihn dann direkt an. »Rot war niemals Steadmans Farbe«, sagte sie kühl.

Die Musik, die er ausgewählt hatte, setzte ein, was ihr eine Pause und ihm einen neuen Anfang verschaffte. Die Auswahl des Stücks war ein Wagnis gewesen. Als er es jetzt hörte, fragte er sich kurz, ob er sein Blatt vielleicht überreizt hatte.

»Jetzt ist sie es«, sagte er so leise, daß seine Worte fast von der Musik verschluckt wurden. Doch sie hatte ihn verstanden, da er spürte, wie ihre Anspannung wiederum sprunghaft anstieg.

»Das soll doch wohl keine versteckte Drohung sein, oder?« Nur ihre Augen folgten ihm, als er sich auf ein Wassersofa setzte. »Ich würde sagen, Mozarts *Requiem* ist kaum der geeignete Hintergrund für eine Geschäftsbesprechung.« Ihre Stimme war flach, ausdruckslos.

Er zuckte die Achseln. »Mir gefällt es. Es entspannt mich. Stellen Sie sich einfach vor, daß es zu Ehren von Steadman gespielt wird.«

Sie entspannte sich minimal und sagte: »Also *ist* er tot.«

Er nickte, ließ die Arme über die Rückenlehne des Sofas baumeln und sagte ihr, er sei verdammt sicher, daß sie dies bereits wisse. »Jedenfalls hat es ihn vor drei Tagen in Hamburg erwischt. Eine Kugel in den Kopf. Häßlich, äußerst häßlich.«

»Und wer hat jetzt das Sagen bei den Nachtmachern? Wen vertreten Sie überhaupt?« Sie musterte ihn aufmerksam.

»Das ist eigentlich nicht wichtig«, log er lässig. »Das Angebot bleibt trotzdem dasselbe.«

»Ganz im Gegenteil. Es ist sehr wichtig.« Sie überbrückte die kurze Entfernung zwischen ihnen und ließ sich mit geschmeidigen Bewegungen auf dem Sofa ihm gegenüber nieder. »Ich will es wissen.«

Der erste Teil des *Requiems* näherte sich dem Ende, und er wußte, daß seine fünf Minuten langsam verrannen. Er stand auf, stellte den linken Stiefel auf den niedrigen Glastisch und band ihn sich sorgfältig zu. Er bewegte sich langsam und bedächtig, um sie nicht zu beunruhigen, da er sie in erster Linie nur mit dem Hinauszögern seiner Antwort reizen wollte. Als er fertig war, setzte er sich exakt wieder so auf das Sofa wie zuvor.

Er lächelte. »Technisch gesehen, bin ich derjenige, der jetzt das Sagen hat.«

Ihre Augenbrauen schossen nach oben. »Sie!« Sie glaubte ihm nicht. »Sie lügen. Die Nachtmacher würden Sie niemals akzeptieren. Sie sind ein Runner und stehen dem, was sie am meisten hassen, viel zu nahe.«

Er zuckte die Achseln. »Stellen Sie es sich wie eine Art Militärputsch vor«, sagte er, wobei er ihr direkt in die Augen starrte. »Außerdem sagte ich, ›technisch gesehen‹. Ich gebe die Befehle, aber sie kommen aus Steadmans Mund. Oder vielmehr dem, was noch davon übrig ist.«

Falsches Begreifen flackerte in ihren Augen. »Sie nutzen den Hang zum Fanatismus aus, den der innere Kreis immer gehabt hat, nicht wahr?«

Er nickte, wobei er registrierte, daß der ›Introitus‹

verklungen war. Das nächste Stück würde nach einer kleinen Pause beginnen, die er programmiert hatte. Es war an der Zeit, seine Karten auszuspielen. Er stand auf.

»Genug geplaudert.« Seine Bewegungen, die Aussprache und Betonung seiner Worte drängten sie in die Defensive. »Wir haben eine Entscheidung getroffen. Die Nachtmacher finden es unannehmbar, daß Sie Ihre Schattenherrschaft über die Revenants weiter ausüben. Unser Fusionsangebot ist hiermit zurückgezogen.«

Shavan sprang auf, und ihre Augen hatten plötzlich etwas von einer Meduse. »Unannehmbar?« zischte sie. »Glauben Sie etwa, Sie könnten mich herumschubsen? *Uns* herumschubsen?« Er brauchte seine Astralsicht nicht, um zu erkennen, daß sich ihre Energien aufbauten. »Saeder-Krupp hat der Finanzierung bereits zugestimmt, mein lieber Freund. Und zwar mit seinen eigenen Nuyen. Die Revenants werden den Bürokraten die Zügel der Restauration entreißen und sie wieder in die Hände des Volkes legen!«

Er schüttelte den Kopf, drehte sich um und schwang sich über das Wassersofa, so daß es jetzt zwischen ihnen stand. Bei der Landung drehte er sich wieder zu ihr um und sagte: »Habe ich das nicht schon in ihrem letzten Propagandafax gelesen?« Er schob seinen Ledermantel nach hinten und hakte die Daumen in die Hosentaschen.

Ihre Wut steigerte sich noch, und sie hob die Stimme. »Sie wissen am besten von allen Leuten, daß ich recht habe!« Ihre linke Hand schoß vor, um anklagend mit dem Finger auf ihn zu zeigen. »Wie viele Milliarden sind schon verplempert worden, damit die Unternehmer und Analytiker ihre Villen bauen können?«

Er zuckte wiederum die Achseln. »Ich habe keine Ahnung, aber das kleine Versteck der Revenants an der Riviera hat mir immer gut gefallen. Tolle Aussicht.«

Shavans Ärger war jetzt fast greifbar, als sie den Arm

langsam sinken ließ. »Warum jetzt? Die Nachtmacher haben unseren Standpunkt immer unterstützt. Steadman hat es getan, seine Leute haben es getan, sogar Sie – wenn Sie sich dazu herabgelassen haben, ihre Ansicht zu äußern. Warum haben Sie Ihre Meinung ausgerechnet jetzt geändert?« Ihr Tonfall war jetzt hart und abgehackt, und sie hatte, ohne es zu bemerken, ins Deutsche gewechselt.

»Warum? Wir haben unsere Meinung nicht geändert, und Sie haben nicht zugehört.« Alexander breitete langsam die Arme aus. Er entfernte sich von den Möbeln und ließ sich wieder im Lotussitz nieder. Mit dieser Handlung forderte er sie zu einem Duell heraus. »Die Nachtmacher glauben fest an ein geteiltes Europa«, fuhr er fort. »Keine Frage. Sie haben jedoch eine falsche Entscheidung getroffen.«

Sie war etwa zehn Schritte von ihm entfernt und ließ sich jetzt in einer Nachahmung seiner Haltung ebenfalls nieder. Er nickte, sie atmeten tief, und die Welt veränderte sich. Das tote Mobiliar wurde dunkel, hohle Schatten, und die Wände des Raums verschwanden, um zu Wällen aus schillernder grüner Energie zu werden. Der Schirm, der neugierige Lauscher ausschloß, definierte die Grenzen des astralen Duells. Nichts konnte hinein, und nichts konnte heraus. Jedenfalls unter normalen Umständen.

»Sie sind zu Saeder-Krupp gegangen«, sagte er. »Sie wollten die Nuyen, aber die hätten sie so ungefähr von jedem bekommen können. Sie haben es nicht an die große Glocke gehängt, weil niemand erfahren sollte, daß Sie von einem Konzern finanzielle Unterstützung bekommen.« In ihren Augen stand ein blendendes Leuchten, und ihre Aura ließ keinen Zweifel daran, daß sie kampfbereit war. Alexander mußte weiterreden, lange genug ihr Interesse wachhalten. Die Musik von Mozarts Totenmesse lief immer noch, doch ihre astralen Sinne hörten die Seelenqual und den Kummer des

Komponisten anstelle der musikalischen Noten der physikalischen Welt.

»Mehr noch als das Geld wollten sie den Drachen, und Sie wollten ihn so sehr, daß Sie nach Seattle gekommen sind, um sich mit ihm zu treffen.« Alexander hielt inne, und ihre Augen verengten sich zu Schlitzen. »Sie wollten Lofwyr hinter sich haben.«

»Und?« schnappte sie. »Mit der Unterstützung des Drachen können wir die apathischen Erwachten aufrütteln und um uns scharen.«

»Saeder-Krupp ist einer derjenigen Konzerne, welche die Restauration kontrollieren. Warum sollte Lofwyr das für einen Haufen kleiner Gauner aufgeben?«

Ihre Augen glitzerten, als sie eine Schwachstelle erkannte. »Ich habe mit ihm gesprochen. Sie vergessen, wie *alt* er ist. Ein restauriertes Europa würde sehr rasch zu einem Europa aus Stahl und Beton verkommen. Er kann sich noch gut erinnern, wie es einmal war, und diesen Zustand will er wiederherstellen.«

»Zum Teufel, Shavan! Haben Sie sich mal das Produktionsprofil von Saeder-Krupp angesehen? Der Laden heißt Saeder-Krupp *Schwerindustrien*, um Himmels willen. Wer, zum Teufel, glauben Sie, wird den Beton anrühren und den Stahl gießen? Wer, glauben Sie, jagt mehr Toxine in die Luft? Wer, glauben Sie, vergiftet mehr Flüsse?«

»Er hat diese Gesellschaften doch gerade erst gekauft. Es dauert seine Zeit, sie in den Umweltfragen gleichzuschal ...«

»Kennen Sie nicht diese wunderbare amerikanische Redensart?« schnitt Alexander ihr das Wort ab. »›Laß ab von Drachen‹? Wissen Sie nicht, warum diese Redensart stimmt, Shavan? Sie stimmt, weil Sie und ich und unseresgleichen nie auch nur hoffen kann, sie zu verstehen. Sie haben mehr heimliche Motive, mehr Pläne, als wir uns überhaupt vorstellen können, und für sie sind wir nur Beiwerk. Das können Sie mir ruhig glauben.«

Sie schnaubte verächtlich. »Was wissen Sie schon? Ich habe mit Lofwyr gesprochen. Er ist sehr direkt, sehr aufmerksam und besorgt...« Eine dunkle Gestalt bewegte sich irgendwo auf der anderen Seite des Schirms. Ihre Worte verloren sich, als sie den Schatten bemerkte und beobachtete, wie er den Raum umkreiste. Der Zeitpunkt war gekommen.

»Nicht ich bin es, der bei den Nachtmachern das Sagen hat, Shavan. Sondern ein Freund von mir. Ein Freund, der ebenfalls sehr besorgt darüber ist, wer wo Einfluß hat. Und er will nicht, daß sich sein Bruder noch mehr in die europäischen Angelegenheiten einmischt, als er dies schon getan hat!«

Sie handelten gleichzeitig. Alexander schlug die Hände zusammen und pumpte jede Faser seiner Willenskraft in einen den Schirm zerschmetternden Zauber. Rohe Astralkräfte tobten um sie; Energie strömte aus ihm und fegte durch das Gitter des Schirms. Er spürte, wie ihn eisige Tentakel peitschten, als sie mit ihrer Energie zuschlug. Er wankte, während er krampfhaft versuchte, die Energien um ihn zu kontrollieren. Als sein mystischer Kraftpfeil gegen den Schirm prallte, wurde dieser gleichzeitig auch von außen schwer getroffen. Unfähig, dem doppelten Energieansturm zu widerstehen, wurde der Schirm zerschmettert, und es regnete prismatische Energie. Eine riesige, dunkle Gestalt glitt durch die Öffnung und an den herabstürzenden Energiesplittern vorbei.

Alexander spürte, wie ihn die Kräfte verließen, als er sie zum letzten Mal sah. Der Astralkörper des Drachen stürzte sich auf sie, und seine unirdischen Krallen rissen ihren Astralkörper in Fetzen. Magische Energien von ihr strömten ihm entgegen und lösten sich harmlos auf. Alexander schauderte, als sich ihre Schreie mit dem Brüllen des Drachen mischten.

»Shavan, darf ich Sie mit Alamais bekannt machen?« rief er ungehört.

Die Welt versank in rotumrandeter Dunkelheit, die Musik war zu Ende, und er wurde absolut ruhig. In tiefer Schwärze schwebend, lächelte er. Er würde überleben, dafür würde der Drache sorgen. Eine ganz neue Zukunft eröffnete sich ihm.

Doswidanje, meine Vergangenheit, dachte er. Du liegst jetzt hinter mir.

TEIL 1

MANHATTAN, 2053

Shadowrun – Jede direkte Aktion oder Reihe von Aktionen, um illegale oder halblegale Unternehmungen auszuführen.

WorldWide WordWatch, Ausgabe von 2053

1

Es bedurfte eines achtsamen, wissenden Auges, um die subtilen Veränderungen im schwarzen Plastibeton wahrzunehmen, der unter dem ausgefahrenen Fahrgestell des Flugzeugs vorbeirauschte. Außer Jason Chase, der sich zum Hinsehen zwang, war die Pilotin die einzige andere Person, die sie bemerkte. Als sie spürte, daß ihre Maschine die Stelle sicher passiert hatte, richtete sie ein stummes Dankgebet an den Himmel. Obwohl die Schäden an der Landebahn schon lange ausgebessert waren, konnte Chase sie ebenso deutlich sehen wie an den Tagen nach dem Unglück: eine lange Furche, etwa hundert Meter lang, und eine zweite, parallel verlaufende. Die zweite begann kurz hinter der ersten, endete aber an der Stelle, wo das Metall, das die Furche in den Plastibeton gegraben hatte, verbogen und zerrissen worden war.

Das Orbitalflugzeug hüpfte zweimal und setzte schließlich auf. Chase lehnte sich in seinem Sitz zurück und schloß die Augen, als die Bremsdüsen feuerten und sich mühten, die schlanke Maschine zum Stillstand zu bringen. Nachdem der Andruck auf ein erträgliches Maß gesunken war, stöpselte er sein Datenkabel aus der Systembuchse des Sitzes und dann aus der Datenbuchse hinter seinem rechten Ohr aus. Das Kabel wickelte sich selbsttätig zu einer ordentlichen Rolle auf, die Chase in einer Tasche verstaute.

Er rief die Zeitanzeige auf seiner Retina auf, stellte Manhattaner Zeit ein und seufzte. Zwanzig Minuten Verspätung. Chase machte die Verspätung nichts aus, Eric Sieboldt hingegen schon. Und für mindestens eine weitere Stunde war er Eric Sieboldt.

Die Gangway war bereits an Ort und Stelle, als er seine Reisetasche aus dem Handgepäckfach geholt hatte. Er war einer der letzten, die ausstiegen, und eine der Stewardessen lächelte ihm im Vorbeigehen freundlich zu. Sie war auf die alte, natürliche Weise attraktiv. Er konnte kein Anzeichen für eine Veränderung entdecken, weder an ihrem schlanken, doch wohlgerundeten Körper noch in der Farbe ihrer schulterlangen aschblonden Haare noch an der ovalen Form ihres Gesichts und dem unvergeßlichen Blau ihrer Augen. Und sie war jung, so jung, daß er sich ihrer Jugend bewußt war. Da sie während des Fluges sehr aufmerksam gewesen war, beschloß er, ihr Eric Sieboldt zu ersparen. Er lächelte zurück.

Im Terminal angelangt, trennte er sich von der Menschenmenge, die zur Gepäckausgabe eilte, und machte sich auf die Suche nach dem nächsten Informationsschalter. Es dauerte nur einen Augenblick, um einen der altertümlichen, bemannten Schalter zu entdecken, von denen die meisten Fluglinien irgendwo im Terminal noch einen unterhielten. Die Frau hinter dem Schalter lächelte, als er sich ihr näherte, aber er sah auch den kampferprobten Stahl hinter der Fassade und bereitete sich entsprechend vor. Eric Sieboldt beschwerte sich oft und laut. So stand es in seiner Akte.

Sie nickte leer, ganz breites Lächeln und erprobter Charme, während er zu wettern begann und sie tippte. Die Frau entschuldigte sich und wies darauf hin, daß die Verspätung auf die Verhältnisse am Abflugort, Damaskus, zurückzuführen sei. Dadurch falle die Verspätung unter die ›Naturgewalten‹-Klausel seiner Ankunftsversicherung, was eine Schadensvergütung ausschließe, aber die Fluggesellschaft sei gern bereit, ihn bei seinem nächsten Flug mit kostenlosen Drinks zu versorgen. Chase hätte beinahe gelacht, doch Sieboldt entging die Ironie; so bedankte er sich nur kurz angebunden und drehte sich auf dem Absatz um.

Die Fahrt mit dem Magnetschweber zum Gepäckband war kurz, doch begleitet vom Flackern unzähliger, farbiger Holoreklamen und erfüllt vom Geruch Hunderter verschiedener Parfüms und Duftwässerchen. Niemand redete. Wenige betrachteten etwas anderes als einen Leseschirm, eine der Holoreklamen oder irgendeinen undefinierten Punkt an der Schweberwand. Alle trugen maßgeschneiderte Anzüge im Konzernschnitt, abgesehen von einem in Leder gekleideten Burschen, der mit verschränkten Armen an einer der Türen lehnte und jeden angrinste, der seinem Blick begegnete. Der Bursche war fehl am Platze, wußte es auch und wollte seinen Spaß haben. Chase sah zu Boden und verbiß sich das Lachen: Vor fünfundzwanzig Jahren hätte er sich vielleicht genauso benommen.

Chase' Tasche wartete versiegelt und mit einem grellweißen Abfertigungsetikett versehen auf Band Zwanzig, wie die Durchsage verkündet hatte. Der Bursche in Leder musterte nervös die Reihe modischer Taschen, da er offenbar nicht fand, was er suchte. Chase nahm seine Tasche und betrat die Rampe zur Zollabfertigung. Als er auf das Laufband sprang, traten zwei bullige Zollbeamte aus einer unbezeichneten Tür. Er ließ sich von dem Band davontragen, während er müßig die Reklame für das diesjährige Modell des Toyota Elite betrachtete, die über seinem Kopf hing, und über den Leder-Burschen nachdachte. Vor fünfundzwanzig Jahren hätte er vielleicht denselben Fehler begangen.

Der Aufenthalt beim Zoll war nur kurz, und mit Rücksicht auf Sieboldt vertiefte er sich in eine beinahe höfliche Unterhaltung mit einer älteren Orkfrau, die mit ihrem ganz normal aussehenden Enkel reiste. Aus irgendeinem Grund wollte sie unbedingt darüber reden, wie sicher transorbitale Flugreisen waren. Er beschloß, nicht über diesen Punkt zu streiten: Offenbar hatte sie die Furchen auf der Landebahn nicht gesehen.

Ihre ganze Art war die einer natürlich gealterten Orkfrau, was sie als zu der Gruppe gehörig kennzeichnete, die sich mit der ersten Welle der zurückkehrenden

Magie verwandelt hatte. Ab der zweiten Generation waren alle Angehörigen ihrer Rasse mit dem Fluch des raschen Alterns belegt. Sie erreichten die körperliche Reife viel eher als die emotionale und starben dann, ohne das Leben richtig kennengelernt zu haben. Jedenfalls traf das auf Orks und Trolle zu. Zwerge und Elfen schienen dafür mit einer verlangsamten Alterung und sogar unnatürlicher Jugend gesegnet zu sein. Chase hoffte, daß dieser Junge ein Mensch bleiben und sich in der Pubertät nicht verändern würde. Hier auf dem Flughafengelände waren er und seine Mutter vor offenen rassistischen Äußerungen oder gar Angriffen sicher, aber in der übrigen Welt sah es anders aus.

Der Zollbeamte lächelte nicht, als er den Reisepaß von Chase entgegennahm und das verschlüsselte Ende in das Lesegerät schob. Während das Gerät seine Arbeit tat, öffnete der Zollbeamte Chase' Umhängetasche und die große Reisetasche und entfernte alle Aufkleber. In den Taschen befand sich nichts weiter als Kleidung zum Wechseln und ein paar Datenchips für das Datendeck in der Umhängetasche. Der Beamte überflog die Liste, die die Fluggesellschaft auf die weißen Aufkleber gedruckt hatte. »Können Sie bestätigen, daß diese Chips keine ungesetzlichen Daten enthalten, Mister Sieboldt?« Die Stimme des Zollbeamten war heiser von zuviel Stadtleben.

»Das kann ich.«

Der Beamte nickte. »Ihnen ist klar, daß der Transport von ungesetzlichen Daten über Staats- und Landesgrenzen gegen die Gesetze ...«

»Ich sagte, die Chips enthalten nichts dergleichen.« Chase ließ einen Anflug von Gereiztheit in seinen Tonfall einfließen. Der Beamte musterte ihn verblüfft und überflog dann die Anzeige des Lesegeräts, in dem sich sein Reisepaß befand. Er nahm Sieboldts Adressencode zur Kenntnis.

»Natürlich, Mister Sieboldt«, sagte er mit einem

Lächeln. »Wir sind verpflichtet, es zu erwähnen. Die Vorschriften ...«

»Ich verstehe.«

Der Beamte schloß die Taschen und klebte grüne Etiketten mit dem Siegel des Staates darauf. »Willkommen daheim, Sir. Wenn Sie besondere Beförderungswünsche haben, kann Ihnen das Transportbüro auf der Hauptpromenade weiterhelfen.«

»Vielen Dank, aber das wird nicht nötig sein. Ich nehme an, der City Express fährt noch?«

»Jawohl, Sir. Wenn Sie jetzt bitte auf das Schild an der Wand hinter mir schauen würden, während wir das Bild in Ihrem Reisepaß auf den neusten Stand bringen«, sagte der Beamte, während er das System programmierte. Chase tat es. Das war normal. Das Schild hieß ihn noch einmal in New York willkommen. Er dachte an die Frau und ihren Enkel.

Das Gerät summte, und der Beamte reichte ihm den Paß. »Vielen Dank, Sir. Wenn Sie jetzt noch einmal durch die Sensorsperre gehen, haben Sie es geschafft.«

Chase nahm die Taschen, den Paß und machte einen tiefen Atemzug, dann ging er durch die nächste Sperre. Kein Alarm ertönte, keine Lichter blitzten auf. Auf jedem Flughafen und an jedem Grenzübergang fragte er sich, ob die Sensorsperren ohne sein Wissen modernisiert worden waren und nur darauf warteten, seine Geheimnisse zu enthüllen. Bis jetzt war er vor ihnen sicher gewesen. Zwanzig Jahre waren eine lange Zeit der Sicherheit. Der Tag, an dem er aufflog, konnte nicht mehr weit sein.

Er ging in Richtung Hauptpromenade, doch sobald er den Zoll endgültig hinter sich gelassen hatte, bog er in einen Seitengang ab. Ein Flughafenpage sprach den Mädchennamen seiner Mutter falsch aus, und er lachte. Er fragte sich, wie sehr ihr diese andere Person ähnelte. Vor dem Terminal hielt er ein Taxi an, das ihn zu einem der weiter entfernten Parkplätze brachte. Ein Kredstab, dessen Spur sich nicht zurückverfolgen ließ, bezahlte die Gebühr für einen schmutziggelben Wagen, den er hier vor drei Monaten abgestellt hatte.

Chase fuhr auf dem Ring nach Osten bis zum Cross Island Parkway und nahm dann die Throgs-Neck-Brücke in die Bronx. Dort bog er nach Norden und dann nach Westen zum zweiten Bogen der George-Washington-Brücke ab. Auf der anderen Seite zahlte er die zwölf Dollar Maut mit dem Kredstab, der auf dieselbe SIN zugelassen war wie der Wagen. Er fuhr nach Süden auf den Jersey Turnpike und hielt nur kurz an, um seine Kleidung gegen ein paar Klamotten aus der schwarzen Nylontausche im Kofferraum des Wagens zu tauschen. Der Newark-Flughafen war nur ein paar Abfahrten voraus.

Dort angekommen, parkte er den Wagen wiederum auf einem der weiter entfernten Parkplätze, doch diesmal nahm er einen Zubringerbus zum Flughafen. Er hatte die teuren Reisetaschen im Kofferraum gelassen und nur ein paar Kleidungsstücke zu denen in der schwarzen Tasche gelegt. Das Datendeck paßte problemlos in eine Außentasche.

Im Flughafen nahm er die Straßenbahn zum Transitbahnhof und bezahlte den PATH-Fahrschein nach Manhattan bar. Der U-Bahn-Wagen war kalt und schmierig und stank nach Urin, Schweiß und Rauch. Keiner trug einen Anzug. Die Reklame war zweidimensional. Er stand mit dem Rücken zur Tür und grinste. Der einzige, der seinem Blick begegnete, war ein Punk – dem Aussehen nach ein Möchtegern-Rattenschamane –, der mit viel zu vielen Talismanen behängt war, als daß diese irgendeinen praktischen Wert haben konnten. Chase nickte, aber der Bursche starrte ihn an, als wolle er ihn anspucken.

Acht Minuten später fuhr die U-Bahn in den Bahnhof ein. An der Sperre der Kontrollstation zeigte Chase einen anderen Paß vor, und die Kontrollbeamtin hätte ihn fast durch ihr Plexiglas-Gesichtsvisier angelächelt. Ein bewaffneter Wächter im schwarzblauen Körperpanzer der hiesigen Sicherheit durchsuchte Chase' Nylontasche, während er selbst von einem anderen mit einem tragbaren Scanner abgetastet wurde. Deswegen machte sich Chase keine Sorgen.

»Willkommen in Manhattan, Mister Carpenter«, sagte die Beamtin durch das Mikrophon an ihrem Helm. »Schön, Sie wieder bei uns zu haben«, scherzte sie liebenswürdig.

Chase nickte. Es war schön, wieder zurück zu sein.

2

Das Bedürfnis nach Sicherheit behielt die Oberhand über das Bedürfnis nach Gesellschaft, und Chase beschloß, den Bahnhof in Richtung dessen zu verlassen, was als Zivilisation durchging, und sein Apartment aufzusuchen. Als er das Bahnhofsgebäude verließ und in die Hektik der Stadt eintauchte, schlugen Straßendreck und Luftfeuchtigkeit gleichzeitig über ihm zusammen. Zwei Huren in den halb verdeckten Farben der Sinister Sisters machten sich an ihn heran, als er in die grelle Spätsommersonne trat. Er ging weiter, beäugte sie jedoch skeptisch über den Rand seiner Sonnenbrille.

Die erste, ein blonder Wuschelkopf mit einer irisierenden violetten Tönung und einem roten Kunstlederkleid, das jeden Verkehr gestoppt hätte, der die Straßensperren rund um den Bahnhof hätte durchbrechen können, nahm seinen Arm. »Hey, Großer«, sagte sie, indem sie mit den Fingerspitzen leicht über seine Handfläche strich, »ich wette, wir haben, was du willst.«

Die andere, eine hochgewachsene Brünette mit einem Bubikopf und hinter einer Sonnenbrille verborgenen Augen, bezog auf seiner anderen Seite Stellung. Er erhaschte einen flüchtigen Blick auf fast unsichtbare kosmetische Narben direkt hinter dem Rand der schwarzen Brillengläser. Die im Schatten ihres linken Ohrs beinahe verborgene Datenbuchse funkelte im Glanz frischen Chroms. Er war versucht: Es war eine Weile her.

Er lächelte sie an, dann wandte er sich wieder an die Blonde. »Bestimmt, *Kirei*, aber ich bestehe noch größtenteils aus Fleisch und Blut. Ich glaube nicht, daß ich es überleben würde.«

Die Blonde zog einen silikon-perfekten Schmollmund, doch bevor sie etwas sagen konnte, beugte er sich rasch vor und küßte sie leicht auf die Lippen.

»Wie im Trid«, sagte er, als sie mit leicht geweiteten Augen zurücksprang. Dann griff er nach der Hand der Brünetten und zog sie an sich, um bei ihr dasselbe zu versuchen. Zu seiner Überraschung blockte sie ihn ab, während sich der Ausdruck auf ihrem Gesicht von irgendwie kalt und gewalttätig zu einer Miene veränderte, die man nicht mehr mit geistloser Unterhaltung verwechseln konnte. Als ihr linker Arm hochschoß, streckte er beinahe ebenso schnell die Arme zur Abwehr aus. Sie unterbrach die Bewegung, den Arm halb ausgestreckt, die Handfläche ihm zugewandt. In diesem Augenblick fiel ihm die Blonde wieder ein, die jetzt irgendwo hinter ihm stand. Nachlässig.

Chase drehte sich ein wenig, so daß er beide im Auge behalten konnte, doch der größte Teil seiner Aufmerksamkeit konzentrierte sich auf die Brünette. Auf dem Gesicht der Blonden bekam er noch die letzten Anzeichen von Belustigung mit, bevor sie wieder ihren perfekten Schmollmund zog. Er war jetzt auf der Hut und bemerkte, daß ihre Körperhaltung, wenngleich scheinbar entspannt und sorglos, perfekt für einen raschen Ausfall gegen ihn war, sollte er irgend etwas gegen ihre Partnerin unternehmen.

»Meine Damen.« Er beendete seine Drehung und landete genau zwischen ihnen, die Arme gesenkt. »Es war echt Sahne, aber ich glaube, heute ist nicht mein Tag für Magie.« Er wich einen Schritt zurück, während die Brünette die Blonde ansah. Offenbar die gebildetere von beiden, zog die Blonde weiterhin ihren Schmollmund, gab einen Laut von sich, der wie ›tststs‹ klang, und wandte sich dann mit hart klappernden Absätzen zum Gehen. Die Brünette drehte sich noch einmal nach ihm um, versuchte ein Schulterzucken und eilte dann hinter ihrer Freundin her.

Chase sah dem Paar nach, bis es auf die Zehnte Avenue einschwenkte. Als sie um die Ecke bogen, warf ihm die Brünette noch einmal einen flüchtigen Blick zu. Er wartete noch ein paar Augenblicke, bis sein Puls wieder so weit gefallen war, daß er den Atem anhalten konnte. Dumm. Dumm. Dumm.

Seufzend drehte er sich um und ging in der Hoffnung über die Straße, Entfernung zwischen sich und die beiden zu legen. Er wollte keinesfalls in einen Zwischenfall in der Nähe des Bahnhofs verwickelt werden. Für diese Art Ärger hatte er die falschen Ausweise bei sich.

Nicht, daß er ihn nicht verdient hätte. Er hatte zu lange in einem schwarzen Anzug in der Wüste gestanden. Die Nähe zum Konzernleben hatte ihm das Hirn vernebelt. Vielleicht hatte sich das Nervengas in Tel Aviv noch nicht ganz verzogen, und er hatte einen guten Atemzug erwischt. Als er seine geistige Selbstgeißelung beendet hatte, beschloß er, auf die Sicherheit zu pfeifen und sich einen Drink zu genehmigen.

Zu dieser spätnachmittäglichen Stunde war die Kontrollzone zwischen Bahnhof und Lower Westside ruhig und leer, so daß er mit seinem Anwohnerpaß leicht und mühelos durchkam. Er schritt forsch und grimmig aus, so daß ihn die Straßenverkäufer in Ruhe ließen und lieber nach freundlicher aussehenden Opfern umsahen. Er ging über die Achte und in die U-Bahn-Station, wo er einen ›A‹-Expreß in Richtung Innenstadt nahm. Es war kurz vor Feierabend, und die Völkerwanderung der Rush-Hour hatte gerade begonnen. An der Vierzehnten Straße Ost stieg er aus und ging den Rest des Weges zu Fuß.

Es war fast sechs Monate her, aber er war sicher, sein Ziel würde sich noch genau dort befinden, wo er es zuletzt gesehen hatte. Alle möglichen Arten von Ärger hatten es in all den Jahren nicht zum Umziehen bewegen können, und er konnte sich nicht viel vorstellen, das dazu in der Lage war. Die Gasse sah ungefähr so aus, wie er sie in Erinnerung hatte, abgesehen von ein paar neuen Katzen, die in der Nähe eines Stapels Fiberverkleidungen hinter einigen Ratten herjagten. Sie beobachteten ihn spöttisch, als er an ihnen vorbeiging. Tapfere Geschöpfe.

Frische Graffiti strahlten ihm von der Laderampe entgegen, irgend etwas auf deutsch über Ursachen, Wirkungen und Geschlechtsorgane. Irgendwelches Policlub-Zeug, kein Zweifel. Es war schwierig, nicht mit diesem Drek in Berührung zu kommen.

Die Treppe neben der Rampe war so abfallübersät wie eh und je, aber es schienen keine neuen Flecke hinzugekommen zu sein. Er stand am Fuß der Treppe und las zum tausendstenmal das Kein-Eingang-Schild an der Stahltür. Einen Augenblick später quäkte ein an den Türrahmen genagelter, wettergegerbter billiger Lautsprecher: »Was?« Chase kannte die Stimme und wußte, daß sie viel tiefer war, als es der Lautsprecher wiedergeben konnte.

»Mach auf. Ich muß pissen.«

Aus dem Lautsprecher drang ein verzerrtes Kichern, das mehr wie ein Bellen klang, dann hörte Chase, wie die elektronischen Riegel zur Seite geschoben wurden. Die Tür hatte sich kaum einen Spalt geöffnet, als er hineinschlüpfte. Sein optisches Lichtverstärkersystem wurde aktiv, als er die Dunkelheit betrat und den Arm des Mannes tätschelte, der ihn eingelassen hatte. »William, *mi amigo,* du siehst aus wie der Teufel persönlich.«

Der Ork lächelte, eine Monstrosität mit einem löchrigen Gebiß riesiger scharfer Zähne, die es vor vierzig Jahren nur im Märchen gegeben hatte. »Dafür werd' ich bezahlt.«

Chase schlug dem Ork hart auf die Schulter, so daß dieser einen halben Schritt zurücktaumelte. William kicherte. »Du bist 'n echtes Untier für 'n alten Mann, Church.«

Chase zuckte ausdrucksvoll die Achseln und ging weiter. Drek, dachte er. Er hatte vergessen, daß man ihn hier in der Gegend als Church kannte. Zu viele Orte, zu viele Namen.

Der Ork rief ihm nach: »Teek weiß schon, daß du hier bist, also versuch nicht, dich an ihn anzuschleichen.«

Der kurze Flur führte ihn zu einem leicht erhöhten Bereich, der den halben Laden umsäumte. In Wirklichkeit gab es nur einen Raum, aber er war mit Raumteilern und schalldämpfenden Zwischenwänden unterteilt worden. Wenn die Kunden es wünschten, konnten sie sich in den Hauptraum vor eine Bühne setzen, auf der gelegentlich Liveauftritte stattfanden, meistens jedoch billige Vierundsechzigfarb-Hologramme irgendwelcher exotischen Tänzerinnen gezeigt wurden. Die wählerischeren Kunden konnten den erhöhten Bereich oder einen abgetrennten Raum auswählen, um sich die Zeit zu vertreiben. Immer waren Leute da, ob Mittag oder Mitternacht. Es war ein Geschäftsclub, was bedeutete, daß alle Anwesenden ganz offensichtlich im Geschäft waren. Chase war nicht mehr in dieser Branche tätig, kam aber trotzdem.

In den letzten Jahren hatte sich Manhattan zum Dreh- und Angelpunkt von Jason Chase' Leben entwickelt. Manhattan war der Schauplatz seiner strahlendsten, aber auch seiner dunkelsten Stunden, und jene, die ihn und seinen wirklichen Namen kannten, versuchten ihn dazu zu bringen, überall sonst zu sein, nur nicht in Manhattan, aber den Erinnerungen war es egal, wo er sich gerade aufhielt.

Teeks Laden war neutrales Gebiet, da ihn weder etwas mit dem einen noch mit dem anderen Ende der Skala verband. Chase kam wegen der Atmosphäre her, wegen der vierundsechzigfarbigen Frauen und wegen Teek.

»Da soll mich doch einer in 'ne Lichtkonsole stöpseln, seine Heiligkeit weilt unter den Blasphemischen«, tönte plötzlich Teeks Stimme.

Chase war unterwegs zur Bar gewesen und drehte

sich jetzt um, als sich der Besitzer der Stimme näherte, die Hände in den Taschen seiner indianischen Strickjacke und ein breites Lächeln auf dem Gesicht. Teek entfernte sich gerade von einer Gruppe Japskonzernpinkel in schicken Anzügen, denen die Unterbrechung zu mißfallen schien. Chase empfand keinerlei Bedauern für sie.

»Verdammt richtig, und ich hab 'ne ganze Tasche voll mit Absolutionen dabei, frisch aus der Presse. Ich dachte mir, mittlerweile müßtest du ein paar davon gebrauchen können.«

Chase ließ Teek vorbeigehen und folgte ihm dann an die Bar. Er kam ihm kleiner vor. Vielleicht ging er ein wenig gebückter, vielleicht schlurfte er auch ein wenig mehr. Es war etwas passiert. Chase dachte plötzlich, er hätte vielleicht vorher anrufen sollen.

»Also«, sagte Teek, als er hinter die polierte Theke aus echtem Mahagoni trat und Gläser und Flaschen hervorholte. Die übliche Bedienung, ein einigermaßen hübsches Mädchen namens Shawna, winkte Chase vom anderen Ende der Bar zu. Er erwiderte das Winken mit einem Lächeln. Teek arbeitete nur noch selten hinter der Bar, aber wenn er es tat, wußten seine Leute, daß sie einen weiten Bogen um ihn machen mußten. »Nette Bräune hast du da.«

»Hatte geschäftlich in der Sonne zu tun«, sagte Chase. »Konnte endlich mein Sprachtalent anbringen.«

Teek ließ den Blick durch den Raum schweifen und kurz auf ein paar Stammkunden ruhen, dann richtete er ihn wieder auf Chase. »Du hast nur gequatscht? Das sieht dir aber gar nicht ähnlich.«

Chase lachte. »Hey, *Amigo,* ich war schon vor zehn Jahren alt und langsam. Ich hab Tech in mir, die älter ist als die Genies, die das neuste Zeug entwickeln.« Er grinste. »Ich kann dir sagen, es ist schon toll zu wissen, daß ich meine goldenen Jahre damit verbringen kann, von meinem Ruf zu zehren.«

»Goldenen Jahre? Du bist doch im besten Alter.«

Chase lachte wehmütig. »Wenn ich noch im Geschäft wäre, würden sie mich als ›ehrwürdig‹ oder mit irgendeinem anderen Drek bezeichnen.« Er schüttelte den Kopf. »Nicht mit mir. Ich bin gerannt, solange ich konnte.«

Teek lächelte. »Wie lange bleibst du diesmal in der Stadt?«

Chase zuckte unbekümmert die Achseln, während er Teek beim Mixen ihrer üblichen Drinks zusah. Er war überrascht, den Ring der Special Forces wieder an seinem alten Platz an Teeks rechter Hand zu sehen. Manchmal trug er ihn, aber meistens nicht. Chase kannte das Gefühl, aber sein eigener Ring ruhte seit zwanzig Jahren auf dem Grund des Schwarzen Meeres. »Derzeit liegt nichts an, und ich scheine dringend Ruhe zu brauchen.«

Teeks Augenbrauen hoben sich. »Ach?« Eine halbe Limone verflüssigte sich in seinen Händen und klatschte in eines der Gläser.

»Ich war noch keine fünf Minuten in der Stadt, als mich schon zwei Freudenbräute fast verdroschen hätten. Die Blonde war ein Profi, aber ich glaube, die Brünette war neu.«

Teeks Augenbrauen senkten sich wieder, und er fing an zu grinsen. »Ein Paar, ja? Blond und brünett? Die Blonde hat eine violette Tönung im Haar und bevorzugt kurze Röcke, gewöhnlich schwarz, Aztlan-Stil? Die Brünette hat kurze Haare, Euro-Stil, bevorzugt rot, manchmal auch schwarz?«

»Also kennst du sie?«

Teek zuckte die Achseln. »Sind nur Halbprofis. Vor 'n paar Monaten sind sie immer hergekommen und haben in einigen von den Hinterzimmern gearbeitet. Als ich zurückkam, hab ich ihnen gesagt, sie sollten aufhören. Zuviel Hardware.« Chase' Drink war fertig, und Teek schob ihn zu ihm rüber.

»Es tut mir leid«, sagte Chase nach einem Augenblick.

Teek sah ihn direkt an, vielleicht zum erstenmal, seit sie sich unterhielten. »Du hast es nicht gehört? Ich hatte angenommen, du hättest.«

»Nein, ich hab's nicht gehört. Wann ist es passiert?«

»Vor vier Monaten. Ich hab mir 'n Monat freigenommen und bin nur so rumgezogen, um es zu verarbeiten. Es kam nicht unerwartet. Die Medikamente haben irgendwann nicht mehr geholfen, und ein paar Tage später war er tot. Wie die Ärzte gesagt hatten.«

»Wenn ich es gewußt hätte, wäre ich zur Trauerfeier gekommen. Marko war ein guter Mann. Ich werde ihn vermissen.«

Teek nickte. »Ich weiß, aber es hat keine Trauerfeier gegeben, echt nicht. Ich hatte Angst davor, wer alles kommen würde. Zu viele alte Gespenster.«

»Ich verstehe.«

Teek lächelte – beinahe. »Ja, ich wette, das tust du.« Sein eigener Drink war jetzt auch fertig, und er nahm einen tiefen Schluck. Chase ließ ihn in Ruhe trinken, bevor er das Thema wechselte.

»Warum hast du die Bräute rausgeschmissen? Ich kann mich nicht erinnern, daß du auch vorher schon so kritische Moralmaßstäbe angelegt hast. Obwohl, bei dem Paar kann ich mir denken ...«

»Nein, die beiden sind nicht gefährlich, jedenfalls nicht auf die Tour. Sie sind Looper.«

»Looper?«

»Sim-Schleifen.« Teek sah Chase' leeren Blick und lachte. »Mann, du warst echt lange weg.« Er trank aus und mixte sich einen neuen Drink. »Sie haben eine Drei-Wege-Schaltung oder irgendso'n Gerät. Die zwei und ihr Kunde stöpseln sich ein. Dann tun sie, wozu sie Lust haben, und können sich dabei in die Sinne der anderen einklinken.«

»Du mußt nicht ganz dicht sein. Was soll denn die Art Hardware kosten?«

»Nicht annähernd so viel, wie noch vor ein paar Monaten. Nach allem, was ich weiß, haben sie 'n tragbaren Empfindungsrecorder, der so geschaltet ist, daß er die Signale nicht aufzeichnet, sondern an eine andere Einheit weiterleitet. Sofortige Rückkoppelung. Da die Verbindung beidseitig ist, kann ich mir vorstellen, daß sie zu einer eskalierenden Schleife führt, die sich immer weiter aufbaut, bis der Unterbrecher einsetzt. Die Fans nennen das ›den Ring schießen‹ oder so ähnlich.«

»Ist es illegal?«

Teek zuckte die Achseln. »Noch nicht. Ist noch zu neu. Das Signal, das die tragbaren Geräte verarbeiten können, ist ziemlich primitiv, also im legalen Bereich. Ich weiß von keinen psychologischen Nebenwirkungen, aber ...«

»Du hast einen anderen Verdacht?«

Er zuckte wieder die Achseln und sah weg. »Ich hab selbst genug verdrehte Wirklichkeit erlebt, vielen Dank auch. Ich weiß, was man mit der richtigen Ausrüstung anrichten kann. Jede Woche wird 'n neuer Schwung psychotraumatischer Sinn-Chips auf den Markt geworfen. Ich hab gehört, Knight Errant hat kürzlich welche beschlagnahmt, die ein verhaltensveränderndes Zweitsignal abstrahlen. Anarchistischer Euro-Policlub-Drek, aber stark genug, um auf ein paar Leute Eindruck zu machen.«

»Toll.«

»Schätze, wir mußten das verrückte Zeug einfach importieren. Die britischen Nähclübchen und Biervereine sind uns ja zu harmlos. Nein, das ist schließlich Amerika. Wir brauchen die Radikalen.«

Chase schüttelte den Kopf. Teek wandelte auf gefährlichen Erinerungspfaden. »Ich sage, Bomben auf das ganze Pack. Mal sehen, wie ihnen *das* gefällt.«

Teek starrte ihn einen Augenblick lang an und lächelte dann unbeschwert. »So spricht die Stimme der Erfahrung.«

Chase zuckte die Achseln. »Wenn du dich auf das Spiel einläßt, unterliegst du auch seinen Regeln.«

3

Eine Woche verging wie im Flug.

Sein Apartment war so, wie er es verlassen hatte. Das wenige, was er besaß, war noch intakt. Sein Heimsekretär hatte seine Aufgabe erfüllt und die elektronische Post beantwortet und die Rechnungen bezahlt, aber irgendwann in den letzten Monaten hatte die Belüftung beschlossen, den Geist aufzugeben, und beinahe alles mit einem Staubmantel überzogen. Er überraschte die Hausverwaltungsgesellschaft mit einem Anruf und erhielt das Versprechen, daß sich am nächsten Tag jemand darum kümmern würde.

Die Gesellschaft hielt ihr Versprechen, und er verbrachte die nächsten drei Tage mit Däumchendrehen. Er nahm seine Kaffeemaschine in Betrieb und probierte die mannigfaltige Auswahl an Kaffeesorten durch, von denen er vergessen hatte, daß er sie besaß. Er lachte oft über die unbeschwerte Banalität seines Lebens.

Am dritten Tag übersandte ihm sein Wiener Kontakt eine Reihe von Jobangeboten über eine blinde Route. Jedes Angebot erreichte ihn unter dem Namen, unter dem sie ihn kannten, und wurde von den privaten, sicheren Systemen der Wiener Datenoase zu einem ähnlichen System in Denver weitergeleitet. Von Denver wanderten die Angebote über ein gesichertes Nachsendesystem in Boston nach Manhattan. Der Kanal war sicher, aber nicht narrensicher. Wenn jemand Chase wirklich finden wollte, ließ sich der Weg verfolgen, aber es waren ausreichend Sicherheitsvorkehrungen eingebaut, so daß er wahrscheinlich vorher erfahren würde, wenn jemand kam. Er hatte die Absicht, sein Leben auf angenehme Weise zu verbringen und sich nicht von ungebetenen Besuchern überraschen zu lassen, außer vielleicht von den Küchenschaben, die sich hin und wieder von unten auf die Wanderschaft zu ihm machten.

Am vierten Tag rief Teek an.

»Ich dachte, es würde dich interessieren, daß jemand nach dir gefragt hat«, sagte er. Sein Gesicht prangte in sechsfacher Lebensgröße auf dem Telekomschirm.

Chase horchte auf. »Tatsächlich?«

»Ich war nicht da. Nick hatte Türdienst – du bist ihm noch nicht begegnet –, aber er hat es mir sofort gesagt, als ich kam.«

»Nick, den ich nicht kenne, kannte meinen Namen so genau, daß er dir erzählt hat, jemand hätte nach mir gefragt?«

Teek lachte. »Eines meiner Einstellungskritierien ist die Fähigkeit, sich Namenslisten zu merken. Namen von Leuten, die ich im Auge behalte.«

»Toll.«

»Nick glaubt, die Frau, die nach dir gefragt hat, sei von der Straße oder jedenfalls dicht dran. Sie hat gefragt, ob er dich kürzlich mal gesehen hätte, und er sagte, nein, noch nie.«

»Gut«, sagte Chase.

»Ich überspiel dir die Aufzeichnung der Überwachungskamera. Sag mir, wenn du soweit bist.«

Chase nahm die Fernbedienung und schaltete den Aufzeichnungsmodus ein. »Fertig.«

Teek beugte sich vor und drückte auf einen Knopf. Am unteren Rand von Chase' Bildschirm leuchtete das Wort ›Datenempfang‹ in rot auf.

»Das war's«, sagte Teek.

»Danke.« Die Schrift wurde grün und verschwand.

Teek nickte. »Jederzeit. Ruf mich an, wenn du irgendwas brauchst.«

»Das werde ich, mein Freund. Noch mal vielen Dank.« Mit einem Druck auf die Fernbedienung verwandelte sich Teeks Bild wieder in das schlichte Schwarz des Bildschirms. Bis er eingehängt hatte, war bereits automatisch die Dekomprimierung der Trideodaten erfolgt. Er drückte den Abspielknopf.

Die Kamera war offenbar irgendwo rechts oben an der Außentür der Bar angebracht. Chase war sie noch nie aufgefallen. Das nächstemal würde er darauf achten. Das Bild war sauber und gestochen scharf, selbst im trüben Abendlicht. Höchste Qualität. Danke, Teek.

Doch trotz der hervorragenden Bildqualität war es schwierig, die Frau richtig zu erkennen. Ihre Körpersprache, die sehr widersprüchlich war, deutete auf ein Alter zwischen achtzehn und dreißig hin. Er neigte eher zur ersteren Schätzung. Mit ihrem grünen Minikleid, den hauchdünnen schwarzen Strümpfen und den Kalbslederimitat-Stiefeln war sie kleidungsmäßig auf Erfolg ausgerichtet – falls ihr erwählter Beruf das horizontale Gewerbe war. Ihr kastanienbraunes Haar war kurzgeschnitten, und sie trug eine Schultertasche, die alles mögliche enthalten konnte. Der Pony war jedoch sehr lang, und so, wie er fiel, war es schwierig, ihr Gesicht zu erkennen.

»Kann ich dir helfen?« kam eine Stimme aus dem billigen Lautsprecher. Das mußte Nick sein. William war nie so höflich.

»Ja, ich suche Simon Church«, sagte sie mit einer etwas tieferen Stimme, als er erwartet hatte, und mit dem Anflug eines britischen Akzents.

»Tut mir leid, den kenne ich nicht.« *Gracias*, Nick.

»Ich habe gehört, er soll ab und zu hierherkommen.«

»Ich sag' doch, ich kenn' den Mann nicht.«

»Müßte mittlerweile etwas älter sein, breite Schultern, dunkles Haar.«

»Du hast gerade meine Mutter beschrieben.«

»Er ist ein alter Kumpel – Chummer – von mir. Ist lange her.«

»Hör mal, Chica, ich sag' doch, ich kenn' ihn nicht.«

Sie sah zu Boden und nicht mehr in die Kamera, und Chase hatte ihr Gesicht immer noch nicht richtig zu sehen bekommen. Sie kam ihm jedoch irgendwie bekannt vor. Als sie wieder zur Tür sah, ließ die abrupte Kopfbewegung ihr Haar für einen Augenblick zur Seite fliegen. Der Moment war zu kurz, um ihr Gesicht zu erkennen, aber er wußte, daß er die Aufzeichnung zurückspulen und auf Standbild schalten konnte, also ließ er sie weiterlaufen.

»Sicher, klar. Wenn er auftaucht, sag ihm, Cara hätte nach ihm gefragt. Ich brauche ein bißchen Hilfe. Ich hab ein Zimmer im Caina, Ecke Achte und Fünfzigste. Okay?«

»Was du willst.«

»Prima. Danke.« Sie entfernte sich, und die Aufzeichnung war zu Ende.

Chase brauchte es nicht zu überprüfen, wollte es aber. Mittlerweile etwas älter, hatte sie gesagt. Zwölf Jahre älter. Die Aufzeichnung fuhr bis zu der Stelle zurück, an der sie den Kopf wandte, und er schaltete auf Standbild. Das Bild war deutlich und scharf, so daß er heranzoomen konnte, bis nur noch das Gesicht zu sehen war.

Wenn Chase Bilder von sich von vor zwölf Jahren betrachtete, sah er kaum einen Unterschied. Die meisten Veränderungen zwischen dem neunundzwanzigsten und einundvierzigsten Lebensjahr fanden unter der Haut statt, normalerweise unsichtbar, doch schmerzhaft präsent in den unpassendsten Augenblicken. Bei Cara war dies anders. Die einzigen Ähnlichkeiten waren eine bestimmte Körperhaltung, ihre Art, die Hände zu bewegen, die Augen ihrer Mutter und der Tonfall ihres Vaters. Sie war erst acht gewesen, als Chase sie zuletzt gesehen hatte. Die Unterschiede zwischen einer Achtjährigen und einer Zwanzigjährigen waren gewaltig.

Er erinnerte sich, und die Erinnerungen waren frisch und deutlich.

Sie läuft auf ihn zu, die Kleidung von ihrer Rutschpartie den Abhang hinunter verdreckt und zerrissen. Doch sie lächelt und ignoriert die Kratzer und das blutige Rinnsal, das ihren Arm herunterläuft. »Da lang?« fragt sie und kichert zur Unterstreichung.

Er schüttelt den Kopf und wirft einen Blick auf den vertrauten Landrover, dessen Räder Kies und Dreck aufwirbeln und der neben ihnen stehenbleibt. »Nein. Nicht, wenn du nicht gerne Dreck schluckst«, sagt er.

Die Türen des Rovers werden aufgestoßen. »... Herr-*gott* noch mal, Cara, bist du wahnsinnig?« Ihre Mutter schwingt sich aus dem Sitz, wobei sie darauf achtet, daß ihr Abendkleid nicht irgendwo an der Tür hängenbleibt. »Hast du überhaupt eine Ahnung, was dein Vater heute abend macht?«

Cara wendet sich an ihre Mutter, ohne ihre Miene zu verändern. »Er ist immer noch dort, stimmt's?« fragt sie.

»Natürlich ist er dort! Hast du wirklich geglaubt, er würde dir nur wegen dieses albernen Streichs nachlaufen?«

»Nein. Nein, ich glaube nicht.«

»Heute ist ein sehr wichtiger Abend, Cara. Ein entscheidender Abend. Die Japaner halten nicht viel von Direktoren mit widerspenstigen Kindern.«

»Aber Daddy ist nicht gekommen.«

»Nein.«

Cara sagt nichts mehr, sondern dreht sich nur noch einmal nach Chase um, bevor sie auf die andere Seite des Landrovers geht. Sie wischt sich den Schmutz vom Arm und klettert dann auf den Beifahrersitz. Dort bleibt sie abwartend sitzen.

»Sie war dort, wo wir gedacht haben, Mrs. Villiers«, beginnt er, wobei er sorgfältig darauf achtet, wie er sie anredet.

»Aber wie, in Gottes Namen, konnte sie das Grundstück verlassen?«

»Sie ist sehr gut. Sie muß bei den Sicherheitsbesprechungen gelauscht und unseren Einsatzplan und unsere

Arbeitsweise studiert haben. Wir werden das Schema variieren. Das müßte sie ein wenig bremsen.«

»Das hoffe ich. Für Sie. So etwas darf nicht mehr vorkommen, solange wir hier sind. Sie hat keine Ahnung, was sie aufs Spiel setzt.«

»Nein«, sagt er. »Ich glaube, sie weiß ganz genau, was sie tut.«

Vor der Abreise ihrer Familie hatte er noch ein letztes Mal mit ihr gesprochen.

Sie steht auf einer der Sonnenterrassen und beobachtet den Flug zweier Falken. Als er zu ihr kommt, wirft sie einen raschen Blick über die Schulter. »Kommst du mit uns nach Seattle?« Sie ist größer geworden.

»Nein, Cara. Mein Vertrag mit deiner Familie ist ausgelaufen. Deine Mutter hat beschlossen, ihn nicht zu verlängern.«

»Ich bin dir zu oft entwischt, was?«

Er nickt. Dieser Grund ist ebensogut wie jeder andere.

»Wie wär's, wenn du mich einfängst? Ich könnte wieder weglaufen, und du würdest mich fangen, und dann würde ich meiner Mutter sagen, daß du wirklich gut warst, der Beste.« Sie beobachtet sehnsüchtig die Falken.

»Hmmm«, macht er, »es könnte klappen, aber ich bezweifle es. Außerdem wäre das im Augenblick nur sinnvoll, wenn Deaver dich wieder einfangen würde. Wenn ich derjenige wäre, würde deine Mutter sofort mißtrauisch werden.«

Sie spitzt die Lippen. »Ich mag ihn nicht.«

»Weil er ein Magier ist?«

Sie zuckt die Achseln. »Er sieht dich nicht *an*. Er sieht in dich *hinein*, als würde er deinen Verstand bei der Arbeit beobachten. Seine Augen sind echt unheimlich. Wie kann er damit nur leben?« Sie dreht sich zu ihm um. »Tun sie ihm nicht weh? Weiß er nicht ständig, daß er sie trägt?«

»Die Cybertechnologie ist sehr fortgeschritten. Einiges davon ist fast so gut wie die echten Körperteile. Man spürt sie kaum. Deaver hat nur ganz wenig, seine Augen. Er verläßt sich in erster Linie auf seine Magie.«

Sie blinzelt. »Hast du das auch?«

»Magie?«

»Diesen Cyberkram.«

Er nickt.

»Viel?«

»Mehr, als ich weiß, glaube ich.«

Sie dreht sich wieder zu den Vögeln um, doch sie sind verschwunden. Ihre Augen fixieren die weit entfernten Berge.

»Ich will so etwas nie haben. Ich will nur mich.«

»Manchmal hat man keine Wahl. Wie Deaver … und ich, zum Teil.«

»Das ist mir egal«, sagt sie. »Das ist mir egal.«

Chase wußte, daß er die Wissenslücke hinsichtlich der letzten zwölf Jahre schließen mußte. Er hatte ein paar Geschichten gehört und die Konzernseiten der Boulevardpresse gelesen, wollte jedoch mehr wissen. Er brauchte jemanden, der wußte, wo die Daten zu finden waren, und das Talent besaß, an sie heranzukommen. Seine Nachricht landete an einem Ort, an dem die einzige Wirklichkeit elektronischer Natur war. Es dauerte ein paar Stunden, bis die Antwort kam, und sie kam nicht von der Person, mit der er gerechnet hatte.

»Church.«

Chase sah überrascht auf. Das Telekom hatte nicht gesummt, die Stimme hatte einfach gesprochen, und das Gesicht war einfach auf dem Schirm aufgetaucht. Sie hatte die elektronischen Sicherheitsschaltungen seines Systems überwunden, als seien sie nicht vorhanden. Ihr Gesicht war jung und aus spiegelndem, schwarzem Stein gemeißelt, die Augen waren zwei Pfeile aus blauem Neon. Das Bild zeigte wenig mehr als ihr Gesicht und Teile einer sich unmerklich verändernden fraktalen Küstenlinie hinter ihr, aber er wußte, daß sie ein Gewand im altgriechischen Stil aus blaßorangefarbenem Licht trug. Die Gestaltung ihres elektronischen Bildes war perfekt. Er war ihr einmal zuvor begegnet. Er stand auf.

»Lachesis.«

Sie neigte unmerklich den Kopf. »Du hast dem Nexus eine Nachricht für Luzifer zukommen lassen.«

»Ja.«

»Er ist tot.«

Chase fuhr zusammen und schlug die Augen nieder. Noch einer aus der alten Garde tot, ein weiteres Stück Vergangenheit dahin. Er fühlte sich wieder alt.

»Wie ist es passiert?«

Die elektronische Vibration in ihrer Stimme veränderte sich nicht, aber er spürte so etwas wie einen Anflug von Befriedigung. »Die Angelegenheit wurde bereits beigelegt. Die verantwortlichen Individuen sind zur Rechenschaft gezogen worden.«

»Irgendwann will ich alles darüber erfahren.«

»Bestätigt. In deiner Nachricht hieß es, du hättest Anweisungen für Luzifer. Ich bin bereit, diese Anweisungen an seiner Statt auszuführen.«

Er nickte und setzte sich wieder. »Ich brauche Informationen über eine Person mit dem Geburtsnamen Caroline Tara Villiers. Ihr Vater ist Richard Villiers, einer der Besitzer von Fuchi Industrial Electronics.«

Lachesis Kopf neigte sich ein wenig zur Seite. Der Name Fuchi war Deckern wie ihr fast heilig. Der Konzern baute die Computerhardware für die Cyberdecks, die ihr primäres Arbeitsgerät waren, und paradoxerweise auch die Sicherheitssoftware, die von den Konzernen eingesetzt wurde, um sich gegen Decker zu schützen. Fuchis eigene weltweite Computersysteme galten als praktisch uneinnehmbar, eine offenkundige Herausforderung für jeden Decker, der seine Fähigkeiten in illegaler Datenbeschaffung erproben oder verbessern wollte.

»Wie lauten die Suchparameter?«

»Ich brauche alles, was du über ihre Aktivitäten und ihren Verbleib in den letzten zwölf Jahren herausfinden kannst. Aber du mußt alles so ruhig wie möglich abwickeln. Die Suche darf keine Wellen schlagen.«

»Aufsehen ist weiteren Aktivitäten nicht sehr förderlich.«

»Diese Sache muß so ruhig ablaufen, daß ich eine verdammte Nadel fallen hören kann. Außerdem gibt es ein Zeitlimit – acht Stunden für den Vorbericht und eine qualifizierte Schätzung, wie lange die Erstellung eines detaillierten Berichts dauert.«

»Bestätigt.«

»Außerdem sollten Vorstöße in Fuchi-Systeme auf ein Minimum beschränkt werden. Wenn ein Eindringen unumgänglich ist, versuch es im Kielwasser eines anderen Runs.«

»Bestätigt.«

Er überdachte alles noch einmal und nickte dann innerlich. Wenn er die Informationen erhielt, die Lachesis ausgraben würde, war er mit Sicherheit schlauer als jetzt. »Das war's. Was wird mich das kosten?«

»Diese Aktion ist gratis. Die potentielle Herausforderung reicht als Honorar.«

Chase lachte und schüttelte den Kopf. »O nein, wenn du es nur aus Spaß machst, wirst du Gott weiß was anstellen, bevor du das Gefühl hast, entsprechend honoriert worden zu sein. Wieviel?«

»Beliebige Konzernaktien im Wert von zweitausend Nuyen sofort, weitere fünftausend bei Lieferung.«

Chase lächelte. »Das ist besser.«

4

Am nächsten Morgen stand Chase, der Lachesis' Vorbericht noch frisch im Gedächtnis hatte, in einem überschatteten Hauseingang gegenüber dem Hotel Caina und beobachtete, wie seine Bewohner in das morgendliche Dunkel verschwanden. Das Caina war eine Absteige für Durchreisende und Leute mit niedrigem Einkommen, die in der Lower Westside ansässig waren. Die meisten sahen aus wie Lohnsklaven, doch ein paar schienen auch schäbigeren Beschäftigungen nachzugehen.

Lachesis zufolge war in Zimmer 407 eine Cara Deaver registriert und zwei Monate mit ihrer Tagesmiete im Rückstand. Der Hotelcomputer hatte ihren Kontostatus als Fall für die Hoteldirektion eingestuft. Lachesis hätte dies leicht ändern können, doch irgend jemand aus dem Stab des Hotels war schon auf den Eintrag aufmerksam geworden. Cara Deaver war bereits für eine Zwangsräumung vorgesehen.

Chase hoffte, daß das Mädchen nur etwas Geld für die Miete und einen Anstoß in die richtige Richtung wollte oder brauchte, aber er bezweifelte es. Lachesis' Nachtarbeit hatte einen turbulenten Werdegang des kleinen Mädchens, an das er sich erinnerte, ans Tageslicht gebracht. Die Art von Werdegang, die man bei Mädchen ihrer Herkunft normalerweise nicht vermutete.

Ein mattschwarzer 48er Ford Americar kam geräuschvoll vor dem Caina zum Stehen, und zwei übergroße Exemplare vom Typ Straßenmuskeln stiegen aus. Chase kannte sie nicht persönlich, aber den Typ kannte er dafür um so besser. Für Geld waren sie mehr als bereit, als Versicherung gegen oder auch für einen gewaltsamen Zwischenfall bei jedem beliebigen Ereignis zu fungieren. Der Fahrer, der einen nachgemachten Kampfanzug aus der Zeit der Eurokriege trug, beendete gerade einen rauhen Witz über Trolle und Schwestern. Sein Orkpartner, der ähnlich, aber mit einem höheren Anteil normaler Straßenklamotten gekleidet war, machte einen belustigten und verständigen Eindruck. Keiner bemerkte oder kümmerte sich um Chase, der sie von der anderen Straßenseite beobachtete. Sie steckten ihre Sonnenbrillen in die Tasche und betraten das Hotel. Chase sah keine Anzeichen von Waffen, aber in ihren Kampfjacken war genug Platz für eine leichte oder mittelschwere Pistole. Die Chancen für irgendwelche kybernetischen Spielereien waren gering.

Wenn die Muskelpakete wegen Caras bevorstehender Räumung kamen, mußte die Direktion mit mehr Schwierigkeiten rechnen, als ein Mädchen ihrer Größe normalerweise machen konnte. Abgesehen von der überfälligen Miete waren im Hotelcomputer keine weiteren Beschwerden oder Probleme verzeichnet.

Chase überquerte die Straße und betrat das Hotel eine Minute nach den Schlägern. Die Wahl seiner Kleidung erwies sich als ungewöhnlich angemessen: Eine Militärjacke der Texas Rangers mit Insignien aus etwa der Zeit der Teilung von Texas im Jahre 35. Südlich der Grenze wurde das Tragen derartiger Insignien normalerweise als persönliche Beleidigung aufgefaßt. Der Aztlaner hinter der Rezeption des Caina erkannte die Abzeichen, und sein Gesicht verfinsterte sich bei Chase' Eintreten. Chase erwiderte das finstere Starren und deutete auf die Treppe. *»¿Yá subierion?«*

Der Mann fixierte ihn einen Augenblick und nickte dann. Chase grinste, salutierte spöttisch und ging zur Treppe. Er nahm zwei Stufen auf einmal, falls der Aztlaner die Absicht hatte, der Sache mit den Abzeichen auf den Grund zu gehen. Doch hinter ihm blieb alles ruhig.

Er hatte die vierte Etage erreicht und wollte gerade mit der Suche nach Zimmer 407 beginnen, als er Stimmen hörte. Die Stimmen wurden lauter und zorniger, und er ging durch den trübe beleuchteten, doch einigermaßen abfallfreien Flur. Hinter der nächsten Ecke blieb Chase einen Augenblick neben einer geöffneten Tür stehen, aus der die Stimmen kamen und ein Lichtkegel in den Flur fiel.

Die Stimme eines Mannes, wütend, wahrscheinlich ein Angestellter des Caina: »Sie schulden mir achtzehnhundert Piepen. Alles andere ist mir egal.«

»Ich sagte Ihnen doch, ich würde ein paar Tage brauchen, um das Geld aufzutreiben.« Die Stimme einer jungen Frau, zweifellos Cara.

»Das sagten Sie letzte Woche. Warum sollte ich Ihnen jetzt glauben?«

»Wenn sie doch aber sagt, daß sie zahlt«, sagte ein anderer Mann, der Stimme nach etwa in Caras Alter, aber keiner der Schläger. »Geben Sie ihr noch einen Aufschub, ja?«

Wieder der erste Mann. »Vergiß es. Du und deine schmuddeligen Freunde, ihr dürftet schon mal gar nicht hier sein. Allein deswegen könnte ich euch alle rauswerfen.«

»Du kannst es ja versuchen, du verfluchtes Stück ...« Ein Schlag brachte den Bengel zum Verstummen, und dem Geräusch nach zu urteilen, ging er auch zu Boden. Cara oder eine andere Frau schrie auf, und Chase beschloß, sich zu zeigen.

Die Bude war billig, ein Wohnzimmer mit Kochnische und eine Tür zu einem weiteren Zimmer, vermutlich dem Schlafraum. Zwei kleinere Türen führten wahrscheinlich zu Klo und Badezimmer. In dem Raum befanden sich mehr Leute, als Chase erwartet hatte: Die beiden Schläger, den Rücken zur Tür gewandt und die Augen auf den am Boden liegenden Jungen gerichtet; ein älterer Mann, vielleicht in Chase' Alter und etwas besser gekleidet als der Rest; Cara, die neben dem getroffenen Bengel kniete, um ihm zu helfen; der Bengel selbst, dem Aussehen nach noch keine Zwanzig und hocherfreut über diese Hilfe; und zwei Burschen gleichen Alters und ähnlicher Aufmachung, die einfach nur herumstanden. Alle drehten sich um, als Chase zweimal an die Tür klopfte und eintrat.

Die beiden Schläger machten sich augenblicklich daran, ihn zu taxieren und veränderten ihre Stellung, um ihn in die Mitte zu nehmen. Der Hotelmanager schnitt eine Grimasse. »Wer, zum Teufel, sind Sie denn?«

Chase zuckte die Achseln. »Ich war gerade in der Gegend, da dachte ich, ich schau mal rein.« Cara kniete neben dem Bengel, der aus dem Mund blutete. Sie sah verdutzt zu Chase auf. Er nickte ihr zu, und plötzlich kehrte die Farbe in ihr Gesicht zurück. Sie ließ den Bengel los und erhob sich.

»Sind diese Kotzbrocken Freunde von Ihnen?« fragte der Manager.

Chase nickte. »Zumindest einer.« Er sah Cara an, die starr und mit geballten Fäusten dastand. Sie wandte sich an den Manager.

»Könnte ich eine Sekunde …«

Der Manager rollte mit den Augen. »Sicher, was Sie wollen, aber draußen auf dem Flur. Wir verlassen dieses Zimmer nicht ohne das Geld.«

»Klar«, sagte sie, auf Chase zugehend und den Blick starr auf ihn gerichtet, bis sie an ihm vorbei war. Sie war ziemlich gewachsen. Chase sah die beiden Schläger kurz an, ignorierte ihr Grinsen und ging ihr nach.

»Hör mal, es tut mir leid«, sagte sie. »Ich wollte nicht…«

»Du brauchst Geld.«

Sie blinzelte ihn an. »Nun, ja, ich …«

»Achtzehnhundert Dollar?«

Ihre Augen weiteten sich. »Woher weißt du …«

»Wir werden uns später überlegen, wie du mir das Geld zurückzahlst.« Er drückte ermutigend ihre Schulter und kehrte wieder in das Hotelzimmer zurück. Der blutende Bengel sah aus, als sei er bereit, jeden Augenblick aufzuspringen und irgend etwas Dummes zu unternehmen. Chase schnauzte ihn an: »Steh auf, und ich verpaß dir auch noch eine.« Er wandte sich an den Manager.

»Sie wollen achtzehnhundert Dollar.«

»Ganz genau.«

»Wie wollen Sie sie?« Er griff in seine Jackentasche. Die zwei Schläger wurden nervös, doch Chase ignorierte sie.

Der Manager sah ihn verständnislos an. »Was soll das denn jetzt? Ich will sie in Geld.«

»Was für Geld wollen Sie? Internationale Nuyen? UCAS-Dollars? Konzernwährung? Was?«

»Dollars, um Himmels willen; seh ich aus, wie die Bank von ...?«

Chase zog einen Umschlag aus seiner Jackentasche und warf ihn dem Manager zu. Er fing ihn und betrachtete ihn verblüfft. Das galt auch für Cara, die mittlerweile neben Chase stand. »Zählen Sie's, wenn Sie wollen«, sagte Chase, »aber verpissen Sie sich jetzt aus diesem Zimmer.«

Der Manager riß den Umschlag auf und blätterte das Bündel Banknoten rasch mit dem Daumen durch. »Wenn es nicht stimmt, komme ich wieder.« Er ging zur Tür und bedeutete den beiden Schlägern, ihm zu folgen. Sie gingen ebenfalls, aber der Ork drehte sich noch einmal um.

»Du hast tatsächlich verpissen gesagt. So was Unanständiges.«

Chase schnaubte. »Und du hast tatsächlich einen ganzen Satz gebildet. Ver*piß* dich.« Er knallte die Tür hinter ihnen zu.

Der blutende Bengel sprang auf. »Ich laß mir von keinem verdammten Trog das Gesicht verunstalten.« Er spie einen Mundvoll Blut auf den Teppich und zog ein dünnes Schnappmesser aus der Tasche. Bevor der Bengel reagieren konnte, schlug Chase ihn erneut, diesmal auf den Solar Plexus, so daß er in einen Sessel taumelte.

Cara stand immer noch neben der Tür und verzog das Gesicht zu einer Grimasse. Sie war groß, nur unwesentlich kleiner als Chase, viel größer, als er erwartet hatte. Ihr Haar war dunkler geworden – oder gefärbt – und jetzt kürzer geschnitten als am Tag zuvor auf Teeks Überwachungsvideo. Sie war ganz in Schwarz gekleidet, kniehohe italienische Stiefel, schwarze Jeans, ein enges T-Shirt mit dem rotweißen Emblem der französischen Trash-Band L'Infâme und eine viel zu weite Jacke. Plötzlich sah sie sehr jung aus.

»Alles in Ordnung?« fragte er.

Sie nickte und sah zu Boden. »Danke, ich …«

»Cara, wer ist der Bursche?« Das kam von einem der beiden anderen Bengel, der plötzlich seine Stimme wiedergefunden hatte, während der andere dem blutenden half.

Ihr Blick wechselte zwischen Chase und dem Bengel. »Das ist Simon Church, ein alter Freund meiner Familie.«

»Danke, Chummer«, sagte der Bengel zu Chase, »aber die Jungens und ich schaffen's von hier ab auch alleine. Wir bezahlen dich, sobald wir 'n paar Auftritte haben, die reine Wahrheit.«

»Freut mich zu hören«, sagte Chase, »weil ich davon auch ausgehe …«

»Ich hab dich nicht wegen des Geldes für die Miete gesucht«, unterbrach Cara. Alle drehten sich zu ihr um, während sie wieder zu Boden und dann Chase ansah. Er bemerkte das Funkeln von Metall unter ihrem linken Ohr, das nur von einer Haarsträhne verdeckt wurde. »Ich brauche Hilfe.«

»Cara, was zum Teufel …«, schnappte der Bengel neben Chase, während seine Blicke zwischen Cara und Chase hin und her wanderten.

»Jemand will meinen Vater umbringen.«

Chase versteifte sich. »Bist du sicher?«

»Jemand versucht …?« sagte der Bengel.

Chase schnitt ihm das Wort ab. »Du hältst jetzt die Klappe. Cara, woher weißt du das?«

Sie wand sich ein wenig, sah weg, dann wieder in seine Richtung. »Das ist eine lange Geschichte, aber ich bin ganz sicher.«

»Wissen sie davon?«

»Wer, meine Eltern?«

»Nein, die Leute, die ihn umbringen wollen.«

Sie nickte.

»Dann müssen wir von hier weg.« Chase wandte sich an die drei Bengel. »Also gut, ich schlage vor, daß ihr ebenfalls in Erwägung zieht, diese Bude zu räumen. Es steht zu erwarten, daß es hier Ärger gibt, und ihr wollt bestimmt nicht mehr hier sein, wenn es soweit ist.«

5

Chase brachte Cara Villiers durch den Hintereingang aus dem Caina heraus. Die drei Bengel machten Anstalten zu protestieren, wurden jedoch nicht nur von Chase' Anwesenheit und Gehabe davon abgehalten, sondern auch von Caras Bereitschaft, sie zurückzulassen und mit ihm zu gehen. Chase bezweifelte, daß die drei auf seine Warnung hören und die Bude verlassen würden, was ihm einiges Kopfzerbrechen bereitete. Wenn er Cara verschwinden lassen mußte, waren sie eine Schwachstelle: Sie hatten sie – und ihn – gesehen und kannten einen seiner Namen. Sobald er Cara an einen relativ sicheren Ort gebracht hatte, würde er jemanden ins Hotel schicken müssen, der den dreien einen Besuch abstattete. Hoffentlich hörten sie wenigstens auf finanzielle Argumente.

»Glaubst du, sie sind in Gefahr?« fragte Cara, als sie die Straße erreichten.

»Das hängt davon ab. Ich weiß nicht, was vorgeht. So oder so wäre es das klügste für sie, eine Weile unterzutauchen.« Er beschloß, ein Stück zu gehen, bevor sie irgendein Transportmittel nahmen. Chase wollte feststellen, ob sie verfolgt wurden. Ein Penner rief ihnen Obszönitäten nach, als sie an ihm vorbeigingen.

Sie seufzte. »Das werden sie bestimmt nicht tun.«

»Ach?« Chase lotste sie durch den Verkehr auf der Achten und wandte sich nach Süden. Sie fädelten sich in den Strom der Menschen ein und ließen sich von ihm tragen.

»Sie wollen berühmt werden.« Cara veränderte den Sitz des Schulterriemens ihrer Tasche. »Sie müssen sich profilieren, auch wenn sie keine Konzerte geben. Um in der Öffentlichkeit ihren Namen bekannt zu machen.«

Chase konnte keine Anzeichen für unmittelbaren

Ärger erkennen. Der Rest der Stadt bewegte sich ziellos und offenbar ohne sich für sie zu interessieren. »Wie nennen sie sich denn?«

»Die Rouge Angels.« Ihr Blick war auf den Boden gerichtet, und ihre Augen sahen überallhin nur nicht in seine Richtung.

»Was hast du mit ihnen zu schaffen?«

»Ich bin ihnen im Whisper Gardens begegnet. Sie schienen ganz gut zu sein und hatten das gewisse Etwas. Sie machen retroakustische Sachen.«

»Willst du, daß sich die Geschichte wiederholt?«

Sie blieb stehen und sah ihn an. Er blieb ebenfalls stehen, und der Fußgängerstrom teilte sich und floß um sie herum. »Du weißt davon?« sagte sie. In ihrer Miene war irgend etwas, aus dem er nicht schlau wurde. Ein paar Blocks weiter kollidierte Plastik mit Metall. Jemand schrie.

Er nickte und zeigte auf das L'Infâme-Emblem auf ihrem T-Shirt. »Wie auch nicht? Die Medien waren voll davon.« Und Lachesis' Bericht.

»Ich habe nicht gewollt, daß es so kommt.« Sie setzte sich langsam wieder in Bewegung. Er folgte ihr.

»Das will ich auch hoffen.« Er wartete darauf, daß sie von sich aus mehr erzählte, doch vergeblich.

»Die Klinik hat verlauten lassen, es bestehe jetzt eine vierzigprozentige Chance, daß der eine Bursche, Gerard, seine Beine auch ohne implantativen Eingriff wieder benutzen kann.« Ihr Kopf zuckte leicht, als wolle sie antworten, doch sie schwieg. »Die Marseiller Polizei will mit der Anklage gegen den anderen – Alain, wenn ich mich nicht irre – warten, bis sie mit dir gesprochen hat.«

Jetzt blieb sie tatsächlich stehen. Die Menge teilte sich wieder, diesmal murrend. Sie sah ihn an, und ihr Gesichtsausdruck war leicht zu interpretieren. »Hör mal, das ist längst Vergangenheit, in Ordnung? Ich will nicht darüber reden.«

Chase schüttelte den Kopf. »Wenn du in Schwierigkeiten bist und meine Hilfe willst, werden wir darüber reden müssen. Und über alles andere.«

Ihre Augen verengten sich, und sie setzte sich wieder in Bewegung, um nach wenigen Schritten erneut stehenzubleiben und ihn zu fragen: »Wohin, zum Teufel, gehen wir überhaupt?«

Chase beendete den Anruf, wartete jedoch, bis das Sicherheitssystem seines Telekoms die Befehle ausgeführt hatte, von denen er hoffte, daß sie ein Zurückverfolgen des Anrufs erschweren würden, indem sie ihn aus den Speicheraufzeichnungen der Telekomgesellschaft löschten. Cara wanderte umher und beobachtete ihn oder begutachtete die Gerätschaften seines Apartments. »Das wäre geregelt«, sagte er.

Sie drehte sich um. »Werden sie die Sache unbeschadet überstehen?«

Chase zuckte die Achseln. »Tiger mag nicht viel sein, aber er ist höflich. Ob sie auf ihn hören, oder ob jemand anderer sie vorher besucht, ist schwer zu sagen.«

Ihr Blick fiel auf einige Bücher und Lesechips auf einem der Regale. Sie zeigte darauf. »Ich kann mich nicht erinnern, daß du der spirituelle Typ warst. Das ist eine ganz nette Sammlung von schamanistischem Zeug.« Sie nahm einen kleinen Armreif, der aus Zweigen und Ranken geflochten und mit Steinkügelchen und Federn verziert war.

»Die Sachen gehörten einer Frau, die ich … kannte.«

Cara erstarrte mitten in der Bewegung, mit der sie sich den Armreif hatte überstreifen wollen. Sie sah ihn an und dann zu Boden. »Tut mir leid.«

»Sie wurde vor ein paar Jahren bei einem … Unfall getötet. Wie du schon sagtest, Vergangenheit.« Er ging in die Kochnische und nahm zwei Gläser von einem Gestell. »Willst du einen Drink? Ich glaube, es ist an der Zeit, daß wir uns über *dein* Leben unterhalten.«

Sie setzte sich auf eines der weichen Sofas in die Nähe ihrer Jacke, die sie über die Lehne geworfen hatte. »Ja, einen Rum Slicer, wenn du weißt, wie man den macht.«

»Ich weiß es. Ich nehme an, du willst heute abend früh ins Bett?«

»Spiel nicht Daddy mit mir, ja? Ich hatte bereits einen Mann in meinem Leben, der mir das vermiest hat.«

Chase, der mit den Drinks beschäftigt war, sah auf. »Tut mir leid.«

Sie rutschte auf dem Sofa herum. »Schon gut.«

»Es klingt ziemlich klischeehaft, aber würde es dir was ausmachen, von Anfang an zu erzählen?«

»Nein, natürlich nicht, laß mir nur noch 'ne Sekunde Zeit.«

Chase mixte die Drinks fertig und nahm sie mit zu ihr. Er setzte sich in ihre Nähe, doch ihr gegenüber. Er wollte ihr Gesicht sehen können. Sie nahm den Drink, nippte daran und leckte sich dann die Lippen.

Er erinnerte sich an die Bilderserie von Cara, die Lachesis' Bericht enthalten hatte. Die Bilder waren in gleichmäßigen Abständen von etwa einem Jahr aufgenommen, und er hatte auf ihnen erkennen können, wie sich dieses Mädchen – nein, diese Frau – vor ihm entwickelt hatte. Ihre Entwicklung ließ sich auch an den Fakten ablesen, an den fünf Ausreißversuchen nach seiner Zeit bei ihrer Familie – der letzte vor vier Jahren, der sie in die Wildnis Europas geführt hatte. Sie hatte ihren Hang zur Unabhängigkeit zu einem derartig feinen Instrument geschliffen, daß nicht einmal ihre mächtige Familie gewagt hatte, sie zurückzuholen, als sie das letztemal ausgerissen war. Aus allen Berichten ging hervor, daß Cara Villiers eine junge Frau war, die auf sich selbst achtgeben konnte. Und doch war sie jetzt hier und bat ihn um Hilfe.

Sie nahm einen weiteren Schluck. »Vor ungefähr drei Jahren war ich mit einigen Mitgliedern einer radikalen deutschen Studentengruppe namens Neue Stimme zusammen. Sie waren zum größten Teil Cunningham-Sozialisten und ganz versessen darauf rumzusitzen, zu quatschen, sich anzubrüllen und Propagandaschriften in nationale Datenfaxe einzuschleusen.

Auf einer ihrer Partys traf ich einen Burschen namens Adler, der ein Chummer von einem der radikaleren Mitglieder der Neuen Stimme war. Er war älter und auf eine ruhige, aber starke Art ziemlich charismatisch. Ich dachte, er interessierte sich für *mich*, aber jetzt glaube ich, daß er einfach nur wußte, wer ich war.« Ihr Blick war weicher geworden, und ihre Augen und Worte bekamen etwas Entrücktes.

»Er wurde mein Liebhaber in dieser Nacht«, fuhr sie leise fort. »Er war einer der Anführer der ökoterroristischen Gruppe Alte Welt.«

Chase beugte sich unmerklich vor. Lachesis' Bericht hatte Gerüchte erwähnt, daß Cara Villiers Verbindungen zu radikalen deutschen Policlubs besäße, aber keiner der Medienberichte hatte Namen genannt.

»Ich habe an keiner ihrer Aktionen teilgenommen, aber hinterher war ich immer da, um ihnen zu gratulieren. Sie waren immer darauf bedacht, niemanden zu verletzen.«

»Aber das ist ihnen nicht immer gelungen.«

»Nein.« Ihre linke Hand ballte sich zur Faust und entspannte sich wieder. »Das waren Unfälle.«

Unfälle, dachte Chase; der Tod Unschuldiger, egal wie wohlüberlegt herbeigeführt, war immer ein ›Unfall‹. Er wußte eine Menge über diese Art ›Unfälle‹.

»Natürlich«, sagte er. »Wie ist dein Vater hineingezogen worden?«

»Letztes Jahr war die Alte Welt in eine Aktion gegen Hanburg-Stein verwickelt, ein Schwerindustriekonzern, der die Eder und die Stadt vergiftete, in der der Konzern seine Niederlassung hat. Das Problem war nur, daß Hanburg-Stein zurückschlug. Der Konzern warb eine Gruppe ortsansässiger Krimineller an und bezahlte sie dafür, so viele Mitglieder der Alten Welt umzubringen, wie sie finden konnten.«

Chase hätte beinahe gelächelt. »Wenn du dich auf das Spiel einläßt, unterliegst du auch seinen Regeln.«

»Es war schlimm. Sie wußten, wie man Sachen in die Luft jagt und alles, aber sie hatten keine Ahnung, wie man kämpft. Der Mitgliederhöchststand lag bei etwa einem Dutzend, aber plötzlich waren es nur noch fünf. Die meisten wollten aussteigen, verschwinden und vielleicht nach ein paar Monaten etwas Neues versuchen. Adler ließ das nicht zu. Er hatte – wir alle hatten – ein paar gute Freunde verloren, und er wollte H-S das nicht durchgehen lassen. Aber er wußte nicht, was er tun sollte.«

Sie schwieg lange Zeit.

»Ich schlug vor, sie sollten sich die Unterstützung eines rivalisierenden Konzerns beschaffen. Wir hatten ein paar wertvolle Informationen über H-S an Land gezogen, die für uns jedoch keinen unmittelbaren Nutzen besaßen. Ich dachte, wir könnten sie als eine Art Tauschobjekt benutzen, um etwas aus dem rivalisierenden Konzern herauszuschlagen. Adler war einverstanden.«

»Er ist zu Fuchi gegangen. Zu deinem Vater«, warf Chase ein.

Sie schüttelte den Kopf. »Er ist zu Fuchi gegangen, aber nicht zu meinem Vater. Ein paar Tage später trafen wir uns mit einer Frau, Katrina Demarque. Sie arbeitete für Fuchi, aber nicht für den Firmenbereich, der meinem Vater untersteht. Sie ist eine Bevollmächtigte der Nakatomis.«

Chase nickte. Fuchi Industrial Electronics gehörte einem Konsortium von drei Familien. Zwei davon waren japanisch, die Nakatomis und die Yamanas. Über das übrige Drittel herrschte Richard Villiers, Caras Vater. Schon vor zwölf Jahren, als Chase für die Villiers gearbeitet hatte, waren die Beziehungen innerhalb der Triade gespannt und unbeständig gewesen. Trotzdem

war Fuchi unter ihrer gemeinsamen Führung zu einem der mächtigsten Megakonzerne der Welt aufgestiegen.

Cara holte tief Luft. »Ich war wütend.«

»Das kann ich mir vorstellen.«

»Ich sagte Adler, ich wolle nicht, daß sie sich mit Fuchi abgeben. Aber ihm gefiel die Art, wie Demarque ihn behandelte, als seien er und seine Organisation wichtig. Sie behauptete, die Daten, die wir besaßen, seien tatsächlich überaus wertvoll und Fuchi sei gewillt, gut dafür zu bezahlen.

Ich hatte das Gefühl, wieder zu Hause zu sein, und das gefiel mir überhaupt nicht.« Sie schloß die Augen. »Ich lief davon. Ich glaube nicht, daß Adler es richtig mitbekommen hat: Sie behandelte ihn zu gut.«

Chase wartete und mixte ihr einen neuen Drink. Sie nahm ihn wortlos, nahm einen tiefen Schluck und fuhr fort.

»Ich bin für eine Weile nach Frankreich gegangen. Da habe ich dann auch L'Infâme getroffen. Ich bin eine Weile mit ihnen herumgezogen, habe sogar ein wenig gesungen und Keyboard gespielt. Sie hassen die Konzerne und jeden, der mit ihnen verbunden ist. Sie wußten nicht, wer ich war.

Wir waren in Südspanien in der Nähe von Berja, nicht weit vom Mittelmeer, als ich eine Nachricht von Nicholas Issan erhielt, einem der Überlebenden der Alten Welt. Ich erklärte mich dazu bereit, mich mit ihm in Madrid zu treffen, aber als ich dort ankam, erfuhr ich, daß er in der Nacht zuvor bei einem Überfall auf offener Straße getötet worden war. Man hatte ihm die Kehle durchgeschnitten.

Ich fuhr wieder nach Berja, wo mich ein Brief erwartete. Er war von Nicholas. Er hatte ihn kurz vor seinem Tod geschrieben. Ich glaube, er hat mit seinem Tod gerechnet.«

Chase war überrascht, aber Caras Stimme wurde tatsächlich wieder kräftiger. Er hatte erwartet, daß sie an irgendeinem Punkt ihrer Geschichte die Fassung verlieren würde, doch das war nicht geschehen. Ihre Feuerproben hatten sie offenbar härter gemacht, als er erwartet hatte. Sie fuhr fort.

»In dem Brief schrieb er mir, die Verbindung zwischen Adler und der Alten Welt und Fuchi seien seit meiner Abreise komplexer, düsterer geworden. Ich war nicht überrascht. Fuchi hatte Hanburg-Stein tatsächlich übernommen und aufgeteilt, und die Alte Welt hatte davon enorm profitiert. Dabei hatte sich Adler jedoch an den Konzern verkauft. Auch darüber war ich nicht überrascht.«

Sie nahm einen weiteren Schluck von ihrem Drink. »Nicholas schrieb weiter, Demarque habe Adler und einige seiner radikaleren Freunde angeworben, um meinen Vater im nächsten Monat in Frankfurt umzubringen, wo er an einer Wirtschaftskonferenz teilnimmt.«

»Du machst wohl Witze.«

»Nein.« Sie schaute in ihren Drink. »Vielleicht mag ich meinen Vater nicht besonders, aber ich will auch nicht, daß er umgebracht wird.«

»Warum rufst du ihn nicht einfach an?«

»Ich kann nicht. Ich kann ihn nicht mehr erreichen. Nach der Scheidung meiner Eltern habe ich ein paar häßliche Bemerkungen abgelassen, die dann in der Presse wiederholt wurden. Das war kurz bevor ich das letztemal ausgerissen bin. Die Japaner bestanden darauf, daß er sich von mir lossagte. Wenn ich nicht gebändigt werden konnte, sollte er mich gehen lassen. Alle Nachrichten, Botschaften, Mitteilungen von mir landen ungelesen im Zerkleinerer.«

Chase stand auf und fing an, im Zimmer auf und ab zu gehen. »Was ist mit deiner Mutter? Ich hörte, sie und dein Vater seien auch nach der Scheidung noch freundschaftlich verbunden.«

Cara verzog das Gesicht. »Ich habe es versucht, letzte Woche in London, aber es hat nicht geklappt. In Nicholas' Brief stand, Adler und seine Freunde erhielten Sicherheitsinformationen hinsichtlich der Frankfurt-Reise von meines Vaters eigenen Leuten. Trotzdem bin ich nicht auf die Idee gekommen, daß sie auch an anderen Orten ihre Spione haben könnten.

Meine Mutter war letzte Woche geschäftlich in London, und dort bin ich auch hingefahren nach den ... Problemen.«

»Du meinst die beiden Burschen von L'Infâme, die sich gegenseitig umbringen wollten.«

Sie schloß die Augen und nickte. »Ich sagte ihnen, ich würde abreisen, wollte ihnen aber den Grund nicht verraten. Alain und Gerard gaben sich gegenseitig die Schuld oder so ähnlich. Sie chippten gerade.«

»Traumchips?«

Sie sah zu ihm auf. »Was?«

»Traumchips? BTLs? Better-Than-Life?«

Sie sah verwirrt aus.

»Illegale SimSinn-Chips«, sagte er.

Sie nickte. »Ja ... Ich vergaß, wie sie hier genannt werden.«

»Erzähl weiter.«

»Ich ... sie war in einer Besprechung oder so was, also habe ich bei ihren Leuten eine Nachricht für sie hinterlassen. Ich gab ihnen unter anderem auch die Nummer meines Hotelzimmers. Sie sagten mir, ich solle auf ihren Anruf warten.

Ungefähr eine Stunde später bekam ich Besuch – ein Mann und eine Frau. Sie waren bewaffnet und zwangen mich, mit ihnen nach draußen zu gehen, aber ich hatte Glück. Ein Aufgebot der Londoner Bullen verknackte an der Straßenecke gerade ein paar Punks, also machte ich einen ziemlichen Aufstand. Sie wurden nervös, und ich konnte weglaufen.«

»Und dann bist du hierher gekommen. Wie?«

»Mit Hilfe eines Freundes«, seufzte sie, »aber unter Benutzung meines eigenen Reisepasses. Für den Flug von Heathrow hierher ist mein letztes Geld draufgegangen. Ich hoffte, wenn ich schnell genug war, würden sie mit der Suche nach mir noch gar nicht richtig angefangen haben.«

»Was hattest du hier vor?«

»Mein Onkel Martin führt von hier aus das, was vom eigentlichen Familiengeschäft noch übrig ist. Ich dachte, ich könnte ihn vielleicht dazu bringen, meinen Vater anzurufen.«

»Soweit ich weiß, hätte Martin selbst liebend gern Leute angeworben, um seinen Bruder umzubringen. Hat sich daran etwas geändert?«

Sie schüttelte den Kopf. »Nicht, daß ich wüßte, aber ich hoffte, er könnte die Sache so sehen wie ich und würde ihn nicht wirklich tot sehen wollen.«

»Martins Firma, Villiers International, versucht jetzt seit Jahren, eine Arcologie in der Bronx zu bauen«, sagte Chase. »Sie hinkt Milliarden Nuyen und mehrere Jahre hinter dem Budget her. Einige Gerüchte besagen, daß Fuchi alias dein Vater hinter der Sabotage steckt. Wie es heißt, will Richard seinen Bruder aus dem Geschäft drängen, so daß Fuchi den Rest von Villiers International aufkaufen kann, den Teil nämlich, mit dem Martin abmarschiert ist, als er bei dem Handel deines Vaters mit den Japanern nicht mitmachen wollte.«

Cara sah zu Boden. »Davon habe ich erst hier in New York erfahren.«

»Es gibt noch ein weiteres Problem: Deinen Cousin Darren.«

Sie nickte. »Ja, aber ich dachte, das könnte ein Grund für meinen Onkel sein, mir zu helfen. Abgesehen von all dem anderen Ärger *weiß* ich, daß er sauer auf die Nakatomis ist, weil sie Darren für Fuchi abgeworben haben. Ich dachte, er könnte es einfach deshalb tun, um ihnen einen Strich durch die Rechnung zu machen.«

Chase lehnte sich gegen ein Bücherregal. »Nicht schlecht überlegt, nur ist Darren nach Tokio versetzt worden. Er wird irgendein Geheimprojekt für die Nakatomis leiten. Deine Mutter hat ihren alten Job als Vizepräsidentin von Fuchi Nordwest wiederbekommen und leitet außerdem nach wie vor die Abteilung Systemdesign.«

Caras Augen weiteten sich. »Dann arbeitet sie direkt mit meinem Vater zusammen?«

»Zum Teil. Der Vizepräsident von Fuchi Nordwest hat im großen und ganzen zwar das Sagen, untersteht aber deinem Vater. Der ist jetzt praktisch nur noch in Tokio. Ich schätze, er will ein Auge auf alles haben.«

Ihre linke Hand ballte sich wieder zur Faust, und sie starrte ihn an. »Woher weißt du das alles?«

Chase zuckte die Achseln. »Ich habe letzte Nacht ein paar Nachforschungen angestellt.«

Cara verkroch sich tiefer in das Sofa und schloß die Augen. »Wir könnten trotzdem mit meinem Onkel reden ...«

»Keine gute Idee. Jetzt, wo Darren in Tokio unter der direkten Kontrolle der Nakatomis steht, liegt dein Onkel an der Leine. Wenn er sich einmischt, könnte Darren alles mögliche passieren.«

»Aber sie sind Brüder.«

Chase seufzte. »Das hat nichts zu bedeuten, Cara. Familie bedeutet nicht automatisch Freundschaft. Du kannst mir das einfach glauben, aber ich denke, du weißt es auch so.«

Sie zog die Beine auf das Sofa und dann unter sich. Sie starrte ihn mit großen Augen an, und die Fassung, die sie beim Erzählen ihrer Geschichte noch bewahrt hatte, war jetzt verschwunden. »Was können wir denn dann tun?«

»Wir, Cara?«

»Bitte ... du mußt mir helfen.«

Er dachte nicht lange darüber nach. Die letzten zwölf Jahre hatte es nie gegeben.

»Na schön«, sagte Chase. »Ich helfe dir.«

6

Die Rouge Angels hörten auf die Stimme der Vernunft – und des Geldes – und waren am nächsten Morgen aus dem Caina ausgezogen. Cyanide Tiger konnte keine Anzeichen dafür entdecken, daß die Bude unter Beobachtung stand, und die Jungs berichteten, sie hätten seit ihrem Verschwinden mit niemandem gesprochen. Chase glaubte ihnen jedoch nicht.

Lachesis' Stimme kam mit digitaler Klarheit über Telekom. Aus irgendwelchen Gründen war nur ihre Stimme zu hören. Anstatt ihres Gesichts beobachtete Chase graue Morgenwolken durch das Oberlicht. Die einzigen anderen Geräusche im Apartment stammten von Cara, die sich im anderen Zimmer mit seinem Multi-Heimtrainer vergnügte.

»Glück gehabt?« fragte er.

»Ich habe zwei wertvolle Informationen«, erwiderte Lachesis. »Die erste ist die, daß vom Hotelzimmer der Band zwei Anrufe getätigt worden sind, beide Ortsgespräche. Der eine dauerte dreieinhalb Minuten und galt dem Soy Palace. Ich habe den Laden überprüft und keinen Grund anzunehmen, daß es sich dabei um etwas anderes als eine orientalische Futterkrippe handelt.«

»Ich auch nicht. Der Fraß ist widerlich. Was noch?«

»Der zweite Anruf galt einem gewissen Ernesto Gavillon, der als Musikpromoter unter dem Namen Ernesto Best bekannt ist. Der Anruf dauerte siebenundfünfzig Minuten. Ich bin das Telekomregister für das Apartment im Caina durchgegangen. In den letzten Wochen sind vom Apartment aus unzählige Gespräche mit Ernesto Best geführt worden. Bests Register weist ebenfalls zahllose Anrufe im Caina aus.«

»Cara«, rief Chase, »kennst du einen Ernesto Best?«

Die Trainingsgeräusche verstummten. »Ja, das ist der

Agent der Band.« Ihre Stimme klang angestrengt, aber das überraschte Chase nicht. Er hatte gesehen, wie sie den Multitrainer eingestellt hatte.

»Kennt er dich?«

»Nur als ihren Manager.«

»Danke!« Er nahm die Hand von der Sprechmuschel. »Best ist der Agent ...«

»Ich habe alles gehört.«

»Wir können also annehmen, sie haben ihm erzählt, daß Cara abgehauen ist.«

»Du kannst annehmen, was du willst.«

»Danke. Und die zweite wertvolle Information?«

»Das Computersystem des Caina weist alle Anzeichen eines Einbruchs auf.«

Chase richtete sich auf. »Abgesehen von deinem?«

»Selbstverständlich.«

»Irgendwelche charakteristischen Merkmale, die dir bekannt vorkommen?«

»Keine. Das System des Caina verdient kaum, als solches bezeichnet zu werden. Ein Kind mit einem Radio Shack könnte eindringen, ohne ein charakteristisches Merkmal zu hinterlassen.«

»Aber du bist auf Anzeichen gestoßen, daß jemand darin herumgepfuscht hat.«

»Subtil, aber vorhanden.«

Chase nickte. »Also gut. Kannst du einen Wächter in mein System einbauen? Ich will wissen, wenn jemand irgendwelche Sondierungsversuche unternimmt.«

»Ich kann ein kleines Konstrukt programmieren, das als Wachhund fungiert. Ich kann es auch mit deinem Telekomregister koppeln. Aber dadurch wird die Leistung deines Systems beeinträchtigt.«

»Damit kann ich leben.« Er lauschte einen Augenblick, um sich zu vergewissern daß der Multitrainer in Betrieb war, dann fragte er leise: »Was ist mit dem vollständigen Bericht?«

»Die Informationen werden noch gesammelt und

überprüft. Ich erwarte Abschluß und Lieferung innerhalb der nächsten acht Stunden.«

»Gut. Danke, Lachesis. Ich weiß deine Arbeit zu würdigen.«

Schweigen.

»Hallo?«

»Augenblick.«

Er wartete.

»Du hast ein Gespräch mit Großbritannien geführt.«

»Was!«

»Dein Konto bei Manhattan Datacom weist eine Überseegebühr für ein Gespräch mit einem Teilnehmer in der Gegend um Nottingham aus.«

»Verdammt.«

»Einige Anzeichen sprechen dafür, daß ein Spürprogramm eingesetzt wurde, das mindestens bis in das regionale Telekomnetz UCAS-Nordost vorgedrungen ist.«

»Was heißt das?«

»Es besteht eine zweiundvierzigprozentige Wahrscheinlichkeit mit einer Toleranz von zwei komma zwei, daß ausreichend Informationen gesammelt werden konnten, um deinen Anschluß zu identifizieren.«

»Gibt es irgendeine Möglichkeit, das Spürprogramm zurückzuverfolgen?«

»Keine.«

»In Ordnung. Installiere den Wachhund und nimm Verbindung mit mir auf, sobald du den endgültigen Bericht hast.«

»Verstanden.« Einen Augenblick später war die Leitung tot.

Als Chase den Hörer auflegte, betrat Cara das Zimmer.

»Und, was ist?« fragte sie nach einem Augenblick des Schweigens.

Er stand auf und drehte sich zu ihr um. »Deine Freunde sind wahrscheinlich in Sicherheit, solange sie sich bedeckt halten und ruhig bleiben.«

Sie ließ sich locker auf eines seiner Sofas fallen, wobei ihr farbloser Gymnastikbody und ihre blasse Haut vor dem Hintergrund des dunklen Leders fast durchscheinend wirkten. Sie vergrub ihr Gesicht in ein Handtuch und wischte sich den Schweiß ab. »Glaubst du wirklich, sie könnten sich in Gefahr befinden?« fragte sie ihn, als sie schließlich wieder den Kopf hob.

Er zuckte die Achseln. »Schwer zu sagen, aber bei einem Attentat auf einen Milliarden-Dollar-Megakonzern-Exec wird man keine halben Sachen machen. Wenn jemand nach dir sucht, ist die Band das einzige Verbindungsglied.«

Sie blinzelte und spitzte die Lippen. »Glaubst du, daß sie reden werden?«

»Ich würde sagen, sie haben es bereits getan.« Chase setzte sich auf eine Sessellehne direkt vor ihr. »Deine Kumpel haben Ernesto Best angerufen, und wenn du mich fragst, haben sie ihm sofort brühwarm erzählt, daß du mit irgendeinem Burschen abgehauen bist.«

Cara nickte. »Ja, schon die Tatsache, daß *sie* ihn angerufen haben und nicht ich, wird Ernie zu denken ...«

Ein plötzliches schrilles Jaulen, gefolgt von drei lauten Summtönen, hallte durch das Zimmer und schnitt ihr das Wort ab. Chase lehnte sich zurück und holte tief Luft.

Caras Kopf fuhr herum. »Was ...«

Aus verborgenen Lautsprechern ertönte eine trokkene, künstliche Stimme. »Sicherheitssysteme melden unbefugtes Eindringen durch den hinteren Lieferanteneingang.«

Sie stand auf und sah Chase fragend an. Der starrte an die Decke.

»Sicherheitssysteme melden unbefugten Eingriff in ...«

Cara sah sich hektisch um und hob das Handtuch auf, das sie fallen gelassen hatte. »Was geht hier vor?«

Chase zuckte die Achseln. »Jemand ist im Gebäude,

der hier nichts zu suchen hat. Wahrscheinlich mehr als einer.«

Ihre Augen weiteten sich, und sie knüllte das Handtuch zusammen. »Sie sind hinter mir her, richtig?«

Er musterte sie scharf. »Wie kann das sein?« sagte er glatt. »Niemand weiß, daß du hier bist. Die einzigen, die etwas ausplaudern könnten, sind deine Chummer von der Band, und die wissen nicht, wo du bist.«

Sie sah ihn an.

»Oder nicht?«

»Ich …«

»Du hast es vermasselt.«

Sie zuckte zusammen. »Ich mußte ihr sagen, daß es mir gut geht. Sie ist diejenige, die mir bei der Einreise nach England geholfen hat. Sie hat sich Sorgen gemacht. Ich hab ihr nicht gesagt, wo ich …«

»Du hast zu lange mit ihr gesprochen. Sie haben den Anruf zurückverfolgt.«

»O Gott …«

Chase stand auf. »Du hast noch alles in deiner Tasche, wie ich dir gesagt habe?«

Sie nickte.

»Schnapp sie dir und auch alles andere von dir, was vielleicht noch herumliegt. Sieh auch im Badezimmer nach. Dann komm wieder hierher zurück.«

Sie folgte seiner Aufforderung. Als sie wieder ins Wohnzimmer kam, studierte er gerade eine Anzeige auf einem der Telekomterminals. »Jemand ist in die Sicherheitssysteme gedeckt, aber im Augenblick befindet sich niemand darin. Verdammt noch mal, ich hätte sie das ganze Gebäude sichern lassen sollen.«

»Sie?«

»Später. Soweit ich sehen kann, ist eine Gruppe durch den Hintereingang ins Haus eingedrungen und über die Hintertreppe auf dem Weg nach oben. Die Sicherheitsalarme bilden ein unabhängiges System, also weiß ich nicht, ob ein Alarm rausgegangen ist oder nicht.«

»Was willst du jetzt unternehmen?«

»Mich verstecken. Zur Flucht haben wir keine Zeit mehr. Wer weiß, wie weit sie schon gekommen sind? Hier, fang.« Er warf ihr einen kleinen Gegenstand zu. Sie griff daneben, und der Gegenstand rutschte ein Stück über den Boden, bevor sie ihn zu fassen bekam und dabei die Hälfte dessen, was sie trug, fallen ließ.

»Ein Feuerzeug ...?«

»Mach es an und halte es vor einen der Hitzesensoren in der Küche. Am besten, du verbrennst den Sensor.«

Sie tat es, indem sie das Plastik versengte, und die automatische Sprinkleranlage überschwemmte die Kochnische mit Wasser. Cara sprang zurück und entging den Fluten ganz knapp. »Du Drek, warum hast du ...«

»Wenn der Sensor geschmolzen ist, bleibt die Sprinkleranlage so lange in Betrieb, bis sie jemand abschaltet. Unsere Eindringlinge müssen Drek im Hirn haben, weil sie sich gar nicht erst die Mühe gemacht haben, den Feueralarm zu sperren.«

»Ach so«, sagte sie, während sie einige ihrer Sachen, die naß geworden waren, mit dem Handtuch abtrocknete. »Aber sollten wir nicht ...«

Die Anzeige auf dem Telekomschirm veränderte sich: Einige Worte flammten rot auf, dann wurde der Schirm schwarz. Chase seufzte. »Tja, jemand hat gerade die Sicherheitstür zu dieser Etage aufgebrochen und dann das ganze verdammte System zum Absturz gebracht. Zeit zu verschwinden, Cara.« Er setzte sich in Bewegung und bedeutete ihr, ihm zu folgen.

Sie tat es, und sie betraten das taghell erleuchtete Eßzimmer. »Ich hoffe, sie hatten keine Zeit, sich die Pläne für dieses Haus zu besorgen.«

Cara warf einen Blick auf die Eingangstür. »Warum wartest du nicht einfach und ... ich weiß nicht ...«

»Kämpfst es mit ihnen aus?«

»Tja ...«

»Wir sind hier nicht im Trid, Cara.« Er zog eine kleine schwarze Fernbedienung aus der Tasche. »Ich weiß nicht, wer sie sind und was sie an Feuerkraft aufzubieten haben. Und es ist verdammt lange her, seit ich mich zuletzt auf einen Kampf eingelassen habe, weil ich es wollte. Heutzutage versuche ich, solchen Dingen möglichst aus dem Weg zu gehen.«

Er richtete die Fernbedienung auf das größte Möbelstück im Zimmer, einem Spiegelschrank, und drückte auf einen Knopf. Ein kaum hörbares Klicken ertönte. Er zog an dem Spiegelschrank, der sich in den Raum drehte und den Eingang zu einem kleinen, dunklen Raum freimachte. Vom anderen Ende des Apartments ertönte ein warnendes Summen.

Cara fuhr herum. »Was?« Er packte ihren Arm und schob sie in das Geheimzimmer. »Das Magnetschloß an der Eingangstür. Es muß ein härterer Brocken für sie sein, als sie erwartet haben. So sollte es, verdammt noch mal, auch sein.«

Chase folgte ihr hinein und zog einen Hebel an der Wand. Der Spiegelschrank glitt hinter ihnen wieder an Ort und Stelle, und die Öffnung verschloß sich mit einem Zischen.

Lichter gingen an. Der Raum war höchstens drei mal drei Meter groß und enthielt nur ein paar Monitore, die Chase der Reihe nach einschaltete, zwei kleine Kanister, die an der Wand befestigt waren, und ein paar Waffen, die an Haken hingen. Caras Augen weiteten sich, als sie die Maschinenpistole erblickte. »Nicht anfassen«, warnte er.

Auf den Monitoren waren jetzt die Räume des Apartments zu sehen. Über einen Ohrhörer lauschte Chase der Übertragung der Mikrofone.

Cara glitt neben ihn. »Kann ich …?«

Chase bedachte sie mit einem finsteren Blick und drehte sich dann zu den Monitoren um. Die Eingangstür, die sich den Bemühungen der Eindringlinge schließlich gebeugt hatte, öffnete sich langsam. Ein Neger in einem dunklen langen Mantel schwang drohend einen schweren schallgedämpften Colt, als er die Tür endgültig aufschob und den dahinterliegenden Raum begutachtete. Cara zischte etwas.

»Kennst du ihn?« fragte Chase.

»Ja. Er war in London.«

»Name?«

»Ich glaube, er wurde Victor genannt.«

Victor trat vorsichtig ein, wobei der Lauf seines Colts seinem forschenden Blick folgte. Eine rothaarige Frau in schwarzem Leder und einer massigen Jacke war direkt hinter ihm. Sie hielt eine schallgedämpfte Heckler & Koch Maschinenpistole im Anschlag und gab ihm Deckung.

»Die Frau wurde Roja genannt«, sagte Cara.

»Na schön. Dann wollen wir mal sehen, wie gut ...« Er unterbrach sich, als hinter der Frau eine weitere Person eintrat: Ein hochgewachsener, schlanker Mann mit dem feinknochigen Körperbau und den spitzen Ohren der metamenschlichen Rasse der Elfen. Sein Haar war lang und weiß und glitzerte silbrig. Der Elf bewegte sich sehr vorsichtig, wobei er den Blick schweifen ließ, aber seine Augen schienen in weite Ferne gerichtet zu sein. Seine Hände steckten in den Taschen seines langen grauen Mantels.

»Ich glaube, wir sitzen in der Tinte«, sagte Chase.

Cara warf ihm einen scharfen Blick zu. »Den habe ich in London nicht gesehen ...«

»Ich wette, er ist ein Magier.«

Sie stieß einen würgenden Laut aus.

»Ich glaube, er durchsucht das Apartment mit seinem magischen Blick nach irgendeiner Spur von uns oder von Magie.«

Sie legte ihm die Hand auf den Arm, und er spürte, wie sie sich verkrampfte. »Dann wird er uns finden und ...«

Er schüttelte den Kopf, während er beobachtete, wie die ersten beiden tiefer in das Apartment eindrangen. Der Elf blieb zurück. »Dieser Raum ist magisch abgeschirmt«, sagte Chase. »Ich habe einen Haufen Geld bezahlt, damit sie mir irgendeine speziell gezüchtete Bakterienart oder so was in die Wände sprühen. Angeblich kann ein Magier auf astralem Weg fast alles durchdringen *außer* lebendigen Wesen.« Er starrte gespannt auf die Monitore. »Ich verstehe diesen ganzen magischen Drek nicht hundertprozentig.«

»Wird der Magier denn nicht merken, daß die Bakterien da sind? Ich meine, Ratten in den Wänden, na gut, aber ...«

Chase sagte nichts, während der Elfenmagier ein paarmal blinzelte und sich dann wieder normal bewegte. »Er hat mit seinem Hokuspokus aufgehört.«

Der Elf gesellte sich zu Victor ins Wohnzimmer. Roja durchsuchte die angrenzenden Räume. Victor betrachtete den wassergetränkten Teppich unter seinen Füßen und dann den Sprühregen, der auf die Kochnische niederging. »Es sieht so aus, als seien sie verschwunden«, sagte der Elf mit hoher, melodischer Stimme.

Victor nickte. »Gut und schlecht. Uns bleiben wahrscheinlich nicht mehr als fünf Minuten, bis die Feuerwehr kommt.« Er sprach mit der Andeutung eines deutschen Akzents. »Roja!« rief er. »Sieh mal nach, ob sie so dämlich waren, Hinweise zurückzulassen, wohin sie verschwunden sein könnten.«

Er erhielt keine Antwort, aber Chase hörte sie in dem anderen Zimmer rumoren.

»Was sagen sie?« fragte Cara.

Er bedeutete ihr zu schweigen und zeigte dann auf einen weiteren Ohrhörer, der an der Wand hing. Sie nahm ihn und stöpselte ihn sich ins Ohr. Chase konnte ganz deutlich die in ihren Schädel implantierte Datenbuchse neben dem Ohr erkennen. Es war eine gute. Teuer und fachkundig eingesetzt.

Victor wandte sich an den Elf. »Kannst du sie finden?«

Der Elf zuckte die Achseln. »Unwahrscheinlich, wenn sie nicht gerade in der Nähe sind. Ich habe zu wenig, woran ich mich halten kann. Aber natürlich kann ich es versuchen.«

Chase zuckte zusammen. »Verdammt.« Er griff nach unten und legte die Hand auf die zwei kleinen, an der Wand befestigten Kanister. Dann schob er eine Abdeckung zur Seite und legte die Finger auf zwei unbeleuchtete Knöpfe.

»Was ist das?« fragte Cara.

»CNX II. Ein Nervengas.«

Cara starrte ihn an.

»Es ist nicht tödlich, kaum gefährlicher als Tränengas, aber es kann einem das Leben zur Hölle machen. Hier drinnen sind wir sicher, aber das Gas müßte sie lange genug außer Gefecht setzen, daß ich irgend etwas unternehmen kann.«

»Wie lange hält es sich?« Caras Stimme war sehr leise.

»Weniger als eine Minute. Es zersetzt sich sehr schnell, so daß es nicht bis in die anderen Apartments vordringen kann.«

Cara schnitt eine Grimasse, während sie sich noch fester an Chases Arm klammerte. »Hältst du es für kl…«

Rojas Ankunft aus dem anderen Zimmer brachte sie zum Schweigen. Die rothaarige Frau lächelte. »Keine Sorge, Chummer. Ich habe einen Haufen Haare aus dem Abfluß im Badezimmer geklaubt.« Sie warf dem Elf einen kleinen Plastikbeutel zu. »Wir können sie mit Magie aufspüren.«

Chase schlug wütend mit der Faust gegen die Wand. »*Verdammt!* Jetzt bleibt uns keine andere Wahl.« Chase drückte auf beide Knöpfe.

Der Elf hielt den Beutel in das Licht, das durch die Fenster fiel, und betrachtete die Haare. »Ich kann nicht sagen, ob es Haare von beiden sind oder…«

Das laute elektronische Jaulen eines Geräts, das Victor unter dem Mantel tragen mußte, schnitt ihm das Wort ab. »*Nervengas!*« schrie Victor. Der Elf ließ den Beutel fallen und warf rasch etwas vor sich in die Luft. Eine schwache Spur violetten Lichts zeichnete seine Bewegungen nach. Rojas Augen weiteten sich und schlossen sich dann, während ihr Körper unkontrolliert zuckte. Sie sah aus, als habe sie irgend etwas unglaublich Widerwärtiges gerochen.

»*Verdammt*«, flüsterte Chase. Was, zum Teufel, dachten sie sich dabei, einen Gasdetektor mitzubringen?

Victor ging um den Elf herum und stützte Roja, die noch einmal zuckte, würgte und dann erschlaffte. Der Elf beendete seine Bewegungen und öffnete die linke Hand. Eine Kugel aus rauchigem, violettem Licht dehnte sich von ihr in Gestalt einer leuchtenden Schockwelle auf den ganzen Raum aus. Der Elf drehte sich um und hielt seine beiden Kameraden fest. Victor machte einen angeschlagenen Eindruck. »Hilf ihr, Séarlas«, sagte er.

Der Elf nickte und nahm Victor Roja ab. Dann ließ er sie sanft zu Boden gleiten. »Das Gift in der Luft ist neutralisiert worden. Jetzt muß ich mich noch um das kümmern, was bereits in ihren Blutkreislauf eingetreten ist«, sagte Séarlas. Er hielt die Hand waagerecht über die Brust der Frau, die weiterhin krampfhaft zuckte und würgte. »Wie fühlst du dich?« fragte er Victor, ohne aufzusehen. Die Anstrengung war ihm anzuhören.

»Gut.« Victors Augen wichen nicht von Roja. »Wir müssen irgendein Sicherheitssystem ausgelöst haben.«

»Vielleicht«, sagte der Elf.

Das violette Leuchten pulsierte jetzt zwischen Séarlas' Hand und der Frau. Ihr Körper beruhigte sich langsam. Chase stieß seinen angehaltenen Atem aus.

»Ist sie …?« fragte Victor. Sein Blick irrte jetzt wieder durch das Apartment.

»Sie hat keinen Schaden erlitten.« Als der Elf Roja

aufhob, waren ihre Augen zwar immer noch geschlossen, aber sie hielt sich bereits an seinem Mantel fest. »Wir müssen verschwinden.«

Victor nickte und hob die Waffe auf, die Roja fallen gelassen hatte. Er folgte dem Elf, kehrte dann aber nach ein paar Schritten um und hob den Beutel mit den Haaren auf. Dann rannte er hinter seinen Kameraden her, wobei er noch einen letzten Blick in das Apartment warf, als er die Tür hinter sich schloß. Die Wut stand ihm deutlich ins Gesicht geschrieben.

Chase ließ den Kopf gegen die Wand des kleinen Raums sinken, so langsam, daß nur ein dumpfes *Tock* zu hören war. Cara beobachtete noch ein paar Sekunden die Monitore, dann sah sie ihn an. Keiner sagte etwas.

»Verdammt«, sagte er schließlich noch einmal. »*Poputano.*«

»Was?«

Er sah sie an. »Im Arsch.«

»Was redest du. Sie sind doch weg ...«

Chase nickte. »Ja, sie sind weg, aber sie haben ein paar Haare mitgenommen.«

Cara betrachtete ihn verständnislos.

»Man hat mir mal erklärt, daß Magier alle Teile oder Flüssigkeiten, die ein Körper verliert oder zurückläßt, also Haare, Fingernägel, Blut, Sperma und so weiter, dazu benutzen können, die betreffende Person aufzuspüren. Je frischer, desto besser. Es dauert ein paar Stunden, aber es ist so, als würde der Finger Gottes vom Himmel auf dich zeigen.«

Chase sah auf die Uhr, dann zog er an dem Hebel neben der Türöffnung. Es zischte wieder, und Licht fiel in die Geheimkammer. Cara hielt den Atem an.

»Uns kann nichts passieren. Es ist genug Zeit vergangen.« Er drückte gegen den Spiegelschrank und betrat das Eßzimmer. In der Ferne jaulten die Sirenen der Feuerwehr. »Es wird Zeit, daß wir verschwinden«, sagte Chase.

Cara nahm ihre Sachen, die sie mit in die Kammer genommen hatte, und folgte ihm. »Church«, sagte sie.

Er drehte sich um. Sie war in der Tür des Eßzimmers stehengeblieben und drückte ihre Habseligkeiten fest an sich. Sie trug immer noch ihren Gymnastikbody, und Chase konnte die Angst in ihren Augen erkennen. »Sie haben Magie ... sie werden uns umbringen ...«

Chase wollte zu ihr gehen, sie in die Arme nehmen, festhalten und ihr sagen, daß alles gut würde. Sie brauchte ihn, und er konnte sie trösten. Chase wollte, aber plötzlich hatte er Angst davor, die Entfernung zwischen ihnen zu überbrücken, jene paar Schritte zu ihr zu gehen.

Statt dessen formulierte er seine Antwort so vorsichtig wie möglich. »Ich will dich nicht belügen, Cara. Ich habe keine Ahnung, was wir tun können. Aber ich kenne jemanden, der es wissen wird.«

7

Farraday!«

Chase platzte mit einer Windbö von der Straße in den Taliskrämerladen. Er sah sich hektisch überall um und durchquerte den Raum dann, dicht gefolgt von Cara, die die Tür hinter ihnen schloß. Der Laden ähnelte einem altmodischen Büchergeschäft, abgesehen davon, daß die Regale nicht nur mit Büchern, sondern auch mit merkwürdigen Gegenständen und Gerätschaften des Okkulten gefüllt waren. Cara sah sich mit weit aufgerissenen Augen um.

»Farraday!« rief Chase noch einmal.

»Hier oben«, erklang eine hohe, merkwürdige Stimme.

Chase und Cara schauten beide auf. Ein hoch aufgeschossener, schlaksiger Mann hockte dicht unter der Decke auf einem der hohen Bücherregale. An der Wand neben ihm hingen mehrere neue amerindianische Medizinschilde. Vor ihm auf dem Regal lagen noch mehr, die jedoch noch in Palstikfolie gehüllt waren. »Ich wollte erst sehen, wer es ist, bevor ich mich melde.«

»Ich stecke in der Klemme, mein Freund. Ich brauche deine Hilfe«, sagte Chase.

Cara keuchte auf, und Chase wich einen Schritt zurück, als Farraday sich buchstäblich vom Regal herunterfallen ließ. Er bewegte sich nicht, aber sein Körper drehte sich im Flug und vollendete den Überschlag dicht über dem Boden. Er landete auf den Füßen, und seine Knie knickten ein wenig ein, wobei die vielen Fetische und Kinkerlitzchen an seiner Weste emsig hin und her hüpften. Er grinste. Sein Gesicht war länglich und hager mit übergroßen Augen von der Farbe seiner schwarzen, stacheligen Haare. An einem Ohr baumelte ein dünnes Band aus rotem und goldenem Metall. »Der

Katzensprung«, sagte er, immer noch in einer leichten Hocke. »Hab den Zauber gestern erst gekauft und konnte ihn sofort an mich binden. Ist keine Selbstverständlichkeit in dieser Gegend.«

»Gute Aktion«, sagte Chase. »Ich habe magische Probleme.«

Farraday erhob sich anmutig zu seiner vollen Größe. »Haben wir das nicht alle?«

»Ich glaube, man will uns magisch aufspüren, mich und das Mädchen.« Cara warf Chase einen Blick zu, während er fortfuhr. »Ein Elfenmagier hat ein paar Haare von uns in die Finger gekriegt, und wir sind ziemlich sicher, daß er uns damit aufspüren will.«

Farraday nickte. »Rituelle Zauberei. Ist ganz einfach.«

Chase zuckte zusammen. »Danke. Genau das, was ich hören wollte.«

Der Magier zuckte die Achseln. »Tut mir leid. Ich finde langes Darumherumreden moralisch verwerflich.«

»Ich auch, du stinkender Dreksack. Kannst du mir helfen oder nicht?«

»Man kann etwas dagegen tun, ja«, sagte Farraday grinsend. Er drehte sich um, hob eine Hand und bedeutete ihnen mit dem Zeigefinger, ihn nach hinten zu begleiten. Chase folgte ihm ebenso wie Cara, die sich bemühte, Chase zwischen sich und dem Magier zu halten.

»Church«, sagte sie leise. »Ich ...«

Farraday blieb plötzlich stehen, und sein Zeigefinger hörte auf zu zucken. »Wartet«, sagte er, den Kopf ein wenig geneigt. »Woher haben sie die Haare?«

»Aus dem Abfluß der Dusche«, antwortete Chase.

Der Magier drehte sich zu ihnen um, ein Glitzern in den Augen. »Nicht aus einer Haarbürste?«

Chase schüttelte den Kopf. »Mein Haar ist zu kurz. Ich benutze gar keine.« Er sah Cara an.

»Äh ... ja«, sagte sie. »Ich benutze eine Bürste.«

Das Funkeln in Farradays Augen erlosch.

»Aber ich hatte sie bei mir. Ich habe sie eingepackt, bevor wir in die Geheimkammer gegangen sind.«

Farraday grinste wieder und bedachte Chase mit einem abwägenden Blick, bevor er fortfuhr. »Was für ein Shampoo habt ihr benutzt?«

»Shampoo«, wiederholte Farraday. »Ernsthaft. Was für ein Shampoo habt ihr benutzt?«

Chase verbiß sich das Lachen und sah Cara an. »Ich... äh... benutze das auf meinem Regal. Äh... Chic Clean, glaube ich...«

Farraday nickte und grinste noch breiter. »Und du, meine Liebe?«

Caras Blicke wanderten zwischen Chase und dem Magier hin und her. »Ich auch. Ich hatte kein eigenes Shampoo dabei.«

Der Magier schnippte triumphierend mit den Fingern. »Dann habt ihr Glück.«

Chase musterte seinen Freund fragend. »Da komme ich wie üblich nicht mehr mit.«

»Ihr solltet ein natürliches Kräutershampoo benutzen, das ist euch doch klar, oder?«

Chase stöhnte innerlich. »Wir haben keine Zeit...«

»Aber derselbe Drek, der euch in ein paar Jahren den Skalp ruiniert haben wird, hat euch jetzt wahrscheinlich kurzfristig gerettet«, sagte Farraday. »Chic Clean ist eine chemische Monstrosität, aber in diesem Fall ist das gut. Um einen ehemaligen Körperbestandteil als materielle Verbindung für rituelle Zauberei zu benutzen, muß dieser Körperbestandteil so rein wie möglich sein. Chic Clean hinterläßt so viele Rückstände und Gifte im Haar, daß es ein ziemlicher Umstand sein wird, die Verbindung herzustellen.« Farraday strahlte über das ganze Gesicht.

Chase entspannte sich ein wenig. »Dann haben wir also nichts zu befürchten.«

Der Magier schüttelte den Kopf. »Das habe ich nicht gesagt. Sie werden länger brauchen und mehr Schwierigkeiten dabei haben, die Verbindung herzustellen, aber sie können es trotzdem schaffen. Wenn sie gut sind.«

»Ich denke, wir können davon ausgehen, daß sie es sind.«

Farraday hob die Augenbrauen.

»Einer von ihnen trug einen Nervengasdetektor. Der Magier verfügte sogar über einen Zauber, um mit dem Zeug fertig zu werden.«

»Also erfahrene Leute.«

Chase nickte.

»Weißt du, wer sie sind?«

»Ich habe so meine Vermutungen.«

Farraday nickte lächelnd.

»Was kannst du tun?« fragte Chase.

»Ich könnte euch in eine mystische Zelle stecken. Dadurch wärt ihr schwerer aufzuspüren, aber letzten Endes würde sie das nicht aufhalten, wenn sie so gut sind, wie du annimmst. Hinzu kommt, daß ihr in diesem Fall an einen Ort gebunden und damit leicht erreichbar seid, wenn man euch einmal aufgespürt hat.«

»Was schlägst du vor?«

»Lauft wie der Teufel. Verschwindet so weit weg von hier, wie ihr könnt. Je weiter ihr von dort weg seid, wo sie euch vermuten, desto schwerer seid ihr zu finden, ob mit oder ohne Haare.«

Chase nickte. »Sonst noch was?«

»Ich könnte euch mit ein paar Zaubern belegen«, sagte Farraday, »aber letzten Endes könnten sie euch mehr schaden als nützen. Wenn euch eure Feinde finden, seid ihr durch die Zauber sehr verwundbar.«

»Wenn du es sagst.«

»Danke. Aber eine Sache kann ich tun, die euch zumindest dabei helfen wird, aus der Stadt zu kommen.«

»Und die wäre?«

»Natürlich die Sache, die ich am besten kann, du Ungläubiger, du.«

»Aha«, sagte Chase, und Farraday grinste breit.

Mit einem Ausdruck der Bestürzung legte Cara Chase die Hand auf den Arm, doch Farraday redete weiter, bevor sie etwas sagen konnte.

»Ich werde den fiesesten, abgebrühtesten Geist dieser tollen Stadt beschwören, den ihr je gesehen habt«, sagte Farraday, indem er Cara durchdringend anstarrte. »Und unter seinem Schutz werdet ihr diese schöne Stadt verlassen.«

Kurze Zeit später standen sie in einer schmalen Gasse hinter Farradays Laden. Auf Anordnung des Schamanen hatten Chase und Cara die beiden Einmündungen der Gasse mit ein paar kleinen Mülltonnen versperrt. Farraday hatte ihnen erklärt, daß Unterbrechungen bei der Beschwörung des Stadtgeistes nicht unbedingt hilfreich sein würden. Chase hatte gefragt, ob sie für das Ritual ein Stück der Gasse vom Abfall säubern sollten, aber der Straßenschamane hatte gelacht und gesagt, daß sie höchstens noch mehr Müll verstreuen sollten. Schließlich handele es sich um einen Stadtgeist.

Umgeben von den Geräuschen der Stadt warteten sie jetzt darauf, daß der Schamane mit den nötigen Utensilien aus seinem Laden kam.

»Church«, sagte Cara mit beinahe erstickter Stimme. Ihr Mund bewegte sich, doch kein weiterer Laut kam über ihre Lippen.

Ihr starkes Unbehagen war offensichtlich. »Was ist los, Cara?« sagte er.

»Ich will nur ... ich meine, müssen wir wirklich ...«

»Du hast etwas gegen die Magie?«

Sie hielt den Riemen ihrer Schultertasche fest, damit sie nicht herunterfiel. »Nein, zum Teufel damit, ich mag sie einfach nicht«, sagte sie. »Müssen wir es auf diese Weise machen?«

Chase zuckte die Achseln. »Sie setzen Magie gegen uns ein, also brauchen wir Magie, um am Leben zu bleiben. Mehr weiß ich nicht. Wenn unser Elf und seine beiden Freunde hier direkt vor uns in dieser Gasse stünden, könnte ich die Sache in die Hand nehmen. Aber sie können überall sein und Gott weiß was beschwören. Wir brauchen die Magie.«

Sie schaute zu Boden. »Mir gefällt die Magie nicht.«

»Sie hat dir noch nie gefallen.«

»Nein, noch nie.«

»Dir hat auch Cyberware nie gefallen«, sagte Chase, »und doch hast du jetzt selbst welche.«

Sie griff sich an den Kopf und strich unbewußt über die glitzernde Datenbuchse neben ihrem Ohr. »Ich … brauchte sie für die Instrumente, weißt du, um sie zu spielen, als ich bei der Band war.«

»Du weißt, daß man die Dinger auch manuell spielen kann.«

»Ich … brauchte sie …«

Sie wirkte plötzlich sehr angespannt und schien sich äußerst unwohl zu fühlen. Sie hatte aufgehört, die Datenbuchse zu betasten, aber ihre linke Hand hatte zu zucken begonnen. Chase könnte hören, wie sich ihr Lederhandschuh spannte und entspannte.

»Hör mal«, sagte er, »gibt es irgendwas …«

Die Hintertür des Ladens flog auf, und Farraday kam heraus. Er trug einen langen schwarzgrauen Ledermantel, leichte Motorradstiefel, ein graues Seidenhemd und dieselbe schwarze Weste wie zuvor. Außerdem trug er einen neuen Ohrring am linken Ohr, einen rosafarbenen Stein an einer Silberkette. Er schaute nach rechts und links, ohne zu bemerken, daß er eine Unterhaltung unterbrochen hatte. »Sahne«, sagte er, die Sperren aus Mülltonnen begutachtend. »Kommen wir zum Geschäft.« Er hockte sich auf den Boden.

Das Erscheinen des Schamanen hatte Cara offenbar aus ihren dumpfen Grübeleien gerissen. Sie sah mit großen Augen zu, wie Farraday verschiedene Gegenstände aus den Taschen zog und auf den Boden legte.

Während sie den Schamanen beobachtete, beobachtete Chase sie.

»Was sind das für Sachen?« fragte sie.

»Sachen, die ich brauche.«

Sie strich sich über den Mund. »Aber das ist Spielzeug, ich meine ...«

Farraday runzelte die Stirn. »Natürlich ist das Spielzeug. Wie sollte ich ihn wohl sonst dazu bringen, daß er kommt?«

Sie kicherte, als die graue Gummimaus auf den Boden fiel und quietschend neben dem bunten Zirkusball landete.

»*Mister* Church«, sagte er, »ich nehme an, du hast zumindest einmal in deinem langen Leben einer Geisterbeschwörung beigewohnt.«

»Nur einer einzigen«, erwiderte Chase, »und das war hermetische Magie: ein Elementar.«

Farraday verzog das Gesicht. »Hirnlose Geschöpfe, kaum gescheiter als jene, die sie beschwören«, sagte er. »Das ist etwas ganz anderes.« Er musterte Cara. »Hast du jemals gesehen, wie ein Geist beschworen wird?«

Sie schüttelte den Kopf.

»Dann schlage ich vor, du stellst dich neben Church und tust gar nichts, es sei denn, er sagt dir etwas anderes. Wer weiß, was sonst passiert.«

Cara nickte und ging zu Chase. Sie nahm wieder seinen Arm. »Was wird er tun?« flüsterte sie.

»Keine Ahnung«, sagte er. »Jeder Schamane beschwört anders. Es ist sehr persönlich. Hermetische Magier haben Prozeduren ausprobiert und daraus so etwas wie Formeln entwickelt. Schamanen haben ebenfalls bestimmte Rituale, aber nach allem, was ich darüber weiß, passen sie sie bei einer Beschwörung den Umständen an, und zwar nach Gefühl.«

Sie nickte und klammerte sich fester an ihn. Ohne nachzudenken, streckte er einen Arm aus, und sie glitt in den Schutz, den er versprach.

»Also«, sagte Farraday, »ich mache es auf die lange Tour. Ich könnte es auch in einem Augenblick, aber warum sollte ich mir Kopfschmerzen dabei holen?« Er setzte sich auf Indianerart vor den Haufen Spielzeug. Er trennte die einzelnen Gegenstände, so daß sie sich untereinander nicht berührten, dann griff er in die Tasche und zog eine schmierige Tüte heraus.

»Was ist das?« fragte Cara.

»Pommes Frites«, sagte Farraday. »Cat liebt Nuke-It Burgerfritten über alles.«

»Du mußt doch nicht mehr …«

Chase drückte sie fester an sich, beträchtlich fester, und sie verschluckte den Rest. Farradays Augen schienen zu leuchten, waren jedoch auf nichts gerichtet, was Chase und Cara sehen konnten. Sein Kopf kippte ein wenig zur Seite und fing an, ruckartig hin und her zu zucken.

»Ooooooohhhh«, machte er leise, während er den Zirkusball zwischen den Fingern rollte. »Du bist mir ein ganz schlauer, was?«

Cara stellte sich auf die Zehenspitzen, um Chase ins Ohr zu flüstern: »Ist er … ich meine …«

»Ich nehme es an«, flüsterte Chase zurück.

Der Schamane grinste noch breiter. »Ich habe dich gefunden, ich sehe dich, ich habe dich, Kleine. Komm her, komm her, komm zum Spiel, komm ans Ziel.«

Der Ball lag plötzlich still, und die leichten Abfälle in der Gasse bewegten sich, als sei eine leichte Brise aufgekommen, was jedoch nicht der Fall war. Zumindest keine Brise, die Cara und Chase spüren konnten. Cara schluckte.

Der Ball tanzte jetzt von allein, als würde er von unsichtbaren Pfoten geschubst. Er sprang in die Luft und fiel wieder zur Erde. Dann begann das Spiel wieder von neuem. Farraday lachte. Die Gummimaus quietschte. Die Fritten waren verschwunden.

Am Himmel schob sich eine Wolke vor die Sonne,

und ihr Schatten fiel auf die Gasse. Er zog weiter, doch ein Teil des Schattens blieb und verfing sich an irgend etwas zu Füßen des Schamanen. Der Schatten versuchte sich zu lösen, sich um dieses Etwas zu schlängeln und sich davon zu befreien, doch es schien ihm nicht zu gelingen, und schließlich nahm er Gestalt an.

Zwei Punkte aus durchdringendem, weißem Licht richteten sich auf Chase und beobachteten ihn. Farraday streckte die Hand aus und strich der Katze leicht über das Fell, wobei Chase den Eindruck hatte, als würde die Hand des Schamanen im Fell der Katze versinken. Die Katze rieb sich an Farraday, verschmolz mit seinem eigenen Schatten und tauchte dann plötzlich neben Cara auf. Die wich einen Schritt zurück.

Farraday runzelte die Stirn. »Sie mag euch eigentlich nicht.«

»Ach?« sagte Chase.

»Zuviel Gift, sagt sie.«

»Gift?«

»Mh-mh«, machte der Schamane. Er schaute auf, und Chase konnte zwei dünne Rinnsale aus Schweiß erkennen, die ihm die Stirn herunterliefen. »Bei euch beiden.«

Cara zuckte zusammen, und Chase musterte sie. Ihre Augen waren auf die Katze gerichtet, die aus Schatten zu bestehen schien.

»Ich verstehe«, sagte Chase. »Wird sie das davon abhalten ...«

Der Schamane schüttelte den Kopf. »Nein. Sie macht es, um mir einen Gefallen zu tun. Es bedeutet nur, daß sie von sich aus nichts mit euch zu tun haben wollte.«

»Dann bedank dich für mich bei ihr. Ich meine es ernst.«

Chase war nicht sicher, aber einen Moment lang glaubte er, ein Lächeln tief in dem Schatten zu sehen. Dann glitt der Schatten davon, von einem unsichtbaren Wind erfaßt und zerstreut.

Der Schamane erhob sich. »Ihr steht jetzt unter ihrem Schutz.«

Chase fühlte zwar nichts, nickte aber trotzdem. »Was bedeutet das?«

»Geister wie sie können eine ganze Menge. Das meiste davon ist nichts Direktes, aber innerhalb ihres Machtbereichs kann sie ... äh ... dafür sorgen, daß Dinge ... passieren.«

Das beantwortete Chases Frage zwar nicht wirklich, aber das tat Farraday ohnehin nur selten. »Na schön. Für wie lange?«

»Bis Sonnenuntergang, oder bis ihr die Stadtgrenze überschreitet.«

»Das sollte reichen.« Er wandte sich an Cara. »Fertig?«

Sie war immer noch ganz nah bei ihm, betrachtete jedoch den Boden an der Stelle, wo die Schattenkatze verschwunden war. Sie schaute auf und nickte.

Chase streckte die Hand aus. Der Schamane nahm sie ohne Zögern. »Ich bin dir mal wieder was schuldig, mein Freund.«

Farraday zuckte die Achseln. »Das ist keine Einbahnstraße, Chummer. Du kannst dich ja irgendwann mal revanchieren.«

Chase lächelte. »Das werde ich. Ich verspreche es dir.«

Die beiden wandten sich ab und gingen los, doch der Schamane rief sie noch einmal zurück. »Habt ihr nicht noch etwas vergessen?«

Chase und Cara sahen zuerst ihn an und wechselten dann einen fragenden Blick. Der Schamane zeigte auf den Boden.

Dort, zu Caras Füßen, saß eine kleine schwarzweiße Katze, die ihrem Blick gelassen begegnete. Ihre Augen funkelten im Sonnenlicht leuchtend grün.

»Oh«, sagte Chase.

Chase und Cara machten sich zu Fuß auf den Weg. Die Katze lag in Caras Armen und schlief scheinbar fest.

Farraday hatte ihnen nahegelegt, zu Fuß zu gehen, und behauptet, der Geist könne sie auf diese Weise besser beschützen. Außerdem warnte er sie davor, Gebäude oder gar U-Bahn-Schächte zu betreten. Offenbar waren die Kräfte des Stadtgeistes auf seine Domäne beschränkt: die Straßen. Cara wollte wissen, ob die Katze in ihrer Nähe bleiben müsse. Mit einem Achselzucken hatte Farraday erklärt, es sei eine Überraschung, daß der Geist sich überhaupt die Mühe gemacht habe, eine Gestalt anzunehmen.

Chase führte sie wieder in Richtung Bahnhof, aber er hatte nicht die Absicht, einen regulären Zug aus der Stadt zu nehmen. Die meisten normalen Routen schieden wegen der Waffen aus, die er aus seinem Apartment mitgenommen hatte. Es war zwar möglich, kleinere Gegenstände durch die Kontrollpunkte zu schleusen, wenn man die richtigen Leute schmierte, aber automatische Waffen waren doch ein wenig zu illegal, als daß ihn die Cops mit einem Augenzwinkern durchwinken würden.

Unterwegs hielt er nach Anzeichen für Verfolger Ausschau, konnte jedoch keine entdecken.

»Ich hoffe, du hast einen Plan«, sagte Cara. Sie veränderte die Lage der Katze in ihren Armen ein wenig, da diese vom Tragen langsam lahm wurden.

»So was Ähnliches«, sagte er, während er sie durch den Stau an der Ecke Vierunddreißigste und Broadway führte. Sie waren von der Hektik und den Lichtern der Stadt umgeben, aber niemand schenkte ihnen auch nur die geringste Beachtung. »Zuerst verschwinden wir aus der Stadt. Dann suchen wir deine Mutter.«

»Ach so. Toller Plan.«

Chase grinste. »Erprobt und zuverlässig.«

»Und wie kommen wir aus der Stadt heraus?«

»Ich kenne jemand mit einem zugelassenen Wagen, der in der Nähe des Bahnhofs an der Ecke Vierunddreißigste und Zehnte wohnt. Den bringen wir dazu, uns zu fahren.«

Cara lachte. »Einfach so?«

»Einfach so. Die Sicherheit von Manhattan kontrolliert die Zugänge zu den Zügen ziemlich streng, aber an den Straßenkontrollpunkten sind sie in der Regel etwas lascher, vor allem, wenn man bedenkt, womit wir fahren.«

Cara öffnete den Mund, um etwas zu sagen, beschloß dann jedoch offenbar, abzuwarten und Tee zu trinken.

Der perlweiße Toyota Elite glitt anmutig aus der Garage und an den Randstein neben Chase. Cara lachte.

»Ein alter Hut für dich, nehme ich an«, sagte er.

»Was?«

»Du mußt daran gewöhnt sein, mit solchen Autos zu fahren.«

Sie zuckte die Achseln. »In letzter Zeit nicht mehr.«

Die Tür auf der Fahrerseite öffnete sich, und ein todschick gekleideter Ork zwängte sich heraus. Er setzte sich die Chauffeursmütze auf seinen Schopf roter Haare und ging gemessenen Schrittes auf die andere Seite des Wagens.

»Bitte, Milo, verschon mich«, sagte Chase. Das war zuviel für ihn.

»Unsinn, Sir. Für das, was Sie bezahlt haben, bekommen Sie auch die volle Behandlung.« Er vollführte eine perfekte japanische Verbeugung und öffnete für Cara eine der Türen im Fond. »Ma'am«, sagte er, während er ihr mit einer Hand beim Einsteigen half, »ich glaube, Sie werden alles zu Ihrer Zufriedenheit vorfinden. Die Luftfilter sind erst heute morgen gewechselt worden, also müßte die Luft im Wagen während der Fahrt perfekt sein. Die Bar ist voll bestückt, und im Kühlfach erwartet Sie eine kleine Auswahl von Aperitifs, darunter auch frisch zubereitetes Elaishón mit natürlichem Vanilleeis.«

Cara war bereits halb in der Limousine, die Katze schlaff im Arm, als sie innehielt. Bis jetzt hatte sie mitgespielt, indem sie eine angemessen blasierte Miene aufgesetzt hatte, aber bei der letzten Bemerkung des Orks nahm ihr Gesicht einen Ausdruck völliger Verblüffung an. »Elaishón?« fragte sie.

Milo der Ork zuckte die Achseln. »Irgendeine Elfentorte. Sie hat eine Füllung aus Erdbeeren und noch etwas anderem. Ich bin nicht sicher. Ich hole sie extra von einem Händler in der Innenstadt, wenn ein Kunde danach fragt. Dieser Händler fliegt sie jeden Tag aus einer Bäckerei in der Nähe von Eureka im Elfenland ein.«

Cara lächelte. »Klingt gut.«

Der Ork schüttelte den Kopf, als sie in den abgedunkelten Fond der Limousine glitt. »Bißchen zu fade für meinen Geschmack«, sagte er.

Nachdem Chase neben Cara eingestiegen war, schloß der Ork die Tür und ging auf die Fahrerseite. Einen Augenblick später erschien sein Gesicht auf einem der Monitore neben Cara. Er selbst war durch eine undurchsichtige Trennwand von der Fahrgastzelle abgesondert. »Wohin, Sir?«

»Wir müssen die Stadt verlassen, aber nicht auf einem der üblichen Wege. Mal sehen… Wie wär's mit dem MacArthur?« Milo nickte, und der Monitor wurde dunkel.

»MacArthur?« fragte Cara. Die Katze hatte sich auf ihrem Schoß zusammengerollt und schlief anscheinend. Cara kraulte sie abwesend.

»Ein kleiner Flughafen auf Long Island«, antwortete Chase. »Wickelt hauptsächlich den regionalen Erster-Klasse-Verkehr ab.«

»Daher also die Limousine«, sagte sie.

Chase nickte. Die Limousine fuhr los, und der Ork fädelte das übergroße Vehikel geschickt und zur Begleitung von nur ein oder zwei Hupen in den dichten Verkehr ein. An der nächsten Ecke bog er in Richtung Uptown ab. Nach nur wenigen Blocks, aber ziemlich viel Zeit wandte sich Milo nach Westen. Sein Gesicht erschien wieder auf dem Monitor. »Ich nehm den Westside Highway und fahr dann durch eine der Konzernzonen wieder nach Osten. Weniger Verkehr.« Dann runzelte er die Stirn, als sei ihm plötzlich etwas eingefallen. »Vorausgesetzt, das gibt keine Probleme.«

»Dürfte eigentlich keine geben«, sagte Chase. »Jeder, der hinter uns her ist, wird es sich zweimal überlegen, irgend etwas auf Konzerngelände zu versuchen.«

Der Ork lächelte breit. »Genau meine Meinung.«

Die Limousine fuhr langsam durch die Stadt. An jeder Kreuzung wartete sie, bis die Ampel grün wurde, und dann noch eine Weile, bis die Fußgängermassen die Straße geräumt hatten. Schließlich erreichte der Wagen den Westrand von Manhattan und bog nach Norden ab. Die Straße brachte sie rasch nach Uptown, und Milo verließ sie kurz vor der Siebenundfünfzigsten Straße im Schatten der architektonisch unmöglichen, DNS-ähnlichen Spirale des einhundert Stockwerke hohen Hauptquartiers von Prometheus Engineering. Sie fuhren an zwei wachsam dreinschauenden, leicht bewaffneten Beamten der New York Police Department AG vorbei und bogen dann nach Osten auf die Siebenundfünfzigste selbst ab. Cara bemühte sich einen besseren Blick auf die hoch aufragenden Wolkenkratzer aus Glas und Plastibeton zu bekommen, von denen sie umgeben waren.

Der Monitor erwachte wieder zum Leben. »Church«, sagte Milo.

Cara sah auf den Schirm, dann zu Chase herüber, der nicht reagiert hatte. Er zählte gerade die Tasten auf der Telekomfernbedienung in der Armlehne. »Church«, drängte sie ihn.

Chase sah auf und erkannte, daß er der Angesprochene war. »Tut mir leid. Was ist?«

»Irgendeine Ahnung, was die Burschen fahren, die euch auf den Fersen sind?« fragte der Ork. Er überholte gerade einen computergesteuerten Stadtrundfahrtenbus, in dem sich Dutzende von Auswärtigen die Nase an den Fensterscheiben plattdrückten.

Chase richtete sich auf und schaute aus dem Heckfenster. »Werden wir verfolgt?«

Der Ork nickte. »Ich nehm's an. Als wir die Achte überquert haben, ist ein Saab aus einer Garageneinfahrt geschossen und hat sich hinter uns gehängt. Er folgt uns in einem Block Abstand.«

Chase entdeckte mühelos die fast nicht vorhandene Motorhaube und das Kuppeldach eines schwarzen Saab Dynamit ein Stück hinter ihnen. Caras Verfolger? Vielleicht, aber war es möglich, daß man tatsächlich in Uptown auf sie gewartet hatte? Seine Gedanken überschlugen sich, als er sich zu erinnern versuchte, welche Megakonzerne Niederlassungen in dem Gebäude über der Garage besaßen. Die Manhattaner Hauptniederlassung von Fuchi Industrial Electronics und zugleich eine der größten Zweigstellen weltweit lag ein ziemliches Stück weit entfernt in Richtung Innenstadt in der Nähe der Inselspitze. Vielleicht eine Tochtergesellschaft?

Ohne Warnung scherte plötzlich der Rundfahrtenbus, den sie soeben überholt hatten, nach links aus und rammte den vorderen Kotflügel des Saab. Der Sportwagen versuchte sich von der Stoßstange des Busses zu lösen, doch das größere Fahrzeug schleifte ihn mit zielstrebiger Entschlossenheit quer über die Siebenundfünfzigste. Beide Fahrzeuge kollidierten mit einem geparkten Westwind 2000 und schoben den Wagen gemeinsam auf den Gehsteig. Die wenigen Fußgänger sprangen in Deckung, als der Bus den Saab weiterschleifte, bis dieser schließlich unter dem Splittern der Scheiben und Krachen der Metallrahmen die Ladenfront des Neiman Marcus- und Whitton-Gebäudes rammte.

Caras Kopf war beim Geräusch des Unfalls herumgewirbelt. »Jesus Christus«, sagte sie.

»Milo, fahr mal etwas langsamer.« Die Limousine bremste, und Chase bemühte sich, irgendwelche Anzeichen von Bewegung am rasch hinter ihnen zurückbleibenden Unfallort zu erkennen. Die Notausstiege des Busses öffneten sich, und erschütterte Touristen wankten unsicher auf die Straße. Daneben konnte er nichts Ungewöhnliches sehen.

»Fahr weiter«, sagte er. Die Limousine beschleunigte wieder, und Chase wollte sich schon umdrehen, als plötzlich eine einsame Gestalt auf dem Dach des Rundfahrtenbusses auftauchte. Chase konnte wenig von der Gestalt erkennen, aber er hatte den Eindruck, daß die Gestalt ihrer Limousine nachsah.

»Was ist dort hinten passiert?« fragte Milo, während der große Wagen immer mehr Fahrt aufnahm und sich die Entfernung zwischen ihnen und dem Unfallort rasch vergrößerte.

»Der Touristenbus hat den Saab gerammt, der dir aufgefallen ist«, sagte Chase.

Der Ork schüttelte den Kopf. »So was hat's schon lange nicht mehr gegeben.«

Cara beugte sich vor. »Was willst du damit sagen?«

»Die Autopiloten dieser Dinger sind verdammt gut. Ich kann mich nicht an so einen Unfall in den letzten Jahren erinnern.«

»Unfall«, wiederholte Chase leise, während er sich noch einmal umsah. Der Unfall lag jetzt mehrere Blocks hinter ihnen.

»Was?« fragte Cara mit gleichermaßen unterdrückter Stimme.

Chase sah sie an. »Ein Unfall.«

»Ja, ein Unfall.«

»Und wenn es gar kein Unfall war?«

Sie betrachtete ihn mit einem sonderbaren Gesichtsausdruck. »Was willst du damit sagen?«

»Wo ist die Katze?«

Ihre Hand glitt auf ihren Schoß, wo die Katze gesessen hatte, fand jedoch nur ihre Jacke. »Sie ist weg!« Sie sah sich rasch in dem Wagen um, konnte jedoch keine

Spur des kleinen schwarzweißen Tiers im Fond der Limousine entdecken. »Sie konnte doch gar nicht raus…«

»Farraday sagte, der Geist könne dafür sorgen, daß Dinge passieren.«

»Du glaubst doch nicht…«

Er nickte. »Doch. Ich hoffe nur, der Saab ist uns wirklich gefolgt«, sagte Chase. »Und vielleicht sollten wir darauf achten, was wir sagen, bis wir aus der Stadt raus sind.«

Cara nickte und erstarrte dann. Chase drehte sich um und folgte ihrem Blick. Auf einem der aufklappbaren Notsitze lag friedlich zusammengerollt die kleine schwarzweiße Katze. Sie beobachtete sie still und reglos durch halbgeschlossene Lider, die das Grün dahinter kaum verdecken konnten.

Sie saßen schweigend da, bis der Wagen über die Brücke nach Queens County fuhr. Auf halbem Weg über den East River verschmolz der Schatten, der die Katze war, mit dem schwarzen Leder des Notsitzes.

Der Wagen fuhr weiter zum MacArthur, wo das Flugzeug nach Texas wartete.

TEIL 2

DENVER, VIA DART SLOT

Der historische Vertrag von Denver, der im Jahre 2018 von den ehemaligen Vereinigten Staaten, Kanada und Mexiko sowie den durch Magie gestärkten Native American Nations (NAN) unterzeichnet wurde, veränderte dauerhaft das Kräftegleichgewicht auf dem nordamerikanischen Kontinent. Die NAN, eine Koalition amerikanischer Indianerstämme, bediente sich des Magieterrorismus, um ihre Forderung an die Regierung der Vereinigten Staaten nach Rückgabe der Ländereien des westlichen Nordamerika durchzusetzen. Im Vertrag von Denver wurde festgelegt, die nichtindianische Bevölkerung auf den von den NAN beanspruchten Ländereien innerhalb von zehn Jahren in andere Gebiete umzusiedeln. Außerdem sah der Vertrag die Einrichtung von Reservaten für nichtindianische Völker und Konzerne, die Etablierung von Seattle als exterritorialer Verlängerung der Vereinigten Staaten und die Aufteilung Denvers zwischen den Signatarmächten vor.

>>> Schlüsselwörter für zusätzliche Daten:

2030 – Unionsbeschluß – Aus der Asche der ehemaligen Vereinigten Staaten und Kanada gehen die Vereinigten Kanadischen und Amerikanischen Staaten hervor.
2033 – Wiedergeburt Aztlans – Die mexikanische Regierung stürzt.
2034 – Am Rande des Abgrunds – Krieg zwischen Texas und Aztlan.
2037 – Freistaat Kalifornien – Isolation gebiert Abspaltung.
2037 – Das Land der Verheißung – Die Elfen gründen Tir Tairngire und spalten sich von den NAN ab.

Auszug aus *Schulische Hypermedien, Ausgabe 7: Dein Nordamerika*

8

Chase neigte für einen Moment den Kopf und schirmte die Augen vor der Staubwolke ab, die von dem Helikopter aufgewirbelt wurde. Die Maschine sank langsam, und das tonnenschwere Hochleistungsdüsentriebwerk an ihrem Lasthaken schwankte bedenklich. Unter dem Helikopter standen zwei Männer auf der Ladefläche eines halb verrosteten Gaz-Willys Nomad-Tiefladers. Als das Triebwerk auf einer Höhe mit ihnen war, griffen sie danach und warfen zwei weiteren Männern, die neben dem LKW auf dem Boden standen, zwei Halteseile zu. Die beiden auf dem Boden zogen die Seile straff und stoppten die leichte Drehbewegung des Aggregats. Als sich die teure Fracht stabilisiert hatte, ließ der Pilot den Helikopter noch ein Stück absinken und mühte sich mit den beiden Männern auf dem LKW ab, um das Triebwerk sicher auf das dafür vorgesehene Gestell zu lotsen. Der LKW sackte ein wenig ab, als die Fracht auf den Streben aus Holz und Metall zur Ruhe kam.

Auf ein Zeichen eines der beiden Arbeiter klinkte der Pilot das Halteseil aus. Einen Augenblick später schoß der Hughes Stallion vorwärts, legte sich in eine Rechtskurve und beschleunigte über der offenen Wüste. Chase wußte, wenn er dem Helikopter lange genug nachsah, würde dieser bereits viele Kilometer entfernt sein, bevor er das grelle Licht aus den Augen verlor, das von seiner Metallhaut reflektiert wurde. Hier, nordöstlich der Grenze zwischen Texas und Aztlan, war das Land kahl, offen, ausgedörrt und aus eben diesen Gründen von atemberaubender Schönheit.

»Sieht gut aus«, sagte die Frau, die Chase beim Mittagessen Gesellschaft leistete, während sie sich den Staub von ihrer schwarzblauen Kappe der Texas Rattler klopfte. »Pratt and Whitney, wahrscheinlich aus der F604-Serie.« Sie lächelte breit und sah den vier Männern bei der Sicherung des Triebwerks zu. »Das Teil ist wahrscheinlich dreißig Jahre alt, aber ich wette, wenn die Jungs mit ihm fertig sind, geht es ab, als wär's gestern gebaut worden.«

»Wofür ist es?« fragte Chase.

»Ist 'ne Vektorschubturbine. Ich würde sagen, sie endet als Antriebsaggregat für *Ms. Mable.*« Die Frau klopfte sich noch mehr Staub aus ihrem nicht mehr so eleganten dreiteiligen Pferdeschwanz. »Als Terry und die Jungs letzte Woche mit ihr unterwegs waren, ist sie von einer SAM direkt an der Schmutzabschirmung erwischt worden. Normalerweise hätte sie die SAM nicht mal angekratzt, aber der Treffer hat die Halterung beschädigt, und als dann die Abschirmung futsch war, hat die Turbine den Geist aufgegeben.«

Becka Trinity betrachtete blinzelnd das Aggregat, als sich der Tieflader in Bewegung setzte und hinter einer Reihe von Fertighäusern verschwand. Sie wären langweilig und grau und in ihrer Eintönigkeit völlig identisch gewesen, wäre nicht das Wüstentarnnetz gewesen, das die meisten von ihnen bedeckte. Becka machte auf Chase den gleichen Eindruck wie die Häuser. Äußerlich unterschied sie sich kaum von Dutzenden, nein, Hunderten anderer amerindianischer Frauen, denen er begegnet war. Das gleiche lange rabenschwarze Haar, das gleiche rundliche Gesicht mit den kleinen Augen, die völlig von den Falten ihrer wettergegerbten Haut verschluckt zu werden schienen, wenn sie lächelte. Doch Chase kannte sie. Sie kleidete und zog sich an wie die Veteranin eines konzerneigenen oder nationalen Wüstenkriegteams, und sie liebte das überwältigende Dröhnen eines Düsentriebwerks bei Vollschub.

Sie war das, was man einen ›Birdie‹ nannte, ein Turbinengroupie, das sich an den Geräuschen und Gerüchen der leistungsstarken Schwebepanzer aus Überschüssen des Militärs berauschte, die den Spitznamen ›Thunderbird‹ trugen. Die T-Birds wurden hauptsächlich auf dem schwarzen Markt von bargeldhungrigen Privatarmeen oder Nationen verkauft und dann umgebaut, so daß sie auf Schnelligkeit, leichte Gefechtsbereitschaft und in erster Linie Schmuggel ausgelegt waren. Seit vielen, vielen Jahren war Becka Trinity ein vertrauter Anblick in dem Lager bei Dart Slot, wo sie Dutzenden kleinerer und größerer T-Bird-Teams bei den Vorbereitungen für ihre Flüge in das Aztlan-Territorium zusah und manchmal auch half.

Chase beobachtete sie und konnte sich ein Grinsen nicht verkneifen. »Ich nehme an, *Ms. Mable* hat es zurück geschafft?«

Trinity schnaubte. »Gott, ja. Terry Finch hat noch keine Maschine verloren.«

Er nickte und lauschte dem Dröhnen eines Triebwerks, das irgendwo hinter ihm, wo die Schwebepanzer gewartet wurden, bei niedrigem Schub getestet wurde. Er konnte erkennen, daß sie das Dröhnen ebenfalls hörte und – ihrer Miene nach zu urteilen – genau wußte, von welchem T-Bird es stammte. Der Gedanke erinnerte ihn an das, was er sie eigentlich hatte fragen wollen.

»Irgendeine Nachricht vom *Rapier's Touch?*«

Sie lächelte und warf Chase unter ihrem Mützenschirm einen belustigten Blick zu. »Ich hab mir gleich gedacht, daß du dich nicht nur um der alten Zeiten willen in die Sonne stellst und 'ne Schale Soy mit mir verdrückst. Hat trotzdem verdammt lange gedauert, bis du zur Sache kommst.«

Er kicherte und hob kapitulierend die Hände. »Du hast mich erwischt, *mea culpa*. Wie immer hab ich dich nur benutzt.«

»Drek, ich wünschte, es wär so.«

»Ja, also, was gibt's Neues? Irgendeine Nachricht?«

Sie zuckte die Achseln und richtete den Blick auf die nicht weit entfernte unsichtbare Grenze zwischen Texas und Aztlan. »Sie hätten gestern zurückkommen müssen, aber ich wette, das weißt du schon. Fender hat mir erzählt, sie hätten vorgehabt, von Muzquiz oder wie die Azzies das jetzt nennen, die Route über den North Branch Channel zu nehmen.«

»Ist das die übliche Route?«

Sie zuckte wiederum die Achseln. »Kommt drauf an. Ist keine leichte Route, aber man umgeht ein paar von den übleren Sensornetzen und Horchposten. El Problemo ist nur, es geht das Gerücht, daß die Azzies wieder mal einen ihrer verdammten revolutionären Märtyrer nördlich des Rio Grande jagen, und zwar mit einem ziemlichen Massenaufgebot, weil es sich um okkupiertes Gebiet handelt und wir alle wissen, daß die Texaner nur auf irgendeinen Vorwand warten, um es sich wiederzuholen.«

Chase setzte seine eigene Baseballmütze mit dem uralten weißblauen Emblem der New York Yankees ab. Einen Moment lang ließ er die Sonne ungehindert auf sich herunterbrennen, dann besann er sich eines Besseren. Es gab einen guten Grund, warum Trinity so aussah, wie sie aussah. »Also ist die Route wahrscheinlich heißer als … was? Eine Eidechse, die sich auf einem Auspuffrohr aalt?«

Trinity lachte wieder und schüttelte den Kopf. »Nee, nur heißer als die Hölle, würde ich sagen.« Ihr Kopf bewegte sich, aber sie hielt den Blick fest auf ihn gerichtet. »Wo wir gerade von heißer als die Hölle reden, du bist doch nicht hergekommen, um einen Blick auf die alten Sehenswürdigkeiten zu werfen, oder?«

»Nein. Ich wollte einen kleinen Ausflug machen.«

Sie hob die Augenbrauen. »Du willst dich doch nicht etwa in diesen Bürgerkrieg der Azzies einmischen?«

»Ich? Na klar, Señor Politico, das bin ich.«

»So so. Ich kann mich dunkel erinnern, von Gordani irgendwas über dich und ein paar Deutsche ...«

Chase hob rasch die Hand und bedeutete ihr zu schweigen. Er war sicher, daß sie allein waren, sah sich aber dennoch um. Von Cara war nichts zu sehen. »Du hast recht, aber das ist Vergangenheit.« Sein Tonfall wurde kälter. »Tot und begraben, könnte man sagen.«

Sie zuckte zusammen und sah zu Boden. »Ja, Gordo hat mir davon erzählt. Nach allem, was sie getan haben, waren sie ein Haufen elender Wichser. Haben alles redlich verdient, was sie von dir gekriegt haben.«

»Ich weiß, aber ich will nicht darüber reden, und ich will auch nicht, daß du oder jemand anders darüber redet.«

»An dem Gespräch waren nur Gordo und ich beteiligt. Ich glaube nicht, daß noch jemand in der Nähe war.«

»Dann eben Gordo und du. Eigentlich geht es mir mehr darum, daß Cara nicht zufällig jemanden darüber reden hört.«

Trinity sah wieder auf. »Ist das die Kleine, mit der du gekommen bist?«

Chase nickte. »Die Nachtmacher sind ein Teil meiner Vergangenheit«, sagte er. »Sie hat eigene Erfahrungen mit einer anderen Gruppe mit ähnlichen Überzeugungen gemacht. Ich will nicht, daß sie auf die Idee kommt, es könnte irgendeine Verbindung zwischen mir und Leuten wie denen bestehen. Sie hat auch so schon Grund genug für eine ausgewachsene Paranoia, da will ich sie nicht noch zusätzlich verwirren.«

»Verstanden. Von mir wird ab jetzt niemand mehr was hören.«

Sie blieben noch ein paar Minuten lang schweigend stehen, bis Trinity vom ständig lauter werdenden Dröhnen eines anderen Triebwerks irgendwo im Lager abgelenkt wurde. Chase drückte ihren Arm und ging dann weiter ins Lager hinein, wobei seine Kleidung mühelos mit dem Boden und dem Tarnnetz verschmolz. Abgesehen von seiner Baseballmütze, natürlich.

Chase hatte unabsichtlich viel Lärm gemacht, als er die flachen Holzstufen zu dem Plastikhaus erklomm, das Cara und er während ihres Aufenthalts in der Basis gemietet hatten. Irgend etwas schlief im Schatten unter diesen Stufen und verlieh seinem Mißvergnügen über Chase' Ankunft mit einem tiefen Knurren und der Andeutung eines stechenden Geruchs Ausdruck. Chase beschloß, nicht herauszufinden, um was für eine Art von Erwachter Monstrosität es sich handelte, sondern raste die Stufen hinauf und durch die Haustür. Er knallte die Tür mit einem Fluch hinter sich zu, dann überzeugte er sich davon, daß er die ziemlich zerbrechlichen Angeln nicht beschädigt hatte. Er holte sich ein Bier aus dem Kühlschrank in der Nähe der Tür, als sein Blick auf Cara fiel, die sein Eintreten anscheinend gar nicht bemerkt hatte.

Sie war im Wohnzimmer, tatsächlich dem einzigen Zimmer in dem winzigen Haus. Sie saß mit dem Rücken zu ihm auf dem Fußboden und schaukelte sanft mit dem Oberkörper hin und her. Sie trug Khakishorts, die sie sich in Dallas-Fort Worth gekauft hatte, und ein dunkelgrünes Top, das schweißdurchtränkt war. Chase konnte hören, daß sie leise etwas vor sich hin murmelte, verstand die Worte jedoch nicht.

Er ließ das Bier im Kühlschrank und ging langsam auf sie zu. Ihr linker Arm zuckte, und ihr Kopf ruckte hin und her, als beobachte sie etwas auf den Bodendielen vor ihr. Doch Chase konnte nichts erkennen, als er näher kam. Nichts, außer einem kleinen schwarzen Kasten, der nicht viel größer als ein altes Taschenbuch war. Von dem Kasten wand sich ein dünnes Spiralkabel zu einer Stelle in der Nähe ihres linken Ohrs. Chase brauchte das Ende des Kabels nicht erst zu sehen, um zu wissen, daß es in der Datenbuchse steckte, die sich an dieser Stelle befand.

In dem Schlitz über dem spartanischen LCD-Schirm, der Kontrollanzeige des Kastens, steckte ein dünnes graues Plättchen. Der Chip war nicht mit einem der üblichen Etiketten, sondern mit einem Stück durchsichtigen Klebebands versehen, auf das mit weißem Marker das Wort ›Kick‹ geschrieben worden war.

Chase ging vorsichtig weiter, bis er ihr Gesicht sehen konnte. Ihre Augen waren offen, doch blicklos, fast glasig, tanzten aber hin und her wie das Ende eines losen Starkstromkabels. In rascher Aufeinanderfolge huschten ein Dutzend Empfindungen über ihr Gesicht: Furcht, Ekstase, Zorn, Verwirrung, wiederum Furcht und so weiter. Bei alledem hielt sie ein dünnes Lächeln aufrecht, trotz der offensichtlichen Bemühungen ihrer Gesichtsmuskeln, es zu ändern. Die Muskeln in ihrem Nacken zuckten, und aus einem Auge quoll eine Träne. Ihre Lippen waren völlig ausgetrocknet. Nicht mehr Herr ihrer Sinne, sah sie nur das, was ihr der Chip zeigte, hörte, roch und schmeckte, was zu vermitteln er programmiert war, fühlte nur, was er zu fühlen gestattete. Ihre eigenen Empfindungen ertranken in der elektronischen Flut aus dem Deck vor ihr.

Das SimSinn-Deck, in das sie sich eingestöpselt hatte, war ein Fuchi, eines der besten erhältlichen Modelle, eine ziemliche Ironie, wenn man bedachte, wer sie war. Der untere Teil des Decks war mit weiterem Klebeband umwickelt: Offenbar war das Deck frisiert worden. Jemand hatte die Schaltkreise verändert und es unsicher gemacht. Chase vermutete, daß man wahrscheinlich die Filter und Begrenzer entfernt hatte, die das Signal bei SimSinn-Aufzeichnungen in legalen Grenzen halten sollten. Jetzt, wo diese Sicherungen entfernt waren, gab es nichts mehr, was den Benutzer vor der rohen Kraft der unbeeinträchtigten Sinnesreizungen schützte. In seinem Manhattaner Apartment hatte sie vor ein paar Tagen noch behauptet, nicht zu wissen, wie BTL-Chips genannt wurden, aber dafür wußte Cara Villiers offenbar ganz genau, wie man einen benutzte.

Er saß da und beobachtete sie eine Weile, während er dem Knacken und Ächzen des billigen Hauses zuhörte und aus dem unerträglich heißen Mittag ein nur noch heißer Nachmittag wurde. Chase hatte Angst, das Simdeck einfach abzuschalten oder sie auszustöpseln, da er nicht genau wußte, wie BTLs wirklich funktionierten. Er hatte andere Benutzer gekannt und sogar selbst die legalen, im Signal gedämpften Simchips ausprobiert, die im Handel erhältlich waren, aber mit der Wirkung eines echten BTL-Chips kannte er sich nicht aus. Also saß er nur da und hielt die Augen nach Anzeichen für irgendeine körperliche Gefahr offen.

Kurz bevor ihre Hand vorschnellte, um das Kabel aus dem Deck zu ziehen, versteifte sich ihr Körper, und sie setzte zu einem langen, tiefen Atemzug an. Chase sprang auf und war bereit, sich schneller zu bewegen, als er dies in den letzten Jahren getan hatte, und sie auszustöpseln, als sie es selbst tat. Obwohl ausgestöpselt, atmete sie weiterhin schwer, als müsse ihr Körper den Verlust der künstlichen Sinneswahrnehmungen kompensieren, die auf sie eingeströmt waren. Ihre Augen hatten sich beim Ausstöpseln geschlossen, so daß sie ihn nicht gesehen hatte. Behutsam kehrte er in die Ecke zurück, in der er gewartet hatte.

Sie saß eine Zeitlang still und reglos da, während sich ihr Körper beruhigte. Schließlich öffneten sich ihre Augen; sie leckte sich die Lippen und griff nach dem Deck. Ihre Hand erstarrte über dem Gerät, als sie aus dem Augenwinkel Chase in seiner Ecke wahrnahm. Sie fuhr zu ihm herum, und die Furcht in ihren Augen war überwältigend.

»Wie lange schon?« fragte er.

Sie antwortete nicht, sondern zog statt dessen langsam die Hand vom Deck zurück.

Er hatte die Beine angezogen und die Knie gespreizt, so daß sich die Füße berührten. Seine Arme ruhten auf den Knien, die Hände waren gefaltet. Von dort, wo Cara saß, konnte sie hinter den Händen nur seine Augen sehen. »Wie lange schon?« fragte er sie erneut aus seiner dunklen Ecke.

Cara blinzelte und sah sich rasch in dem Zimmer um, als wolle sie seinem Blick ausweichen. Sie blinzelte wieder und öffnete den Mund, doch bevor sie etwas sagte, zog sie sich das Kabel aus dem Kopf. Es fiel zu Boden und rollte sich zusammen, um seine natürliche Gestalt anzunehmen.

»Wie lange schon was?« sagte sie glatt.

»Die Chips.«

Sie neigte den Kopf. »Was ist damit?«

»Stell dich nicht dumm.«

Diesmal begegnete Cara tatsächlich seinem Blick. »Ich weiß nicht, wovon du sprichst.« Ihre Augen hatten einen harten Glanz.

Er schüttelte den Kopf und sagte nichts.

Sie nahm das Deck und ein weiches graurotes Etui, das Chase zuvor nicht bemerkt hatte. Dann schob sie das Deck in das Etui und steckte den grauen Chip in eine seiner Außentaschen. Er erhaschte einen flüchtigen Blick auf eine Reihe anderer Chips, die sich ebenfalls in der Tasche befanden, jedoch alle mit den bunten, fröhlichen Aufklebern handelsüblicher Simchips versehen waren. Das Kabel wanderte in eine Tasche auf der anderen Seite des Etuis. Sie schloß es und stellte es neben sich ab.

»Ich bin ein wenig überrascht«, sagte er.

»Worüber?«

»Laß es, Cara. Vielleicht habe ich keine klinische Erfahrung, aber ich weiß, was ich vor mir habe.«

Sie runzelte die Stirn und legte den Kopf ein wenig

schräg. »Ich sagte dir doch, daß ich nicht weiß, was du meinst.«

Chase veränderte seine Stellung und ließ die Hände sinken. »Also schön. Ich werde es dir sagen. Du benutzt BTL-Chips.«

»Was?«

»Diese Unterhaltung hatten wir schon, erinnerst du dich? Du weißt, wovon ich rede.«

Sie sah auf das Etui mit dem Deck darin und dann wieder zu ihm. »Du meinst das da?«

Chase hielt nach einem Anzeichen des Unbehagens Ausschau, das sie noch vor einer Minute an den Tag gelegt hatte. Von irgendwoher war jedoch ihre Fassung zurückgekehrt. Er hielt das für ein schlechtes Zeichen. »Ja, das Simdeck.«

Sie überraschte ihn, indem sie lächelte. »Das ist nicht das, was du glaubst.«

»Ach nein.«

Sie schüttelte den Kopf. »Nein. Alles völlig legal.«

»Auch der Chip mit der Aufschrift ›Kick‹?«

Sie blinzelte, und Verwirrung huschte über ihr Gesicht. »Ach so! Das ist eine Sammlung von Ausschnitten aus einer britischen Kabelshow. Sie jagt dich durch einen Haufen völlig verschiedener Dinge. Ist echt absolute Sahne!«

»Du hast schon ein Zucken entwickelt, unkontrollierte Muskelkrämpfe.«

Die Furcht schlich sich zurück. »Ich ... was ...«

Chase beugte sich vor. »Dein linker Arm. Er zuckt manchmal, wenn ...«

Ein jähes, hartes Klopfen an der dünnen Plastiktür unterbrach ihn mitten im Satz. *»Church!«* ertönte Becka Trinitys ungewöhnlich laute Stimme von draußen. »Es geht rund!«

Chase' Blick fiel wieder auf Cara, die aufstand und das Simdeck aufhob. Sie hatte sich von ihm abgewandt. Er stand ebenfalls auf und ging zur Tür.

Trinity stand am Fuß der Treppe, ein breites Grinsen auf den Lippen. »Komm schon. Du willst doch das Feuerwerk nicht verpassen!«

»Das Feuerwerk?«

»Das Feuerwerk, Chummer. Jemand düst mit Volldampf in Richtung Grenze, und die Azzies sind darauf aus, ihn zu geeken, bevor er es hinüber schafft.«

9

Cara glitt unter Chase' Arm hindurch und sprang die Treppe hinunter, bevor er überhaupt wußte, was los war. »Wo?« fragte Cara Trinity.

Die ältere Frau beäugte einen Moment lang das Mädchen und dann Chase. Plötzlich kam ihm der Gedanke, daß Cara ein wenig zerzaust und völlig verschwitzt war. Und er war sicher, daß er nur unwesentlich besser aussah.

»Sie sind noch ziemlich weit weg, aber Katie hat ein paar Funksprüche von den Azzies aufgeschnappt. Sie glaubt, ein T-Bird sei auf der Flucht nach Norden zur Grenze.«

»Der *Rapier?*« fragte Chase.

Trinity zuckte die Achseln. »Keine Ahnung. Wir müssen abwarten und Tee trinken.«

Cara schirmte die Augen vor der Sonne ab. »Wie lange noch, bis was passiert?«

Die alte Frau zuckte noch einmal die Achseln. »Eine Stunde, ein paar Minuten. T-Birds sind schnell, Schätzchen.«

Chase schloß die Tür hinter sich und ging die Treppe hinunter. »Und wo gibt's die besten Plätze?«

Trinity lächelte. »Na, da drüben«, sagte sie, auf eine kleine Klippe in ein paar Kilometern Entfernung deutend. »Grimm's Flat. Ein paar aus dem Lager sind bereits dort.«

Sie fuhren mit Mickey Dares Pickup, und auf der Ladefläche drängten sich etwa ein Dutzend Leute. Chase saß neben Cara, eng an sie gepreßt. Sie sprach mit jedem außer ihm.

Wie Trinity gesagt hatte, waren ein paar Leute bereits oben, als der Pickup schließlich auf der Klippe anhielt.

Die Gruppe hatte es sich auf Plastikstühlen bequem gemacht. Ein Lieferwagen parkte in einer kleinen Senke, von der Chase den Eindruck hatte, daß sie nicht auf natürliche Weise entstanden war. Der Wagen war mit dem gleichen Tarnnetz bedeckt wie die Häuser in Dart Slot. Das Netz war an einer Stelle zurückgeklappt, so daß ein Gerät von der Größe eines Rasenmähers mit einer schwarzen, rechtwinklig nach Süden gerichteten Schalttafel darauf frei blieb. Chase war überrascht: Er hatte damit gerechnet, einen Haufen militärischer Überschußbestände in Dart Slot vorzufinden, aber ein ziemlich neues tragbares Phasenradar war verblüffend.

Ein kleiner, kahl werdender Mann in einem hellroten Hemd tauchte unter dem Netz hervor. Während er sich aufrichtete, justierte er das Mikrofon am Kopfset, das er trug. Er pustete einmal hinein, und das Geräusch kam verstärkt aus einem Lautsprecher, der irgendwo unter dem Netz verborgen war. Er machte einen zufriedenen Eindruck.

»Hallo, Leute. Diesmal übernehme ich den Kommentar, weil Wanda nach DFW gefahren ist. Ich werde mein Bestes versuchen.«

Ein paar von den Leuten nickten, während einige wenige sogar kurz Beifall klatschten. Chase war nicht sicher, ob der Beifall dem Sprecher oder Wandas Ausflug nach Dallas-Fort Worth galt.

»Was wir haben«, fuhr er fort, »scheint ziemlich normal zu sein. Katie hat ein paar Lufteinheiten der Azzies abgehört, die vor ungefähr zwanzig Minuten in die Pufferzone vor der Grenze geflogen sind. Sie glaubt, daß es sich um Kampfhubschrauber vom Typ Aguilar handelt, und sie trödeln rum, seit sie sich in dem Gebiet befinden. Sie glaubt, daß ein paar Bodentruppen Spürhund für sie spielen, hat aber von ihnen weder etwas gehört noch gesehen.«

Während der Mann redete, beobachtete Chase die Menge. Die Leute schienen zuzuhören, zumindest halbwegs, obwohl die meisten angestrengt nach Süden in Richtung Grenze schauten. Chase war nicht ganz sicher, wo die Grenze war, jedoch davon überzeugt, daß die anderen es auf den Meter genau wußten. Trinity reichte ihm ein Bier, das sie irgendwoher bekommen hatte. Er dankte ihr und sah sich nach Cara um, die ein paar Schritte hinter ihm stand und ebenfalls nach Süden starrte. Sie trug immer noch nur die Shorts und das Top.

»Du solltest dich eincremen oder dir was Leichtes überziehen. Die Sonne hier verbrennt dich sonst«, sagte er.

»Ich verbrenne nicht. Ich werde braun.« Sie sah ihn nicht an.

»Dann wirst du sehr braun.«

»Okay, Leute, es geht los«, verkündete der Ansager. »Katie sagt, das Sensornetz der Betalinie ist gerade aktiv geworden. Die beiden Kopter sind tiefergegangen, und sie hat sie dicht über dem Boden verloren. Immer noch keine Spur von denjenigen, hinter denen sie her sind.«

Chase wandte sich an Trinity. »Ist das jedesmal so?«

Die Indianerin schüttelte den Kopf. »Nein. Kommt in letzter Zeit öfter vor, wegen dieses Bürgerkrieg-Theaters, aber normalerweise schlüpfen die T-Birds unbemerkt über die Grenze.«

Chase nickte. »Warum am Tag?«

Sie grinste. »Warum nicht? Die Tech, die wir und sie haben, ist so gut, daß Tag und Nacht keine Rolle spielen. Aber am Tag können die T-Bird-Piloten die Bodenhitze ausnutzen, um ihre eigene Wärmeabstrahlung zu tarnen.«

Chase' Blick wanderte zum Ansager, der jetzt angestrengt in Richtung Grenze starrte. »Raketenbeschuß!« sagte er. »Ein Kopter ist plötzlich wieder aufgetaucht und hat eine Rakete abgeschossen. Das Ziel muß dicht über dem Boden sein. Keine Ahnung ...«

Chase bemerkte ein kaum sichtbares Aufblitzen am Horizont. Die Leute erhoben sich von ihren Klappstühlen.

»Die Kopter manövrieren. Katie hat jetzt drei in der Luft plus Bodenbewegung.« Der Ansager hörte offenbar mehr über sein Kopfset, als er übermittelte. Chase fragte sich, ob die Meldungen zu schnell hereinkamen, um sie übermitteln zu können, oder ob sie technisch zu anspruchsvoll waren. Die Augen des Mannes suchten den Horizont ab. »Mehr Luft-Boden-Beschuß, dem Profil nach Raketen.«

Einer nach dem anderen holten die Leute optische und elektronische Ferngläser aus Taschen und Beuteln. Alle beobachteten jetzt den Horizont.

»Weiterhin Luft-Boden- und Boden-Boden-Beschuß. Die Azzies scheinen gefunden zu haben, was sie suchen...«

Chase trat ein wenig näher an Trinity heran und sprach so leise, daß nur sie seine Worte hören konnte. »Wie viele schaffen es nicht?«

»Zu viele.«

»Okay. Ziel erwidert Feuer, ziemlich massiv, sieht nach Schnellfeuerkanone aus...«

»Könnte der *Rapier* sein«, sagte Trinity.

»Drone gestartet! Mindestens eine Drone ist in der Luft...«

»Allmächtiger Gott, Mike!« rief eine Frau irgendwo links von Chase. »Wessen?«

»Katie sagt, sie scheint demselben Ziel zu folgen wie die Azzies...«

Chase hörte die Menge leise fluchen und laut murren. Cara sah ihn fragend an. »Die Azzies setzen die Dronen wahrscheinlich nicht nur wegen der zusätzlichen Feuerkraft ein«, sagte er zu ihr, »sondern um denjenigen zu verwirren, hinter dem sie her sind. Zu viele Ziele.« Er sah Trinity um Bestätigung heischend an, und die alte Frau nickte. Cara schaute rasch wieder nach Süden, als rasch hintereinander mehrere hellrote Blitze am Horizont aufleuchteten.

»Noch mehr Raketen … Katie glaubt, der T-Bird hat an Höhe gewonnen und die Azzies decken ihn mit Raketen ein. Sie hält ihn aber auch noch für flugtüchtig.«

»Kann nicht das geringste erkennen«, sagte ein Bursche, der den Horizont mit seinem Fernglas absuchte.

»Katie glaubt, daß der T-Bird durch das westliche Flußbett will, aber zwei von den Koptern sind unterwegs, um ihm den Weg abzuschneiden. Der dritte jagt ihn noch … So verdammt nah …«

»Offensichtlich bekommt ihr alle Informationen rein. Habt ihr je daran gedacht, die T-Birds mit Telemetrie zu versorgen?« fragte Chase Trinity.

»Früher haben wir das getan, aber vor ungefähr einem Jahr haben die Azzies eine radarsuchende Rakete auf uns abgeschossen. Das verdammte Ding hat uns Gott sei Dank verfehlt, aber seitdem haben wir aufgehört, Daten an sie weiterzuleiten. Das Risiko ist zu groß.«

Alle auf der Klippe duckten sich reflexartig, als zwei Strahlen reflektierten Sonnenlichts in einer Höhe von etwa einhundert Metern über ihre Köpfe hinwegschossen. Die beiden Jets hatten bereits die halbe Strecke zu den Lichtblitzen zurückgelegt, als der Triebwerksdonner die Klippe erreichte. Chase stöhnte und konnte die Rufe der anderen in dem plötzlichen Lärm kaum hören.

»Texas! Texas!« schrien ein paar.

»Spatzenhirnige Arschlöcher!« rief zumindest ein anderer.

»Aha, zwei Maschinen, niedrig und schnell. Volle Kampfbereitschaft, sagt Katie. Zielerfassung läuft bereits.«

»Zwei Phantom-Vier!« schrie der Bursche mit dem Fernglas.

Trinity trat ganz dicht an Chase heran. Der Lärm selbst hatte zwar beträchtlich nachgelassen, aber sie waren alle immer noch halb taub. »Das sind Kampfflugzeuge der Texas Air National Guard aus Abilene. Denen gefällt es überhaupt nicht, wenn die Azzies in der Pufferzone spielen. Sie treffen nicht immer rechtzeitig ein, aber wir sagen ihnen immer Bescheid, wenn sich irgendwas tut.«

Chase grinste. »Anonym, vermute ich mal.«

»Drek, nein. Sie sind zwar nicht besonders glücklich darüber, daß wir uns hier rumtreiben, aber wir behalten die Grenze im Auge und halten die Azzies auf Trab.«

»Ah ja, die Kopter hauen ab. Schätze, jemand hat sie wissen lassen, daß sie kaum noch einen Kilometer vor der Grenze waren. Wollt ihr wissen, wer es ihnen beigebracht hat?«

Die Menge kicherte, und Chase spürte, wie die Spannung unter den Leuten ein wenig nachließ. Er konnte die beiden Jets kaum erkennen, die jetzt offenbar parallel zur Grenze flogen. Ein Stück weit hinter den Jets sah er einen weiteren Punkt, der das Licht reflektierte, aber er konnte nicht erkennen, was es war.

»Jawohl, meine Damen und Herren, Katie meldet, daß sich die Azzie-Einheiten tatsächlich von der Grenze zurück...« Er hielt inne, um den Horizont zu betrachten, und grinste dann. »Alles klar, Chummer. Katie sagt, sie hat einen T-Bird mit Heimatkurs auf dem Schirm. Geschätzte Ankunftszeit sechs Minuten.«

Diese Nachricht rief vereinzelten Applaus und ein paar Jubelrufe hervor. Der Ansager setzte sein Kopfset ab und hatte sich bereits abgewandt, als die Jets erneut über ihre Köpfe hinwegschossen. Chase hatte sie beobachtet und war vorbereitet, als sie wiederum kaum hundert Meter über der Klippe vorbeiflogen, diesmal jedoch grüßend mit den Flügeln wackelten. Die beiden Jäger rasten nach Norden und gewannen dabei rasch an Höhe.

Trinity zupfte an Chase' Ärmel und zeigte auf Dart

Slot unter ihnen. »Da wird er landen«, sagte sie, »und ich wette, daß es der *Rapier* ist.«

Chase grinste. »Und woher willst du das wissen?«

»Teufel, was glaubst du denn? Es wird kein anderer zurückerwartet.«

10

Der *Rapier's Touch* erreichte Dart Slot kurze Zeit vor Mickey Dares Pickup, so daß der Schwebepanzer bereits gelandet und das Triebwerk abgeschaltet war, als Chase und Cara im Lager eintrafen. Seine Drei-Mann-Besatzung hockte draußen auf dem schwarzen, radarabsorbierenden Rumpf und inspizierte die Kampfschäden, als der Pickup heranrollte. Einer der drei Männer war ein großer, kräftig gebauter Schwarzer mit langen, zu Zöpfen geflochtenen Haaren, der arg mitgenommene Jeans und eine braune Lederweste trug. Er richtete sich auf und zeigte anklagend mit dem Finger auf Chase.

»Du schuldest mir noch Geld, mein Lieber«, tönte er lauthals.

Chase schüttelte den Kopf und sprang von der Ladefläche des Pickup auf den Boden. »Und du, mein Lieber, hast ein beschissen schlechtes Gedächtnis.«

Der Neger glitt an der steil abfallenden Seite des T-Bird herunter und landete direkt vor Chase. »Nein, habe ich nicht. Ich hab zuletzt in Phoenix das Essen bezahlt.«

Chase lächelte und ging auf ihn zu. »Ja, und ich hab danach alle herausgehauen.« Mittlerweile standen sie so dicht beieinander, daß sich fast ihre Nasen berührten. Der Neger hatte erst kürzlich gegessen.

»Das zählt nicht«, sagte er und grinste.

»Ach, richtig, das vergeß ich immer.« Chase nahm den anderen bei den Schultern und umarmte ihn herzlich. Sein Freund erwiderte die Bärenumarmung mit ein paar Klapsen auf den Rücken.

Cara tauchte hinter ihnen auf. »Seid besser vorsichtig. Die Leute bringen einen immer so schnell ins Gerede.«

Beide grinsten. »Sollen sie, Chica«, sagte der Schwarze. »Ich hab schon mehr Leuten in den Arsch getreten, als ich …«

2
DOOG '92

Chase unterbrach ihn mit einem Rippenstoß. »Wenn ich die Vorstellung übernehmen dürfte«, sagte er. »Der werte Herr, der da auf dem Boden liegt, ist Ryan Blanchard, Kanonier und Taktiker in seinem Metallklumpen.«

Blanchard winkte Cara vom Boden aus zu. Chase' Rippenstoß hatte ihn zu Boden und in den Schatten des T-Bird geworfen, und er hatte beschlossen, dort zu bleiben.

»Metallklumpen, hab ich richtig gehört?« sagte einer der beiden, die noch auf dem Panzer hockten. Er war Mitte Vierzig und damit etwas jünger als Chase, sah jedoch hagerer und verbrauchter aus. »So solltest du nicht über ihn reden, wenn man alle Umstände in Betracht zieht.«

»Und was sollen das für Umstände sein?« rief Chase zu ihm herauf, bevor er sich an Cara wandte. »Pete Gordani, Pilot«, sagte er zu ihr.

»Hauptsächlich der, daß du uns wahrscheinlich anheuern willst.«

»Ach ja?«

Gordani grinste. »Du bist garantiert nicht bloß hier raufgekommen, um guten Tag zu sagen.«

»Vielleicht doch.«

»Ja, klar«, sagte Blanchard, der sich jetzt bequem gegen einen der Radschützer des T-Bird lehnte. Der Schwebepanzer manövrierte am Boden nach dem Vorbild eines Trikes mit drei Rädern.

Chase warf einen kurzen Blick auf den Neger, trat dann über ihn hinweg und kletterte auf den T-Bird.

»Hey! Paß auf!« rief Blanchard, nachdem er sich zur Seite gerollt hatte, um zu vermeiden, daß Chase auf ihn trat. »Das ist empfindliche Elektronik, was du da als Trittleiter benutzt.«

Chase warf ihm einen mitleidigen Blick zu. »Verschon mich mit dem Quatsch. An der Stelle wird die Werkzeugkiste aufbewahrt.«

»Hey«, sagte Blanchard, »vielleicht haben wir in der Zwischenzeit was verändert.«

»In diesem Fall hättet ihr ein Betreten-Verboten-Schild aufstellen sollen.« Chase hatte das Dach des keilförmigen Fahrzeugs erreicht und schüttelte Gordani die Hand, der ihn breit angrinste.

Direkt hinter ihm stand, zum Teil durch die Waffenkuppel verborgen, das dritte Besatzungsmitglied. Krista Freid bedachte Chase mit einem Nicken und einem Lächeln. »Du mußt entschuldigen, wenn ich dir nicht die Hand schüttle, Church, aber ich brauche im Moment beide Hände, um mich festzuhalten.«

»Verständlich, wenn man die Umstände bedenkt. Wie ist es gelaufen?«

»Ziemlich gut, wenn man berücksichtigt, daß gerade die halbe Aztlan-Armee versucht hat, uns zu geeken.«

Chase lächelte und wollte antworten, doch Gordani kam ihm zuvor. »Deine Manieren scheinen seit unserer letzten Begegnung schlechter geworden zu sein.«

Chase sah ihn an. »So?«

Der Pilot deutete auf den Boden, wo sich Blanchard mittlerweile leise mit Cara unterhielt.

»Cara«, rief Chase. »Ich glaube, ich habe meine Vorstellung noch gar nicht beendet.«

Sie schaute zu ihm auf und verschränkte die Arme vor der Brust. »Schon in Ordnung. Ich werde dich irgendwann in Zukunft einfach auch mal ignorieren.«

»Mister Ryan Blanchard, ehemals Wehrpflichtiger in der Armee des Freistaats Kalifornien und jetzt Kanonier und Taktiker dieses Vogels, habe ich dir bereits vorgestellt.«

»Hab ich ihr alles schon gesagt«, rief Blanchard.

»Dann hat sie's jetzt von jemandem gehört, dem sie vertrauen kann«, erwiderte Chase.

Blanchard zeigte Chase den ausgestreckten Mittelfinger.

»Danke.« Chase zeigte auf Gordani. »Das ist Peterson Gordani ...«

»Pete ist völlig in Ordnung.«

»Freut mich zu hören. *Pete* Gordani ist, wie ich dir auch schon gesagt habe, der Pilot. Er und ich kennen uns schon ziemlich lange.«

Gordani nickte. »Ja, ich kenne mindestens drei der Namen, die er benutzt.«

Cara schien überrascht, dies zu hören, und sah Chase fragend an, der die unausgesprochene Frage mit einem Achselzucken abtat. »Ich komme eben rum«, sagte er.

»Jedenfalls«, fuhr er fort, »gibt es noch eine Person, die du von deinem Standort nicht sehen kannst, also mußt du mir einfach glauben, wenn ich sage, daß es sich um Krista Freid handelt.« Chase beugte sich vor und zeigte auf eine Stelle hinter der Waffenkuppel. Er erschrak. Freid war verschwunden.

Als er sich wieder umdrehte, bekam er gerade noch mit, wie Freid Cara die Hand reichte. Freid war zwar wesentlich größer als Cara, aber ein großer Teil des Einschüchterungspotentials ging durch die Tatsache verloren, daß sie spindeldürr war. Ihr Gesicht war länglich spitz, das schwarze Haar kurzgeschnitten. Anders als bei den beiden anderen Besatzungsmitgliedern erinnerte ihre Kleidung noch am ehesten an einen Fliegeranzug, wenngleich an einen aus schwarzem Leder. Eine interessante Wahl für die Wüste, dachte Chase.

»Freid ist eine Magierin«, sagte er, als sich die beiden Frauen die Hände schüttelten.

Cara ließ Freids Hand los und wich unwillkürlich einen Schritt zurück, worauf Freid grinste. »Ich weiß, was du meinst«, sagte sie zu Cara. »Die meisten Magier jagen mir auch ziemliche Angst ein.«

Cara schien sich etwas unwohl zu fühlen. »So war das nicht gemeint ...«

»Null Problemo«, sagte Freid. »Wie ich schon sagte, ich weiß wie du dich fühlst.« Sie wandte sich an Gordani. »Ich überlasse den Vogel jetzt euch Jungs und sehe mal, ob ich die beiden Richs finde.«

Gordani nickte. »Sahne. Blas ihre Ärsche hier rüber.«

»Gemacht«, sagte sie. Dann nickte sie Cara noch einmal zu und ging zu einem der Gebäude.

»Tja«, sagte Chase, »hört sich so an, als wär's 'n harter Ritt gewesen.« Er betrachtete den *Rapier's Touch* genauer. Er war staubbedeckt, und an seinen Flanken hingen dicke Lehmklumpen und abgerissenes Gestrüpp. Die Panzerung wies an vielen Stellen Dellen von Kugeln und zumindest einen schwereren Treffer am Heck auf, wo ein beträchtliches Stück Panzerung abgerissen worden war. Die Wandung hatte jedoch standgehalten, und der Schaden schien auf die Panzerung beschränkt zu sein. Auf die gepanzerte Waffenkuppel, vor der sie standen, traf dies jedoch nicht zu.

Chase wußte nicht, was sie getroffen hatte, aber jedenfalls war es stark genug gewesen, die gehärtete Panzerung zu durchschlagen und die Waffe in der Kuppel zu zerstören. Irgendwann einmal hatte es sich bei der Waffe vielleicht um eine schwere Schnellfeuerkanone gehandelt, aber jetzt sah sie so aus wie ein Klumpen verdrehten Metalls.

»Das kannst du laut sagen«, stimmte Gordani zu. »Wär 'ne glatte, saubere Sache gewesen, aber dann sind wir über so'n verdammten Landrover der Azzies gestolpert. Bis dahin wußten sie nur, daß wir irgendwo da draußen sind, konnten uns aber nicht festnageln.«

»Ich hab ihn so schnell wie möglich weggepustet, aber sie konnten noch einen Funkspruch abschicken«, sagte Blanchard. Er saß jetzt ein paar Schritte von Cara entfernt auf der Kante des T-Bird.

»Ein paar Sekunden später fingen wir uns eine Rakete in den Hintern ein«, fuhr Gordani fort, »die uns normalerweise ziemlich böse erwischt hätte. Zum Glück für uns flog ich gerade eine scharfe Kurve, wodurch sie uns in einem ziemlich schlechten Winkel getroffen hat.«

»Was ist mit dem Turm passiert?« fragte Cara.

»Wir kamen zum falschen Zeitpunkt aus einer Senke«, sagte Blanchard. »Ein Kopter hat eine Raketensalve abgefeuert. Die meisten gingen daneben, aber eine oder zwei trafen die Kuppel. Wir hatten wieder Glück. Ich wechselte gerade die Munition aus, als wir getroffen wurden. Wenn sich scharfe Munition im Turm befunden hätte, wäre es noch schlimmer gekommen.«

Chase grinste. »Hört sich an, als hättet ihr heute 'ne Menge Karma verbraucht.«

»Auf jeden Fall«, stimmte Gordani zu. »Aber das lassen wir uns mit kaltem, hartem Bargeld vergüten.«

»Was habt ihr transportiert?«

Gordani zuckte die Achseln. »Kann ich nicht genau sagen.«

»Schon begriffen«, sagte Chase, der wußte, daß es nicht ratsam war weiterzubohren. »Was glaubst du, wie lange ihr lahmgelegt seid?«

»Oh, ihr seid in Eile, nehme ich an?«

»Könnte man sagen. Cara und ich müssen nach Denver.«

Gordanis Augenbrauen hoben sich. »Cara?« fragte er und drehte sich zu ihr um. »Die junge Dame, die du uns immer noch nicht vorgestellt hast?«

Chase stöhnte. »Tut mir leid, Leute, das ist Cara. Ich glaube, wir belassen es erst mal einfach bei ›Cara‹. Sie und ich müssen nach Denver.«

Gordani musterte Cara einen Augenblick länger, und sie trat nervös von einem Fuß auf den anderen. Er wandte sich wieder an Chase. »Sieht so aus, als würde ich wieder nicht erfahren, woraus meine Fracht besteht.«

»Ein richtiger Schock, was?« sagte Blanchard.

Gordani zuckte die Achseln. »Der größte Teil der Schäden läßt sich leicht reparieren«, nahm er den Faden der Unterhaltung wieder auf. »Sagen wir, in vierundzwanzig Stunden, sobald sich die Richs an die Arbeit machen.«

»Das Problem ist die Kanone«, sagte Blanchard. »Es könnte schwierig werden, sie zu ersetzen. Wie schnell müßt ihr aufbrechen?«

»So schnell wie möglich«, sagte Chase.

»Wenn irgend jemand hier im Lager eine übrig hat«, sagte Gordani, »schaffen wir auch das in einem Tag. Vorausgesetzt, du hast die Knete, um dafür geradezustehen.«

»Die hab ich.«

Der Pilot nickte. »Das wird helfen. Wenn keine hier im Lager ist, könnte es Drek weiß wie viele Tage dauern, bevor wir eine kriegen. Ich will mich mit den Azzies nicht nur mit einem Paar mittelschwerer MGs und einer armseligen Ladung Raketen anlegen.«

»Mit den Azzies?« fragte Chase. »Ich dachte, wir fliegen direkt durch das Pueblo Council, durch das alte New Mexico und dann die Rockies rauf bis Denver.«

Blanchard schüttelte den Kopf. »Das letzte stimmt, aber wir gehen auf keinen Fall über die Texas-Pueblo-Grenze.«

Chase sah von einem zum anderen. »Warum nicht?«

»Im Augenblick zu hart. Pueblo hat eines der besten Sicherheitsnetze hier draußen. Warum sollen wir es darauf ankommen lassen, wenn wir nicht müssen?«

Gordani nickte. »Über die Aztlan-Grenze sind wir viel besser informiert – wo sich die Horchposten und Sensoren befinden und so. Und der typische Aztlan-Soldat ist bei weitem nicht so diensteifrig wie der Pueblo-Grenzschutz. Die Azzies sind nicht annähernd so wild darauf, es wirklich auszufechten.«

»Also fliegen wir nach Süden durch Aztlan-Gebiet«, fuhr Blanchard fort. »Wir lassen es so aussehen, als wollten wir tief ins Landesinnere vorstoßen, aber dann biegen wir klammheimlich nach Westen und dann wieder nach Norden ab. Irgendwo nördlich vom alten Las Cruces stoßen wir dann ins Pueblo-Territorium vor.«

»Aber ich dachte, ihr wolltet nichts mit der Pueblo-Grenze zu tun haben.«

Gordani lehnte sich zu Chase herüber und flüsterte fast: »Ist irgendwie schwierig, von hier aus nach Westen vorzudringen, ohne durch Pueblo zu kommen.«

»Das ist mir klar. Ich hab vor kurzem 'ne Karte gesehen.«

»Paß auf, es verhält sich folgendermaßen«, sagte Blanchard. »Die Beziehungen zwischen den Konföderierten Amerikanischen Staaten und Pueblo sind gut, aber da die wirtschaftliche Situation nun mal ist, wie sie ist, mißbilligt Pueblo jede Art von illegalem Handel und geht daher echt hart gegen Grenzüberschreitungen vor. Dazu kommt noch, daß Pueblo die illegalen Einwanderungen auf ein Minimum beschränken will. Der westliche Teil von Texas ist ziemlich notleidend. Die Leute haben haufenweise versucht, sich über die Grenze zu schleichen und in Pueblo Arbeit zu bekommen.«

»Ich bin sicher, das ist ein echter Nervenkitzel für sie.«

Blanchard lachte. »Wahrscheinlich. Wie im Trid. Jedenfalls ist es ziemlich schwer, über die CAS-Pueblo-Grenze zu kommen. Andererseits ist die Pueblo-Aztlan-Grenze ganz weit geöffnet – jedenfalls für uns.«

»Auf beiden Seiten der Grenze stehen sich ziemlich starke Truppen gegenüber, aber hauptsächlich wollen sie sich damit nur gegenseitig niederstarren«, sagte Gordani. »Die Azzies haben größtenteils schwere Einheiten, verschanzt, und sind mit uraltem Sensorkram ausgerüstet. Das Zeug eignet sich ganz gut, um 'ne Division zu bemerken, die die Grenze überrollt, aber es ist absolut untauglich, um einen winzigen T-Bird auf Schleichfahrt zu bemerken.«

Chase nickte. »Aber was ist mit der Pueblo-Seite?«

»Tja, die haben für die Azzies nicht viel übrig«, sagte Blanchard, »was bedeutet, daß sie mehr als bereit sind, alles zu ignorieren, was *nach* Aztlan geschmuggelt wird.

Die Azzies kriegen jedesmal Anfälle, wenn 'ne neue Ladung billiger Elektronikbauteile aus Pueblo die Straßen überschwemmt.«

»Dann lassen sie euch einfach durch?«

»Mehr oder weniger.« Blanchard wechselte einen Blick mit seinem Partner. »Es sei denn, sie haben einen guten Grund, nach einem bestimmten T-Bird oder einer bestimmten Fracht zu suchen.«

»Könnte das ein Problem werden?« fragte Gordani.

»Das glaube ich nicht«, sagte Chase. »Die Leute, die mir Kopfschmerzen bereiten, haben keinen besonderen Draht nach Pueblo.«

Die anderen beiden nickten. »Gut«, sagte Gordani, »dann gibt es nur noch eins, worüber wir uns Gedanken machen müssen, und das ist die Frage, wieviel dich der Spaß kosten wird.«

Chase grinste. »Und ich dachte, ihr würdet es um der alten Zeiten willen tun.«

»Mh-mh, Chummer«, sagte Blanchard kopfschüttelnd. »Nicht, solange du mir noch Geld schuldest.«

11

Beim Essen hatte Chase zweimal versucht, Caras offensichtliche BTL-Probleme zur Sprache zu bringen, doch beide Male tat sie seine Fragen streitlustig ab. Der einzige Weg, auf dem er klare Antworten bekommen würde, bestand darin, Druck auf sie auszuüben, doch er haßte schon den Gedanken daran. Wenn Cara so sehr vor dem Problem die Augen verschloß, wie es den Anschein hatte, konnte sie zu großer Druck in Panik versetzen und in ihr die Überzeugung wachrufen, mit dem Problem ihres Vaters allein fertig werden zu müssen. Wenn sie nach Seattle kamen und mit ihrer Mutter redeten, würde er versuchen, ihr von Caras Problem zu berichten, und ihr außerdem einen Ort empfehlen, von dem er wußte, daß sie dort Hilfe bekommen konnte. Er hatte jedoch den Verdacht, daß Samantha Villiers mehr als genug eigene Ideen zu diesem Thema entwickeln würde.

Der Zwangsaufenthalt in Dart Slot hatte ihm Zeit zum Nachdenken gegeben. Er war überrascht, daß sie die T-Bird-Basis ohne Zwischenfälle erreicht hatten. Traf Farradays Behauptung zu, daß die Haare zu vergiftet seien, um von großem Nutzen zu sein?

Einerlei, wenn Caras Verfolger, seien es ihre deutschen Policlub-Exgefährten oder Agenten von Fuchi selbst, den Verdacht hatten, daß sie nach Seattle unterwegs war, um sich mit ihrer Mutter zu treffen, konnten sie mit Schwierigkeiten rechnen.

Es gab nur wenige Möglichkeiten, um nach Seattle zu gelangen, und bei einem Konzern mit den Resourcen von Fuchi Industrial Electronics bedurfte es nicht einmal einer größeren Anstrengung, ein Netz auszulegen, das dicht genug war, um sie darin zu fangen. Der Konzern würde nicht nur Denver unter Beobachtung halten, sondern auch Phoenix im Süden, Minneapolis im Norden und San Francisco an der Westküste, falls sich das Jagdwild dazu entschloß, das Elfenland Tir Tairngire nördlich zu umgehen. Sie würden Decker angeworben und maßgeschneiderte Computerviren in alle diejenigen Computersysteme eingeschleust haben, welche die Verkehrszentren des westlichen Teils von Nordamerika kontrollierten. Überall würden Leute Bescheid wissen und auf der Lauer liegen. Das Team, das in Chase' Apartment in Manhattan aufgetaucht war, wies eindeutig Qualitäten vom Fuchi-Kaliber auf. Wenn ihr hoher Ausbildungsstandard noch nicht Indiz genug war, ließ der Besitz eines Gasdetektorsystems eindeutig auf Konzern-Hintermänner schließen.

Chase bezweifelte, daß ihnen ernste Schwierigkeiten begegnet wären, bevor sie Seattle tatsächlich erreichten, hätten sie es nur mit dem Policlub zu tun gehabt. Die Gruppe, die Cara suchte, besaß keine amerikanischen Ableger. Chase wußte von örtlichen politischen Zellen der Nachtmacher, aber er hatte nie von irgendwelchen Verbindungen zwischen Caras Alter Welt und seinen alten Feinden gehört. Wollte die Alte Welt sie noch vor Seattle abfangen, blieb der Gruppe keine andere Wahl, als Fuchi einzuschalten. Chase hatte keine Ahnung, wie diese spezielle Verbindung funktionierte.

Nach dem Essen hatte Cara eine Einladung von einem der hiesigen Burschen angenommen, einem hageren Punk namens Gavin, mit dem Rest des Jungvolks der Basis den Abend totzuschlagen. Sie hatte Chase kurz angesehen, bevor sie die Einladung annahm, und er stand kurz davor, es ihr zu verbieten, aber irgend etwas in ihren Augen besagte, daß sie nicht mit ihm zusammensein wollte. Er wußte, daß der Grund dafür der Druck war, den er wegen der Chips auf sie ausübte, und sie diesem Druck entfliehen wollte.

Das ärgerte ihn. Sie war zu ihm gekommen, hatte um seine Hilfe gebeten und sich einverstanden erklärt, seiner Führung zu folgen, und jetzt zerrte sie an dem kurzen Haltestrick, den er zwischen ihnen geknüpft hatte. Wenn sie seine Hilfe nicht wollte, warum war sie dann überhaupt zu ihm gekommen? Wenn sie sich auf das Spiel einlassen wollte, unterlag sie auch seinen Regeln.

Er ließ sie gehen und folgte ihr dann ein Stück, um sich davon zu überzeugen, daß das Pärchen zu der Hütte ging, von der Gavin gesagt hatte, daß sie von den älteren Jugendlichen der Basis als Treffpunkt benutzt wurde. Er stand ein Stück weit entfernt im Schatten, hörte der Musik zu und beobachtete die Schatten hinter den verhangenen Fenstern, bis ihn die Kälte und das Gefühl, sich wie ein Idiot zu benehmen, dazu brachten, sich einen wärmeren Aufenthaltsort zu suchen.

So schlenderte er durch das Lager, bis er zu einer offenen Feuerstelle kam, die jemand benutzt hatte, um Essen zu kochen, und danach nicht gelöscht hatte, so daß das Feuer noch schwelte. Chase beschloß, sich am Feuer niederzulassen. Der Gedanke an das Innere seines Fertighauses erfüllte ihn im Augenblick mit noch mehr Kälte.

Es war noch früh am Abend, und das Lager war weit davon entfernt, ruhig zu sein. Er konnte die Geräusche mehrerer Trideogeräte und das Plärren Dutzender verschiedener Sender hören. Hin und wieder wurde irgendwo gelacht, dann und wann auch wütend geflucht, und über allem lag das stoßweise Röhren eines T-Bird-Motors und das stetige Dröhnen der Musik aus dem Treffpunkt der Jugendlichen.

Plötzlich sah er etwas Kleines und Dunkles rechts von ihm zwischen einer Häuserreihe von Schatten zu Schatten huschen. In dem Versuch zu erkennen, um was es sich handelte, setzte er den Lichtverstärker in seinen Augen ein, um das Beste aus dem vorhandenen Mondlicht zu machen. Er sah nichts anderes als den Schatten, bevor der grelle Schein des helleren Bodens und der umliegenden Gebäude die Grenzen der Wahrnehmungsfähigkeit seiner Augen sprengten. Dann verlor er den Schatten aus den Augen.

Er fragte sich, warum er sich keine Sorgen machte. Vor Jahren wäre er in einer ähnlichen Situation aufgesprungen oder hätte sich zumindest mental darauf vorbereitet zu handeln. Er spürte den Druck seiner großkalibrigen Pistole unter der Achsel, wußte, daß sie da war, und war doch mehr daran interessiert gewesen, was der Schatten wohl vorhaben mochte, als daran, ob er eine Gefahr darstellte oder nicht.

Vor gar nicht allzu langer Zeit hätte er noch zu drastischeren Mitteln gegriffen, wenn irgendwelche Schläger in sein Apartment eingebrochen wären. Er war aus der Übung, aber er wußte, daß die Cyberware in seinem Körper immer noch das meiste auf der Straße in den Schatten stellte. Ein Geschenk ehemaliger Auftraggeber. Er zweifelte nicht daran, daß er, wenn er mußte, ohne Zögern handeln und auch töten konnte.

Irgendwann in den letzten Jahren war ihm jedoch die Schärfe abhandengekommen. Die Schärfe, die ihn zu einem der besten Leibwächter im Geschäft gemacht hatte. Und die Schärfe, die ihn durch das Blutbad geführt hatte, das er verschwommen mit dem Namen Berlin in Verbindung brachte. Damals hatte er sich mehr wie eine Maschine als ein Mensch bewegt und blinde Vergeltung an jenen geübt, die ihren Weg zur politischen Macht mit den Leichen Unschuldiger pflasterten. Ganz besonders einer Unschuldigen, die er geliebt hatte.

Sein Körper zuckte unfreiwillig, und er bemühte sich nach Kräften diese Gedanken zu verdrängen. Das war Vergangenheit, Geschichte. Jetzt war nicht die Zeit, um darüber nachzudenken, was er getan und was er verloren hatte, das ihn zu einem Ausbruch derart extremer Gewalttätigkeit getrieben hatte. Er mußte sich jetzt um andere Dinge kümmern. Andere Dinge, die Nachdenken erforderten. Dinge, die der Ruhe bedurften.

Er stand auf und streckte sich ein wenig, fragte sich, wie lange er wohl in Gedanken versunken am schwelenden Feuer gesessen hatte. Im Lager war es ruhiger geworden, doch nicht still. Er hörte immer noch das Gelächter, die Rufe, die Motoren und die Musik, aber hinter alledem kroch bereits die tiefe Stille der Nacht durch die Schatten des Lagers.

Chase trat einen Schritt näher an das Feuer und sah zu den Millionen Sternen am Himmel auf. Darunter waren auch hellere Lichtpunkte, die auf geraden, gleichmäßigen Bahnen dahinzogen. Vielleicht Satelliten im Orbit, vielleicht Flugzeuge, die nur unwesentlich tiefer flogen. Vielleicht andere Dinge.

Chase dachte an Farraday und wiederum an die Magier, die seine und Caras Haare benutzen mochten, um sie aufzuspüren. Wenn sie ihn fanden – würde er ihre Macht spüren, würde er irgendwie fühlen, daß sie kamen? Er wußte es nicht. Die Magie hatte sich in den letzten zehn oder fünfzehn Jahren rapide verbreitet, und er wußte nicht viel darüber. Seine Erfahrungen mit ihr ließen sich an den Fingern einer Hand abzählen. Auf dem Höhepunkt seiner Karriere, als er voll im Geschäft gewesen war, hatten sie nur sehr wenige praktiziert. Als die Bedeutung der Magie immer mehr zunahm, hatte sich Chase ruhigere Betätigungsfelder gesucht.

Aber er kannte jemanden hier, der ihm mehr darüber sagen konnte: Krista Freid.

Er fragte im T-Bird-Hangar herum, und zuerst schien niemand zu wissen, wo sich die Besatzung des *Rapier's Touch* befand. Schließlich erfuhr er, daß sich Gordani und Blanchard Mickey Dares Pickup geliehen und sich auf die Suche nach Ersatzteilen für die zerstörte Waffenkuppel des T-Bird gemacht hatten. Außerdem gingen sie offenbar noch einem Tip hinsichtlich einer Ersatzwaffe nach. Freid war jedoch nicht mitgefahren. Jemand zeigte ihm, wo sie wohnte. Das Licht im Haus brannte noch.

Auf dem Weg zu dem getarnten Gebäude achtete Chase darauf, so viel Lärm wie möglich zu machen. Anders als das Haus, in dem Cara und er untergebracht waren, lag Freids direkt auf dem Boden auf, nicht einmal auf ein paar Ziegeln oder Steinblöcken, um es ein wenig zu erhöhen. Vor den Fenstern hingen Vorhänge, und vor der Tür lag eine lange abgenutzte Willkommensmatte. Er trat darauf und klopfte an die Tür.

»Augenblick«, erklang Freids Stimme von drinnen. Ein paar Sekunden später öffnete sie die Tür, und ein Schwall kühler Luft kam ihm entgegen. »Church«, sagte sie lächelnd, doch mit fragendem Blick. »Was gibt's denn?«

Er erwiderte ihr Lächeln. »Ich wollte dir ein paar Fragen über Magie stellen. Hast du 'ne Minute Zeit?«

Sie überlegte eine Sekunde, dann nickte sie. »Klar. Komm rein.«

»Solange ich dich bei nichts störe ...«

Sie schnaubte. »Nicht sehr wahrscheinlich. Ich hab nur gelesen.« Sie ging einen Schritt zurück und öffnete die Tür so weit, daß er eintreten konnte. Wiederum spürte er den Schwall kühler Luft. Chase vermutete eine Klimaanlage, konnte aber nicht die dafür typischen Geräusche hören. Die Raumaufteilung war ähnlich wie in Caras und seinem Haus: wenig mehr als ein Studioapartment. Dieses besaß jedoch so etwas wie Atmosphäre. Es war hauptsächlich im Stil Aztlans und der südwestlichen Amerindianer eingerichtet, doch hier und da waren auch ein paar europäische Stücke eingestreut. An den Wänden hingen Kunstdrucke, manche traditionell, die meisten jedoch modern. Der hervorstechendste war ein Drei-D-Poster vom Schlupfwinkel und Erholungsort des Drachen Dunkelzahn am Lake Louise im alten Kanada.

»Bist du jemals dort gewesen?« fragte er.

»Wo?«

»Wo der Drache wohnt.«

Sie lächelte wieder. »Noch nie. Aber irgendwann bestimmt.«

»Es ist verblüffend, und er ist ein Sonderling. Letztes Mal, als ich dort war, ist er in der Gestalt eines Menschen herumgelaufen. Er machte einen amüsierten Eindruck. Ich glaube, seine Art hat keine sehr hohe Meinung von uns Menschen.«

»Das kann ich ihr manchmal auch nicht verübeln«, sagte sie, ihn beobachtend.

Er ging in das Wohnzimmer und bemerkte das immer noch aktive Lesegerät auf dem Sofa. Daneben lag ein kleiner Haufen Magazin-Chips. Sie hatte sich informiert, was während ihres Unternehmens in der Welt vorgegangen war.

»Du scheinst überrascht zu sein«, sagte sie, immer noch hinter ihm.

Er drehte sich um. Sie stand in der Kochnische und beobachtete ihn. Jetzt war die Reihe an ihm, sie fragend anzusehen. »Überrascht?«

»Von meinem Haus. Du scheinst überrascht zu sein, es so … wohnlich vorzufinden.« Sie ließ die Feststellung wie eine Frage klingen.

Chase nickte lächelnd. »Du hast recht. Vermutlich liegt es daran, daß ich mir nie wirklich vorgestellt habe, jemand in deinem Job könnte tatsächlich ein Zuhause haben. Ich kann mich nicht erinnern, daß Gordo in der Zeit, als ich mit ihm zusammen war, jemals erwähnt hat, eins zu haben. Er hatte viele Bleiben, aber kein Zuhause.«

»Das wär nichts für mich«, sagte sie. »Wenn ich keinen Ort hätte, an dem ich richtig abschalten könnte, würde ich zugrunde gehen. Ich brauche einen Platz, an dem es anders ist als überall sonst. Willst du was zu trinken?«

Er nickte.

»Ich fürchte, meine Auswahl ist beschränkt. Ich hatte noch keine Zeit, die Vorräte aufzufrischen.«

»Mir ist alles recht.«

»Darf's auch Wasser sein?«

Er lachte. »Wasser ist genau das richtige.«

Freid goß beiden ein Glas Wasser ein und gab in jedes eine Tablette mit Zitronengeschmack. Sie räumte Lesegerät und Chips beiseite und bedeutete ihm, dort Platz zu nehmen. Sie setzte sich neben ihn und zog die Beine unter ihren langen Körper.

Chase wußte wenig über sie und war unschlüssig, wieviel er ihr erzählen sollte. Als er das letztemal mit Gordani zusammengearbeitet hatte, war Freid auch schon dabeigewesen, aber sie und Chase hatten nur peripher miteinander zu tun gehabt. Er hatte nicht die Absicht, Gordani, den er viel besser kannte, mehr zu erzählen, als der Pilot wissen mußte, um seine Arbeit zu tun. Aber falls magische Probleme auftreten würden, war es wahrscheinlich am besten, wenn er Freid darauf aufmerksam machte.

Er nahm einen tiefen Schluck aus seinem Glas, stellte es auf den Tisch neben sich und betrachtete sie eingehend. Plötzlich war er überrascht über ihre Schönheit. Krista Freid war größer und bei weitem nicht so üppig gebaut wie die Frauen, die ihn normalerweise anzogen, doch sie hatte etwas an sich, das er zuvor nicht bemerkt hatte. Sie trug enge schwarze Shorts, die ihr bis zur Oberschenkelmitte reichten, und ein weites, hellgelbes T-Shirt, das ihr über die Schultern zu gleiten drohte, wenn sie sich falsch bewegte. Ihr Haar glänzte und roch, als sei sie gerade aus dem Bad gestiegen. Sie hatte sich ihm halb zugewandt, den Ellbogen auf die Sofalehne gestützt, den Kopf an die Hand gelehnt. Sie lächelte.

Chase nahm noch einen Schluck.

»Du sagtest, du hättest irgendein magisches Problem«, sagte sie.

»Äh … ja. Ich dachte mir, du hättest vielleicht ein paar Lösungsvorschläge parat.«

»Schieß los.«

»Es ist möglich, daß wir verfolgt werden, und ich habe den Verdacht, daß Magie eingesetzt wird, um uns aufzuspüren.«

Freids Augen blitzten. »Um euch aufzuspüren? Erzähl mir mehr.«

Chase erzählte ihr so wenig wie möglich, lediglich, daß ein mächtiger Megakonzern mit beachtlichen magischen Möglichkeiten hinter ihnen her sein könnte, und von den Ereignissen in seinem Apartment und Farradays Ansichten.

Sie schnaubte. »Ich nehme an, dein Freund ist ein Schamane?«

»Ja. Ein Katzenschamane.«

Sie nickte und ließ die Hände in den Schoß sinken. »Schamanen neigen dazu, solche Dinge überzubewerten. Die Chemikalien wären für einen Magier, der sein Geld wert ist, kein Hindernis.«

»Prächtig.«

Sie lächelte wieder und beugte sich ein wenig vor. »Ich kann das überprüfen. Wenn sie euch nachspüren, muß es astrale Anhaltspunkte dafür geben. Eine klare Verbindung zwischen dir und demjenigen, der das Nachspüren übernommen hat.«

Chase studierte sie. Die Aussicht schien sie zu erregen. »Besteht dabei irgendeine Gefahr für dich?«

»Mag sein«, sagte sie mit einem Achselzucken. »Das hängt davon ab, was wirklich vorgeht und wie sie es machen. Wenn sie nur ein Ritual benutzen, ist die Gefahr gleich Null. Wenn dich tatsächlich jemand im Astralraum beschattet, ein Magier oder irgendein Geist, ist die Gefahr größer.«

»Soll das heißen, daß tatsächlich etwas …«

Er unterbrach sich, als Freid plötzlich den Arm ausstreckte und sich an ihn lehnte. Er hielt sie fest, eine

Hand auf ihrem ausgestreckten Arm, die andere an der anderen Schulter, während ihre Augen blicklos wurden und ihr der Kopf auf die Brust fiel. Er ließ ihre Schulter los und legte die Hand gerade in dem Augenblick um ihr Kinn, als ihr Kopf wieder nach oben ruckte und ein breites Grinsen auf ihren Lippen erschien. Sie drückte seine Schulter, ließ ihn los und lehnte sich zurück. Chase gab ihr Kinn frei.

»Tut mir leid«, sagte sie. »Ich mußte schnell nachsehen.«

Er starrte sie an. »Ich kann dir nicht folgen«, sagte er. Sie machte einen ziemlich belustigten Eindruck.

»Ich muß ein wenig technisch werden, aber normalerweise besteht keine Gefahr, daß jemand hier in der physikalischen Welt von etwas angegriffen wird, das nur im Astralraum existiert, auch wenn beide sich im gleichen Raum befinden. In gewisser Hinsicht ist das eines der Gesetze der Magie: Etwas im Astralraum kann die reale Welt normalerweise nicht beeinflussen.

Aber: Zwar kann uns das, was sich mit uns im gleichen Raum befindet, nicht beeinflussen, aber es kann uns sehen und vor allem *hören*.«

»Wenn sich also etwas hier in diesem Raum befunden hätte, hätte es dich sagen gehört, daß du in den Astralraum wechselst, um nachzusehen.«

Sie nickte. »Und vielleicht einen heißen Empfang vorbereitet. Sobald ich mich oder auch nur meine Sinne in den Astralraum versetze, bin ich verwundbar. Wenn jemand auf den Wechsel vorbereitet gewesen wäre, hätte er mich im Augenblick des Wechselns angreifen können. Deshalb habe ich es ohne Vorwarnung getan in der Hoffnung, eventuelle Beobachter zu überraschen.«

»Und?«

»Und es war nichts da.«

»Niemand? Keine Geister?«

Sie schüttelte den Kopf.

»Keine Anzeichen einer magischen Verfolgung?«

Sie hob die Hände. »Das habe ich nicht gesagt. Ich bin nicht lange genug geblieben, um danach Ausschau zu halten, nur so lange, wie ich brauchte, um mich einmal rasch umzusehen.«

»Also wirst du jetzt nach Anzeichen für eine Verfolgung Ausschau halten?«

»Genau, aber diesmal werden wir einige Vorkehrungen treffen.« Sie stand auf und korrigierte den Sitz ihres T-Shirts, das über ihre linke Schulter rutschte. »Hilf mir, diesen Kaffeetisch an die Wand zu schieben.«

Er stand ebenfalls auf, griff dann nach unten und hob den Tisch mühelos auf, während sie sich gerade bückte, um anzufassen. »An welche Wand?«

Sie hielt inne, musterte ihn kurz und zeigte die Richtung an. »An die Wand, Samson. Mach dir keine Sorgen, solltest du ihn fallen lassen. Das ist echtes Holz.«

»Ich werde ihn nicht fallen lassen.« Chase trug den Tisch zur Wand und stellte ihn behutsam ab. Das Wasser in den beiden halbausgetrunkenen Gläsern bewegte sich kaum. Er drehte sich zu ihr um und sah zu, wie sie den großen Teppich mit dem Aztec-Muster aufrollte, der das Zimmer dominierte. Darunter war in metallisch leuchtenden Farben ein Doppelkreis um ein Dreieck auf den Boden gezeichnet. Der Raum zwischen den beiden Kreisen war mit anderen geometrischen Figuren, Symbolen und Mustern gefüllt. Freid bückte sich und berührte den Kreis, und augenblicklich sah es so aus, als würde ein unsichtbares Licht um die Muster spielen. Chase konnte das Licht nicht sehen, aber die metallische Farbe reflektierte es trotzdem.

»So«, sagte sie. »Jetzt, wo ich das hier aktiviert habe, will ich nicht mehr, daß du darüberläufst. Es handelt sich um einen beschrifteten Kreis. Sollte man dir magisch nachspüren, bewirken die Eigenschaften des Kreises eine Störung dieses Spürens. Es wäre möglich, daß sie es nicht bemerken, wenn sie nicht aufpassen, aber ich will es nicht darauf ankommen lassen.«

Sie betrat den Kreis und ließ sich mit gekreuzten Beinen innerhalb des Dreiecks nieder. »Solange ich hier drinnen sitze, bin ich gegen Dinge im Astralraum geschützt. Es würde ihnen ziemlich schwerfallen, mich über die Grenzen des Kreises hinweg anzugreifen. Wenn dir irgendein Geist folgt, der mir gerade entgangen ist, könnte er beschließen, mich in körperlicher Form statt astral anzugreifen, wo ich ihm in mancherlei Hinsicht etwas überlegen wäre.«

Chase war überrascht. »In körperlicher Form? Ich dachte, du hättest gesagt, den Dingen im Normalraum drohe keine Gefahr von Dingen, die nur im Astralraum existieren.«

»Richtig. Ein Geist ist ebenso wie ein Elementar oder Beobachter ein duales Wesen. Es kann in beiden Ebenen existieren, jedoch nicht gleichzeitig. Ganz nach Wunsch. Es könnte im Astralraum warten und mich beobachten, bis ich mich in den Astralraum projiziere, so daß es in die physikalische Welt wechseln und meinen wehrlosen Körper angreifen könnte.«

»Augenblick mal ...«

Sie grinste. »Jau, wie sie immer im Trid sagen, und genau da kommst du ins Spiel.«

»Gegen einen Geist kann ich nicht kämpfen. Ich meine, wie, zum Teufel, kann ich ihn verletzen?«

Sie zuckte die Achseln. »Schlag ihn, tritt ihn, das spielt eigentlich keine Rolle. Wichtig ist nur, daß du versuchst, ihm Schaden zuzufügen. Nicht nur, daß du ihm tatsächlich Schaden zufügen könntest, sondern wenn dein Wille stark genug ist, hältst du ihn auch so lange auf, daß ich etwas unternehmen kann. Da er ein duales Wesen ist, hat er auch dann eine astrale Präsenz, wenn er sich in der physikalischen Welt manifestiert. Ich könnte ihm eine Menge anhaben, vorausgesetzt, ich bekomme Gelegenheit, etwas zu unternehmen.«

Chase näherte sich dem Kreis bis auf einen Schritt und zog seine Pistole. In dem Augenblick, in dem sich seine Hand um den Kolben schloß, spürte die Waffe ihre Anwesenheit und aktivierte die Cyberschaltkreise im Kolben. Die Sensoren stellten den Kontakt zur Smartgunverbindung in Chase' Handfläche her, die die Impulse direkt an sein Nervensystem weiterleitete. Er spürte den von seiner Hand ausgehenden warmen Fluß, der ihm verriet, daß die Schaltkreise aktiviert waren. Ein kleiner Zielpunkt erschien in seinem Blickfeld, als die Cyberware in seinem Kopf die Positionsdaten umgesetzt hatte, die von der Smartgunverbindung übermittelt wurden. Der Punkt zeigte ihm bis auf einen Millimeter genau, worauf die Pistole gerichtet war. Andere Anzeigen erschienen auf seiner Netzhaut, die ihm verrieten, ob die Waffe – wie in diesem Fall – gesichert und ob sie geladen war, was ebenfalls der Fall war. Das Magazin war voll und enthielt sechzehn Schuß. Jetzt, wo die Waffe mit seinem ohnehin aufgepeppten Nervensystem verbunden und synchronisiert war, fühlte sich Chase zu allem bereit. Ihm wurde klar, daß dies das erste Mal seit Beginn dieser Geschichte war, daß er eine Waffe gezogen hatte.

»Wird das reichen?« Er ließ sie einen Blick auf den Colt vom Typ Manhunter werfen, achtete jedoch darauf, daß die Waffe nicht in ihre Richtung zeigte. Ihm mißfiel der Anblick des Zielpunktes in ihrer Nähe.

»Äh«, sagte sie, »es wird schon irgendwie gehen. Wenn du einen Geist angreifst, kämpfst du mit deinem Willen, mit deinem Verlangen, ihm weh zu tun und Schaden zuzufügen. Es heißt: du gegen den Geist. Die Kanone ist nur ein Werkzeug, ein Symbol, die als eine Art Konzentrat deines Willens fungiert. Ja, du zielst, aber die Kugeln selbst haben keinen eigenen Willen. Die Wirkung wird dadurch verringert. Wenn du selbst angreifst – mit bloßen Händen – steht nichts dazwischen. Du schlägst mit deinem eigenen Willen zu.«

Er sah sie einen Augenblick verständnislos an. »Weißt

du«, sagte er schließlich, »ich habe nicht die geringste Ahnung, was du gerade gesagt hast.«

Sie lachte. »Das ist schon in Ordnung. Wenn irgendwas auftaucht, kannst du es mit der Kanone schlagen, nur schieß nicht.«

»Jetzt warte doch mal …«

Wiederum hob sie die Hand. »Ruhe, bitte. Ich wechsle jetzt in den Astralraum.« Sie hatte den Satz kaum beendet, als ihre Gesichtsmuskeln und ihr gesamter Körper schlaff wurden. Ihr Körper schien nur noch durch einen instinktiven Gleichgewichtssinn aufrecht gehalten zu werden. Ihre Lippen teilten sich ein wenig, und sie atmete langsam aus.

Während Chase wartete und sie immer mit einem Auge beobachtete, sah er sich in dem Zimmer um. Sein kybernetischer Lichtverstärker brachte die Lichtverhältnisse annähernd auf das Niveau des Tageslichts. Er hielt nach Bewegungen Ausschau, horchte nach Geräuschen, nach irgend etwas, das die Anwesenheit eines Geistes verraten mochte. Er sah nur das Zimmer und hörte nur Freids Atem.

Dann änderte sich ihr Atemrhythmus, als sie ein spitzes Keuchen ausstieß. Instinktiv ruckte seine Pistole hoch und zu ihr herum. Der Zielpunkt ruhte einen Augenblick lang auf ihrer Stirn, bis er sah, daß sie blinzelte und sich ihr Kiefer leicht bewegte. Er ließ die Waffe weiterwandern, bis der Lauf auf die Decke zeigte.

Freid stand auf und klopfte sich den Staub von ihren Shorts. Sie verließ den Doppelkreis und blieb eine Armeslänge vor ihm stehen. Sie blinzelte ein paarmal und lächelte dann.

»Und?« sagte er.

»Nichts.«

»Nichts?«

»Nichts. So weit ich es beurteilen kann, spürt dir niemand auf irgendeine magische Weise nach.«

Chase befahl der Smartgunverbindung auf kybernetischem Wege, sich abzuschalten, um die Batterien zu schonen, und halfterte die Pistole. »Das überrascht mich«, sagte er.

»Tatsächlich?«

Er nickte. »Als wir Manhattan verlassen haben, sind wir beinahe in einen Hinterhalt geraten, und ich bin verdammt sicher, daß sie uns nur auf magischem Weg gefunden haben können. Ich habe angenommen, sie seien uns auf der Spur geblieben.«

»Vielleicht haben sie die Spur verloren.«

»Möglich«, sagte er, während er sich über das Kinn strich. Er war überrascht über den dichten Stoppelwald, den er dort vorfand. Bei all den Sorgen, die er sich um Cara machte, hatte er heute morgen vergessen, sich zu rasieren. Cara. »Verdammt. Wir sollten besser auch noch Cara überprüfen.«

Freids Augen verengten sich ein wenig. »Das Mädchen, mit dem du hier bist?«

»Ja.«

Sie schien einen Augenblick zu brauchen, um das zu verarbeiten, dann schüttelte sie lächelnd den Kopf.

»Was ist?« fragte er sie.

Sie musterte ihn, den Kopf leicht schräg haltend und immer noch lächelnd. »Ach, ich überlege mir nur gerade, ob du wirklich ein Problem hast, oder ob das alles nur eine sehr komplizierte Art der Anmache ist.«

Chase zuckte zusammen. »Nein ... Ich meine ... Es tut mir leid, wenn ich einen falschen Eindruck hinterlassen habe.«

Sie lächelte ein wenig breiter, und in ihren Augen funkelte Belustigung. Sie trat näher und legte ihm die Arme locker um den Hals. »Mach dir deswegen keine Gedanken.«

Er nahm behutsam ihre Arme, dicht über dem Ellbogen. »Hör mal ...«

»Wo ist deine Freundin?« Sie verschränkte die Arme

in seinem Nacken, und Chase spürte, wie sich ihr Druck verstärkte.

»Bei Gavin und ein paar anderen Jungs. Sie sind in diese Hütte gegangen. Ich weiß nicht...«

Sie unterbrach ihn wieder. »Leg die Hände unter meine Schultern.«

Chase holte tief Luft. »Ich bin nicht sicher...«

»Und zwar so.« Freid nahm seine Hände und zog sie weiter nach oben, unter ihre Achseln. Er war weder über die Straffheit der Muskeln überrascht, die er dort vorfand, noch über die Weichheit.

»Laß nicht los«, flüsterte sie. »Ich werde jetzt deine Freundin überprüfen. Halt mich fest.«

Chase wollte etwas sagen, um sie zurückzuhalten, doch ihre Gesichtsmuskeln entspannten sich zu schnell, und ihr Kopf sank nach vorne. »Verdammt«, sagte er, die jähe Last in den Armen haltend.

Er zog ihre schlaffe Gestalt an sich und hielt sie mühelos mit einem Arm. Mit der freien rechten Hand zog er die Pistole und aktivierte alle Schaltkreise. Er war nicht sicher, ob sie helfen würde, aber er wollte sie einfach gezogen haben.

Freids Kopf ruhte an seiner Schulter, und sie atmete langsam und regelmäßig an seinem Hals. Er beobachtete das Zimmer und sie und fragte sich, was er als nächstes tun sollte. Er dachte daran, sie auf das Sofa zu legen, wußte jedoch von den wenigen Gelegenheiten, bei denen er mit Magiern zusammengearbeitet hatte, daß sie nicht gerne gestört wurden, wenn sie auf die Astralebene wechselten, also verwarf er den Gedanken.

Nach ein paar Minuten hatte er den Eindruck, ihr Körper versteife sich ein wenig, aber sonst geschah nichts. Er konnte die Zeit auf der Anzeige ihrer Musikanlage ablesen. Caras Überprüfung dauerte viel länger als seine.

Er wartete und beobachtete. Ihr Körper schien sich enger an ihn zu schmiegen.

Irgendwo in der Basis ertönte eine Autohupe, und er hörte ein entferntes Krachen, möglicherweise von Metallfässern. Er beschloß, sie aufs Sofa zu legen, als sie sich rührte.

Ihre Atmung veränderte sich, und sie öffnete die Augen. Sie ließ sich noch einen Augenblick von ihm stützen, dann stand sie aus eigener Kraft. Sie blieb jedoch dicht bei ihm und halb in seinem Arm. »Was ist los?« fragte sie ruhig.

Er ging einen halben Schritt zur Mitte des Zimmers, und sie kam mit ihm. »Lärm. Irgendein Krachen.«

Sie lächelte. »Billy Finn hat versucht, mit seinem LKW den Mülltonnen auszuweichen, als ich gerade zurückkam. Er hat auf mich keinen besonders nüchternen Eindruck gemacht.«

»Trotzdem ...«

»Die Basis ist sicher, Church. Du brauchst dir keine Gedanken zu machen.«

»Es ist mein Job, mir Gedanken zu machen«, sagte er. »Was ist mit Cara?«

»Sie ist sauber. Absolut kein Anzeichen, daß ihr jemand nachspürt.«

»Echt?«

Sie schlug ihn spielerisch. »Nein, ich lüg dich an.«

»Ich nehme an, es geht ihr gut.«

»Tja ...« Freid sah zu Boden und versetzte dem aufgerollten Teppich einen leichten Tritt. »Sie befindet sich nicht in irgendeiner Gefahr, aber sie macht auf jeden Fall einer ernstlichen Frustration Luft.«

Chase spannte sich. »Oh.«

Sie legte ihm eine Hand auf die Brust. »Hey, entspann dich. Ich sagte, es geht ihr gut.« Sie sah ihn an. »Seid ihr zwei nur befreundet oder ...«

»Sie ist zu mir gekommen, weil sie Hilfe brauchte. Ich hab mal als Leibwächter für ihre Familie gearbeitet, als sie noch klein war.«

»Aha«, sagte Freid. »Tja, sie ist mit einem der Techs

losgezogen, einem echten Esel namens Willie. Ich fand sie, nachdem ich mich in einige Gespräche eingeschaltet hatte. Sie war offenbar ziemlich aggressiv. Gavin ist nicht sehr glücklich.«

Er sah sie an. Sie stand immer noch ganz nah bei ihm. »Oh.«

»Ja. Sie hat ihn ziemlich in die Mangel genommen.« Sie grinste. »Nicht, daß er sich beschwert hätte, wohlgemerkt.«

»Ich verstehe.«

»Weißt du, es ist ziemlich schwierig für einen Magier, sich in so etwas einzumischen. Die ganze Gefühlswelt spiegelt sich im Astralen wider. Man kann sie kaum ignorieren.«

»Tatsächlich.« Er spürte, wie ihre Hand, die immer noch auf seiner Brust lag, langsam nach unten glitt.

Sie schaute nach unten und beobachtete ihre Hand. »Das geht einem ganz schön unter die Haut.«

Er ließ ihre Worte einen Moment lang einfach im Raum hängen, dann tat er den entscheidenden Schritt. »Kann ich irgendwas tun, um dir darüber hinwegzuhelfen?«

Sie kicherte. »Na, für den Anfang könntest du ja mal die Kanone wegstecken.«

12

Blanchard zuckte angesichts des scheußlichen Geräuschs zusammen, das der Motor des ein Dutzend Meter entfernt geparkten Luftkissenfahrzeugs von sich gab. Er schüttelte den Kopf und sagte zu Chase: »Ich weiß nicht, was sie für Probleme haben.«

»Klingt ziemlich daneben«, sagte Chase.

»Ja, das hört sogar so'n Tech-Freak wie du. Willie arbeitet schon seit einer Stunde daran. Irgendwas muß wirklich hinüber sein.«

Chase lehnte sich gegen den warmen Rumpf des *Rapier's Touch*. »Welcher von denen ist es?« Er legte eine Hand an die Stirn, um die Augen vor der morgendlichen Sonne und ihrer Reflexion in seiner Fliegerbrille zu schützen.

»Willie? Der mit dem blauen Halstuch am Arm.« Blanchard zeigte auf eine Technikertraube vor der geöffneten Motorhaube. Derjenige, den er als Willie identifiziert hatte, schüttelte gerade den Kopf und rekalibrierte einen Taschencomputer. »Warum?«

Chase zuckte die Achseln. »Sein Name ist gestern nacht gefallen.«

»O ja, davon hab ich auch schon gehört.«

»Ach?«

»Ich hoffe, es gibt keine Probleme.«

»Weswegen?«

Blanchard rollte mit den Augen. »Hör auf, Chummer, komm mir nicht so. Wegen Willie und dem Mädchen.«

»Ich wollte nur sichergehen, daß wir über dieselbe Sache reden«, sagte Chase, der froh war, daß er keinen anderen Schluß gezogen hatte. »Tut mir leid, dich enttäuschen zu müssen, aber es ist für mich nur ein Geschäft, und wir sind Freunde.«

Blanchard schien tatsächlich erleichtert zu sein. Chase

konnte sich vorstellen, daß sich der Kanonier des T-Bird nicht gerade auf einen in menschlicher Hinsicht stressigen Run gefreut hatte. »Sahne«, sagte er.

Irgendwo hinter ihnen klirrte Metall auf Plastahl, und als Chase sich umdrehte, sah er Gordani in einem ähnlichen Fliegeranzug wie Blanchard um das hintere Ende des T-Bird kommen. Hinter ihm stritten sich die beiden Techniker, die Chase den Panzer hatte inspizieren sehen. Die beiden, der eine unglaublich groß, der andere etwa genauso schwer, aber nur halb so groß, hatten die ganze Nacht an dem Schwebepanzer gearbeitet. Gordani machte einen zufriedenen Eindruck.

»Alles in Ordnung, Captain?« fragte Chase.

»Ja, scheint so«, sagte Gordani, während er mit einer Hand sein ohnehin struppiges Haar noch mehr zerzauste. »Ich will verdammt sein, wenn ich weiß, wie sie das machen.«

Chase warf einen Blick auf die reparierte, frisch gestrichene Waffenkuppel des T-Bird, aus der ein langer, schlanker Kanonenlauf ragte. Chase entdeckte ein kompliziertes Gasventil und ein Dämpfungssystem für die Mündungsblitze am Ende des Laufs. »Was ist das?«

»Maxwell-Schnellfeuerkanone. Ist eigentlich Flugzeugbewaffnung, aber was soll's?«

»Wo hast du die aufgetrieben?«

»Vor ein paar Tagen ist einer der Kopter drüben in White Base, ein paar Kilometer die Straße hoch, abgeschossen worden. Ich war nicht sicher, also hab ich's überprüft, und natürlich war ihre Schnellfeuerkanone noch in Ordnung und sie brauchten dringend Bares.«

Chase wandte sich an Blanchard. »Wie ist sie im Vergleich zur alten Autokanone?«

Der Neger zuckte die Achseln. »Nicht schlecht. Das Kaliber ist kleiner, aber dafür ist die Feuergeschwindigkeit höher. Außerdem ist sie nicht so sperrig und insgesamt leichter, so daß sich die Kuppel schneller dreht. Ich hab mir Sorgen wegen der Flugabwehr-Servos gemacht, aber die beiden Richs scheinen zufrieden zu sein.«

Chase nickte und bemerkte, daß sich Gordani suchend umsah. »Hast du Freid gesehen?« fragte er.

»Nein«, sagte Blanchard. »Ich hab ihr gestern nacht 'n Zettel unter der Tür durchgeschoben, also weiß sie, daß wir vor sieben los wollen. Ich wollte sie nicht stören. Sie klang irgendwie beschäftigt.«

»Ich hab sie auch nicht gesehen.« Chase hatte durch eben diese Nachricht vom bevorstehenden Aufbruch des T-Bird erfahren und wußte, daß Freid sie ebenfalls gelesen hatte.

»Toll«, sagte Gordani zu seinem Kanonier. »Ich hoffe, sie ist ausgeschlafen.«

Blanchard zuckte die Achseln.

Chase widerstand der Versuchung, mehr zu sagen, sondern fragte sich statt dessen, wo Cara war. Als er vor gar nicht allzu langer Zeit in ihr Haus zurückgekehrt war, hatte sie unruhig geschlafen. Blanchards Nachricht an sie, hatte deutlich sichtbar auf Chase' Bett gelegen. Cara hatte sie gesehen und wußte, daß er fort gewesen war.

Ihre Aktivitäten hatten ihn kurz nach Sonnenaufgang geweckt. Sie hatte ein paar Sachen in ihre Tasche gestopft und gerade den Reißverschluß zugezogen, als er erwachte. Er wußte, daß sie ihn gehört hatte, doch sie sah ihn nicht an.

»Bring meine Tasche zum T-Bird«, hatte sie gesagt. »Wir treffen uns dort.« Sie war aufgestanden und hatte die Tasche auf einem der Stühle zurückgelassen. Das wenige Licht, das durch die Tür gefallen war, als sie ging, hatte ihn geblendet, und er hatte bereits gespürt, wie die Temperatur anstieg.

Bevor er die Tasche zum T-Bird trug, hatte Chase nachgeschaut, ob ihr Simdeck noch da war. Es war da, ebenso die Chips. Er glaubte nicht, daß sie ohne die Sachen wegzulaufen versuchen würde.

Gordanis Stimme drang in seine Gedanken ein. »Ich hab mit Katie Rücksprache gehalten, und sie sagt, die Azzie-Aktivitäten sind gering heute morgen. Sie glaubt, die meisten Einheiten, die uns gestern zugesetzt haben, hätten sich irgendwann heute nacht nach Süden hinter den Rio Grande zurückgezogen.«

»Das wär nicht schlecht«, sagte Blanchard. »Wir haben nicht genug Schnellfeuermunition für allzu viele Spielchen mit den Azzies.«

Gordani nickte zustimmend. »Da kommt Freid.«

Chase sah auf. Freid umrundete gerade eines der größeren Gebäude, das als provisorischer Hangar diente. Sie trug denselben Fliegeranzug aus schwarzem Leder wie am Tag zuvor. Chase fragte sich nicht mehr, wie sie die Hitze darin aushielt, nämlich genauso, wie sie die Temperatur in ihrem Haus erträglich gestaltete: mit Magie. Darüber hatte er in der vergangenen Nacht eine Menge erfahren.

Cara ging neben ihr, die Hände in den Taschen, den Kopf gesenkt. Sie hatte irgendwo eine ockerfarbene Armeejacke aufgetrieben. Freid schien etwas zu ihr zu sagen, aber Chase konnte die Worte nicht hören, da sie vom protestierenden Geheul des Luftkissenfahrzeugs verschluckt wurden. Cara warf im Vorbeigehen einen kurzen Blick darauf, doch Willie war halb im Motorraum untergetaucht. Die Magierin klopfte ihr auf die Schulter und beschleunigte dann ihre ohnehin schon langen Schritte.

»Morgen, Jungs«, sagte sie, als sie bei ihnen angelangt war. Sie lächelte jeden von ihnen an, und dabei schien ihr Blick auf Chase einen Augenblick länger zu ruhen, was sich wegen der Sonnenbrille, die sie trug, jedoch nicht mit Sicherheit sagen ließ. »Alles klar?«

»Wie neu«, sagte Blanchard. »Ich glaube, du hast den Richs nebenbei ein bißchen Zauberei beigebracht.«

Freid lachte. »Lieber würden sie Schlange zum Frühstück verspeisen.« Sie warf sich ihre Tasche über die

Schulter. »Laßt mich eben meine Sachen verstauen und meinen Platz einnehmen.«

»Sag Bescheid, wenn du fertig bist«, sagte Gordani.

Sie nickte und ging zur Einstiegsluke. Cara kam auf sie zu. Sie blinzelte und versuchte die Augen vor dem grellen Sonnenlicht abzuschirmen.

»Keine Sorge«, sagte Blanchard lachend. »In dem T-Bird ist es verdammt dunkel.«

Cara schien fast zu lächeln. »Gut.«

Chase wollte sie gerade fragen, ob sie etwas gegessen hatte, aber eine Stimme in seinem Ohr hielt ihn davon ab. Sie war leise und ätherisch, wie ein Windhauch. Es war Freids Stimme. »Keine Sorge«, sagte die Stimme. »Ich hab sie mir heute morgen angesehen. Irgendwas nagt an ihr. Ich konnte nicht herausfinden, was, aber ich glaube nicht, daß du die Ursache bist.«

Chase drehte sich so lässig wie möglich um und versuchte den Ursprung der Stimme zu finden. Freid war bereits im Innern des T-Bird verschwunden und nirgendwo zu sehen.

»Aber sie hat was für dich übrig, also würde ich ihr von uns und der letzten Nacht nichts erzählen«, fuhr Freids Stimme fort. »Sie glaubt, du seist letzte Nacht ausgegangen, weil du sauer warst. Offenbar ist sie es gewohnt, daß die Burschen, die sie mag, ziemlich temperamentvoll sind.«

Chase suchte den Rumpf des Schwebepanzers nach einer Öffnung ab, da er wußte, daß sie ihn tatsächlich sehen mußte, wenn sie einen Zauber wirken wollte, der ihn betraf. Die einzige Ausnahme dieser Regel war die spezielle Magie der rituellen Zauberei, aber die bedurfte einer stundenlangen Vorbereitung. Er sah nichts, keine noch so kleine Öffnung.

»Verwirrt?« sagte sie. »Dann wirf mal einen Blick auf die Spitze der Kuppel.«

Er tat es und sah das Glitzern blendfreien Glases tief im Innern einer kleinen Vorrichtung auf der Kuppel.

Während er noch hinsah, drehte sich die Vorrichtung ein Stück.

»Ein optisches Zielsystem. Ersetzt mir die Augen, wenn wir unterwegs sind. Da es ein rein optisches System ohne Kameras ist, kann ich dadurch Magie wirken.«

»Church.«

Chase fuhr beim Klang von Blanchards Stimme herum. Er fragte sich, wie lange der Kanonier schon versuchte, Chase auf sich aufmerksam zu machen. »Tut mir leid«, sagte er. »Dachte, ich hätte was gehört.«

»Ja, meine Stimme, die dir ins Ohr brüllt.«

Chase kicherte.

Cara betrachtete ihn mit merkwürdigem Gesichtsausdruck und schien etwas sagen zu wollen, doch Gordani kam ihr unabsichtlich zuvor. »Ich will, daß ihr zwei genau aufpaßt, wenn wir den T-Bird testen. Das meiste wird euch nichts sagen, aber ich will, daß ihr Fachausdrücke und Bezeichnungen mitbekommt und euch genau anschaut, was wir tun. Wenn irgendwas schiefgeht, könnte euch das den Hals retten.«

»Ich schätze, ich sollte euch sagen, daß ich nicht die geringste Ahnung von diesen Dingen habe«, gestand Cara. »Ich kann kaum ein Telekom bedienen.«

»Du kannst aber doch einen Synthie programmieren, oder?« fragte Chase in der Hoffnung, daß seine Worte nicht zu aggressiv klangen. »Du hast mir gesagt, du hättest Keyboard gespielt.«

»Ja, sicher, aber …«

Blanchard lächelte. »Ist in mancherlei Hinsicht auch nichts anderes. Keine Sorge. Du wirst gut zurechtkommen.«

Cara lächelte ihn kaum merklich an, dann wandte sie sich an Chase und versuchte, ein wenig mehr zu lächeln.

Chase hörte erneut Freids Stimme, diesmal jedoch ihre richtige, und sie kam über die Außenlautsprecher.

»Okay, Chummer, dann mal los. Ich hab 'ne Verabredung in Denver, und die will ich auch einhalten.«

Chase lachte und blieb neben Cara stehen, während sich die Besatzung an die Arbeit machte. Sie wirkte gedankenverloren und schien eine Million Kilometer weit weg zu sein.

13

Chase beugte sich vor und half Cara dabei, den Sitz des klobigen Helms zu korrigieren, den Blanchard ihr gegeben hatte. Sie hatte Schwierigkeiten mit den Befestigungsriemen, die so angelegt waren, daß sie den Helm auf dem Kopf des Trägers hielten, komme, was da wolle. Die Helme waren dick gepolstert, um den Kopf zu schützen, und enthielten eine Kombination aus Kopfset und Mikrofon, die den Träger mit dem internen Kommunikationssystem des T-Bird verband. Sie und Chase saßen auf umklappbaren, gepolsterten Einzelsitzen in der Nähe des Laderaums.

Freid saß auf einem ähnlichen Sitz direkt vor Cara, doch ihrer wies auf jeder Armlehne eine Kontrollkonsole auf. Über die Konsolen konnte sie verschiedene optische und elektronische Ziel- und Spürsysteme bedienen, um potentielle Gegner auszumachen. Freid trug außerdem im wesentlichen den gleichen Helm wie sie, doch ihrer war zusätzlich noch mit einer Brille versehen, die vermittels eines Fiberoptikkabels mit einer Art Periskop auf der Kuppel des Hauptgeschützes verbunden war. Chase hatte erfahren, daß der Panzer über zwei weitere optische Ausgänge, wie Freid sie nannte, verfügte, einen nach vorn und einen nach hinten. Mit den Kontrollen auf ihren Armlehnen konnte Freid die Ausgänge nach Belieben auf ihre Brille schalten.

Wenn sie wollte – und Blanchard einverstanden war –, konnte sie auch jede Waffe des *Rapier's Touch* mit ihren optischen Sensoren koppeln. Zwar waren diese nicht so hoch entwickelt und leistungsfähig wie die High-Tech-Elektroniksensoren, über die Blanchard gebot, aber sie konnte damit, falls erforderlich, zusätzliche Ziele aufs Korn nehmen.

Auf ihren Befehl drehte sich der Sitz, und Freid sah

Chase und Cara durch eine kleine, auf die Brille geschraubte Kamera an. Die Brille bedeckte fast ihr ganzes Gesicht und die Optikverbindungen zur Kamera. »Fertig?« fragte sie laut, um das Dröhnen des Motors zu übertönen.

Cara nickte zögernd, offenbar eingeschüchtert von den Vorgängen.

»Ich denke schon«, sagte Chase. »Irgendwelche Änderungen in letzter Minute?« Zwar trugen er und Cara Kopfsets, aber Gordani hatte sie noch nicht an das interne Kommunikationssystem angeschlossen.

Freid schüttelte den Kopf. »Nein. Gordo hat mit Katie am Radar gesprochen, und sie sagt, es sei alles ruhig. Sie glaubt außerdem, daß eine der anderen Basen einen Run mit Arzneimitteln und medizinischem Gerät in Richtung Monterey gestartet hat. Wir warten noch und lassen ihnen einen Vorsprung, bevor wir losfliegen.«

»Wie lange warten wir?« fragte Chase.

»Nicht lange«, kam Blanchards Stimme über das Kommnetz. Chase sah Cara zusammenzucken und die Lautstärke ihres Kopfsets manuell verringern. »Sie sind bereits drüben, also warten wir nur, ob irgendwelche Sensoren oder Horchposten auf sie ansprechen. Wenn ja, wäre dies eine willkommene Ablenkung. Wenn nein, fliegen wir trotzdem.«

»Verstanden«, sagte Chase.

Blanchards Sitz befand sich direkt vor Chase' Platz und damit neben Freids, doch etwas weiter vorn als ihrer. Er saß etwa einen Meter erhöht auf einer kleinen Plattform. Seine Sitzlehne war noch weiter nach hinten geneigt als Chase' und Freids, so daß genug Platz für die Garnitur von Video- und Datenanzeigemonitoren vor ihm blieb. Sie waren ebenso für den Notfall gedacht wie ein ähnlicher Satz in Freids Nähe.

Blanchard selbst war kybernetisch mit den Waffen- und Sensorsystemen verbunden. Alle Informationen, die die Sensoren aufnahmen, wurde augenblicklich an ihn weitergeleitet. Er war sich dessen bewußt und verarbeitete die Daten in Gedankenschnelle. Die Waffen reagierten in gleicher Weise auf ihn, schnell und tödlich. Das System verriet ihm alles, was er über Geschwindigkeit und Fahrtrichtung des Panzers, die Windverhältnisse zwischen T-Bird und Ziel, den Zustand der Schnellfeuerkanone, Munitionsreserven und Dutzende anderer Dinge wissen mußte, welche die Treffergenauigkeit beeinflußten. Er wußte alles, was er wissen mußte.

Gordani war nicht zu sehen, da er in einem schwarzen Plastikkokon am vordersten Punkt der engen Kabine saß, kaum fünf Meter von Chase entfernt. Der Kokon wurde Riggertank genannt, war kaum größer als ein Sarg und isolierte ihn vollständig vom Rest des Panzers. Er war geräuschdämpfend, um akustische Ablenkungen auszuschließen, und Gordani lag darin auf einem gelgefüllten, körpertemperierten Polster, welches ihm das Gefühl gab zu schweben. Er war ebenso kybernetisch mit dem Panzer verbunden wie Blanchard, jedoch fast ausschließlich mit seiner Steuerung beschäftigt. Die Sensorsignale, die er auf kybernetischem Weg erhielt, waren seine Augen und Ohren, die ihn mit der Außenwelt verbanden. In jeder praktischen Hinsicht *war* er der T-Bird, während er mit den Systemen des Panzers verbunden war. Die Sensoren informierten ihn über die Umgebung, die internen Systeme versorgten ihn mit kontinuierlichen Meldungen über den aktuellen Zustand des Panzers, und die Kontrollsysteme reagierten augenblicklich auf seine Gedanken. Nur auf dieser Kontrollebene war es möglich, mit fast sechshundert Stundenkilometern einen Meter über dem Boden zu fliegen.

Sie waren bereits in Bewegung und folgten einer komplizierten Route auf der CAS-Seite der Grenze. Der Kurs des T-Bird war sorgfältig ausgearbeitet worden, um den Panzer unter Ausnutzung des natürlichen

Geländes in dem Gebiet so lange wie möglich zu verbergen. Wenn die Azzies zufällig einen Run erwarteten, war es um so besser, je weniger sie über seinen anfänglichen Kurs wußten. Der T-Bird folgte einem etwa vierzig Kilometer langen Abschnitt der Aztlan-CAS-Grenze.

Gordanis Stimme kam über das Kommnetz. In Chase' Ohren klang die Stimme ebenso seltsam und verzerrt, wie Lachesis' Stimme vor ein paar Tagen geklungen hatte. Das war nicht weiter überraschend, da die Unterschiede zwischen einem Decker und einem Rigger in vielerlei Hinsicht nur minimal waren. Beide erfuhren eine künstliche Realität. Für einen Decker wie Lachesis war es die Matrix, die der künstlichen Welt der Computerdaten und -netzwerke einen gewissen Grad an Realität verlieh. Gordanis Realität bestand aus dem hyperrealistischen Datenfluß der internen und externen Sensoren des Panzers. Sowohl Rigger als auch Decker waren in ihrem Element, wenn die Realität für sie gefiltert wurde.

»Sieht aus, als hätten wir grünes Licht. Der andere Run müßte das Sensornetz an der Grenze längst hinter sich gelassen haben, und es ist nichts passiert. Also fangen wir an.« Der Klang von Gordanis Stimme erinnerte Chase daran, daß Lachesis' Abschlußbericht über Cara wahrscheinlich fertig war und auf ihn wartete. Er würde ihn in Denver lesen müssen. Vielleicht mußte er sogar persönlich mit ihr reden.

Der *Rapier's Touch* ruckte leicht, und er wurde ein wenig zur Seite geschleudert. Er bemerkte, daß Freids und Blanchards Sitz die Bewegung automatisch zu kompensieren schienen: Beide reagierten kaum auf das Rucken.

Cara korrigierte den Sitz ihres Helms ein wenig, lächelte unsicher und beugte sich zu Chase herüber. »Glaubst du, es wird eine stürmische Reise?«

Chase wollte antworten, doch Blanchards Kichern kam ihm zuvor. »Nee, sie wird ganz ruhig verlaufen«, sagte er,und Chase fiel wieder ein, daß die Mikrofone in den Helmen stimmaktiv waren. »Vorausgesetzt, sie bemerken uns nicht.«

Cara rollte mit den Augen und versuchte es sich auf ihrem Sitz bequemer zu machen. Sie war mit einem normalen Kreuzgurt angeschnallt, einer Konstruktion, die optimalen Schutz bot, aber auch recht unbequem war.

Chase spürte, wie der Motor des T-Bird seine Leistung die daraus resultierende Beschleunigung erhöhte, und, als sie sich in eine leichte Linkskurve legten. Freids Videomonitore zeigten verschwommenes Texas-Gelände. Zum erstenmal bemerkte Chase die Spielzeugsouvenirs, die über der Monitorreihe hingen. Er kicherte, während Freid durch ihre optischen Ausgänge spähte und dabei den Kopf hin und her wandte. Sie lächelte kurz, als sie sah, daß er sie beobachtete, dann drehte sie ihren Sitz wieder nach vorn. Lenkte es sie ab, wenn er sie beobachtete?

Gordanis elektronische Stimme beendete seine Überlegungen. »Meine Damen und Herren«, sagte er, »willkommen in Aztlan. Ich hoffe, Ihre Pässe sind in Ordnung.«

Die ersten Probleme traten wenig mehr als eine halbe Stunde nach ihrem Grenzübertritt auf. Sie hatten die permanenten Sensorlinien mühelos durchstoßen. Die Besatzung wußte, wo sich die Sensoren befanden und wie man sie umgehen konnte. Gefahr ging nur von den unbekannten Dingen aus, die sie tiefer im Landesinneren erwarteten. Einen ersten Vorgeschmack darauf bekamen sie, als sich Blanchard über Kommnetz meldete.

»Ich hab da was, das wie ein DFW aussieht. Höhe neuntausend Meter, Peilung zwo-acht-neun, Flugrichtung eins-neun-sieben, relativ.«

Cara sah Chase fragend an. Er schaltete sein Mikrofon ab, bevor er antwortete. Er wollte die Besatzung nicht stören.

»Ein DFW-Flugzeug«, sagte er, »ist ein Defensives Frühwarnflugzeug. Im wesentlichen ein Flugzeug mit Luft- und Bodenradar. Nicht so hochentwickelt wie ein normales Frühwarnflugzeug, aber gefährlich genug. Wenn es uns ortet, kann es andere Einheiten zu unserer ungefähren Position dirigieren. Ein normales Frühwarnflugzeug könnte per Telemetrie Informationen weitergeben, die andere Einheiten dazu benutzen könnten, uns aus großer Entfernung anzugreifen. Über Kilometer hinweg. Sie würden uns nicht zu sehen brauchen, solange uns das Frühwarnflugzeug auf dem Radar hat.«

Cara hatte kommentarlos zugehört, und als er fertig war, wandte sie sich von ihm ab, um Freids Monitore zu beobachten. Chase vermutete, daß sie Angst hatte. Daß er selbst Angst hatte, wußte er ganz genau.

Der *Rapier's Touch* flog mehrere Stunden lang mit verminderter Geschwindigkeit, um ihre elektromagnetische und akustische Abstrahlung zu verringern. Alles, was getan werden konnte, um die Chance einer Ortung durch das DFW-Flugzeug gering zu halten, wurde getan. Gordani klinkte Chase' und Caras Mikrofon aus dem Kommkreis aus, um unnötige Unterhaltungen und elektrische Signale auf ein Minimum zu beschränken.

Zweimal änderte das DFW-Flugzeug den Kurs in ihre ungefähre Richtung, und Blanchard glaubte jedesmal, es habe etwas aufgeschnappt, was eine nähere Untersuchung wert war. Zweimal änderte Gordani daraufhin ihren Kurs, um festzustellen, ob ihnen das Flugzeug tatsächlich folgte. Das war nicht der Fall.

Sie flogen weiter und ließen das Patrouillenflugzeug der Azzies schließlich hinter sich.

Vierhundert Kilometer jenseits des Punktes, an dem sie die Grenze überflogen hatten, lenkte Gordani den T-Bird nach Westen.

»Vielleicht haben wir Glück«, sagte seine künstliche

Stimme. »Ich habe Radio Freies Mexico abgehört, und es meldet, daß die Aztlan-Streitkräfte ziemlich massiv gegen eine der Rebellenarmeen vorgehen, und zwar weit im Osten von uns, südlich von San Antonio.«

Chase nickte. »Da könnte was dran sein. In den besetzten texanischen Gebieten ist die Unterstützung für die revolutionären Kräfte besonders groß.«

Cara sah ihn an. »Es sind immer noch Amerikaner da? Ich dachte, sie hätten die Gegend mittlerweile längst verlassen.«

»Das haben die meisten auch«, antwortete Chase. »Aber viele wollen ihre Heimat nicht verlassen. Manche glauben, daß Texas sich das Gebiet irgendwann zurückholt ...«

Der T-Bird ruckte plötzlich zur Seite und schleuderte Chase und Cara in ihren Sitzen herum. Etwas Großes schoß auf einem von Freids Monitoren vorbei, und dann hatten sie es hinter sich gelassen.

»DREK!« rief Gordani. »Was war das! Sag mir doch mal jemand, was das war!«

Chase konnte etwas in Freids Heckmonitor erkennen, das rasch kleiner wurde, möglicherweise ein Fahrzeug. Plötzlich wurde das Bild größer, als sie verschiedene Vergrößerungslinsen zuschaltete.

»Den Werten nach ist es ein LKW. Vielleicht zwei Tonnen«, kam Blanchards Stimme. Chase hörte ein schwaches mechanisches Geräusch über dem Röhren des Motors: Die Geschützkuppel drehte sich nach hinten.

»Stör ihre Funkfrequenz!« sagte Gordani. Blanchards Datenmonitore blitzten wütend auf, als er den Befehl des Piloten in die Tat umsetzte.

»LKW ist bestätigt«, sagte Freid. Ihr Bild hatte sich stabilisiert, und die Kamera blieb jetzt auf dem LKW, obwohl Gordani wilde Ausweichmanöver flog. Cara wurde auf ihrem Sitz hin und her geschleudert und gab sich alle Mühe, bei Bewußtsein zu bleiben. Chase' kräftigere Muskeln reagierten jetzt, wo er wußte, was er zu erwarten hatte, präzise und zuverlässig und hielten ihn einigermaßen stabil.

»Ein LKW, Standardgröße, ungefähr eineinhalb Tonnen. Ich sehe einen Fahrer. Und Passagiere. Soldaten.«

»Abschießen!« bellte Gordani.

Chase konnte auf dem verschwommenen und ruckelnden Monitorbild kaum etwas erkennen, aber Freids Analyse ergab einen Sinn. Der LKW schien am Straßenrand geparkt zu haben. Er konnte Gestalten ausmachen, eine ganze Menge sogar, die aus dem Laderaum kletterten. Dann bewegte sich Freids Körper plötzlich auf sehr merkwürdige Art und Weise. Sie murmelte etwas vor sich hin, und aus dem Heck des LKWs schoß eine blauweiße Stichflamme. Die Soldaten, die aus dem LKW kletterten, stürzten wie vom Blitz getroffen zu Boden. Ein paar kippten einfach zurück in den LKW oder fielen mit dem Gesicht in den Straßenstaub. Die Segeltuchplane über der Ladefläche des LKWs riß in Fetzen.

Auf dem Monitor blitzte es erneut auf, diesmal grellweiß, bevor die Filter den grellen Schein der soeben abgeschossenen Rakete kompensierten. Sie raste auf den LKW zu und geriet außer Sicht, als der T-Bird erneut den Kurs änderte. Die Kamera versuchte den LKW wieder einzufangen, doch jetzt war er durch das dazwischenliegende Gelände verborgen. Dennoch sah Chase ganz deutlich einen Blitz und eine Explosion hinter ein paar Felsen, als sie wieder geradeaus flogen.

»Treffer!« kommentierte Blanchard.

»Status!« meldete sich Gordani.

»Kann ich nicht sagen. Zuviel im Weg«, antwortete der Kanonier.

Wiederum Gordani. »Freid?«

»Bin dabei!« rief sie, und Chase sah, wie sich ihre Hände mit knappen, geübten Gesten bewegten und sich ihr Kopf hierhin und dorthin wandte, als suche sie irgend etwas. Schweiß trat unter ihrer Brille hervor.

Chase betrachtete die Monitore und sah nur verschwommene Landschaft. Was sie auch sah, war nicht auf diesen Monitoren. Cara starrte ebenfalls auf die Monitore. Sie war aschfahl.

»Der LKW ist Schrott«, sagte Freid, deren Anstrengung in ihrer Stimme durchklang. »Ein paar Soldaten leben noch, aber auf den Beinen sind nur ein oder zwei. Ich zähle etwa fünf Tote außerhalb des LKWs.«

»Kannst du irgendwas tun?« fragte Gordani.

»Negativ. Ich habe keine Sichtverbindung.«

»Verdammt noch mal!« explodierte der Pilot. »Blanchard, du bist an der Reihe. Sag mir, was du willst.«

»Wir stören sie immer noch«, sagte Blanchard, »aber das bedeutet auch, wenn die Azzies zufällig in diese Richtung sehen, leuchten wir wie 'n Wolkenkratzer. Dreh uns wieder rein. Ich werd 'ne Drone absetzen.«

Gordani fluchte erneut, aber Chase spürte, wie sich der Schwebepanzer rasch in eine neuerliche Kurve legte. Irgendein Mechanismus knirschte in der Wand rechts von seinem Kopf, und auf Freids und Blanchards Station erwachte jeweils einer der wenigen dunklen Monitore zum Leben. Zuerst zeigten sie nur fast wolkenlosen Himmel, der sich über ihnen drehte, doch dann stabilisierte sich das Bild, als die Kamera den Boden erfaßte. Die Aztlan-Landschaft leuchtete grell in der Mittagssonne, während die Bilderfassung der Kamera Mühe hatte, den hellen Boden vom noch helleren Himmel abzugrenzen, der immer noch einen Teil des Bildes ausfüllte.

»Drone gestartet!« rief Blanchard. Der *Rapier's Touch* führte zwei ferngesteuerte Dronen mit sich, die sich in geschützten Abschußvorrichtungen auf beiden Seiten des Panzers befanden. Die rechte Abschußvorrichtung, die soeben benutzt worden war, enthielt eine festtreibstoffbetriebene Kurzstreckendrone, die mehr einer Rakete als einem kleinen Flugzeug glich. Sie war dazu gedacht, genau das zu tun, was sie jetzt tat: Rasch eine

Videokamera zu einem Ort zu befördern, den man an Bord des T-Bird sehen wollte. Die Drone wurde von einem kleinen Elektromotor kontrolliert, wenn sie über dem Ziel schwebte, aber ihre Flugzeit war sehr begrenzt. Sie verfügte über eine Waffe, dem Äquivalent zu einem Sturmgewehr.

Die linke Abschußvorrichtung trug eine viel schwerere Kampfdrone. Sie war dazu gedacht, gemeinsam mit dem T-Bird zu fliegen, und verfügte über ein Paar leichter Maschinengewehre, einen eigenen Autopiloten und ein eigenes Zielsystem. Blanchard konnte die Drone direkt kommandieren oder ihr allgemeine Anweisungen geben, die sie dann den Fähigkeiten ihres Spatzenhirns entsprechend ausführte. Die Kampfdrone war sehr teuer und wurde nur im äußersten Notfall eingesetzt.

»Über dem Ziel!« meldete sich Blanchard erneut. Die Videosignale der Drone kamen klar und deutlich über Freids Monitor. Der LKW lag auf der Seite und brannte. Ein totales Wrack. Zwei Gestalten bewegten sich in der Nähe des LKWs. Offenbar versuchten sie, verwundete oder tote Kameraden aus der unmittelbaren Umgebung des Wracks zu ziehen. Die Kamera zoomte auf einen der Soldaten. Er hantierte mit etwas, das nur ein Handfunkgerät sein konnte.

»Verdammt«, fuhr Blanchard fort. »Sie haben mindestens noch ein Funkgerät.«

»Bestätigt«, sagte Freid. »Ich kann aber nicht sagen, ob es noch funktioniert.«

»Roger«, erwiderte Gordani. »Nehmt sie euch vor.«

Die Drone sackte plötzlich ab, tief und schnell, blieb jedoch auf die Männer zentriert. Es war nicht zu erkennen, wie weit sie entfernt waren. Der Vergrößerungsfaktor war nicht auf dem Monitor eingeblendet, als das Gewehr schoß. Chase sah nur Staub und Blut um die Soldaten aufspritzen. Die Drone flog über das Wrack, das aus dem Bild verschwand.

»Noch einmal«, sagte Freid.

Die Drone flog eine enge Kurve, und der brennende LKW erschien wieder auf dem Monitor. Blanchard steuerte sie an der Rauchwolke vorbei und setzte zu einem neuerlichen Anflug an. Auf dem Monitor sah Chase, wie einer der Soldaten auf den LKW zukroch. Er stand zwar in Flammen, bot aber auch einen gewissen Schutz. Dreck spritzte auf dem Boden neben ihm auf, sein Körper zuckte ein paarmal, dann lag er still. Die Drone flog weiter.

Einen Augenblick später meldete sich Freid. »Das war's.«

»Roger. Klarmachen zum Einfangen der Drone«, sagte Gordani.

Chase spürte, wie der Panzer langsamer wurde, als Gordani ihn wendete und der Drone ermöglichte, sie einzuholen. Er würde seine Geschwindigkeit derjenigen der Drone anpassen, und dann würde Blanchard sie landen und kurz vor der Landung noch die jetzt nutzlosen Stufen mit dem Festtreibstoff abstoßen. Dann, nahm Chase an, würde Gordani auf Höchstgeschwindigkeit beschleunigen, um möglichst schnell Abstand zu dem Wrack zu gewinnen.

Zwar hatten sie eine Funkwarnung verhindert, aber die schwärzliche Rauchwolke, die träge in den Himmel stieg, sprach eine laute und deutliche Sprache, eines der ältesten Warnsignale überhaupt.

14

Cara war nicht schwer zu finden: Es gab nicht viele Orte in ihrem behelfsmäßigen Unterschlupf, an denen sie sich aufhalten konnte.

Das Fangnetz hatte nicht richtig funktioniert, als sie die Drone hatten bergen wollen, und sowohl Drone als auch Abschußvorrichtung waren beschädigt. Sie waren eine Zeitlang mit offener Abschußvorrichtung und halb aus der Öffnung herausragender Drone weitergeflogen, weil Gordani den brennenden LKW so weit wie möglich hinter sich lassen wollte. Bis zum Anbruch der Nacht hatte Blanchard immer noch keine Anzeichen für eine Verfolgung entdeckt, also hatten sie beschlossen, den T-Bird zu landen, um den Schaden zu reparieren. Nachdem sie den Panzer zwischen zwei massiven Felsformationen abgestellt hatten, schlugen sie ihr Lager auf.

Chase wanderte in dem Tarnzelt umher, das den Panzer zur Gänze bedeckte und damit sowohl seine Umrisse als auch seine Hitzeabstrahlung vor möglichen Beobachtern verbarg. Die Thermalplane sorgte außerdem für eine fast gemütliche Wärme. Blanchard stand auf dem T-Bird und reparierte die Abschußvorrichtung. Gordani war abwechselnd innerhalb und außerhalb des *Rapier's Touch* und versuchte die Elektronik für etwas zu installieren, das Chase ausprobieren wollte. Chase hatte seine Hilfe angeboten, aber der Pilot hatte höflich abgelehnt, da er das Angebot offenbar als persönliche Herausforderung betrachtete. Freid saß ebenfalls im Innern des Panzers und hielt in regelmäßigen Abständen auf astralem Wege Ausschau nach etwaigen Verfolgern. Von ihr war der Vorschlag gekommen, mit Cara zu reden. Chase war ebenfalls aufgefallen, daß Cara auf den einseitigen Kampf mit dem LKW äußerst bestürzt und erregt reagiert hatte, aber seit ihrer Auseinandersetzung wegen der Chips widerstrebte es ihm, ein Gespräch mit ihr zu beginnen.

Sie saß auf einem kleinen Felsbrocken und hatte sich in ihr Simdeck eingestöpselt. Chase erstarrte und sah ihr einen Augenblick lang zu, doch diesmal war ihre Körpersprache anders. Das, was der Chip ihr vermittelte, schien sie zu erregen und zu faszinieren, aber die Anspannung, die Chase am Tag zuvor beobachtet hatte, fehlte völlig. Er schritt langsam vorwärts, bis er nah genug war, um zu erkennen, daß es sich bei dem Chip im Deck um einen der mit einem bunten Aufkleber versehenen, kommerziell erhältlichen handelte, die er in ihrer Tasche gesehen hatte. Er war unschlüssig, ob er sie in Ruhe lassen oder eine weitere Auseinandersetzung mit ihr riskieren sollte, als sie das Simdeck plötzlich abschaltete. Sie blinzelte ein paarmal, und Chase konnte auf ihrem Gesicht ein paar Tränen im Licht der Arbeitsscheinwerfer der Besatzung glitzern sehen. Dann atmete sie scharf ein, und ihr Körper zitterte einmal krampfhaft, bevor seine natürliche Lockerheit zurückkehrte. Sie sah ihn an. Ihre Augen verrieten nichts.

»Was hast du gechippt?« fragte Chase, der sich Mühe gab, seine Stimme kühl und beherrscht klingen zu lassen. Er wollte sie nicht aufregen.

Sie zuckte die Achseln und zog den Chip aus dem Deck. *»Gegen den Strom«*, sagte sie. »Euphorias letztes Werk.«

»Und, ist er gut?«

Sie zuckte wiederum die Achseln. »Könnte realistischer sein, würde ich sagen, aber der Action-Kram und die Effekte sind Sahne. Obwohl das Ende ziemlich heftig ist.«

Sie betrachtete den Chip in ihrer Hand und drehte ihn langsam von einer Seite auf die andere. »Nervt dich irgendwas?« fragte er.

Sie antwortete nicht, sondern sah nur weiterhin den Chip an und drehte ihn hin und her.

»Okay«, sagte Chase schließlich. »Blanchard hat mir gesagt, daß wir in einer Stunde weiterfliegen. Ich bin drinnen, wenn du mich brauchst.« Er drehte sich um und ging auf das Heck des *Rapier's Touch* zu.

»Mußten sie sterben?«

Caras Worte ließen Chase herumfahren. Sie waren nicht ganz das, was er erwartet hatte. »Wer?« fragte er, beantwortete sich die Frage dann jedoch selbst. Es war offensichtlich, wen sie meinte.

Sie sah weg, aber er spürte Kälte und Wut. »Die Soldaten.«

»Unglücklicherweise gab es keine andere Wahl.«

»Keine andere Wahl?« Ihr Tonfall hob sich mit ihrem Blick. »Wir hätten sie am *Leben* lassen können.«

»In diesem Fall wären *wir* jetzt möglicherweise tot.«

»*Möglicherweise*. Sie sind es auf jeden Fall.«

Chase machte einen Schritt auf sie zu und breitete die Arme aus. »Hör mal, es hat keinen Sinn, darüber zu streiten. Was geschehen ist, ist geschehen.«

Ihr Mund bekam einen verkniffenen Ausdruck, und sie schüttelte den Kopf. »Ist es so leicht für dich, die Sache auf sich beruhen zu lassen? Was ist mit ihren Familien? Ist es dir völlig egal ...«

Chase fiel ihr ins Wort, seine Stimme hob sich ebenfalls. »Natürlich ist es mir nicht egal. Ich bedaure jeden Tod, mit dem ich irgendwie zu tun habe. Du auch?«

Cara hatte zu einer wütenden Erwiderung angesetzt, doch seine letzte Bemerkung ließ sie innehalten. Sie blinzelte.

»Du schienst ziemlich locker mit den ›Unfällen‹ umzugehen, die die politische Aktivität deiner Freunde nach sich gezogen hat.« Er ging einen Schritt vor, die Fäuste geballt. »Denkst du auch an die, Cara? Denkst du an jene, die bei so einem ›Unfall‹ sterben, plötzlich und völlig grundlos? Denkst du auch an *ihre* Familien?«

Cara blinzelte ihn wiederum an, und ihr Mund arbeitete lautlos, während Emotionen über ihr Gesicht huschten, die sie nicht vollständig kontrollieren konnte. Chase wußte, er sollte aufhören, wußte, er sollte es auf sich beruhen lassen, doch er tat es nicht. Etwas daran, wer Cara Villiers war und was sie getan hatte, nagte an ihm. Er hatte dieses Etwas um des Mädchens willen ignoriert, das sie einmal gewesen war. Bis jetzt.

»Hast du je an die Familien gedacht, denen man mitteilt, daß jemand, den sie geliebt haben, die Explosion überlebt hat, vielleicht sogar den Absturz überlebt hätte, nur um in dem chemischen Schaumteppich zu ertrinken, zu *ersticken*, den man zu seiner Rettung ausgelegt hat?«

Er giftete sie an; seine Stimme war kaum lauter als ein Flüstern, sein Gesicht dicht vor ihrem. Sie hatte sich versteift, als er sich zu ihr herunterbeugte, und ihre Augen waren vor Angst weit aufgerissen, aber sie konnte sich nicht rühren.

»Hast du je daran gedacht, daß sie den Sicherheitsgurt nicht lösen konnte, weil ihre Arme gebrochen waren? Hast du je daran gedacht, daß ihr Mund so voll von dem Schaum war, daß sie ihre Lieder der Macht nicht singen konnte? Ist es dir egal, daß ihr geliebter Adler, ihr Scheiß-Totem, sie beim Absturz eines Scheiß-Flugzeugs aus dem Scheiß-Himmel hat sterben lassen, damit ein Haufen Arschlöcher ihre Ansicht über den Bau eines neuen Flughafens in der Nähe eines Naturschutzgebiets auf einem ganz anderen Kontinent durchsetzen konnte?«

Als ihm die Worte ausgingen, sah er, daß eine Veränderung mit ihr vorging. Seine Worte hatten etwas einrasten lassen, und ein Großteil der Furcht wich aus ihrem Gesicht. Sie war immer noch da, doch jetzt war sie mit etwas unterlegt, das man als Verstehen interpretieren konnte. Ihr linker Arm zuckte, die Hand öffnete und schloß sich krampfhaft; sie zog sie auf den Schoß und bedeckte sie mit der anderen Hand. Die Energie verließ ihn, und er sah weg. Sein eigener Körper war steif, zitterte fast, da seine künstlichen Bestandteile tun wollten, wozu sie konstruiert worden waren: die Bedrohung ausschalten, beseitigen, was ihm derartige Qualen verursachte. Die Ursache der Qualen war jedoch nicht greifbar, und er war nicht dort gewesen, als es vielleicht von Bedeutung gewesen wäre. Er sah zu Boden, wich dann einen Schritt zurück, während er um seine Fassung rang.

Sie holte tief Luft. »Ich... ich wußte nicht... Wir waren das nicht. Wir haben nie...«

Er hielt den Kopf weiterhin gesenkt, aber sein Blick traf sich mit ihrem. Sie wirkte fast gelassen, viel beherrschter als er, aber alles Blut war ihr aus dem Gesicht gewichen, und ihre Haut hatte eine kreideweiße Färbung angenommen. »Ich weiß«, sagte er. »Denkst du, ich hätte dir geholfen, wenn ich glaubte, du wärst auch nur im geringsten dafür verantwortlich?«

Cara sah weg und schwieg.

Er richtete sich auf und konzentrierte sich darauf, seine Atmung unter Kontrolle zu bringen. Er hatte sich von seinem Zorn überwältigen lassen, was seit langer Zeit nicht mehr vorgekommen war. Es gab Situationen, in denen es notwendig war, aber diese gehörte sicherlich nicht dazu.

»Ich töte nur, wenn ich muß«, sagte er, »und bei Gott, ich trage jeden einzelnen Tod mit mir herum. Du brauchst es nur zu sagen, dann hören wir sofort auf. Ich bringe dich an einen Ort deiner Wahl, und das war's dann.«

»Und mein Vater wird sterben...«

»Vielleicht. Vielleicht retten ihn seine Leibwächter, vielleicht tötet ihn auch einer von ihnen. Alles ist möglich, Cara. Die Frage ist, ist es dir das wert? Kannst du damit leben zu tun, was getan werden muß?«

Sie schwieg eine Zeitlang, so lange, daß Chase bereit

war, das Schweigen als ihre Antwort zu akzeptieren. Dann drehte sie sich um und sah ihn an. Und da war wieder dieses Etwas in ihren Augen, dieses Etwas, das er nicht benennen konnte.

»Ja«, sagte sie schließlich. »Das kann ich.«

15

Gordo betrachtete Chase aus tief in den Höhlen liegenden Augen. Im weißen Licht der Leselampe über Freids Sitz sah sein ohnehin hageres Gesicht fast skelettartig aus. Die langen Finger einer Hand spielten abwesend mit den Bartstoppeln auf seiner Wange. »Worum, zum Teufel, ging es überhaupt?«

Chase nahm den Blick von seinem Datendeck, das mit einem Notebook-Computer gekoppelt und an den T-Bird und die kleine Satellitenschüssel auf dem Wüstenboden angeschlossen war. »Alte Wut, unangebrachte Schuldzuweisungen und der ganze Mist.« Er veränderte seine Stellung ein wenig, da es ihm in der Hocke langsam ungemütlich wurde.

Gordani nickte. »Wird es Probleme geben?«

»Unterwegs?«

Der Pilot nickte.

»Nein.« Chase seufzte. »Zumindest glaube ich das nicht. Wahrscheinlich ist jetzt für eine Weile Ruhe.« Er betrachtete die Flüssigkristallanzeige des kleinen Computers. Ein blinkender blauer Cursor verlangte seine Aufmerksamkeit. »Ich habe weiß Gott nicht mehr die Kraft dazu.«

»Hör mal, ich weiß, wer sie ist«, sagte Gordo.

»Tatsächlich?« Chase ließ den Blick langsam zu dem anderen Mann wandern.

Der Pilot lächelte. »*Versuch* erst gar nicht, mir irgendeinen Schwindel aufzutischen, Chummer. Ich weiß, daß es mich nichts angeht, aber ich mach dir gerade klar, daß ich weiß, was Sache ist, wenn der Tod an die Tür klopft.«

»Dann gäbe es hier ja immerhin schon einen.«

»Church, ich meine es ernst.«

Chase nickte. »Ich weiß, aber es geht dich wirklich

nichts an. Außerdem, wenn der Tod 'ne größere Kanone hat als ich, willst du es vielleicht gar nicht wissen.«

»Vielleicht, aber ich glaube, du wirst den Job erledigen. Und wenn du das tust, könntest du ja vielleicht ein gutes Wort bei ihrem Vater für uns einlegen und dann dafür sorgen, daß auch diejenigen davon erfahren, die für Fuchi die Jobs für die freien Mitarbeiter vergeben. Wir wären hocherfreut. Wer weiß? Vielleicht würde Blanchard sogar das Essen vergessen, das du ihm noch schuldest.«

Chase lachte. »Ich denke darüber nach. Und jetzt laß mich in Ruhe hier sitzen und nachdenken.«

»Was? Du mußt sitzen, um nachzudenken?« Trotz der Aufforderung glitt der Pilot aus seinem Sitz und ließ sich auf Caras fallen.

»Nein«, sagte Chase, »aber ich muß den Blutkreislauf in meinen Beinen wieder anregen.«

Gordani hob in gespielter Verblüffung die Augenbrauen. »Willst du damit sagen, daß du noch deine eigenen Beine hast?«

»Ja, und wenn du mich jetzt weiter an der Sache arbeiten läßt, von der du nichts weißt, kannst du deine vielleicht auch behalten.«

Der Pilot richtete sich so hoch auf, wie es die niedrige Decke des T-Bird erlaubte. »Hey, kein Problem, es ist nur mein verdammter Panzer. Ich werde mal sehen, was Freid macht, wenn ich die Stelle finde, wo du sie hingeschickt hast. Ich könnte die Wärme brauchen.«

Chase ignorierte den letzten Teil. »Tu das. Ich schieß die Kanone ab, wenn ich fertig bin.«

»Toll. Ich sag's Blanchard, damit er nicht zu überrascht ist.« Gordani entfernte sich in Richtung Heck und duckte sich durch die dortige Zugangsluke. Er schloß sie hinter sich, aber nicht völlig. Wenn irgend etwas geschah, wollte er möglichst schnell wieder an Bord kommen können. Chase konnte es ihm nicht verdenken.

Chase zog das Kabel aus seinem Fach im Datendeck und entrollte es. Er stöpselte das eine Ende in seine Datenbuchse und das andere in das Deck. Dann erweckte er das Stück Mikroelektronik mit seinem Willen zum Leben.

Augenblicklich erschien ein Auswahlmenü vor ihm in der Luft, das die SimSinn-Schaltkreise des Datendecks direkt in seinen Verstand einspeisten. An dieser Stelle war das Menü rein visuell.

Er befahl dem Deck, die Verbindung zum Notebook zu bestätigen, das Satellitenspürprogramm in den Arbeitsspeicher zu laden und die Satellitenschüssel auf das am besten geeignete Ziel auszurichten. Die Datenbanken verrieten ihm, daß es sich bei dem Satelliten um einen Pueblo Infonet VII im geosynchronen Orbit über Phoenix handelte. Den Aufzeichnungen zufolge regelte er normalerweise den schulischen Nachrichtenverkehr zwischen den Schulen Pueblos und den umliegenden Gebieten. Chase hatte den Verdacht, daß er darüber hinaus einige Transponder für verdeckte Sendungen besaß, aber dafür hatte er keine Verwendung. Außerdem waren sie wahrscheinlich von einigen derselben Systeme geschützt, welche die empfindlicheren, bodengestützten Regierungssysteme Pueblos schützten. Chase wollte sich mit keinem davon anlegen. Die relativ geringe Bandbreite der Bildungskanäle würde ihm reichen, wenngleich sie nicht in der Lage sein würden, ein volles Matrix-Interface zu verarbeiten. Er würde sich mit einem Icon-Interface begnügen müssen, das er kybernetisch über sein eigenes Deck kommandieren würde. Ein Interface blieb jedoch ein Interface, und falls es Schwierigkeiten gab, würde er kostbare Nanosekunden verlieren, da das System über einen Umweg arbeitete. Chase befahl seinem Deck, die Verbindung mit dem Satelliten herzustellen.

Die Verbindung kam augenblicklich zustande, doch Chase konnte die Verzögerung in der Verbindungsprozedur zwischen seinem System und dem Satelliten spüren. Er hatte diese entfernungsbedingte Verzögerung völlig vergessen und auch zuvor in der Matrix noch nie damit zu tun gehabt. Plötzlich war er zufrieden, daß er sich nicht vollständig in der Matrix befand. Die kumulative Verzögerung zwischen Interface und Satellit hätte gereicht, um ihn völlig aus dem Gleis zu werfen. Ein erfahrener Decker, jemand wie sein ehemaliger Teamgefährte Luzifer oder auch Lachesis, hätte keine Schwierigkeiten gehabt. Er besaß jedoch nicht einmal annähernd ihre Klasse. Der Verteiler an Bord des Satelliten reagierte, und die Worte erschienen vor ihm in der Luft.

>>>>>[Willkommen im Schul- und Ausbildungsinformationsdienst von Pueblo. Bitte geben sie jetzt Ihren Passcode ein.]<<<<<

Er ließ die Hände in den Schoß sinken und benutzte die kybernetische Verbindung zu seinem Deck, um Befehle zu geben. Die Tastatur des Notebooks hätte den Vorgang nur noch zusätzlich verlangsamt. Er startete ein Programm, das er vor fast einem Jahrzent bei einer privaten Partie Blackjack in Atlantic City gewonnen hatte. Es mochte zehn Jahre alt sein, aber es war damals absolute Spitze gewesen, und so hatte Chase keinen Zweifel, daß es seiner Aufgabe auch jetzt gewachsen war.

Das Programm sprach mit dem Satellit und brachte ihn dazu zu glauben, er sei ein armes, krankes Kind, das von zu Hause anrief, um sich die heutigen Aufgaben geben zu lassen. Das System gestattete ihm den Zugang.

Chase befahl seinem Programm, das System noch einmal zu täuschen, so daß er unbeschränkten Zugang zu seinen Fähigkeiten erhielt. Wie vermutet, gab es ein Geheimsystem, doch sein Programm war clever genug, gar nicht erst zu versuchen, sich damit anzulegen. Statt dessen leitete er sein Signal zu einer Bodenstation in

Phoenix weiter und schaltete sich in eine Telekomfernleitung ein. Im Geiste wählte er Teeks Nummer in Manhattan.

Als es am anderen Ende der Leitung klingelte, startete er eines der Aufspür-Detektor-Programme im Speicher seines Decks. Es tauchte in einem kleinen Fenster in seinem Blickfeld direkt neben den Statusanzeigen für das Deck und die Verbindung auf. Dann blinkten in kühlen blauen Buchstaben die Worte **STELLE VERBINDUNG HER:::KEIN SPÜRPROGRAMM ENTDECKT** auf. Wenn sich daran irgend etwas änderte, würde ihn das Programm sofort darauf hinweisen.

In seinem Kopf klingelte es erneut, und er konzentrierte sich. Er rechnete damit, daß Teeks Anschluß abgehört wurde. Wer seine Feinde auch waren, mittlerweile mußten sie seine Verbindung zu Teek entdeckt haben. In dem Augenblick, in dem jemand antwortete, würde das Spürprogramm aktiv werden, und Chase würde seinerseits ein Programm starten, um sich davor zu schützen.

Plötzlich ertönte ein Klicken in seinem Kopf, und Teeks Stimme sagte: »8219.« Chase antwortete nicht. Er wartete.

VERBINDUNG AKTIV:::KEIN SPÜRPROGRAMM ENTDECKT

»8219« wiederholte die Stimme seines Freundes.

VERBINDUNG AKTIV:::KEIN SPÜRPROGRAMM ENTDECKT

»Hallo?«

VERBINDUNG AKTIV:::KEIN SPÜRPROGRAMM ENTDECKT

Verdammt noch mal, dachte Chase, während er das System geistig auf Stimmeninput einstellte. »Teek, hier ist Church.«

»Hey, was ist los? Benutzt du wieder eine von den anderen Telekomgesellschaften?«

»Nein, die Verbindung ist nur etwas seltsam. Aber ich

habe keine Zeit zum Reden. Ist irgendwas los, das mich betrifft oder von dem ich wissen sollte?«

Einen Augenblick Pause, dann: »Nein, ich hab nichts gehört.«

»Bist du sicher?«

»Ja, absolut. Soll ich mich umhören?«

Überflüssigerweise schüttelte Chase den Kopf. »Nein, nicht nötig. Aber wenn du was hörst, schick es an folgende Mailbox. Fertig?«

»Fertig.«

»D-E-N Schrägstrich fünf-drei-null-drei-null-acht-sechs-zwei, Passcode CAVER in Großbuchstaben und häng den Schlußcode Priest daran. Ich kriege es dann schon.«

»Hey, das sagt mir genug, um zu wissen, daß du direkt in die Hölle marschierst.«

»Oder auch in den Himmel, wie die Dinge liegen. Ich halte es für ziemlich angemessen.«

»Viel Glück. Beim nächstenmal geb ich einen aus.«

»Abgemacht.« Chase befahl dem System, die Verbindung zu trennen, dann starrte er auf die blauen Buchstaben, die vor seinem geistigen Auge aufblinkten. Nichts. Kein Spürprogramm war entdeckt worden. Hatte Teek es gefunden und entfernt? Oder Lachesis? Er schüttelte den Kopf und beschloß, später darüber nachzudenken.

Er richtete seine Aufmerksamkeit wieder auf das laufende Telekomprogramm und nannte ihm eine Zugangsnummer, die sich nicht sehr von derjenigen unterschied, die er Teek gegeben hatte. Diesmal justierte er das System so, daß es auch ein visuelles Signal akzeptierte und das Bild in seinem Blickfeld reproduzierte. Er selbst erzeugte kein Bild, was den vorgesehenen Empfänger ein wenig kränken würde, aber so war das Leben. Er hatte nicht die Zeit, eine Videokamera in das System einzubauen, nur um jemandem nicht auf die virtuellen Zehen zu treten.

Chase stoppte das Aufspür-Detektor-Programm. Diese Nummer wurde garantiert nicht abgehört. Niemand wagte es. Das Programmfenster verschwand, um gleich darauf durch ein anderes, vollkommen schwarzes ersetzt zu werden. Chase sprach, sobald die Verbindung hergestellt war.

»Ich suche Zugang«, sagte er.

Eine Stimme antwortete aus der Schwärze. Sie klang grimmig und kalt und enthielt keine Spur von Leben. Trotz aller Interfaces und Filter spürte Chase, wie er erschauerte. »Sprich, und du wirst entsprechend beurteilt.«

»Ich suche Lachesis.«

Eine kleine Pause. »Du bist unvollständig. Du kannst hier nicht herein.«

»Der Übertragungsweg, den ich benutze, kann kein Matrixsignal verarbeiten. Wenn Lachesis da ist, sag ihr, daß Priest ein paar Worte mit ihr wechseln will.«

»Priest.« Chase' Gegenüber sprach das Wort langsam und gedehnt aus. »Du bist nicht zum Begräbnis gekommen.«

»Ich habe erst vor ein paar Tagen durch Lachesis von Luzifers Tod erfahren. Sonst wäre ich gekommen.«

»Ich muß dir den Zugang verwehren. Ich kann nicht zweifelsfrei feststellen, ob du der bist, der du zu sein behauptest.«

»Ich verstehe. Wenn Lachesis da ist, soll sie sich in das Gespräch einschalten. Ihr kann ich es beweisen.«

»Sie ist nicht da.«

»Erwartest du sie zurück?«

»Irgendwann, ja.«

»Dann sag ihr, daß ich komme. Sag ihr, ich treffe mich in ein paar Tagen mit ihr.«

»Du kommst persönlich her, Priest?«

»Ja.«

»Er wird sich freuen.«

Chase spürte, wie sich sein Körper spannte. Er würde

nach Denver gehen. Es gab keine Möglichkeit, es zu vermeiden. Er würde mit ihm reden müssen, um all der Dinge willen, die passiert waren, und trotz allem, was seitdem vorgefallen war.

»Sag ihm, ich komme.« Bevor die Stimme antworten konnte, griff Chase an seine Datenbuchse und zog das Kabel heraus, so daß die Verbindung augenblicklich unterbrochen wurde. Er saß da und lauschte den gedämpften Arbeitsgeräuschen Blanchards, der sich am Rumpf des T-Bird zu schaffen machte.

Denver. Wenn er nach Denver ging, mußte er Shiva besuchen. Er hatte keine andere Wahl.

16

Der *Rapier's Touch* schlingerte kurz, als er von einer jähen Windbö erfaßt wurde, und reagierte dann auf Gordanis Befehle zur Stabilisierung. Chase stellte fest, daß seine Aufmerksamkeit völlig von den bevorstehenden Begegnungen in Denver in Anspruch genommen wurde, obwohl er sich eigentlich mit Caras Problemen hätte auseinandersetzen müssen.

Cara Villiers befand sich ebenfalls in ihrer eigenen Welt. Sie hatte sich aus der realen Umgebung des Schwebepanzers ausgeschaltet und konzentrierte sich ausschließlich auf die Musik und das begleitende Video aus ihrem Simdeck. Chase hatte angelegentlich einen Blick darauf geworfen und erleichtert festgestellt, daß es sich bei dem Simchip um einen weiteren kommerziellen handelte, um eine Aufnahme ihrer alten Freunde L'Infâme. Gelegentlich warf er einen Blick auf Cara, aber sie starrte nur leer auf die gegenüberliegende Kabinenwand. Hin und wieder zuckte ihre linke Hand. Hauptsächlich dachte Chase jedoch an Denver.

Erst als Gordanis Stimme ihn aus einem kleinen Nickerchen riß, wurde ihm klar, daß er eingeschlafen sein mußte. »Vergewissert euch, daß ihr gut angeschnallt seid. Wir kommen gleich in Sensorreichweite der Aztlan-Pueblo-Grenztruppen und müssen vielleicht ein bißchen manövrieren.«

»Roger.« Chase lehnte sich zur Seite und überprüfte den Sitz von Caras Gurten. Sie kamen ihm straff genug vor. Er hatte ihr beim Anschnallen geholfen, als sie ihr provisorisches Lager kurz vor Morgengrauen verlassen hatten. Sie hatte ihm gedankt, war jedoch ansonsten nicht sehr gesprächig gewesen.

Blanchards Stimme kam über Kopfset. »Ich habe Sensorechos im hohen Bandbereich in den Gebirgsausläufern. Peilung siebenundvierzig Grad, ungefähr sieben Kilometer entfernt.«

»Überprüfen«, erwiderte Gordani. »Freid?«

Chase warf einen Blick auf die Magierin, die mit dem Rücken zu ihm saß, und bekam ihr Nicken mit. »Bin schon unterwegs.« Sie drehte ihren Sitz zu ihrer Konsole und entspannte sich sichtbar. Ihre Augen schlossen sich, und ihre Atmung verlangsamte sich.

Chase beobachtete ihre Monitore und das Gelände, das ihre Astralgestalt jetzt wahrscheinlich überflog. Sie hatte zu erklären versucht, wie die Welt aus dem Astralraum aussah, aber er konnte es sich trotzdem nicht vorstellen. Versuch dir die Welt so vorzustellen, als sei das einzige Licht darin das Licht, das von innen kommt, hatte sie gesagt. Je lebendiger etwas ist, desto mehr Licht strahlt es aus. Stell dir vor, daß Struktur etwas Gefühlsbedingtes und nicht ertastbar ist. Stell dir vor, daß physikalische Präsenz dadurch definiert wird, wie nah sie ihrer natürlichen Gestalt ist. Je raffinierter, je künstlicher etwas ist, desto weniger spürbar …

»Bestätige Radarabtastung im KS-Bandbereich«, sagte Blanchard. »Die Signale werden stärker, also befinden wir uns entweder in einem Gebiet, in dem sich die Reflexionen zufällig konzentrieren, oder der Kopter fliegt uns entgegen.«

»Roger«, erwiderte Gordani. »Fertigmachen zum Stören. Warte auf mein Zeichen.«

Chase streckte die Hand aus und berührte behutsam Caras Bein. Sie fuhr erschrocken auf und drehte sich mit weit aufgerissenen Augen zu ihm um.

»Es könnte Probleme geben. Vielleicht möchtest du dich lieber ausstöpseln.«

Sie blinzelte ein paarmal, dann zog sie das Kabel aus ihrer Datenbuchse. Ihr Blick konzentrierte sich auf ihn. »Wie bitte? Hast du was gesagt?«

»Es könnte Probleme geben.«

Sie nickte und steckte Simdeck und Kabel rasch in

ihre Tasche. Blanchards Stimme erklang wieder, als Chase ihr half, die Tasche unter dem Sitz zu verstauen.

»Ich habe eine zweite aktive Quelle fast direkt vor uns. Schlage vor, du änderst den Kurs auf drei-zwo-sieben«, sagte Blanchard.

Chase spürte die Richtungsänderung, bevor er Gordanis Antwort hörte. »Roger, Flugrichtung geändert. In diesem Gelände muß ich entweder langsamer fliegen oder das Bodenradar einschalten, um damit klarzukommen.«

»Flieg langsamer. Ich wette um ein Mittagessen, daß sie auch über passive Detektoren verfügen.«

»Roger. Fliege langsamer.«

Der T-Bird bremste, während er eine sanfte Kurve beschrieb, und Chase spürte die Massenträgheit, als er nach vorn in die Gurte gezerrt wurde. Er konnte die ersten Sonnenstrahlen auf dem Boden erkennen. Der Himmel war bereits so hell, daß die automatischen Sensoren des T-Bird das Lichtverstärkersystem abgeschaltet hatten.

»Church?« Es war Gordani.

Chase aktivierte sein Kopfset. »Ich höre.«

»Was macht Freid?«

»Äh, soweit ich weiß, ist sie, kurz nachdem du zuletzt mit ihr gesprochen hast, in den Astralraum gewechselt.«

»Kannst du sie sehen?«

»Nur ihren Hinterkopf.« Chase wandte sich an Cara, die das Gespräch über ihr eigenes Kopfset mitbekommen hatte. Sie nickte und beugte sich nach links, um das Gesicht der Magiern besser sehen zu können.

»Äh«, sagte sie, während Chase ihr Mikrofon aktivierte, »hier spricht Cara ... äh ... sie sieht angespannt aus, schwitzt ... Aber ich kann ihr Gesicht bei all dem Zeug nicht richtig sehen.«

»Drek!«

»Church ...« Chase sah Cara an, als sich Gordani meldete, und ihrer Miene glaubte er entnehmen zu können, daß sie möglicherweise soeben von der Interkomanlage getrennt worden war. Sie sah ihn verwirrt an und tippte gegen ihr Kopfset, was seine Vermutung bestätigte. »Wir haben vielleicht ein Problem …«

Chase reagierte auf Caras Zeichen mit einem Achselzucken, dann beugte er sich noch weiter vor, um selbst einen Blick auf Freid zu werfen. Er registrierte ein leichtes Zucken ihrer Schulter.

»Ich nehme an, du bist bewaffnet«, sagte der Pilot.

»Ja.«

»Das Mädchen sagt, Freid sieht angespannt aus, als ob etwas vorginge. Wenn sie draußen im Astralraum in einen Hinterhalt geraten ist, schweben wir in großer Gefahr. Dadurch, daß sich ihr Astralkörper im Astralraum befindet, schafft sie eine Verbindung zwischen dort und hier. Sie funktioniert wie eine Röhre oder Leitung. Jemand im Astralraum könnte einen Zauber durch diese Leitung schicken und ihn direkt hier zur Wirkung bringen.«

»Na wunderbar.«

»Also mußt du sie im Auge behalten, Chummer. Wenn sie ausflippt oder dir irgendwas spanisch vorkommt oder Magie aus ihr zu fließen scheint, mußt du sie geeken, und zwar schnell.«

Chase versteifte sich. »Was?«

»Du mußt sie töten. Das ist der einzige Weg, wie wir uns schützen können. Freid weiß das.«

Chase starrte auf ihren Hinterkopf und zählte die Schweißperlen, die ihr vom Haaransatz in den Nacken liefen. Vier.

Blanchards Stimme meldete sich, ruhig und beherrscht, aber Chase konnte die Anspannung darin deutlich hören. »Gordo hat recht. Du mußt bereit dazu sein. Normalerweise behalte ich sie im Auge, wenn sie im Astralraum ist. Wir haben noch nie Probleme gehabt, aber …«

Eine neue Schweißperle erschien am Haaransatz der

Magierin und rann schnell den Nacken herab, um zur Vergrößerung des Flecks direkt unter ihrem Kragen beizutragen. Chase erinnerte sich an ihren Geruch. Ihr linkes Bein schlug plötzlich aus und gegen die Kontrollkonsole.

»In Ordnung«, sagte er, während er den Blick von Freid abwandte und auf Cara richtete. Sie starrte ihn mit wachsender Beunruhigung an. Er fragte sich, was sein eigenes Gesicht verriet. Jedenfalls keine Gelassenheit mehr. Er griff unter seine Jacke und ließ die Finger über den Kolben seiner Pistole gleiten. Er spürte ihre Wärme, kaum daß der Griff sich gegen seine Handfläche schmiegte. Die Statusinformationen der Waffe erschienen auf Caras Gesicht. Er zog die Waffe und richtete sie auf Freids Hinterkopf. Gehorsam erschien der rote Zielpunkt und wartete blinkend. Er umklammerte die Waffe mit beiden Händen. Cara hielt sich eine Hand vor den Mund. Sie sollte sie sich besser vor die Augen halten, dachte er.

»Ich bin bereit«, sagte er über Interkom.

»Das ist gut«, antwortete Blanchard, »weil wir mit Sicherheit Ärger kriegen. Ich habe drei aktive Quellen, zwei sind Geländeechos, aber die dritte kommt auf uns zu. Sehr wahrscheinlich jemand, der nach uns sucht.«

»Drek!« sagte Gordani. »Wir bleiben kühl, solange wir können, dann werden feststellen, wieviel Hitze sie vertragen können. Mach das Suchradar fertig.«

»Suchradar fertig. Waffen schußbereit.«

»Roger.«

Chase, der an seiner Pistole und dem Zielpunkt vorbeisah, konnte das Gelände auf Freids Monitoren deutlich erkennen. Die Sonne stand mittlerweile hoch genug am Himmel, um fast alles zu beleuchten, aber es gab dennoch tiefe Schatten. Er hoffte, einige davon würden groß genug sein, um den *Rapier's Touch* zu verbergen. Auf dem nach vorn gerichteten Monitor tauchte für einen Sekundenbruchteil ein dunkler Fleck auf.

Blanchard meldete sich wieder. »Ziel, Peilung drei-fünf-acht, Kurs zwo-fünf-eins, Geschwindigkeit eins-fünf-null. Hitzeprofil entspricht ungefähr einem leichten Kampfhubschrauber, wahrscheinlich vom Typ Cuervo. Aktive Sensoren nur in Flugrichtung, passive Thermosensoren rundum. Eine Minikanone im Bug, rechts und links Raketenwerfer und an jeder Lasttragfläche eine Haltevorrichtung für Fernlenkraketen.«

»Verfolg ihn passiv mit dem Sucher, wenn du kannst«, kam Gordanis Antwort.

»Roger.«

»Church, irgendeine Veränderung bei Freid?«

»Ich kann keine erkennen.« Chase sah Cara fragend an, die den Kopf schüttelte. Offenbar hatte Gordani sie wieder in das Interkomnetz eingeschaltet.

»Roger. Sag Bescheid, sobald sich irgendwas tut.«

In der engen Kabine gellte eine Alarmsirene, und der T-Bird legte sich augenblicklich in eine enge Rechtskurve. Das kalte Grün auf einem von Blanchards Monitoren blinkte jetzt rot auf. Der Kanonier meldete sich.

»Wir werden abgetastet! KS-Radar hat uns erfaßt und folgt uns. Beginne Störversuche.«

»Mal sehen wie groß ihre *Cojones* heute sind«, sagte Gordani. »Blanchard – Feuer frei nach eigenem Ermessen. Ich beende das Versteckspiel.«

Chase umklammerte den Kolben seiner Pistole fester, als das dumpfe Motorengedröhn des T-Bird zu einem ohrenbetäubenden Heulen anschwoll. Der Boden auf Freids Monitor sackte nach unten weg, als Gordani den Schwebepanzer hochzog. Daten- und Grafikanzeigen erwachten flackernd zum Leben, als die Sensoren des *Rapier's Touch* aktiv wurden und nach Zielen suchten.

»Bestätige drei Ziele, leichte Kampfhubschrauber«, sagte Blanchard. »Zwei sind zu weit weg. Nehme mir den dritten vor.«

Die Anzeigen auf den Monitoren änderten sich mit

rasender Geschwindigkeit, als sich die Geschützkuppel drehte. Plötzlich begann die Schnellfeuerkanone des Panzers zu schießen. Chase konnte die kleinen Mündungsrauchwolken sehen, die augenblicklich vom Wind zerstreut wurden, gefolgt von einer Reihe greller Blitze in der Ferne, als die Kugeln ihr Ziel trafen. Vor dem Hintergrund der hohen Felsformationen konnte er den Hubschrauber selbst nicht sehen, aber die Blitze und Funken der einschlagenden Salven markierten seine Position überdeutlich. Plötzlich gingen die Funken in Licht, Flammen und Rauch auf, um gleich darauf aus seinem Blickfeld zu verschwinden, als sich die Kuppel auf der Suche nach dem nächsten Ziel weiterdrehte. Gordani riß den Schwebepanzer in eine weitere scharfe Kurve, so daß die Monitore auf der linken Seite jetzt den Boden zeigten.

»Bestätige: ein Ziel getroffen. Gegner Eins fliegt...« Blanchard hielt einen Augenblick lang inne, und in seine normalerweise gelassene Stimme schlich sich ein nervöser Unterton. »Neues Ziel, strahlt auf KS- und LR-Band. Wo, zum Teufel, kommt der her? Ich habe mehrfache Raketenabschüsse! Kurs direkt auf uns!«

Der Rapier's Touch beschleunigte noch schneller, und Gordani zog ihn hart nach unten, da er den Raketen dadurch entkommen wollte, daß er dicht über dem Boden flog. Chase hörte Cara kreischen. Sie hatte die Beine angezogen und hielt sich schützend die Arme über den Kopf.

Der Panzer legte sich erneut in eine Kurve. »Zwei haben sich an uns gehängt«, meldete Blanchard. »Rendezvous in achtundzwanzig Sekunden. Volle Störmaßnahmen, setze Leuchtkugeln ab.«

Auf dem Heckmonitor blitzte es grell auf, als Blanchard eine Serie Miniraketen abschoß. Einen Sekundenbruchteil nach Verlassen der Auswurfschächte explodierten sie und verbrannten unter einer Licht- und Hitzeentwicklung, die ausreichend war, um die Kameras fast zu blenden. Mit etwas Glück würden die Raketen sich von den Leuchtkugeln ablenken lassen.

»Kein Glück. Raketen sind noch auf Kurs«, sagte Blanchard. »Sie werden vom Radar des Kopters gelenkt. Zeig ihnen das Heck, damit ich die Störfolien einsetzen kann.«

»Roger.«

Der Schwebepanzer legte sich in eine weitere Kurve, und im linken Monitor konnte Chase zwei Lichtpunkte erkennen, die ihnen folgten und rasch aufschlossen. Der T-Bird erbebte leicht, und die Kabine hallte vom schrillen Geräusch mehrere Einschläge wider.

»Wir liegen unter Beschuß!« rief Blanchard.

»Mach schon!« schrie Gordani.

Weitere Miniraketen wurden abgeschossen, explodierten sofort und legten einen Vorhang aus dünnen Metallstreifen zwischen den *Rapier's Touch* und den neuen Helikopter, der seine Raketen mit seinem Radar lenkte. Der T-Bird legte sich in eine enge Rechtskurve in der Hoffnung, die Störfolien und das Gelände ausnutzen zu können, um den Radarkontakt so lange zu unterbrechen, daß sie die Raketen verloren.

Freids Kopf flog durch die Fliehkrafteinwirkung zur Seite. Chase hatte Schwierigkeiten, die Pistole auf sie gerichtet zu halten.

»Drek!« heulte Blanchard. Chase hatte gerade noch genug Zeit, einen Blitz auf einem der Monitore zu sehen, bevor die Rakete traf. Die donnernde Explosion schleuderte ihn zur Seite, während direkt über ihm Metall kreischte und aufriß. Eine der Kontrolleisten vor Freid und irgend etwas hinter Chase explodierte in einer Fontäne aus Funken und Rauch. Der T-Bird bockte und schrammte mit der linken Seite an irgend etwas entlang, wahrscheinlich einer Felswand. Chase wurde wieder herumgeschleudert, und seine ausgestreckten Hände knallten gegen die Wandverstrebung neben ihm. Der kybernetische Kontakt mit seiner Waffe riß, als sie

ihm aus den Händen geschlagen wurde, über den Boden rutschte und ein paar Schritte entfernt liegenblieb.

Der T-Bird fiel wie ein Stein. Chase wurde auf seinem Sitz zuerst hochgeschleudert und dann wieder in ihn hineingedrückt, als der Panzer über den Boden holperte. Freid stieß ein langgezogenes, klagendes Wimmern aus und begann sich gegen ihre Gurte zu wehren. In der Kabine schien es heller zu werden, als ihre Hand gegen eines der über den Monitoren hängenden Spielzeugsouvenirs schlug, es abriß und auf den Boden warf.

Chase ließ seine kybernetischen Reflexe übernehmen, hieb mit der Handfläche auf den Verschlußknopf für die Sicherheitsgurte und hechtete zu seiner Pistole. Das langsamer reagierende Verschlußsystem hielt ihn noch einen Augenblick, dann war er frei. Er schlug schneller als erwartet auf dem Kabinenboden auf, da der T-Bird wieder stieg und Gordano dem Motor das letzte abverlangte, um an Höhe zu gewinnen.

Flach auf dem Boden liegend, streckte er die Hand aus und griff nach der Pistole. Die kybernetische Verbindung kam zögernd zustande, während er sich auf den Rücken wälzte, einen Fuß gegen die Halterung von Freids Sitz, den anderen gegen seinen eigenen gestemmt. Er riß die Waffe hoch, während ein weiteres von Freids Souvenirs auf den Boden fiel und in irgendeine Ecke rollte.

Sie heulte jetzt beinahe, ihre Hände klammerten sich an ihr Kopfset und den Kragen ihres Fliegeranzugs. In der Kabine wurde es heller. Chase spürte ein jähes Ansteigen der Temperatur und entsicherte die Waffe, während der Zielpunkt auf Freids Schläfe aufleuchtete. Ihre Hände ballten sich zu Fäusten, und sie schrie auf, als ein roter Dunst um sie Gestalt annahm.

Der T-Bird legte sich in eine weitere enge Kurve, und mindestens eine Rakete löste sich aus ihrer Halterung. Der Lauf seiner Pistole war weniger als einen Meter von ihrem Kopf entfernt, als der T-Bird von weiteren Kugeln getroffen wurde, die als Querschläger davonjaulten. Als er die Geräusche hörte, wurde Chase plötzlich klar, daß seine panzerbrechende Kugel auf diese Entfernung nicht in ihrem Schädel stecken bleiben würde. Sie würde weiterfliegen und dann in die Elektronik hinter Freid einschlagen. Dort würde sie vielleicht stecken bleiben. Wenn nicht, würde sie als unberechenbarer Querschläger durch die enge Kabine sausen. Er zögerte.

Freid warf sich vorwärts in ihre Gurte, und ihr Kopf schnappte nach hinten. Der rote Energiedunst schien plötzlich in sie zurückzufließen, und ihre Hände öffneten sich zuckend. »*Jesus!*« schrie sie und sackte schlaff in die Gurte zurück.

Chase sprang auf, packte die Lehne ihres Sitzes und zog sich näher heran. Nun, da er stand, konnte er das stetige Hämmern der Schnellfeuerkanone des Panzers hören. Er steckte seine Pistole ins Halfter zurück und schob Freids Optikausrüstung nach oben. Freid sah aus, als sei sie in eine heftige Schlägerei geraten. Ihr ganzes Gesicht war ein einziger Bluterguß, schwarzblau, geschwollen und häßlich. Sie blinzelte ihn mit schrecklich blutunterlaufenen Augen an. Als sie nach seinen Armen griff, sah er, daß ihre Hände genauso aussahen. Offenbar waren alle Blutgefäße dicht unter der Haut geplatzt. Sie brachte die Andeutung eines Lächelns zustande, doch dann traf sie die Erkenntnis. Ihr Kopf ruckte zu den Monitoren herum.

Chase hielt mit einer Hand weiterhin ihre Schulter gepackt, um sie beide zu stützen, die andere umklammerte die Stützstrebe für die Monitorreihe. Freid griff sich an die Stirn und setzte sich die Brille wieder auf.

»Gordo«, sagte sie. Chase konnte die Antwort nicht hören: Das Kabel, das sein Kopfset mit dem Interkom verband, hatte sich bei dem Hechtsprung zu seiner Kanone gelöst. »Ich bin wieder da.« Ihre Stimme war schwach und wurde vom Dröhnen des Vektorschubantriebs und dem gelegentlichen Hämmern der Schnellfeuerkanone fast völlig verschluckt. »Gib mir Ziele.«

Chase warf einen Blick auf die Monitore, die noch funktionierten, und sah nichts außer vorbeihuschendem Boden und eine weiße Rauchfahne irgendwo am Himmel.

»Nein… nein…«, sagte sie, während sie den in ihre Armlehne eingebauten joystickartigen Kontrollhebel bewegte. Der Bildausschnitt auf einem der Monitore veränderte sich rasch, bis ein Hügel auf dem Monitor auftauchte. Das Bild stabilisierte sich, und plötzlich schoß ein Helikopter über die Kuppel. Chase identifizierte die Konstruktion als Aguilar, Aztlans bevorzugtem Kampfhubschraubertyp. Wenn er sich an die Einzelheiten der Trideoshow über moderne Kampfflugzeuge noch richtig erinnerte, war der Kopter äußerst wendig und mit Hochleistungssensoren und einem breiten Waffensortiment bestückt. Sein einziger Schwachpunkt war die leichte Panzerung, da die Konstrukteure die Panzerung zugunsten einer erhöhten Manövrierfähigkeit vernachlässigt hatten. Der Aguilar überflog den Hügel, und als sich seine Nase senkte, explodierten Raketen aus Werfern unter jedem der beiden Stummelflügel, in denen die Bewaffnung untergebracht war. Der *Rapier's Touch* reagierte behäbig, brachte sich jedoch rechtzeitig hinter einer Felsformation in Sicherheit und wich so den ungelenkten Raketen aus.

Chase hörte das Tosen eines Raketenabschusses vom T-Bird und sah das grelle Flammen des Festtreibstoffantriebs der Rakete auf einem der Monitore. Die Rakete raste auf den Aztlan-Helikopter zu. Lichtpunkte flammten rund um den Kampfhubschrauber auf, als dieser Leuchtkugeln abschoß, um die Rakete abzulenken. Dabei handelte es sich um die gleiche Technik, die zuvor der *Rapier's Touch* ohne Erfolg angewandt hatte. Diesmal ließ sich ihre nicht so hochentwickelte Rakete von den neuen Hitzequellen zum Narren halten. Sie flog direkt auf eine Leuchtkugel zu und explodierte dicht über dem Wüstenboden, ohne Schaden anzurichten.

Auf dem Monitor, der den Kampfhubschrauber zeigte, war mittlerweile ein Fadenkreuz aufgetaucht, und Freid drückte hektisch auf mehrere Knöpfe ihrer Steuerkonsole. Das Fadenkreuz blinkte auf. »Nichts«, sagte sie in ihr Mikrofon. »Die MGs sind erledigt.«

Chase sah Mündungsblitze und Rauchwölkchen von der Schnellfeuerkanone des Kopters aufsteigen und hörte, wie der T-Bird von einem Kugelhagel getroffen wurde. Etwas durchschlug die Kabinenwand nicht weit von Cara und grub sich dann in den Nòtladeraum. Sie hatte sich immer noch auf ihrem Sitz zusammengerollt und schien den Einschlag nicht einmal zur Kenntnis zu nehmen.

Chase überprüfte die Kontrollen vor Freid. Die Anzeigen gaben Auskunft über den Zustand der meisten Waffensysteme des T-Bird. Die Munition für die Schnellfeuerkanone war fast verbraucht, und Chase hatte keine Ahnung, ob irgendwo ein Reservevorrat wartete. Die Kanone schoß erneut.

Gordani flog im Zick-Zack ein paar Meter über einem alten, ausgetrockneten Flußbett, den Aguilar im Schlepptau. Lose Erd- und Geröllbrocken, die der mächtige Schwebepanzer nicht im Vorbeiflug zerstreute, wurden von den Rotoren des Kampfhubschraubers aufgewirbelt. Weder auf den Monitoren noch auf den Radaranzeigen waren andere Verfolger zu sehen, also nahm Chase an, daß sie entweder abgehängt oder in brennende Wracks verwandelt worden waren.

Ein kleines Feld auf der Anzeige erregte Chase' Aufmerksamkeit. »Die Drone«, sagte er.

Freid hörte ihn und schüttelte den Kopf. »Die Kampfdrone ist festgeklemmt. Ich nehme an, wir wurden getroffen ... Jedenfalls kann sie nicht gestartet werden.«

»Was ist mit der anderen?«

»Das Geschütz ist zu leicht. Es würde höchstens am Lack kratzen.«

»Wissen die anderen das auch?«

Ihr Kopf ruckte hoch. »Gordo, hast du das gehört?« sagte sie in ihr Mikrofon. Sie hielt inne, dann griff sie nach dem Kabel, das von seinem Kopfset herunterbaumelte. »Du bist nicht angeschlossen.« Sie griff nach dem Kabelende und stöpselte es in ihre Konsole neben ihr eigenes Kabel. Der T-Bird legte sich wieder in eine Kurve, und Chase hörte ein schwaches knirschendes Geräusch auf der linken Seite.

Gordani sprach in sein Ohr: »Was soll ich gehört haben? Es wird Zeit, daß jemand 'ne brillante Idee hat. Unsere Munition ist fast verbraucht.«

Chase rückte sein Kopfset zurecht. »Die Drone. *Wir* wissen, daß sie keinen Schaden anrichten kann, aber die nicht. Die wissen nur, daß die am gemeinsten aussehende Rakete zu ihnen unterwegs ist, die sie je gesehen haben.«

»Sie werden uns einfach stören«, sagte Blanchard über Interkom. »Diese Frequenzen haben sie bis jetzt zwar noch nicht abgedeckt, aber ...«

»Mal sehen, wie rasch ihre Auffassungsgabe ist«, meldete sich Gordani. »Blanchard, übernimm die Schnellfeuerkanone. Spar die letzte Munition auf. Freid, ich weiß, daß du Schmerzen hast, aber wir können alles brauchen, was du uns geben kannst.«

Sie nickte, und Chase drückte ihre Schulter. »Alles klar«, sagte sie.

»Und Church, kannst du die Drone fernsteuern?«

»Einigermaßen, nehme ich an.«

»Dann los. Wenn ich den Befehl gebe, startet die Drone.«

Der Rapier's Touch flog eine leichte Kurve und schien ein paar Meter zu sinken. Chase verlor den Aguilar auf den Monitoren aus den Augen, aber sein Hauptaugenmerk war ohnehin auf die Kontrollen gerichtet, die

Freid ihm jetzt zeigte. Sie nahm an, er wüßte, wie man sie bediente, also zeigte sie ihm nur, wo sie sich befanden, erklärte sie ihm jedoch nicht. Glücklicherweise hatte sie im wesentlichen recht.

»Achtung, gleich geht's los!« sagte Gordani. Der T-Bird gewann wieder an Höhe, und das ausgetrocknete Flußbett sackte auf den Monitoren nach unten. Der Aguilar war da, vielleicht tausend Meter entfernt, und flog parallel mit ihnen.

»Drone starten!«

Chase drückte auf den Knopf, doch Blanchards kybernetischer Befehl war viel schneller. Die Abdeckung über der Dronenhalterung klappte auf, und die Drone röhrte davon. Auf dem Monitor, der den Blickwinkel der Drone zeigte, sah Chase nur Himmel, also drückte er den kleinen Steuerknüppel etwas nach vorn. Unabhängig von der Richtung, in der die Drone flog, drückte er damit ihre Nase. Kurz darauf tauchte der Horizont auf dem Monitor auf, dann der Boden, und Chase erhaschte einen flüchtigen Blick auf den Azzie-Kopter, bevor dieser aus dem Kamerabereich flog. Der Festtreibstoffantrieb der Drone sorgte dafür, daß sie mit konstanter Geschwindigkeit flog, und Chase schwenkte langsam auf den Helikopter ein.

Gordani meldete sich in seinem Ohr. »Church! Flieg ihn von vorne an! Ihr anderen macht euch bereit…«

Ein weiterer Kugelhagel prallte gegen den Rumpf des T-Bird, doch Chase versuchte das Prasseln zu ignorieren und sich ganz auf die Steuerung der schwerfälligen Drone zu konzentrieren. Sie war auf Geschwindigkeit ausgelegt und nicht auf Wendigkeit. Plötzlich kamen ihm Zweifel, ob er die Drone überhaupt in die Nähe des schnellen, wendigen Kopters manövrieren konnte.

Der Kopter tauchte auf seinem Monitor auf, als er hochzog, um einem Fleck zerklüfteten Geländes auszuweichen. Die Drone war hinter dem Kopter, jedoch wesentlich schneller. Ein Stück vor dem Kopter hing eine dünne Fahne öligen Rauchs in der Luft. Es war der *Rapier's Touch,* und er qualmte. Nicht sehr schlimm, aber doch so stark, daß der Kopter ihn auch optisch nicht verlieren konnte.

»Gordo«, sagte Chase ins Mikrofon, »du wirst 'ne Minute lang wohl oder übel einfach geradeaus fliegen müssen.«

»Zum Teufel mit deiner Minute. Tu es einfach!« brüllte der Pilot.

Chase schnitt den Kurs des Hubschraubers, der rasch aus dem Aufnahmebereich der Kamera glitt und vom Monitor verschwand. Eine Sekunde später überholte die Drone den T-Bird. Der Rauch kam aus der linken hinteren Schubdüse, die Anzeichen schwerer Beschädigung aufwies. Bei genauerem Hinsehen erkannte Chase, daß der Rest des Panzers nicht besser aussah.

Chase legte die geflügelte Drone in eine Rolle und drückte den Steuerknüppel ganz nach vorne. Der Wüstenboden schoß nach oben, ein ununterscheidbares Gewirr aus Braun, Ocker und spärlichem Grün. Das Bild stabilisierte sich, und Chase zog die Nase der Drone hoch, um ihre Geschwindigkeit zu verringern. Der Aguilar folgte einer Windung im Flußbett und kam jetzt wieder in Sicht. Chase wußte zwar, daß das leichte MG völlig wirkungslos war, aber er schoß dennoch in der Hoffnung, daß die Hubschrauberbesatzung zumindest das Mündungsfeuer sehen würde. Der Hubschrauber schoß eine Salve Leuchtkugeln ab, die ihn wie kleine Sonnen umgaben, und zog steil in den Himmel. Chase riß die Drone ebenfalls hoch, so daß der Aguilar direkt vor ihm blieb. Er spürte, wie der Motor des T-Bird seine Leistung erhöhte, als dieser ebenfalls an Höhe gewann und sich in eine scharfe Kurve legte.

Plötzlich tauchte Dunkelheit auf, die sich wie eine große Welle vor den Hubschrauber legte. Neben Chase keuchte Freid ob der Strapazen, die ihr ihre Magie auferlegte. Der Hubschrauber schoß zur Seite, konnte der dunklen Wolke jedoch nicht mehr vollständig ausweichen. Er glitt kurz hinein und sofort wieder heraus. Chase zog die Drone um die Wolke herum und bekam ihn auf der anderen Seite wieder ins Blickfeld. Die Drone war fast genau über dem Hubschrauber, nur ein paar Meter entfernt.

Chase erschrak, als plötzlich der *Rapier's Touch* ein paar Dutzend Meter vom Hubschrauber entfernt ins Bild schoß und rasch den Rest des Monitors ausfüllte. Die Schnellfeuerkanone hämmerte aus unmittelbarer Nähe auf den Hubschrauber ein. Das Kabinendach wurde zerschmettert, und der ganze Hubschrauber wurde heftig herumgeschleudert. Chase sah das Aufblitzen wirbelnden Metalls und dann nichts mehr, als sein Monitor plötzlich schwarz wurde. Irgendwo draußen jaulte Metall und riß kreischend. Der Panzer ruckte heftig, und Chase wurde gegen die Kabinenwand geschleudert. Seine Schulter knallte gegen eine Strebe.

Der T-Bird kippte in die andere Richtung, und er flog gegen Freids Sitzlehne. Lose Kästen und Ersatzteile regneten aus dem Lagerraum und prallten gegen ihn und die Konsole. Er schlang die Arme um die Magierin und den Sitz und spürte, wie sie zupackte und ihn festhielt. Irgendwo im Heck setzten Vibrationen ein.

Der Motor heulte, ein schreckliches metallisches Geräusch, das immer lauter zu werden schien. Der T-Bird verlor an Höhe und bockte, da er sich gegen Gordanis mentale Befehle wehrte. Das unerträgliche Jaulen des Motors ließ plötzlich nach, als Gordani den Schub verringerte, und der Flug des Panzers stabilisierte sich. Freids Griff um Chase' Arme lockerte sich. Er sah sie an, während sie sich die Brille aus dem Gesicht schob, das mit Blutergüssen übersät und schweißüberströmt war. Sie lächelte. »Hast du ihn gehört?«

Chase schüttelte den Kopf und stellte sich breitbeiniger, um einen sichereren Stand zu haben. »Nein, das

Kabel hat sich gelöst.« Er wappnete sich innerlich, bereitete sich darauf vor, sie beide in der bevorstehenden Schlacht festzuhalten.

Sie drückte seine Hand, und er konnte erkennen, daß ihre Augen den glasigen Ausdruck kurz bevorstehenden Schlafes angenommen hatten.

»Willkommen in Pueblo«, sagte sie.

17

Chase öffnete das Fenster und ließ die kühlere Nachtluft ins Zimmer herein. Mit der Nachtluft kamen auch Geräusche, der Lärm einer Stadt, die nicht schlafen konnte. Er verstand das.

Denver.

Der *Rapier's Touch* hatte sich gerade noch über die Grenze nach Pueblo gerettet, bevor der größte Teil der Flugelektronik ausfiel. Durch reines Können hatte Gordani den T-Bird in der Luft gehalten, während Blanchard sie an den Linien der Pueblo-Grenztruppen vorbeigeblufft hatte. Glücklicherweise hatte ihnen ihr fachmännischer Abschuß – so hatte es jedenfalls für das militärische Sensornetz ausgesehen – einen gewissen Grad an Respekt seitens der Grenztruppen eingebracht. Blanchards über Funk geführtes Gespräch hatte mit einem Kichern und einem unbemerkten Grinsen seinerseits geendet, und man hatte sie durchgelassen.

Gordani streichelte den T-Bird dann noch weitere hundertsechzig Kilometer nach Norden, bevor er in der Nähe eines als Keane's Corner bekannten Lagers landete. Dort konnten sie ein paar Reparaturen an dem Panzer ausführen und Freid zumindest oberflächlich medizinisch versorgen. Der Mechaniker in Keane's Corner, der auch Sanitäter war, sträubte sich, mehr für Freid zu tun, als ihre wenigen äußerlichen Verletzungen zu behandeln. Zu hören, daß sie eine Magierin war, machte ihn ein wenig nervös. Außerdem hatte man ihm bei seiner Ausbildung beigebracht, daß die Medikamente und Behandlungen, die gewöhnlich einer »normalen« Person verabreicht wurden, für einen Magier gefährlicher waren. Das wegen seines Kontakts mit der Magie viel empfindlichere Nervensystem eines Magiers war anfälliger für Chemikalien und Pharmazeutika als das eines

Normalsterblichen. Dadurch waren die Möglichkeiten der Behandlung und somit auch die einer baldigen Genesung Freids erheblich eingeschränkt.

Nach Verabreichung einiger Kräuter schlief sie den Rest des Weges nach Denver in der gepolsterten Hängematte, die sie für sie eingerichtet hatten. Chase füllte ihre Position aus, so gut er konnte, wobei er im stillen außerordentlich dankbar war, daß ihnen keine weiteren Angriffe drohten.

Cara war während des Kampfes mit den Aztlan-Koptern fast hysterisch geworden, und zwar derart, daß sie sich auch dann noch nicht wieder völlig unter Kontrolle hatte, als der Kampf längst vorbei war. Zwar weigerte sie sich, die starken Beruhigungsmittel zu nehmen, die ihr der Sanitäter anbot, akzeptierte jedoch konventionellere Medikamente. Chase unternahm mehrere Versuche, mit ihr zu reden. Sie reagierte höflich darauf, doch er konnte in ihren Augen einen See finsterer Emotionen erkennen, die von der Gewalt der letzten Tage hochgespült worden waren. Unfähig, den Abgrund zwischen ihnen zu überbrücken, endeten alle dahin gehenden Versuche damit, daß er sich hilflos von Gesprächen abwandte, die rasch in ein ungemütliches Schweigen abdrifteten. Vielleicht sollte er es am besten den Experten, die sie in Denver finden würden, überlassen, ihr zu helfen.

Caras Laune hatte sich aufgehellt, als sie sich den Ausläufern der Stadt näherten und der T-Bird nach Westen schwenkte, doch in Sichtweite des Südteils der Stadt blieb, der sich bis nach Colorado Springs erstreckte. Die vielfarbigen Lichtpunkte der Stadt schienen sie anzusprechen, und sie scherzte sogar ein wenig mit ihm, als sie die Lichter auf den Monitoren vorbeiziehen sah.

Jetzt, in dem billigen Hotelzimmer, hörte Chase das Krachen von Feuerwerkskörpern, vielleicht sogar leichtes Gewehrfeuer, durch das offene Fenster. Er bewegte sich auf seinem Sessel und veränderte den Sitz der Schlinge ein wenig, die seinen rechten Arm möglichst ruhig halten sollte. Als es passiert war, hatte er es kaum wahrgenommen, aber in jenen letzten Minuten über Aztlan-Territorium hatte ein Metallstift seine Schulter durchbohrt und einen Knochen gestreift. Es hatte Chase ein paar Hundert Nuyen extra gekostet, um das Schweigen des Krankenhausarztes zu erkaufen, der ihn und Freid behandelt hatte. Seine Freunde sollten nicht erfahren, daß es sich nur um eine Fleischwunde handelte. Ein normaler Knochen wäre gebrochen, aber dieser Teil seiner Schulter hatte bereits zwei Jahre nach Caras Geburt aufgehört, natürlich zu sein. Der Arzt staunte über die Schnelligkeit des Heilungsprozesses und prophezeite Chase, daß er seinen Arm nach ein oder zwei Tagen wieder uneingeschränkt würde benutzen können.

Sie hatten zwei angrenzende Zimmer in einem Hotel am Rande des CAS-Sektors der Stadt gebucht. Die Besatzung des *Rapier's Touch* unterhielt seit langem eine finanzielle Beziehung zu einem Grenzbeamten in diesem Sektor, und so hatte der Panzer die Stadtgrenze von der CAS-Seite passiert.

Cara und Freid schliefen in dem anderen Zimmer. Gordani und Blanchard blieben bei dem T-Bird, der in einem der Fahrzeughangars in den Außenbezirken der Stadt einiger dringend notwendiger Reparaturen unterzogen wurde. Freid war zu erschöpft, um ständig die Wachsamkeit aufrecht zu erhalten, die in jenem kaum zivilisierten Winkel der Stadt unabdingbar war. Ihre Gefährten hatten Chase gebeten, sie für eine Weile mit in die Stadt zu nehmen. Er hatte sofort zugestimmt und sich damit augenblicklich Caras offensichtliche Mißbilligung zugezogen. Sie hatte sich von ihnen abgesondert und verhalten, doch hörbar vor sich hin geflucht.

Cara war es jedoch gewesen, die den Vorschlag gemacht hatte, sich ein Zimmer mit Freid zu teilen. Die Frauen unter sich, hatte sie gesagt. Chase hatte sich daraufhin gefragt, was ihrer Ansicht nach die Alternative war.

Das Telekom klingelte, und er nahm beim zweiten Klingeln ab. »Ja?«

»Priest«, erklang die Stimme einer Frau, synthetisch und kristallklar.

»Lachesis. Das ging schnell.«

»Deine Botschaft wurde empfangen, aber der Hinweis auf deinen Aufenthaltsort war zu deutlich. Du mußt vorsichtiger sein.«

»Ich werde es mir merken. Hast du die Information, um die ich gebeten habe?«

Er bekam keine Antwort, hörte nur die tote, klare Stille der Leitung.

»Lachesis?«

»Ich bin noch da. Ich wäge den Ton meiner Antwort ab.«

»Du hast sie also nicht?«

»Die Informationen, die du angefordert hast, sind gesammelt und in Übereinstimmung gebracht worden, obwohl es nicht viel ist. Ich habe sie aber nicht.«

»Du hast sie nicht?«

»Nein. Er hat sie.«

Chase fühlte sich kalt, entweder aufgrund eines plötzlichen Luftzugs oder seiner Reaktion auf ihre Worte. »Ich verstehe.«

Als sie jetzt sprach, konnte Chase fast eine Spur von dem Menschen heraushören, der irgendwo hinter der elektronischen Persona steckte. »Ich habe das Gefühl, mich für die unabsichtliche Verletzung der Vertraulichkeit unserer Vereinbarung entschuldigen zu müssen. Ich verstehe einfach nicht, wie er Sinn und Zweck meiner Nachforschungen herausgefunden hat.«

»Er hat seine Mittel und Wege. Ich mache dich nicht dafür verantwortlich.«

»Danke.«

»Ich nehme an, er will mich sprechen?«

»Er hat nichts dergleichen gesagt oder durchblicken lassen.«

Chase kicherte. »Ja, er weiß auch so, daß ich komme. Sag es ihm, Lachesis. Sag ihm, daß ich komme.«

»Wenn er weiß, daß du kommst, brauche ich es ihm nicht zu sagen.«

»Nein«, sagte Chase fast zu sich selbst. »Wahrscheinlich nicht.«

Nachdem er das Gespräch mit Lachesis beendet hatte, klopfte Chase an die Tür zum Nebenzimmer. Er hörte eine Bewegung, ein gedämpftes Geräusch, das möglicherweise eine Stimme war, und dann das Geräusch des Türschlosses. Er war überrascht. Er hatte nicht gehört, daß abgeschlossen worden war. Er war noch überraschter, Freid vor sich stehen zu sehen.

»Hoi«, sagte sie, gegen den Rahmen der halboffenen Tür gelehnt. Das Licht aus Chase' Zimmer fiel auf Cara, die lang ausgestreckt auf dem Bett lag. Freid sah über die Schulter, als sich die junge Frau unruhig bewegte und ein Murmeln von sich gab, das Chase nicht verstand. Sie ging auf ihn zu und schloß leise die Tür hinter sich, aber nicht ganz.

»Ist sie unruhig?« fragte Chase.

Freid nickte und fuhr sich mit der Hand durch ihr zerzaustes Haar. Die Ruhe, die sie seit Aztlan genoß, schien endlich geholfen zu haben. Ihr Gesicht war immer noch gerötet, und die Hände waren immer noch ein wenig blau, aber ein Großteil der sichtbaren Verletzungen war schneller verheilt, als Chase erwartet hatte. Er hatte selbst genügend Kämpfe bestritten, um zu wissen, daß es normalerweise länger als eine Woche dauerte, bis solche Blutergüsse, wie sie sie erlitten hatte, verblaßten.

Freid setzte sich auf Chase' Bettkante. »Ich habe ein wenig mit ihr geredet, aber sie verschließt sich und behält alles für sich. Ich weiß nicht, warum.«

Er nickte. »In ihrem Kopf geht irgend etwas vor, aber ich kriege einfach nicht heraus, was«, sagte er. »Aber genau das muß ich.«

Freid zuckte hilflos die Achseln, und Chase bemerkte, daß sie den eingebauten Kühlschrank seines Zimmers betrachtete. »Möchtest du etwas?« fragte er. »Etwas zu trinken? Den Zimmerkellner?«

»Etwas zu trinken wäre gut. Irgend etwas Wasserähnliches. Nichts Süßes.«

Er ging zum Kühlschrank und durchforstete rasch den Inhalt. Dann warf er ihr eine Plastikflasche mit einer kohlensäurehaltigen Flüssigkeit zu. »Da hast du. Die teuerste Flasche Wasser, die du je trinken wirst.«

Sie lachte und sagte: »Ich werde jeden Schluck genießen.« Sie schraubte den Verschluß ab und nahm einen tiefen Zug. Chase setzte sich ans Fenster und musterte sie. Sie trug das lange, viel zu große T-Shirt, das sie früher am Abend aus ihrer Tasche geholt hatte. Der Anblick der kleinen Dalmatinerhunde überall auf dem T-Shirt, die unschuldig ihre strahlenden Eltern anstarrten, überraschte und belustigte ihn. Er fragte sich, woher sie das T-Shirt bekommen hatte.

Sie schraubte die Flasche wieder zu und sah ihn an. »Was dagegen, wenn ich dich frage, was eigentlich los ist?«

»Dazu habe ich mich schon in Dart Slot geäußert.«

»Hör mal, mir ist klar, Geschäft ist Geschäft, und was ich nicht weiß, macht mich nicht heiß, und der ganze Drek, aber könntest du mir nicht etwas mehr darüber erzählen, was du eigentlich vorhast?«

Er schaute einen Moment lang in die Nacht hinaus, dann wandte er sich wieder an sie. »Warum willst du das wissen?«

Sie zuckte die Achseln. »Einfach nur so. Vielleicht kann ich helfen.«

»Das könntest du wahrscheinlich, aber das wird nicht nötig sein.«

Sie schaute zu Boden und preßte die Lippen zusammen. »In Dart Slot warst du so besorgt, daß du mich gefragt hast.«

»Ich bin immer noch besorgt, aber nicht übermäßig. Ich glaube, was du in dieser Nacht gesagt hast, stimmt.«

»*Ich* glaube, du lügst.«

Chase erwiderte ihren bohrenden Blick.

»Hör mal«, sagte sie schließlich. »Ich weiß deine Besorgnis zu schätzen, und ich fühle mich geschmeichelt, aber ich will tatsächlich helfen.« Sie hielt inne, um Luft zu holen. »Gordani hat mir von Cara erzählt.«

Chase fluchte. »Entzückend.«

»Wem, zum Teufel, sollte ich es erzählen?«

»Ich weiß, daß du es niemandem erzählen wirst«, sagte er matt. »Ich fluche nur bei dem Gedanken, wem Gordo noch alles davon erzählt hat.«

»Nur mir und Blanchard. Sonst keinem. Er mußte es uns sagen.«

Chase beugte sich vor. »Also gut, er hat euch also von ihr erzählt. Seid ihr auch über den Rest im Bilde?«

Sie sah ihn fragend an. »Den Rest?«

»Das Szenario sieht folgendermaßen aus: Ich begleite Cara Villiers durch die Anfänge des möglicherweise größten konzerninternen Krieges, den die Welt je gesehen hat. Fuchi war immer dafür bekannt, die besten Konzernmänner zu beschäftigen und die besten verdeckten Operationen auszuführen. Fuchi gehörte zu den ersten, die standardmäßig Vollmagier in ihre Kampfteams integriert haben. Wenn sich die Familien, denen der Konzern gehört, gegenseitig bekriegen, weiß keiner, wo ihre Sicherheitskräfte zuschlagen werden, geschweige denn, mit wem sie derzeit verbündet sind.«

Freid hörte ihm aufmerksam zu. Sie schien alles aufzunehmen, was er erzählte, und es dann Wort für Wort zu analysieren. Sein Verdacht, daß sie neben allem anderen, was für sie sprach, auch noch einen scharfen Verstand besaß, verdichtete sich immer mehr.

»Und wenn das, was Cara sagt, stimmt, wird genau das passieren. Die Nakatomis unterstützen einen Versuch, ihren Vater umzubringen, der den Villiers-Anteil des Konzerns besitzt und kontrolliert. Und Peng. Sofortige Spaltung.«

Ihre Augen weiteten sich. »Ich kann mir nicht vorstellen, daß das besonders angenehme Folgen hätte.«

»Ganz genau. Es würde sofort ein Wettlauf um die Kontrolle von Richards Anteil am Konzern beginnen.«

»Käme es nicht auch auf sein Testament an?« fragte sie. »Sie würden doch nicht automatisch die Kontrolle über seine Aktien erlangen, oder doch?«

Chase zuckte die Achseln. »Keine Ahnung. Vielleicht nicht, aber der Tod ihres Vaters würde in jedem Fall für genug Wirbel sorgen. Angenommen, seine Konzernaktien können vererbt werden? Wer bekommt sie?«

»Du wirst es mir sagen.« Ein Funkeln war in ihre Augen getreten.

»Nach allem, was ich weiß, kämen vier Personen als mögliche Erben in Frage. Martin Villiers, ihr Onkel, aber er war von Anfang an gegen die Fusion der Villiers mit den Japanern. Ich kann mir nicht vorstellen, daß Richard die Aktien seinem Bruder vermacht.«

»Könnte er sein Testament nicht mit einer Zusatzklausel versehen haben?«

»Was meinst du genau?«

»Du weißt schon: ›Für den Fall meines tragischen und gewaltsamen Todes ist mein letzter Wille null und nichtig und alle Aktien gehen an meinen Bruder‹, oder etwas in der Art.«

»Ein Schlag aus dem Grab? Martin würde die Villiers-Anteile herausziehen und die Japaner im Regen stehen lassen, also wären die Japaner in jedem Fall daran interessiert, daß Richard eines natürlichen Todes stirbt.«

»Vorausgesetzt, sie kennen seinen letzten Willen.«

Chase schnaubte. »Wenn die Japaner auch nur annähernd so paranoid und auf... äh... ›taktisches Informationensammeln‹ versessen sind, wie Richard das war, als ich für ihn gearbeitet habe, dann kennen sie sein Testament bis ins letzte Detail. Außerdem könnte es Bestandteil des Fusionsvertrags sein.«

Sie nickte. »Wer noch?«

»Tja, da wäre Martins Sohn Darren, Caras Cousin. Er ist tatsächlich ein Angestellter Fuchis, aber er gehört zum Nakatomi-Lager oder untersteht zumindest ihrer Kontrolle. Von Richards Standpunkt aus sicher sehr riskant. Vielleicht hofft er, daß Darren dadurch unabhängig wird. Wer weiß?«

»Aber eben auch riskant, wie du schon sagtest. Wer ist der nächste?«

»Der wahrscheinlichste Kandidat, Richards Exfrau Samantha.«

»Exfrau?«

»Genau. Sie haben sich vor ungefähr sechs Jahren scheiden lassen, aber sie blieb aufgrund ihrer Fähigkeiten ein tragendes Mitglied des Konzerns. Ihr Hintergrund ist das wissenschaftliche Management, und sie war sieben Jahre lang Leiterin der Abteilung Systemdesign in Seattle. Dann, vor nicht allzu langer Zeit, ist sie zur neuen Vizepräsidentin von Fuchi-Nordwest ernannt worden. Dabei hat sie Darren Villiers ersetzt, der nach Tokio versetzt wurde.«

Freid schüttelte den Kopf. »Mir wird langsam klar, warum mir die Fliegerei mit dem T-Bird so gefällt.«

»Angeblich stehen Richard und seine Frau auch nach der Scheidung noch auf ziemlich freundschaftlichem Fuß. Sie haben nie einen besonders verliebten Eindruck gemacht, als ich für sie gearbeitet habe, sondern schienen sich gegenseitig mit Distanz zu begegnen. Ich nehme an, es war eine politische Heirat. Von ihnen selbst arrangiert. Zumindest war das der Eindruck, den ich aus ihren Unterhaltungen gewonnen habe.« Chase wurde sich plötzlich der Lautstärke und des Tonfalls seiner Stimme bewußt. Er warf einen raschen Blick auf die halb geschlossene Tür.

Freid folgte seinem Blick, dann deutete sie mit der Hand auf das Zimmer und krümmte dabei die Finger. Ihr Mund bewegte sich, aber Chase konnte die Worte nicht verstehen. Einen Augenblick später wandte sie sich wieder an ihn. »Nein, sie schläft. Träumt ziemlich wirr, aber schläft.«

»Weißt du, was sie träumt?«

»Nein«, lachte sie. »So gut bin ich nicht.«

»Hmmm«, machte Chase, der wieder an Cara und die Ursache ihrer Probleme dachte.

»Jedenfalls«, soufflierte Freid.

»Ja, jedenfalls ... nach allem, was ich sie bei verschiedenen Gelegenheiten habe reden hören, muß Cara ein unwillkommener Unfall gewesen sein. Richard war wohl überhaupt nicht begeistert, aber Sam wollte – Samantha hat darauf bestanden, das Baby auszutragen.«

»Weiß Cara das?«

»Darauf möchte ich wetten. Sie war schon immer ziemlich clever, auch mit acht.«

»Hat sich seine Einstellung ihr gegenüber geändert?«

»Nein, nicht wirklich. Ich bin sicher, Cara hat das gespürt, auch wenn sie die Gründe nicht verstand. Samantha hat sich bemüht, sogar sehr bemüht, eine gute Mutter zu sein, aber das war einfach nicht ihre Welt. Sie war viel zu sehr Konzernmanagerin.«

Freid warf einen Blick auf die Verbindungstür. »Was glaubst du, wie die Chancen stehen, daß er ihr einen Teil der Gesellschaft vermacht?«

»Sie war Nummer vier auf meiner Liste. Die Frage ist nur, warum?«

»Aus Schuldgefühl?«

Chase dachte einen Augenblick darüber nach. »Schuldgefühl ist eine Emotion, die ich nicht mit Richard Villiers in Verbindung bringen kann.«

Sie nickte. »Was im wesentlichen bedeutet, daß du mit nichts in der Hand dastehst.«

»Richtig, abgesehen von der Verwirrung, zu der noch die Tatsache beiträgt, daß ich mir absolut nicht darüber im klaren bin, wer bei diesem Spiel eigentlich mitmischt.«

»Aber du glaubst doch, daß es Fuchi ist, oder nicht?«

»Nein. Cara zufolge soll der Anschlag auf Richard von irgendwelchen radikalen deutschen Policlubmitgliedern ausgeführt werden. Also könnten sie es sein, die hinter uns her sind. Wenn wir Glück haben, sind sie es.«

»Ein paar Radikale bereiten dir wohl nicht so viel Kopfzerbrechen wie ein Kampfteam von Fuchi, was?«

»Worauf du dich verlassen kannst. Ich habe schon früher mit solchen Leuten zu tun gehabt, tatsächlich sogar mit einer ganz ähnlichen Gruppe wie Caras Freunden. Sie sind laut und zornig und scheren sich einen Drek um alles, was über ihre Version der Wahrheit hinausgeht. Politisch naiv, sozial mangelhaft, moralisch bankrott, psychologisch instabil und mehr als bereit, Wehrlose umzubringen, um die eigene Überlegenheit zu beweisen. Nein, die Sorte bereitet mir kein Kopfzerbrechen. Ich bin schon früher damit fertig geworden.«

»Hört sich jedenfalls so an.«

Chase hatte sich vorgebeugt und die Fäuste geballt. Als ihm plötzlich wieder einfiel, wo er sich befand, stellte er fest, daß Freid ihn mit leicht geweiteten Augen schweigend und angespannt anstarrte.

»Verdammt«, sagte er. »Tut mir leid.« Er stand auf und ging zum Kühlschrank.

»Ein bloßliegender Nerv, was?«

Er nickte, dann änderte er seine Meinung hinsichtlich des Drinks. »Hör mal, ich muß mich mit ein paar Leuten treffen und zusehen, was ich herausfinde. In Manhattan sind Cara und ich von einer Gruppe angegriffen worden, die geradezu nach Kampfteam roch, aber ich kannte keines der Mitglieder. Vielleicht waren es Söldner, ein kluger Zug, wenn die Fuchi-Sicherheit nichts damit zu tun hat, aber ich muß es genau wissen. Hier in Denver gibt es Leute, die vielleicht ihre Identität aufdecken können.«

Sie nickte und stand ebenfalls auf, wobei sie ihr T-Shirt glattstrich. »Brauchst du Rückendeckung?«

Er lachte. »Nein. Ich mag dich zu sehr, um dir diese Leute zuzumuten. Ich gehe in den Datenhimmel.«

»*In* den Datenhimmel? Du meinst, in die Matrix?«

»Nein, ich meine *in* den Datenhimmel. Ich, in Fleisch und Blut. Ich war früher schon mal da.«

»Was soll ich also tun?«

»Cara bewachen. Beobachte sie, laß sie nicht aus den Augen. Und wenn sie mit dir redet, sieh zu, daß sie dir etwas erzählt, das sie mir nicht erzählen will. Du weißt schon, ›von Frau zu Frau‹.«

Freid lächelte. »Ich denke, das schaffe ich schon.«

Chase schnappte sich seine dicke Jacke, die auf dem Bett lag. Sie war wärmer, als es das Wetter erforderte, aber er wollte die Panzerung in ihrem Futter für den Fall der Fälle nicht missen. Sie würde außerdem seinen Manhunter und das dazugehörige Schulterhalfter verbergen. Er streifte beides über.

»In meiner schwarzen Tasche findest du einen beglaubigten Kredstab, der sich nicht zurückverfolgen lassen dürfte. Benutz ihn, wenn ihr Hunger bekommt. Nehmt den Zimmerservice in Anspruch, wenn ihr könnt.«

»Verstanden.«

»Bis zum Mittagessen müßte ich wieder zurück sein.«

Freid nickte und nahm auf dem Bett Platz.

Er setzte sich in Bewegung, dann drehte er sich noch einmal um. »Ach, und in der schwarzen Tasche findest du auch noch eine Heckler und Koch-Maschinenpistole. Für alle Fälle.«

»Ich glaube, ich kann auf mich aufpassen.«

Chase grinste. »Ja.«

Er stand schon in der Tür, als diesmal sie ihn zurückhielt.

»Vermutlich bedeutet das, daß ich dir aus der Patsche helfe?«

Er warf ihr einen letzten Blick zu. »Vermutlich«, sagte er.

18

Chase beschloß, die ungefähr sieben Blocks vom Hotel zur Hochgeschwindigkeitsbahn, die ihn nach Colorado Springs bringen würde, zu Fuß zu gehen. Die Nachtluft war frisch und klar, ein willkommenes Nebenprodukt der beinahe ständig wehenden Winde, die seit der Unterzeichnung des Vertrages mit den NAN praktisch das ganze Jahr lang über der Stadt lagen. Viele Leute machten für die Veränderung der Luftströmungen und die allgemeine Klimaerwärmung Daniel Howling Coyote, den Gründervater der Native American Nations, und die anderen Geistertänzer verantwortlich. Sie sagten, die Wetterveränderungen seien eine Folge der mächtigen Wettermagie, die die Geistertänzer in den Wochen ihrer Verhandlungen mit den alten Vereinigten Staaten gewirkt hatten. Wie in den meisten Fällen wußte es jedoch auch in diesem niemand ganz genau.

Die Magnetschwebebahn schwenkte ein kurzes Stück von ihrem Kurs parallel zur Intercity 25 ab und führte an dieser Stelle direkt durch die Innenstadt Denvers. Chase erwischte den Zug dort, wo die Bahnlinie neben der Speer Street und dem fast stillstehenden Cherry River verlief. Er bestieg ihn zusammen mit einer Bande junger Frankokanadier, die grobe Witze über ihn und die anderen Denveraner im Zug rissen, wobei sie nicht einmal in Erwägung zogen, er könne ihre Sprache verstehen. Zwanzig Minuten später verriet der im Westen vorbeiziehende, hell erleuchtete Finger des Pikes Peak Chase, daß Colorado Springs nur noch Augenblicke entfernt war. Als er ausstieg, bedankte er sich bei der Jugendbande aus Québec für die Unterhaltung. »Man trifft nicht jeden Tag Leute, die so gut darin sind, einen Narren aus sich zu machen«, sagte er auf französisch.

In der sterilen Bahnstation fand er einen Telekomstand. Er wählte, die Verbindung kam zustande, und dann begrüßte ihn Schweigen.

»Hier spricht Priest. Ich bin da.«

Es folgte ein noch längeres Schweigen, bevor er endlich eine Antwort bekam. »Dann komm. Du bist an den Toren willkommen.« Chase schauderte wieder angesichts der kalten, unmenschlichen Stimme, die er zuerst über die Satellitenverbindung gehört hatte. Bevor er antworten konnte, war die Leitung tot.

Er hatte Glück. Ein elektrisches Automatentaxi wartete vor dem Bahnhof. Nachdem er eingestiegen war, rief er eine Karte auf den Informationsschirm und tippte mit dem Finger auf seinen Bestimmungsort. Anstelle der normalerweise üblichen Bestätigung und freundlichen Begrüßung verweigerte das Taxi die Adresse. Seine Stimme war angenehm, verbindlich und weiblich.

»Es tut uns leid, aber die Spring Service Corporation kann diesem Fahrzeug die Fahrt zu dem angegebenen Ort nicht gestatten. Wählen Sie bitte ein anderes Fahrziel.«

Chase seufzte und tippte auf einen Punkt ein wenig südlich des großen leeren Flecks, den er zuvor als Fahrziel benannt hatte. Jede andere Straße in der Nähe war in Ordnung.

»Vielen Dank, daß Sie in einem Spring Service-Taxi fahren!«

Chase grunzte, und das Taxi fuhr mit einem nervtötenden elektrischen Jaulen auf die fast leere Colorado Avenue. Als die Stadt links und rechts an ihm vorbeizog, nahm Chase erfreut zur Kenntnis, daß die meisten alten Gebäude noch standen. Da die Vertragsstadt nun einmal war, was sie war, rechnete er immer damit, daß sie von einer Woge der Gewalt erfaßt werden könnte. Denver war zwischen sechs Regierungen aufgeteilt, den Vereinigten Kanadischen und Amerikanischen Staaten, den Konföderierten Amerikanischen Staaten, Aztlan, und den Sioux-, Pueblo- und Ute-Stämmen, und jede hatte ihre eigenen Gesetze und befand sich in ständiger Opposition zu allen anderen. Als Diener von sechs Herren konnte die Stadt Denver naturgemäß weder gut schlafen noch gut gedeihen.

Das organisierte Verbrechen kontrollierte einen Großteil des Territoriums von Denver, ein Gebiet von der Gestalt eines Hundebeins, das sich von Boulder durch die Stadt Denver bis Colorado Springs zog. Es nutzte seine strategisch günstige Position im Zentrum der Native American Nations als Basis für alles und jedes. In Denver konnte man alles bekommen, was man haben wollte. Waffen, Leute, Technologie, Informationen. Man brauchte es nur zu sagen.

In Chase' Fall waren die Informationen der Grund, warum er jetzt nach Colorado Springs unterwegs war. Hier, am Nordrand des von Pueblo kontrollierten Sektors, befand sich die bedeutendste Quelle für Geheiminformationen in ganz Nordamerika. Sie war nicht dort gegründet worden, aber sie konnte von dort *ausfindig gemacht* werden. Sie war in den Tagen nach der Teilung der alten Vereinigten Staaten in aller Stille auf verlassenem Regierungsland errichtet worden und insgeheim zu einem mächtigen Netzwerk aus Computern und wüster Technologie geworden, das keine geistig gesunde Person je zu begreifen hoffen konnte. Sie wurde rasch zu einer Art Mekka für all jene, welche die dynamische, veränderliche Welt der Computermatrix Fleisch und Blut vorzogen. Ursprünglich als technologisches Utopia gegründet und mit dem Namen Denver Technological Cooperative bezeichnet, war sie jetzt allgemein als Nexus bekannt. In diesem und in allen vergleichbaren Datenhimmeln, die über die ganze Welt verstreut waren, konnten Daten für jeden Preis und in jeder Form ge- und verkauft werden. Man brauchte nur zu fragen. Es war jedoch beispiellos, in Fleisch und Blut vorstellig zu werden.

Chase ließ das Taxi und seine Armschlinge auf der Woodmen Road zurück, dem nächstgelegenen Fahrziel, welches die Programmierung des Taxis akzeptierte. Von dort aus ging er den Rest des Weges zu Fuß, nach Norden entlang der Intercity 25, unter den erhöhten Gleisen der Magnetschwebebahn. Er hatte seinen Bestimmungsort – graue Massen finsterer Gebäude, ruhiges, ehemals freies Land, das jetzt zugewachsen war, und die breiten Streifen einer längst verfallenen Autobahn – vorbeirauschen sehen, als der Zug kurz vor Colorado Springs abgebremst hatte.

Als er die zerschmetterten Tore erreichte, beäugte er die Haufen verschrotteter Autos und Lastwagen dahinter. Die wenigen Abwehreinrichtungen wären für eine gutausgebildete Militär- oder Sicherheitseinheit kaum ein ernsthaftes Hindernis gewesen, aber bis heute hatte es niemand, nicht einmal das Pueblo Council mit ihren Milliarden Äußerungen zum Technologierecht, gewagt, durch diese Tore zu schreiten. Niemand wollte den Zorn des Datenhimmels riskieren. *Ein* weltweiter Zusammenbruch des Computernetzes reichte für ein Jahrhundert.

Er aktivierte den Lichtverstärker und die Infrarotsicht und entdeckte ein paar Wärmezonen inmitten der kalten Metallhaufen. Er hielt sie für Videokameras und Sensoren, doch er wartete. Die Stimme am Telefon hatte zwar gesagt, er sei an den Toren willkommen, doch nichts darüber, was ihn dahinter erwartete.

Schließlich tauchte eine kleine, geschmeidige Gestalt in der Nähe der Überreste eines verrosteten Tanklastzugs auf und näherte sich ihm langsam. Ihrer Größe nach zu urteilen, war es ein Jugendlicher. Der Junge war für einen Zwerg zu groß und zu schlank, was bedeutete, daß es sich entweder um einen Menschen oder einen Elf handeln mußte. Chase tippte auf Mensch. Als die Gestalt nahe genug war, erkannte er, daß er in bezug auf Alter und Rasse recht gehabt, sich aber hinsichtlich des Geschlechts geirrt hatte.

Sie trug den verschlissenen und zerrissenen Overall

eines Techs, aber Militärstiefel. Ihr dunkles Haar war kurz und ungleichmäßig geschnitten, unprofessionell. Ihre Augen waren hinter einer Lichtverstärkerbrille verborgen, doch sie erzielte mit ihrer Brille dieselbe Wirkung wie er mit seinen viel teureren kybernetischen Systemen. Er hielt sie für asiatischer Abstammung.

Sie neigte den Kopf. »Identifikation?« sagte sie mit gleichmäßiger, gefühlloser und künstlicher Stimme. Chase hörte den Anflug eines japanischen Akzents, den sie energisch zu unterdrücken versuchte.

»Mein Name ist Priest. Ich werde erwartet.«

»Warte«, sagte sie.

Und das tat er ein paar Minuten lang, bevor plötzlich ein Strahl grellweißen Lichts von einem der Schrotthaufen auf ihn fiel. Er hielt sich die Hand vor das Gesicht, während die Systeme in seinen Augen alles taten, um die Lichtfülle zu kompensieren, bevor dauerhafter Schaden angerichtet wurde.

»Nimm die Hand runter«, sagte das Mädchen.

Er tat es und stand blinzelnd da. »Hast du jetzt alles gesehen?«

»Deine Identität wurde bestätigt«, sagte sie. »Warte noch.«

Das Licht erlosch.

»Und, von wo bist du abgehauen?« fragte er nach ein paar Augenblicken.

Ihr Kopf zuckte ein wenig, aber sie gab keine Antwort.

»Ist schon in Ordnung«, fuhr er fort. »Ich bin nicht gekommen, um dich zurückzubringen. Ich habe schon genug Probleme mit einem anderen Mädchen, das nicht viel älter ist als du.«

Sie sagte immer noch nichts, aber ihre Mundwinkel arbeiteten.

»Soll ich raten?«

Sie starrte ihn an.

»San Francisco.«

Diesmal zuckte ihr ganzer Körper vor Überraschung, und ihr Mund öffnete sich leicht. Er hatte richtig geraten. Bevor er ihr weiter zusetzen konnte, brachte ihn das unterdrückte Dröhnen eines LKW-Motors zum Schweigen. Es dauerte einen Augenblick, bis das Fahrzeug auftauchte, da es sich einen Weg durch das Labyrinth aus Schrott bahnen mußte, das zu den Toren führte. Schließlich näherte es sich Chase, die Suchscheinwerfer auf dem Dach voll aufgeblendet, und der sah seine Vermutung bestätigt: Ein alter leichter Mehrzwecktransporter des Militärs, schwarz lackiert und vorne und hinten mit breiten Holzplatten vernagelt. Der Transporter hielt direkt am Tor, und eine schlanke, hochgewachsene Gestalt richtete sich auf, so daß ihr Oberkörper aus dem Schiebedach in der Fahrerkabine ragte. Trotz der Dunkelheit, des grellen Scheinwerferlichts und der Baseballmütze der San Pedro Padres konnte Chase erkennen, daß es sich bei dem Mann um einen Elf handelte.

»Du bist Priest«, sagte er. »Der Zugang ist dir genehmigt worden.«

»Und?« sagte Chase.

»Du kannst den Nexus betreten. Er wartet auf dich.«

Nachdem Chase in den Transporter gestiegen war, setzten sie ihm einen Motorradhelm auf, dessen Visier mit Sprühfarbe undurchsichtig gemacht worden war, so daß er nichts mehr sehen konnte. Chase hatte beim Einsteigen nur einen kurzen Blick auf den anderen Insassen des Transporters werfen können, doch die Beschreibung hager und nervös drängte sich ihm förmlich auf. Der Transporter fuhr tatsächlich durch die Tore, um zu wenden und sich danach im Zick-Zack den Rückweg durch den Schrott zu bahnen.

Schließlich hörte das Zick-Zack-Fahren auf; der Transporter erreichte eine Hauptstraße und wurde schneller. Chase versuchte sich an den Namen der Straße zu erinnern. Er wußte, daß sie außerhalb der Tore Academy

Boulevard hieß und direkt nach Colorado Springs führte, aber wie sie innerhalb der Tore hieß, entzog sich seiner Kenntnis.

Die Fahrt war holperig, wahrscheinlich eine Folge der Kombination aus schlechtem Straßenzustand und fragwürdigem fahrerischen Können des Hageren. Sie hatten noch ein paar Kilometer auf der Straße vor sich, bevor sie die Häusergruppe erreichen würden, die den eigentlichen Datenhimmel und seine Bewohner beherbergte.

»Ich hörte, ihr hattet ein paar Probleme, als Shadowland in Seattle hochgegangen ist«, sagte Chase. Der Nexus verbreitete einen großen Teil seiner für die Öffentlichkeit zugänglichen Informationen über örtlich kontrollierte, mobile BTX-Systeme. Das Shadowland-System war nur für jene zugänglich, die seinen täglich wechselnden elektronischen Standort kannten. Über dieses System, das von Denver gefüttert wurde, konnte man Chips mit Daten, Gerüchten und Unterhaltungen herabladen, die regelmäßig Regierungen und Konzerne aufheulen ließen, daher auch die mobile Natur des Systems. Chase hatte von Freunden erfahren, daß das Shadowland-System von Seattle offenbar von Konzernagenten infiltriert worden war, die einige brisante Daten gelöscht, einen ziemlich üblen Virus nach Denver geschleust und dann die Betreiber des Seattler Systems getötet hatten.

Chase wartete auf ihre Antwort, aber er bekam keine. Der Transporter fuhr weiter.

»Was machen denn die Nuggets* so?« fragte er.

Der Transporter bremste, und Chase glaubte einen Augenblick lang, die trügerische Grenze überschritten zu haben, die fanatische Technofreaks zwischen sich und dem Sport errichteten, doch als der Transporter wieder beschleunigte, wurde ihm klar, daß sie nur die

* Die Denver Nuggets sind eine Basketballmannschaft – *Anm. d. Übers.*

erste von ein paar Abzweigungen auf dem Weg zum Datenhimmel erreicht hatten.

Der Transporter bog noch dreimal ab, wobei er beim letztenmal über den Randstein fuhr, bevor er schließlich anhielt. Chase wollte den Helm absetzen, doch magere Hände hielten ihn zurück. »Das war letztes Mal aber nicht nötig«, sagte er.

Er hörte ein scharfes Luftholen und roch anschließend einen Strom stinkenden Atems. Einen Außenseiter in Fleisch und Blut einzulassen, kam ihnen offenbar schon seltsam genug vor, aber diesen Außenseiter auch noch sagen zu hören, daß es nicht das erste Mal war, grenzte wahrscheinlich an Blasphemie. Die Tür des Transporters öffnete sich, und Chase stieg vorsichtig aus. Dann spürte er eine Hand am Ellbogen, wahrscheinlich die des Elfs, die ihn eine kurze Treppe heraufführte. Eine Tür öffnete sich, und ein Schwall abgestandener Luft kam ihm entgegen, der ihn unangenehm an einen Umkleideraum erinnerte. Sie führten ihn durch eine Tür und dann eine längere Treppe hinunter.

Nachdem sie eine weitere Tür passierten, hatte Chase den deutlichen Eindruck, daß er jetzt von einer größeren Gruppe begleitet wurde. Er hörte Geräusche um sich, gedämpfte Stimmen, gelegentliches Gelächter, statisches Knistern, das Summen elektronischer Anlagen.

Eine weitere Tür und eine weitere Treppe. Jetzt war er ganz sicher, daß er sich inmitten einer ganzen Gruppe von Leuten befand. Durch eine Tür und einen Flur entlang, der von den Geräuschen Dutzender marschierender Füße widerhallte. Dann hielt die Prozession an. Er hörte ein Murmeln und ein wischendes Geräusch, als würde eine magnetische Paßkarte durch eine elektronische Sperre gezogen. Eine merkwürdige Sicherheitsmaßnahme an einem Ort, wo man einen Außenseiter augenblicklich als nicht dazugehörig erkennen mußte. Das Klicken eines elektronischen Schlosses, das Öffnen einer Tür, und die Gruppe schob ihn vorwärts.

Die Akustik war hier besser, denn Chase spürte den für einen größeren Raum charakteristischen Luftstrom und hörte, wie sich die Gruppe zerstreute. Seine Ohren schnappten die Arbeitsgeräusche elektronischer Anlagen und das stetige Summen eines Videomonitors auf.

Zum erstenmal in den letzten zwanzig Minuten hörte er eine laute, klare Stimme. »Ach, um Gottes willen, nehmt ihm den verdammten Helm ab«, sagte sie.

Chase erschrak und war dann dem Paar Hände behilflich, das sich an dem Helm zu schaffen machte. Er kannte die Stimme, es war diejenige, die er erwartet hatte, aber irgend etwas stimmte nicht mit ihr. Die Klangfarbe war falsch, der Tonfall zu niedrig. Sie kam über Lautsprecher und wurde künstlich erzeugt.

Nachdem er den Helm endlich abgesetzt hatte, sah sich Chase in dem Raum um. Vielleicht war er einmal ein großes Konferenz- oder Klassenzimmer gewesen. Jetzt war er leer, mit Ausnahme Dutzender billiger, altertümlicher Metallklappstühle, die ihn füllten. Überall verliefen Drähte und Kabel, wanden sich über Decke und Fußboden. Einzelne Bündel hingen nach unten und schwangen träge über Stühlen, andere wiederum hingen über den Lehnen. Er wurde von einem großen, rothaarigen Jungen mit fast leuchtenden opalfarbenen Cyberaugen zu einem Stuhl in der Mitte des Raums geführt. Die Stühle hier waren besser, aber nur unwesentlich. Vielleicht stammten sie aus einem Büro.

Zu dem rothaarigen Jungen gesellten sich jetzt auch andere: Männer, Frauen, Weiße, Schwarze, Elfen, Asiaten, Orks und Latinos umringten Chase und den Stuhl, auf dem er jetzt saß. Sie waren alle noch jung. Ein paar waren älter als Cara, aber die meisten waren jünger. Sie trugen Kleidung in allen möglichen Stilarten. Manche waren schmutzig und ungekämmt, andere peinlich sauber. Manche sahen ihm kühn in die Augen, andere schienen kaum die Willenskraft aufzubringen, sich in einem Raum mit ihm aufzuhalten. Die meisten lächelten, ein paar schnitten finstere Mienen, und ein kahlköpfiges, schwarzes Mädchen von etwa fünfzehn Jahren weinte. Die anderen ignorierten es.

Sie umringten ihn und warteten.

»Äh...«, sagte Chase, und von hinten wurde ihm ein dünnes Fiberglaskabel mit einem Standardstecker am Ende gereicht. Chase nahm es bedächtig, wobei er die ausgefranste Isolierung an der Verbindungsstelle zwischen Kabel und Stecker zur Kenntnis nahm. »Danke.«

Eine Stimme hinter ihm, eine neue, sagte: »Er wartet auf dich.«

Chase nickte und stöpselte das Kabel behutsam in seine Datenbuchse ein. Es klickte, als der Stecker einrastete, doch sonst geschah nichts. Er drehte sich um. »Ich glaube, es ist nicht...«

Und dann explodierte der Raum zu einem schwindelerregenden Tanz von Millionen neonleuchtender Glühwürmchen und schnitt ihm augenblicklich das Wort ab.

19

Der Übergang überraschte Chase völlig. Wenn wirklich kompromißlose Decker beteiligt waren, rechnete er immer mit einer jähen und spektakulären Interface-Sequenz, bei der das SimSinn-Signal seine eigenen Sinneswahrnehmungen verdrängte und ihn in die künstliche virtuelle Realität der Matrix zog. Er war jedoch nicht darauf vorbereitet, daß aus dem Kopf des rothaarigen Jungen eine Neonsandskulptur wurde, die plötzlich ihren molekularen Zusammenhalt verlor. Noch war er darauf vorbereitet, daß sich jede Person in dem Raum und auch der Raum selbst auf dieselbe Weise in Lichtpartikel auflösten.

Die Lichtpunkte gaben ihre ursprüngliche Gestalt auf und jagten dann aufwärts, um sich mit den anderen zu verbinden und ihn zu umschwärmen. Immer schneller, immer heller, verursachte ihre Bewegung ein ständig lauter werdendes Dröhnen, das sogar die Geräusche seines Herzschlags und seiner Gedanken verschluckte. Er griff nach dem Datenkabel, um sich auszustöpseln und diesen Irrsinn zu beenden, mußte jedoch feststellen, daß er keine Arme mehr besaß, keinen Körper, keine Existenz. Chase sah gerade noch die letzten Lichtfunken davontanzen, die einmal sein Körper gewesen waren, um sich dem prismatischen Wirbel anzuschließen.

Als er spürte, daß er selbst hineingezogen wurde, schrie er auf und fiel dann hart auf den weißen Marmor. Er spürte, wie die Kälte des Steins rasch in ihn einsickerte. Er preßte die Finger gegen den Marmor, was ein jähes Schmerzgefühl in den Fingerspitzen auslöste. Er hörte auf zu schreien und öffnete die Augen.

Er befand sich in einer Arena, vielleicht sogar einem Kolosseum, aus strahlend weißem und rosafarbenem Marmor. Sie war gewaltig, monströs, viel größer als alle realen Superstadien, die er je gesehen hatte. Von seinem Blickwinkel aus betrachtet, sah der Mittelbereich eben und nichtssagend aus und endete vor einer hohen Mauer. Oberhalb der Mauer befanden sich Bankreihen, Platz für Tausende, die sich endlos nach oben fortsetzten. Sie waren leer.

Chase wälzte sich herum und sah einen tiefblauen Himmel, der von violetten und zyanroten Streifen durchzogen war. Eine kühle Brise umwehte ihn. Ihm schauderte. Das ist alles nicht real, sagte er sich. Es wird alles im Computer erzeugt. Es ist nicht real ...

»Mikael, *Tovarisch?*«

Chase wandte den Kopf in Richtung der Stimme und sah endlich den Mann, um dessentwillen er gekommen war. Schlank und hochgewachsen wie eh und je, doch mit einer Ausstrahlung, die kein Körper aus Fleisch und Blut aufbringen konnte, stand der Mann ein kurzes Stück entfernt. Sein Haar war kurz, gewellt und so fein wie gesponnene Seide. Seine Züge waren so, wie Michelangelo sie niemals in Stein hatte perfektionieren können, und seine Kleidung war schwarz, elegant und perfekt. Und er war jung. So jung, wie Chase ihn sich kaum vorstellen konnte.

»Zum Teufel mit dir«, sagte Chase.

Der Mann hatte eine beinahe finstere Miene geschnitten, und dieser Ausdruck änderte sich auch jetzt nicht. »Es tut mir leid. Bist du in Ordnung?«

Chase richtete sich auf und stellte fest, daß es viel leichter ging, als er erwartet hatte. »Mir geht's prima. Bekommst du jetzt doch noch deine Rache?«

»Nein. Das war unentschuldbar«, sagte der Mann. »Entschuldige mich einen Moment.« Der Mann sah in den Himmel und sagte ruhig: »Bash.«

Einen Augenblick lang geschah gar nichts, und dann flimmerte die Luft neben ihm, als dort ein anderer Mann Gestalt annahm. Er war unnatürlich groß und hager, sein Schädel von pergamentdünner Haut bedeckt. Er trug einen altmodischen Trauermantel, der ihm drei Nummern zu klein war, und in seinen Augen tanzte ungezügelte rote Kraft.

»Shiva«, zischte der Neuankömmling durch zusammengebissene, rasiermesserscharfe Zähne.

»Spar dir den Drek, Bash«, sagte Shiva. »Was, zum Teufel, sollte das?«

Bash wandte kaum merklich den Kopf, doch Chase spürte seinen Blick auf sich ruhen. »Er ist schuld. Ich wollte eine Entschädigung.«

»Schuld?« sagte Chase.

Shiva fluchte; er ballte und streckte abwechselnd die Hände, die in schwarzen Lederhandschuhen steckten. »Dazu hattest du kein Recht. Er ist Gast hier, auf mein Wort.«

Bash lachte, ein leises, abgehacktes Kichern. »Du hast hier nicht das Kommando. Auf *mein* Wort sollte er bestraft werden.«

»Schuld woran?« fragte Chase.

Shiva begegnete Bash' Blick. »Willst du dich mit Worten messen? Willst du sehen, wessen Stimme den Himmel mehr erbeben läßt?«

Bash lachte wieder. »Nein, nein«, sagte er. »Das wäre schlecht für die Moral, oder nicht? Außerdem könnte sich dadurch etwas entscheiden. Und das wollen wir doch nicht, oder?«

Das ist alles nicht wirklich, erinnerte sich Chase. Alles, was er sah und empfand, wurde in Nexus' Computersystem erzeugt, einem System, das auf seine eigenen kybernetischen Befehle reagierte. Chase dehnte seine künstliche Wahrnehmung auf sein Inneres aus, um festzustellen, welche Hardware oder Programme zu seiner Verfügung standen. Er wußte nicht viel über das Decken und Computerprogrammierung, ging aber davon aus, daß er sich irgend etwas zusammenpfuschen konnte, um Shivas und Bash' Aufmerksamkeit zu gewinnen. Doch er fand nichts. Soviel er wußte, war er nicht mit einem Cyberdeck verbunden, sondern wurde lediglich mit dem SimSinn-Signal gefüttert. Dennoch mußte es eine beidseitige Verständigungsmöglichkeit geben – schließlich war er Teilnehmer an der virtuellen Realität und nicht nur Beobachter –, aber er konnte die Verbindung nicht finden. Er stand auf.

Shiva sah zu Boden und schüttelte den Kopf. »Er und ich haben einiges zu besprechen.« Chase hatte plötzlich ein merkwürdiges Gefühl und wollte etwas sagen, schaffte es aber nicht rechtzeitig.

»Also werden wir von hier verschwinden«, fuhr Shiva fort. Chase spürte, wie er plötzlich von Shiva angezogen wurde, der zurückzuweichen schien. Chase drehte sich zu Bash um, während Shiva einen Arm in Richtung des größeren Mannes ausstreckte. Auf Shivas geöffneter Handfläche wuchs eine Kugel aus Quecksilber und Blitzen, und er warf sie Bash zu, dessen Augen sich plötzlich weiteten. »Fröhliche Weihnachten.«

Chase wirbelte weg von Bash und in die Schwärze von Shivas Kleidung. Einen Moment lang gab es nichts mehr, und dann stabilisierte sich um ihn ein High-Tech-Büro aus Chrom und schwarzem Metall. Shiva saß bereits hinter dem massiven schwarz-silbernen Schreibtisch, der den Raum dominierte. Hinter ihm befand sich der unglaubliche Matrix-Ausblick auf das Innere des Datenhimmels, dem Herzen des Nexus. Leuchtende geometrische Konstrukte und Formen in allen Größen repräsentierten die gewaltigen Mengen von Rechenkapazität, die sich hinter seinen Mauern verbargen, und umkreisten einen einzelnen Punkt von beinahe unendlicher Dunkelheit. Shiva und sein amüsiertes Lächeln ignorierend, ging Chase näher ans Fenster, um besser sehen zu können. Nicht wirklich, wiederholte er für sich.

Blendende Lanzen aus Licht, massierte Datenpakete, stellten immer wieder Verbindungen zwischen den einzelnen Konstrukten und gelegentlich auch zu dem dunklen Zentrum her. Die Lichtblitze beschleunigten, wenn sie dem schwarzen Herz näher kamen, verlängerten sich zu langen, dünnen Strahlen und verschwanden schließlich, wenn sie von der allesverschlingenden Dunkelheit absorbiert wurden. Chase konnte Gestalten erkennen, die sich im Raum zwischen den Systemen bewegten: Decker in ihren verschiedenen elektronischen Personae, die alle einen gesunden Respekt vor dem schwarzen Kern zeigten. Chase mußte sich abwenden. Es war fast mehr, als er ertragen konnte. Manchmal war es unmöglich zu glauben, daß nichts in der Matrix real war. Die Bilder, das Gefühl, alles war so stimmig.

Chase sagte: »Das ist nicht ...«

Shiva schüttelte den Kopf. »Du solltest es besser wissen, aber es ist eine einschüchternde Wiedergabe. Es handelt sich um den Verwahrungsort für alle Informationen, die hier hindurchlaufen. Zu Speicherzwecken werden sie kompiliert und komprimiert. Ein schwarzes Loch aus Daten, wenn du so willst. Jede Anfrage und jedes Ergebnis wird dort abgespeichert. Und alles kann wieder abgefragt werden.«

Chase sah ihn aufmerksam an. »Von wem?«

Shiva zuckte die Achseln. »Ich gebe zu, daß es nicht leicht ist, sich Zugang zu verschaffen. Macht hat sich schon immer um die Frage gerankt, wer Zugang zu was hat.«

Chase nickte und ließ sich auf einem ungewöhnlich bequemen Plüschsessel nieder. Er lehnte sich zurück und schloß die Augen. »Wieviel weißt du?« fragte er Shiva.

»Du bewachst Cara Villiers. Gewisse Datenkorrelationen weisen auf eine Verbindung zwischen ihr, dir, Fuchi International und gewissen deutschen antisozialen Gruppierungen hin. Wiederholt sich hier Geschichte?« sagte Shiva.

Chase schüttelte den Kopf. »Nein. Es handelt sich um eine andere Gruppe von Arschlöchern.«

Shiva betrachtete ihn mit stetem Blick. »Ich nehme an, es gibt einige Dinge, die du wissen mußt.«

»Lachesis hat Informationen für mich gesammelt.« Chase öffnete die Augen. »Was du wahrscheinlich längst weißt. Sie hat mir jedenfalls gesagt, du wüßtest Bescheid.«

»Ich weiß, wie ihre Suchparameter lauteten, kenne aber die Ergebnisse nicht. Sie war nicht mehr in der Lage, sie mir mitzuteilen.«

»Was meinst du damit: nicht mehr in der Lage?« Chase beobachtete ihn sorgfältig. Vor ein paar Stunden hatte Lachesis gesagt, er, Shiva, habe alle ihre Daten.

»Dann weißt du es also wirklich noch nicht?« fragte Shiva. Als Chase nicht antwortete, fuhr Shiva fort. »Das ist es, was Bash so auf die Palme gebracht hat. Lachesis hat sich vor ein paar Stunden verbrannt. Sie hat einen Run gegen Fuchi unternommen, offenbar auf dein Betreiben hin, und dabei hat es sie erwischt. Sie hat schwere neurologische Schäden erlitten, möglicherweise permanent, aber sie lebt noch.«

Chase stand auf, ging wieder zum Fenster und betrachtete eines der um das schwarze Loch kreisenden Systeme. Irgend etwas stimmte nicht, aber Chase hatte kaum eine andere Wahl als mitzuspielen. Hier in der Matrix war er Shivas Gnade ausgeliefert. »Ich habe ihr ausdrücklich gesagt, sie soll Fuchi in Ruhe lassen. In welches System ist sie eingedrungen?«

»Seattle.«

»Sie hätte es besser wissen müssen.«

Shiva zuckte die Achseln. »Das ist es schließlich, wofür ihresgleichen lebt. Ich gebe niemandem die Schuld. Decker wie Bash sehen das jedoch etwas anders.«

Chase wandte sich zu ihm um.

»Wie sie es sehen, hast du ihr die Beteiligung Fuchis als Köder vor die Nase gehalten. Du hast selbst Verbindungen zu Fuchi, sagen sie, warum hast du dir also die Informationen nicht selbst beschafft?«

»Ich verstehe.«

»Sie kennen nicht die ganze Geschichte.«

»Kennst du sie denn?« fragte Chase.

»Nein. Und ich nehme an, du auch nicht.«

Chase nickte. »Da könntest du recht haben. Zuviel davon ergibt keinen Sinn. Ich hatte gehofft, Lachesis würde mir weiterhelfen. Ich nehme an, ihr Deck ist zerstört worden?«

»Totalverlust.«

»Weiß jemand etwas von Sicherheitskopien, die sie vielleicht angefertigt hat?«

»Es gibt keine Sicherheitskopien.«

Chase schüttelte erneut den Kopf. »Man sollte meinen, sie wäre etwas vorsichtiger zu Werke gegangen als…« Er sah nach draußen auf das schwarze Loch, nur für einen Augenblick, und dann wieder zu Shiva. Er würde mitspielen, aber das bedeutete nicht, daß er vorsichtig sein mußte. »Aber du hast gesagt, jede Information, die durch den Nexus wandert, wird dort drinnen gespeichert und kann abgefragt werden.«

»Das stimmt.«

»Wenn Lachesis also die Systeme des Datenhimmels benutzt hat…«

»Das hat sie.«

»…sollten die Informationen dort gespeichert sein.«

»Das ist richtig.«

»Also…«

Shivas Augen leuchteten. »Das Problem ist, daß sie es eben *nicht* sind. Die Daten wurden vor der Kompression abgelenkt. Sie befinden sich nicht im Hauptdatenspeicher.«

Chase starrte ihn an. »Der Nexus ist infiltriert worden?«

»Vielleicht. Ich hoffe, es handelt sich lediglich um ein Einzelindividuum von zweifelhafter Loyalität.«

»Verdammt.«

»Du sagst es.«

Chase ließ sich wieder in den Sessel fallen. »Tja, damit deutet wieder alles auf Fuchi.«

»Ach?«

Chase nickte. »Jemand ist hinter Cara her. Von Anfang an hat vieles auf Fuchi gedeutet, aber eben nicht alles. Fuchis konzerneigener Geheimdienst ist *gut*. Ich sollte es wissen, weil ich lange genug mit ihm zu tun hatte.«

»Die Zeiten ändern sich.«

Chase schüttelte den Kopf. »Fuchi ist immer noch erste Sahne. Wenn seine Geheimdienstleute versagen würden, hätte der Konzern mittlerweile längst entscheidende Fehler gemacht.«

»Wer bleibt also übrig?«

»Die Alte Welt. Caras alte Freunde. Es sieht so aus, als hätte Fuchi-Nakatomi Mitglieder der Alten Welt angeworben, um Villiers zu töten, wenn er nächsten Monat in Frankfurt ist.«

»Aha«, sagte Shiva, »das Bild vervollständigt sich. Sie hat es irgendwie erfahren. Dann hat Fuchi-Nakatomi herausgefunden, daß sie Bescheid weiß, und jetzt will man sie vermutlich töten.«

»Abgesehen davon, daß es mehr Anzeichen dafür geben müßte, wenn Fuchi hinter ihr her wäre«, sagte Chase. »In Manhattan gab es einen Zwischenfall, aber außer einigen wenigen Indizien gibt es keinen Beweis, daß Fuchi dahintergesteckt hat. Und seitdem nichts mehr. Überhaupt kein Druck.«

»Was nahelegt, daß es die Alte Welt ist. Vielleicht hat man Angst, Fuchi reinen Wein einzuschenken.«

»Das vermute ich auch, aber ich bezweifle, daß die Alte Welt hier in Denver über Agenten verfügt.«

»Du wärst überrascht, woher wir hier stammen«, sagte Shiva. »Hier gibt es ziemlich viele Deutsche aller Arten und Rassen.«

Chase nickte und starrte eine Weile auf das sich langsam verändernde graue Muster an den Wänden. Er hatte die Bewegung zuvor nicht bemerkt. Sie wirkte beruhigend. Was für ein Spiel spielte Shiva? Sollte er ihm die Stirn bieten? Wieviel von dem alten Zorn war noch übrig?

»Könnten die Nachtmacher daran beteiligt sein?« fragte Shiva einen Augenblick später.

Die Frage überraschte Chase. Warum brachte er die Nachtmacher ins Gespräch? Chase schüttelte den Kopf. »Die sind kastriert. Ich denke kaum noch an sie.«

»Ich bezweifle, daß sie so tot sind, wie du glaubst.«

»Die Organisation ist noch aktiv und betreibt billige Lokalpolitik, aber sie ist nur noch ein toter Körper, der um sich schlägt. Das Herz ist verschwunden.«

»Er schlägt jetzt aber schon eine ganze Weile um sich.«

»Veitman ist tot. Lieber und Kaufmann desgleichen. Wer bleibt also noch?«

Shiva stand auf und ging zum Fenster. Er starrte direkt in die Finsternis. »Niemand, der damals eine Rolle gespielt hat, als du mit ihnen zu tun hattest. Sogar Steadman ist tot.«

»Ach? Ist er später ausgefallen?«

»In gewisser Hinsicht. Vor ein paar Jahren ist in Hamburg ein Attentat auf ihn verübt worden. Man glaubt, daß die Person, die den Anschlag befohlen hat, auch für den Tod von Shavan, der Schattenherrscherin der Revenants, ein paar Tage später in Seattle verantwortlich ist.«

»Das ist mir neu«, sagte Chase, dann, einen Augenblick später: »In Seattle?«

Shiva wandte sich vom Fenster ab, sah ihn jedoch nicht an. »Shavan war dort, um einen Handel mit Saeder-Krupp perfekt zu machen.«

Chase starrte ihn an. »Heilige Scheiße.« Das war alles sehr interessant, aber wo war die Verbindung?

»Der Handel ist nicht zustande gekommen. Sie wurde vorher getötet. Gerüchte besagen, eine andere interessierte Partei habe sich eingemischt, die nicht wollte, daß Saeder-Krupp seine Macht noch weiter ausdehnt.«

»Fuchi ...«

»Nein.« Shiva schüttelte den Kopf. »Nicht Fuchi. Überhaupt kein Konzern. Saeder-Krupp zeichnet sich dadurch aus, der einzige bekannte Megakonzern zu sein, der einem Großdrachen gehört und von diesem auch geführt wird.«

»Lofwyr.«

»Und anscheinend«, fuhr Shiva fort, »können sogar Großdrachen Brüder haben, wenn dieses Wort überhaupt einigermaßen zutreffend ist.«

»Da komme ich nicht mehr mit.«

»Der Informationsfluß ist spärlich, aber es deutet einiges darauf hin, daß Shavans Plan, die Revenants mit Saeder-Krupp-Geld zu finanzieren, von einem anderen Drachen, einem gewissen Alamais, angeblich Lofwyrs Bruder, vereitelt wurde. Offenbar wollte er nicht, daß dieser Handel zustande kommt.«

»Als hätte Saeder-Krupp in Europa nicht schon genug Macht.«

Shiva lächelte. »Das ist, glaube ich, genau der Punkt. Saeder-Krupp ist einer der Befürworter des Pan-Europa-Restaurationsplans, der die politischen Grenzen von vor den Eurokriegen wiederherstellen würde. Alamais gefallen die Dinge offenbar so, wie sie sind: nett und chaotisch.«

»Klingt, als solle er einen Policlub leiten«, sagte Chase.

Shiva zuckte die Achseln. »Drachen scheinen so ungefähr alles andere zu leiten.«

Chase schüttelte den Kopf. »Jesus. Was für eine verdrehte Welt.«

Shiva schwieg zunächst. Schließlich sagte er: »Was ist mit Alexi?«

Chase zuckte zusammen. Er war überrascht, daß

Shiva auf dieses Thema zu sprechen kam. Er hatte erwartet, daß sie einen Bogen um ihre gemeinsame Vergangenheit machen würden, wie sie es immer taten. »Alexi?«

Shiva nickte. »Könnte er hinter dir her sein?«

»Aus dem Totenreich?« sagte Chase ungläubig. »Tut mir leid, aber ich habe in letzter Zeit nichts über irgendwelche Wiedererweckungen gelesen.«

Shivas Augen weiteten sich. »Dann weißt du es also nicht?«

In dem Raum schien es plötzlich kälter zu werden. »Was weiß ich nicht, Gennady Polemov? *Was?*«

»Dein Bruder lebt.«

»Das ist unmöglich.«

Shiva starrte ihn an.

»Du warst dabei, zum Teufel. Du hast mit eigenen Augen gesehen, was ich getan habe.«

Der andere Mann nickte. »Ich war dabei, und ich wäre deiner Ansicht.« Er seufzte. »Wenn ich ihn nicht gesehen hätte.«

»Du hast ihn *gesehen?*«

»Ja.«

»Wo? Wann?«

Shiva schüttelte den Kopf. »Das kann ich nicht sagen. Aber er lebt und ist jetzt ein Magier.«

Chase konnte nicht glauben, was er da hörte. »Ein *Magier?* Hör mal, was, zum Teufel, versuchst du hier eigentlich abzuziehen? Du erwartest doch wohl nicht ernsthaft, daß ich irgendwas davon glaube.«

»Glaub, was du willst. Ich sage dir nur, daß Alexi lebt.«

Chase lehnte sich in seinem Sessel zurück und starrte den anderen Mann an. Was er sagte, war unmöglich. Alexi war tot. Chase hatte gesehen, wie er von den Kugeln getroffen worden, nach hinten über das Geländer gekippt und ins Wasser gefallen war. Das Gewicht seines Kampfanzugs hatte ihn rasch unter Wasser gezogen.

Nichts hätte ihn an diesem Punkt noch retten können. Nichts.

»Das mit dem Magier ist das i-Tüpfelchen«, sagte Chase. »Nur so kannst du die Geschichte überhaupt verkaufen.«

»Egal, wie es sich für dich anhört, ich kann nur sagen, Alexi lebt, was die Möglichkeit aufwirft, daß er für zumindest einige deiner Probleme verantwortlich ist.«

Chase schüttelte den Kopf. »Nein. Egal, ob mein Bruder tot oder lebendig ist, er ist nicht dafür verantwortlich.«

»Bist du sicher?«

»Sehr sogar«, sagte Chase. »Es gibt einfach überhaupt keine Verbindung zu ihm. Vergiß nicht, ich bin zwar darin verwickelt, aber die Sache ist nicht gegen mich gerichtet. Wenn Alexi hinter mir her wäre, würde er mich direkt angehen. Ich wüßte es.«

»Ja, er hat schon immer die direkte Konfrontation bevorzugt.«

»Bis zum bitteren Ende.«

Shiva sah Chase an. »Ich wünschte, ich könnte dir mehr sagen, aber ich habe gewisse Verpflichtungen ...«

Chase hob die Hand. »Dann versuch es erst gar nicht. Wenn all das vorbei ist, komme ich vielleicht zurück. Dann hätte ich gern ein paar Antworten, aber im Augenblick brauche ich etwas anderes.«

»Und das wäre?«

Chase dachte eine Sekunde lang nach. Nein, zuviel von dem, was sein alter Kamerad tat, verstand er nicht. Er reduzierte die Liste der Gefälligkeiten, die er von ihm erbitten würde, auf einen. »Drei Reisepässe, für die NAN und Seattle.«

»Reisepässe.«

»Ja.«

»Wie weltlich.«

»Und genau so versuche ich es auch weiterhin zu halten«, sagte Chase.

20

Der große Raum war leer, als Chase' Sinne schließlich wieder ihm selbst gehörten. Mehr Zeit war vergangen, als ihm lieb war, während er und Shiva dagesessen, geredet und Geister geweckt hatten, die man besser ruhen ließ. Die Unterhaltung hatte sich den Dingen zugewandt, die sie getan hatten, und den Leuten, mit denen sie sie getan hatten. Shiva wußte mehr über Schicksal und Verbleib dieser Leute als Chase, was nicht weiter überraschend war. Chase, Shiva und – vielleicht – Alexi waren die einzigen, die von den ursprünglichen sieben noch lebten.

Schließlich verabschiedeten sie sich, wie sie es immer taten, nämlich mit einem gewissen Unbehagen und sehr wortkarg. Shiva versprach, dafür zu sorgen, daß jemand Lachesis' Arbeit fortsetzte, und ihn über ihren Zustand auf dem laufenden zu halten. Chase dankte ihm, wußte jedoch irgendwie, daß er die Ergebnisse dieser Arbeit nie zu sehen bekommen würde. Hatte Fuchi sich an seinen alten Freund herangemacht? War der Nexus nicht so unparteiisch, wie behauptet wurde? Oder war es etwas anderes?

Vor dem großen Raum warteten zwei Decker auf ihn. Einer war der rothaarige Junge, der andere ein Ork, der lächelte, als Chase die Türen aufstieß. Der Rotschopf sah weg.

»Bash«, sagte Chase.

Der Decker warf einen flüchtigen Blick auf Chase, sagte jedoch nichts. Der Ork kicherte.

»Wir verschwinden jetzt, und weißt du was?« sagte er mit einem noch breiteren Grinsen.

»Nein, was?«

»Du wirst den Helm wieder aufsetzen«, sagte er,

indem er ihn hinter dem Rücken hervorzog und Chase unter die Nase hielt.

Als er den Datenhimmel und das gaffende Mädchen am Tor verließ, überlegte sich Chase, wie wenig er wußte und erfahren hatte. Irgend etwas an der ganzen Geschichte war *falsch,* ein Gefühl, das jedesmal stärker wurde, wenn er über das wenige nachdachte, was er wirklich in der Hand hatte. Es war ein Puzzle mit den *falschen* statt der fehlenden Teile. Sein Gespräch mit Shiva hatte es nur noch schlimmer gemacht.

Er fuhr den Transporter auf die Intercity 25 und bog ohne Bedenken nach Norden ab. Wem er auch gehört hatte, woher er auch gekommen war, in kürzester Zeit würde er angemeldet und legaler Besitz der Identität auf dem Kredstab sein, der im Zündschloß steckte. Es war einer von drei nagelneuen Kredstäben, die man ihm beim Verlassen des Datenhimmels geschenkt hatte. Der Transporter war Shivas Idee gewesen. Er hatte sogar einen vollen Tank.

Chase hatte seine Zweifel, ob er die Kredstäbe mit den falschen Identitäten und den Transporter überhaupt annehmen sollte, aber Shiva schien tatsächlich erleichtert zu sein – obwohl er sich bemühte, es sich nicht anmerken zu lassen –, daß Chase um etwas so Einfaches bat. Es bestand eine ordentliche Chance, daß die Identitäten, unabhängig davon, was mit seinem alten Freund los war, sicher waren.

Er bemerkte die Farbveränderungen am Horizont und realisierte, daß sein langes Gespräch mit Shiva in Wirklichkeit bei weitem nicht so viel Zeit in Anspruch genommen hatte, wie er ursprünglich geglaubt hatte. Ein weiterer Vorzug einer Welt, in der selbst Gespräche in Gedankenschnelle abliefen.

Er fuhr bis Denver auf der Intercity 25 und verließ sie am Broadway. Von dort aus zuckelte er quer durch die

Stadt und näherte sich dem Hotel von Süden. Die Morgensonne fiel direkt auf die Gebäudefront, als er um die letzte Kurve bog, und er brach prompt in lautes Fluchen über das aus, was er sah.

Dort, direkt vor dem Hotel, standen zwei Männer. Sie waren hochgewachsen und schlank, trugen lange, dunkle Mäntel und sahen viel zu wach für diese Tageszeit aus. Ein nagendes Gefühl in der Brust sagte ihm, daß sie auf ihn warteten. Aber sie waren Amateure, Talente aus der Umgebung. Er fuhr an ihnen vorbei und sah genau im richtigen Augenblick in eine andere Richtung. Einer von ihnen ließ den Transporter nicht aus den Augen, sah dann jedoch weg, als Chase abbremste und den Blinker setzte.

Sie spielten ein offensichtliches Spiel, und Chase war gewillt, nach ihren Regeln zu spielen.

Chase parkte den Transporter außer Sicht der Beobachter. Er stieg aus, wobei er den Kredstab im Zündschloß und den Motor laufen ließ. Es war das Risiko wert. Er zog seinen Colt aus dem Schulterhalfter und schlich zum Hotel zurück. Der Schalldämpfer, der normalerweise in einem eigenen Futteral am Halfter untergebracht war, rastete mit einem sauberen Klicken auf dem Lauf ein. Er spürte die wachsende Wärme der Waffe, während Statusbotschaften über sein Auge huschten. Sie war einsatzbereit. Als er die Ecke umrundete, hielt er den Colt dicht an der Seite, wo er in den Falten seines Mantels verborgen war. Es bestand immer noch die Möglichkeit, daß die beiden Beobachter nichts mit ihm zu tun hatten, doch Chase glaubte nicht daran. Dies war eine Situation, mit der er hätte rechnen, auf die er hätte vorbereitet sein müssen.

Schlampig, dachte er. Er war auf halbem Weg zur Hoteltreppe, als einer der beiden auf ihn aufmerksam wurde. Der Mietling versteifte sich und sagte etwas zu seinem Partner. Chase ging weiter. Der erste wandte sich wieder Chase zu, während der zweite in ein Hand-

521
DOOG '92

funkgerät sprach. Eine Waffe, eine Uzi III, Straßendrek, tauchte unter dem Mantel des ersten Mietlings auf. Chase registrierte das Aufblitzen eines Laserzielrohrs, und seine kybernetischen Reflexe ließen ihn mit übermenschlicher Geschwindigkeit reagieren.

Chase drehte die Pistole an seiner Seite und brachte den Lauf etwas nach oben. Der hellrote Zielpunkt wirbelte durch sein Blickfeld, bis er auf dem zweiten Mietling ruhte. Dessen Mund öffnete sich, um etwas zu sagen, und Chase jagte eine Kugel hinein. Der Kopf des Mannes wurde in einer Wolke von Blut zurückgerissen; Chase hielt den Zielpunkt auf ihn gerichtet und schoß ihm noch eine Kugel durchs Kinn.

Unsicher, was geschehen war, riskierte der erste Mietling einen Schulterblick auf seinen Partner. Dieser Augenblick reichte Chase, um ihm zwei Kugeln in die Brust zu jagen.

Die Glastüren des Hotels öffneten sich, und vier Gestalten kamen heraus: Victor und Roja, die beiden Menschen aus Manhattan, ein weiterer Mann und eine betäubte, willenlose Cara Villiers. Victors Augen weiteten sich, als er den zweiten Mietling fallen sah, und er schaute sich rasch um. Chase tauchte hinter die Reihe parkender Wagen vor dem Hotel und griff nach der Uzi des ersten Mietlings, die zu Boden gefallen war.

Er hörte Leute rennen und Cara schreien, »Neeeeiiiinnnn...« Dann das Geräusch eines Schlages, hart und fachmännisch, und das Zischen jähen Ausatmens.

Roja kam, wild um sich schießend, um den Wagen gerannt, der direkt vor dem Hotel parkte, doch Chase hatte sich bereits zurück zum Randstein gerollt. Ihre Kugeln trafen den ersten Mietling, und sie fuhr mit durchgedrücktem Abzug zu ihm herum. Chase schoß, den Colt dicht über dem Boden, doch aufwärts gerichtet, und traf sie in den Oberschenkel. Sie schrie auf, und ihre MP ruckte hoch, so daß die Kugeln über ihn hinwegsausten. Ihr Bein gab unter ihr nach, und sie stürzte zu Boden hinter die Motorhaube des parkenden Wagens.

Chase sprang auf, die Uzi in der einen, den Colt in der anderen Hand. Cara hatte sich losgerissen und rannte auf ihn zu, wilde Panik im Gesicht. Ihre beiden Kidnapper sprangen auseinander, Victor nach links, der unbekannte Mann nach rechts. Sie hatten die Waffen angelegt und zielten auf ihn, schossen jedoch nicht. Sie hatten Angst, Cara zu treffen.

Chase schoß mit beiden Waffen. Die Uzi feuerte ungezielt, da sein Arm aufgrund des Rückschlags unkontrolliert zuckte. Victor duckte sich unter der Salve hinweg. Der unbekannte Mann wurde von der mit Chase' Gehirn verbundenen Pistole in der Brust getroffen und taumelte rückwärts gegen das Glas der Hotelfenster. Durch das Mattglas hindurch machte Chase undeutlich eine rennende Gestalt aus, die mit den Armen herumfuchtelte. Der Elfenmagier. Chase schoß durch das Glas auf ihn. Die großkalibrigen Kugeln durchstießen das Glas und schufen ein Spinnennetz aus Sprüngen, das sich über das ganze Fenster ausbreitete. Chase konnte nicht erkennen, ob er den Magier getroffen hatte, aber innerhalb des Hotels begann eine Alarmsirene zu jaulen. Zum erstenmal war er dankbar für die Sicherheitsmaßnahmen der Konzerne.

Cara erreichte ihn und warf sich keuchend an seine Brust, doch er war darauf vorbereitet. »Freid?« sagte er, während er die Gebäudefront nach dem Elfenmagier absuchte. Als Cara nicht antwortete, sah er sie an und fand die Antwort in ihren Augen. Er begriff und spürte, wie sich die Erkenntnis tief in ihn hineinbrannte.

»Lauf!« sagte er, indem er ihr einen Stoß in Richtung Straßenecke versetzte. Zuerst glaubte er, Cara würde ihm nicht gehorchen, doch dann rannte sie los. Ein Geräusch und eine Bewegung erregten Chase' Aufmerksamkeit, und er wirbelte zu Victor herum, der sich gerade hinter einem Wagen erhob, eine schwere Pistole im Anschlag. Chase gab wiederum eine ungezielte Salve mit der Uzi ab, wobei er mehr Kugeln in den Wagen jagte als in die Nähe Victors, der sich jedoch wiederum duckte. Roja bewegte sich, und Chase richtete die Waffe auf sie, schoß jedoch nicht, da sie waffenlos zum Randstein kroch.

Er fing an zu rennen, hielt jedoch die Uzi auf das Hotel gerichtet. Plötzlich rollte sich Victor auf die Straße und kam feuernd hoch. Zwei Kugeln pfiffen dicht an Chase vorbei, eine streifte seinen Mantel. Er erwiderte das Feuer mit der Uzi, die jedoch nur einmal kurz knatterte und dann klickte, da der Munitionsclip verbraucht war. Chase sprang zwischen zwei parkende Wagen und hörte mindestens zwei weitere Kugeln in das Blech schlagen. Cara war dicht vor ihm, als er die Ecke erreichte. Sie sah sich um, immer noch voller Panik.

»Der Transporter!«

Sie rannte darauf zu, riß die Tür auf der Fahrerseite auf und warf sich hinein. Chase erreichte das Fahrzeug in dem Augenblick, als ihre Füße den Boden verließen, und er drehte sich in der Erwartung um, daß Victor dicht hinter ihm war. Er war es, beinahe. Chase sah ihn etwa auf Höhe der Ecke an den geparkten Wagen entlangrennen. Als er Chase dort stehen sah, die Waffe erhoben und auf ihn wartend, warf sich Victor zu Boden. Chase' zwei Schüsse zerschmetterten die Fenster eines Wagens und eines Geschäfts hinter Victor.

Chase sprang in den Transporter und trat hart auf das Gaspedal. Der leichte LKW machte einen Satz nach vorn und rammte einen geparkten Wagen, bevor Chase die Hände ans Steuer bekam.

Im Rückspiegel sah er Victor aufspringen und mit der Pistole auf den Transporter zielen.

Bevor er schießen konnte, war Chase um die Kurve gebogen und der Transporter außer Sicht.

Cara hatte sich neben ihm zu einem Häufchen Elend zusammengerollt und weinte, doch im Augenblick konzentrierte sich Chase mehr darauf, sich möglichst schnell von dem Hotel zu entfernen. Er brachte den Transporter innerhalb Denvers so weit nach Norden, wie er es noch für vertretbar hielt, bevor er über die Grenze zum Sioux Council fuhr. Er erwog, in nordwestlicher Richtung nach Boulder und dann über die Grenze ins Pueblo Council zu fahren, aber dort waren die Grenzkontrollen schärfer, was die Wahrscheinlichkeit erhöhte, daß sie dort mit ihren gefälschten Kredstäben aufflogen.

Er hielt am Nordrand von Commerce City, kaum einen Kilometer vom Grenzübergang entfernt. Cara weinte immer noch, hatte unterwegs aber bereits einen Teil ihrer Fassung wiedergewonnen. Als ihr Chase eine Hand auf die Schulter legte, drehte sie sich plötzlich zu ihm um, warf sich an seine Brust und begann unkontrolliert zu schluchzen. Er wußte nicht, was er tun sollte, und so ließ er sie einfach weinen. »Ist ja schon gut«, sagte er immer wieder leise, während er ihr das Haar mit Fingern aus der Stirn strich, die nach Schießpulver rochen.

Nach einer Weile beruhigte sie sich und löste sich von ihm. Ihre Augen waren geschwollen und gerötet, und ihr Haar glänzte matt, wo es ihre Tränen aufgesogen hatte. Sie versuchte die Haarsträhnen zu entwirren, und er half ihr dabei.

Schließlich sah sie ihn an. »Bist du okay?« fragte er.

Sie nickte, sah jedoch nicht so aus, als sei sie sicher.

»Es tut mir leid, Cara, aber ich muß wissen, was passiert ist.«

Sie sah weg, und es dauerte ein paar Augenblicke, bis sie sprach. »Ich habe geschlafen, aber irgend jemand hat mich wachgerüttelt. Ich weiß nicht, wer es war, aber jedenfalls riß er mich zu Boden und stellte einen Fuß auf meinen Nacken. Jemand, die Frau, sagte: ›Keine Bewegung. Wir werden dich nicht töten.‹ Freid lag vor mir auf dem Boden. Sie sah schlimm aus, und da war Blut oder so etwas … Ich … sie war … Sie zogen ihr einen Kopfkissenbezug über den Kopf, ich weiß nicht, warum. Der Elf fluchte, tobte herum und trat sie. Der Mann, der auf mir stand, wollte wissen, wer du bist. Ich konnte es ihm nicht sagen, weil ich keine Luft bekam.« Sie weinte wieder.

»Der Elf hat sie erschossen. Er zog eine Pistole und erschoß sie. Ich … Sie zwangen mich, mich anzuziehen. Sie brachten mich nach unten und sagten, daß ein Wagen auf sie wartete. Ich konnte nichts …«

Chase streckte die Hand aus und zog sie wieder an sich. »Schon gut. Du hast getan, was du konntest, was man von dir erwarten konnte.«

»Ich konnte sie einfach nicht aufhalten.«

»Ich weiß, ich weiß«, sagte er. »Ich verstehe.«

Schließlich beruhigte sie sich wieder, und unter dem Schutz ihrer gefälschten Identitäten überquerten Chase und Cara als Vater und Tochter die Grenze zwischen Denver und dem Gebiet der Sioux Nation. Tag und Nacht durchfahrend, brachte sie der nimmermüde Autopilot des Transporters schließlich ein paar Tage später nach Seattle.

TEIL 3

SEATTLE, 2053

Obwohl nicht länger die angenehme Spielwiese wie im Zwanzigsten Jahrhundert, ist Seattle dennoch eine vitale und energiegeladene Stadt. Heute erstreckt sie sich von Everett bis Tacoma und umfaßt viertausend Quadratkilometer entlang der Küste des Puget-Sunds. Sie ist nach wie vor ein Außenposten der Vereinigten Kanadischen und Amerikanischen Staaten. Von drei Seiten vom Salish-Shidhe Council und von der vierten vom Pazifik umgeben, ist Seattle eine aktive Hafenstadt und damit auch weiterhin das Tor nach Asien.

Auszug aus *Fromors Führer für den Nordwesten des Amerikanischen Kontinents: 2051.*
Nachdruck mit freundlicher Erlaubnis der Herausgeber.

»Wir haben hier keine sozialen Probleme, die ein paar Tausend Soldaten nicht lösen könnten. Wissen Sie zufällig, wo ich welche herbekommen kann?«

Marilyn Schultz, Gouverneurin von Seattle,
während eines Interviews
im lokalen Nachrichtenprogramm ›Sound Bites‹

21

Er starrte auf den kleinen Teil der Renraku-Arcologie, den er durch das Südfenster des Restaurants sehen konnte. Ein Großteil des Bauwerks war durch dazwischenliegende Gebäude verdeckt, aber es gab buchstäblich nichts in Seattle, was die 320 Stockwerke der Arcologie vollständig verbergen konnte. Das gigantische Bauwerk, das neuntgrößte auf der Welt, stand auf einem Gelände, das einst den Namen Pioneer Square getragen hatte und ein Herzstück von Seattles früherem Leben gewesen war.

Jetzt erhob sich darauf ein mehr als einen Kilometer hohes Gebäude, das mühelos die Aufmerksamkeit aller auf sich zog, und dessen Fundament sechsundfünfzig Häuserblocks im Quadrat abdeckte. Einige Teile schienen von der Makroglas- und Chrom-Schule der modernen Architektur beeinflußt zu sein, während andere mehr an die Bauwerke des alten Ägyptens angelehnt waren.

Doch Chase kümmerte das alles nicht. Seine Augen und seine Gedanken waren auf die langsame, präzise Bewegung des graugrünen Glases auf einer Seite des Bauwerks gerichtet. Viele Fenster der Arcologie enthielten spezielle Lichtkollektoren, die das Sonnenlicht in die tiefergelegenen, beinahe stadtähnlichen Bereiche des Gebäudes leiteten und von dort aus weiter zur anderen Seite, um den Teil Seattles zu beleuchten, der sich ansonsten im wahrsten Sinne des Wortes im Schatten der Arcologie befunden hätte. Von dieser Seite war es unmöglich, das Gebäude zu betrachten, und Chase fragte sich, wie viele Seattler wohl die Gewohnheit angenommen hatten, den Blick aus einer fast religiösen Ehrfurcht heraus abzuwenden. Für Seattle waren die Arcologie und ihr Besitzer,

Renraku Computer Systems, eine Art wirtschaftlicher Gottheit.

Er hatte beinahe den Grad der Konzentration erreicht, den er brauchte, um die kaum merkliche Bewegung der Glaspaneele wahrzunehmen, als der Mâitre d' an seinem Tisch auftauchte.

»Sir.«

Chase blinzelte ein paarmal und richtete dann seine Aufmerksamkeit wieder auf das Restaurant. Es war Flut, und ein Fischotter schnitt den Gästen durch die rückwärtige, völlig aus Glas bestehende Wand des Restaurants Grimassen. Die Gäste versuchten den Otter zu ignorieren.

»Sir.«

Chase sah auf und dann nach unten in das Gesicht des Zwergs. Zwar fehlte ihm der Bart, aber dafür war sein Gesicht rundlich und pausbäckig und wies damit die anderen üblichen Züge seiner metamenschlichen Abstammung auf.

»Es tut mir leid, Ihre Gedankengänge stören zu müssen, Sir, aber draußen steht eine junge Dame, die behauptet, hier mit Ihnen verabredet zu sein. Eine Miss Janet Zane.«

Chase lächelte. »Ja, ich erwarte sie bereits.«

Der Mâitre d' nickte, trat dabei jedoch unbehaglich von einem Fuß auf den anderen.

»Gibt es ein Problem?« fragte Chase.

»Äh, ja, Sir. Wissen Sie, es ist ihr Äußeres ...«

»Ich fürchte, ich verstehe nicht ganz.«

»Sie ... äh ... Nun ja, Sir, wir haben eine Bekleidungsvorschrift.«

»Ach so«, sagte Chase. »Und ihre Kleidung entspricht ihr nicht.«

»Genauso ist es, Sir. Es tut mir leid, Ihnen diese Unannehmlichkeiten ...«

Chase hob die Hand. »Ich verstehe. In diesem Fall werden Sie jedoch eine Ausnahme machen müssen.«

Der Zwerg versteifte sich ein wenig. »Ich fürchte, Sir, daß sich unsere Vorschriften nicht so leicht ...«

Chase schnitt ihm erneut das Wort ab. »Ist Mr. Bjeland da?«

»Der Besitzer?« sagte der Mâitre d', dem plötzlich etwas schwante. »Ich fürchte, er ist im Augenblick nicht anwesend.«

Chase nickte, zog einen Kugelschreiber und ein kleines Notizbuch aus der Tasche und schrieb ein paar Zahlen auf. »Hier ist die Nummer von Mr. Bjelands Funktelekom. Er ist nie ohne unterwegs. Rufen Sie ihn an und erzählen Sie ihm von Ihrer Bekleidungsvorschrift. Bestellen Sie ihm außerdem schöne Grüße von Mister Michael Dengeo.«

Der Zwerg starrte auf den Zettel und schien die Nummer zu erkennen. Seine bereits gerunzelten Brauen hoben sich noch mehr, als er seine Möglichkeiten überdachte. Schließlich sagte er: »Es tut mir leid, Sir. Mir war nicht klar, daß Sie ein Freund Mr. Bjelands sind. Ich werde die junge Dame augenblicklich hereinbegleiten. Ich bitte um Entschuldigung.«

Chase winkte ab. »Entschuldigen Sie sich nicht bei mir. Entschuldigen Sie sich bei ihr. Sie kommt nicht gern zu spät zu einer Verabredung.«

Der Zwerg nickte. »Natürlich. Wenn Sie mich jetzt entschuldigen würden.« Er eilte davon. Um das Lächeln auf seinen Lippen zu verbergen, drehte sich Chase zu dem Otter um, zu dem sich mittlerweile noch ein zweiter gesellt hatte. Er sah ihnen zu, wie sie miteinander spielten und dabei gelegentlich auch gegen die Glaswand prallten – sehr zur Besorgnis derjenigen Gäste, die ihnen am nächsten saßen. Offenbar hatten sie keine Ahnung von der Geschichte des Gray Line-Restaurants und der Tatsache, daß die Glaswand nicht nur ein simples Fenster war, sondern tatsächlich aus gehärtetem, ballistischem Plastik bestand. Bei einem verpfuschten Überfall vor ein paar Jahren hatte eine verirrte Kugel eine Flut ausgelöst, die zwölf Menschenleben gekostet hatte. Der Besitzer hatte geschworen, daß sich dieser Vorfall nicht wiederholen würde.

Nur ein leises Rascheln verriet ihre Anwesenheit. Als sich Chase wieder zum Tisch umdrehte, saß sie ihm bereits gegenüber. Sie hatte sich zurückgelehnt, die Hände tief in die Taschen ihrer glänzenden schwarzen Lederjacke gesteckt und grinste ihn an. »Weißt du, es hat seine Gründe, warum ich so gerne den Treffpunkt aussuche«, sagte sie.

Chase hatte das Restaurant vorgeschlagen. Er liebte die interessante Speisekarte, die eine Mischung aus Elfen- und Salish-Cuisine bot. Er hatte den Verdacht, daß Janey es ebenfalls kannte und ihre Kleidung aus Protest gegen sein Veto hinsichtlich des Big Rhino, einem Ork-Freßladen mit rauher Atmosphäre ein paar Blocks entfernt, mit Absicht so gewählt hatte.

Ihre Lederjacke war modisch, mit Unmengen von Fransen und Schnallen, und wahrscheinlich in Hongkong handgefertigt worden. Die schwarzen Jeans waren wahrscheinlich von der Stange, saßen aber wie maßgeschneidert. Chase wußte jedenfalls, daß ihre schwarzen, kniehohen Stiefel mit den zierlichen Filigranarbeiten aus Silber und den Chromsporen Maßanfertigungen waren. Nichts davon hätte ihr jedoch den Eintritt verwehren dürfen, und so nahm Chase an, daß es der Büstenhalter aus roter Seide und Spitze gewesen sein mußte, den sie unter der offenen Jacke trug. Janey starrte ihn breit grinsend an, forderte ihn heraus, etwas zu sagen. Hinter ihr war der Mâitre d' offenbar damit beschäftigt, einer Elfenfrau die Situation zu erklären, die Chase für einen der Geschäftsführer hielt. Die Frau sah nicht sehr glücklich aus, aber es war auch offensichtlich, daß sie nicht die Absicht hatte, eine Szene zu machen.

Chase' Blick wanderte zu Janey zurück. »Hübsche Jacke«, sagte er. »Ist sie neu, oder hast du 'ne alte aufgemöbelt?«

»Nein, die hatte ich schon immer. Du hast sie nur noch nie bemerkt.«

»Verdammt unwahrscheinlich«, sagte er.

Sie zuckte die Achseln. »Also, in welchen Drek willst du mich diesmal tauchen?«

Chase nahm eine der elektronischen Speisekarten und warf sie ihr zu. Sie fing sie ein paar Zentimeter hinter seinen Fingern aus der Luft. »Drek?« sagte er. »Ach, nichts Ernstes. Nur das übliche.«

Sie warf ihren blonden Krauskopf in den Nacken und lachte. »Jesus Christus, du bist tatsächlich zu den Konzernen übergelaufen. Die letzten sechs Pinkel, mit denen ich zu tun hatte, haben genau dasselbe gesagt.«

»Hast du ihnen geglaubt?«

»Klar, genauso wie ich glaube, daß die Wahlen ebensowenig getürkt sind, wie mein Kater nicht kastriert ist.«

»Gut. Tja, bestell etwas, das 'ne Weile dauert, bis es fertig ist. Was ich für dich habe, ist eine lange Geschichte über kaputte Beziehungen, ausgerissene Teenager, liebestolle Rockbands, Mord, Magie, Attentate, Arschlochpolitik, Terrorismus, Fuchi Industrial Electronics und einen möglichen konzerninternen Krieg.«

Janey zuckte nicht mit der Wimper. »Du hast recht«, sagte sie. »Das übliche.«

Chase' Elfengericht, *Se'-shepetra,* war ausgezeichnet, auch wenn der Wildgeschmack der Ente etwas stärker war, als er dies normalerweise mochte. Janey schien von ihrem gebackenen *Ahal'eaish* mit Salm nicht so angetan zu sein, beschwerte sich aber nicht. Nachdem sie das Restaurant verlassen hatten, gingen sie durch die Stadt, bergauf, und bogen schließlich nach Norden in Richtung Denny Park und des Verstecks ab, in dem Chase Cara untergebracht hatte.

Chase beobachtete die Stadt und nahm die subtilen und nicht so subtilen Veränderungen seit seinem letzten Besuch vor ein paar Jahren zur Kenntnis. Janey war nach innen gekehrt und dachte über die Geschichte nach, die er ihr erzählt hatte.

»Fuchi müßte eigentlich mit allem, was sie haben, hinter dir her sein«, sagte sie.

»Ich weiß. Ich habe Shiva nicht direkt danach gefragt, aber ich nehme an, er hätte mir gesagt, wenn bekannt wäre, daß Fuchi nach Cara und mir sucht.« Andererseits, dachte Chase, vielleicht auch nicht.

»Shiva?« fragte sie. »Ist er oder sie ein Decker? Der Name sagt mir überhaupt nichts.«

»Entschuldige, das gehört zu dem Teil der Geschichte, den ich nur kurz angerissen habe. Er ist so was wie ein Decker und arbeitet in Denver im Datenhimmel. Ein alter Freund von mir. Er... äh... hat einiges überprüft, nachdem sich der Decker, mit dem ich zusammengearbeitet habe, im Fuchi-System hier in Seattle verbrannt hat.«

»Weißt du, in welchem?«

»In welchem System?«

Sie nickte, und Chase schüttelte den Kopf. »Nein, keine Ahnung.«

»Jack hat erwähnt, daß bei Fuchi irgendwas vorgeht oder vorgegangen ist. Das Computernetz der Abteilung Systemdesign befindet sich offenbar in permanentem Alarmzustand.«

»Samantha Villiers, Caras Mutter, leitet die Design-Abteilung.«

»Ist sie nicht befördert worden?« fragte Janey.

»Zur Vizepräsidentin von Fuchi Nordwest, aber sie leitet die Design-Abteilung trotzdem weiter.«

Als sie weitergingen, sah Chase einen Elf, der sie einen Block links von ihnen vom Sitz eines großen, schwarzen Motorrads beobachtete. Janey bemerkte das Motorrad und gleichzeitig Chase' Aufmerksamkeit. »Ist das 'n Chummer von dir?« fragte sie.

Chase nickte. »So ungefähr. Die Ancients beschützen Cara.«

»Die Ancients? Du mußt nicht mehr ganz dicht sein.«

»Sie schuldeten mir eine Gefälligkeit. Und ich bezahle sie«, sagte Chase.

Janey starrte ihn an. »Ich bin wirklich überrascht. Es hat Probleme mit den Ancients gegeben. Ich war der Ansicht, seit deinem letzten Besuch in Seattle hätte ihre gesamte Führung gewechselt.«

»Das stimmt, aber es gab noch genug, die sich an mich erinnern konnten.«

Sie gingen bis zur nächsten Querstraße, Janey wieder in Gedanken verloren, bevor sie sagte: »Hör zu, ich bin dabei, aber unter zwei Bedingungen. Erstens bringst du mich zu Cara Villiers. Ich will sie sehen.«

»Das tue ich bereits. Wir sind fast da.«

»Zweitens: Wir besorgen uns Hilfe.«

Chase grinste. »Deshalb habe ich mich an dich gewandt, Janey.«

Das Haus in der Dexter Street nördlich der Monobahn war alt und schäbig. In dem Augenblick, als sie das Gebiet um den Denny Park erreichten, hatte Janey dieselben hyperaktiven Tendenzen an den Tag gelegt, an die Chase sich noch von ihrer letzten Begegnung erinnerte. Ihre Augen huschten über jeden Teil der Straße, als sie tiefer in das Elfenviertel eindrangen, und er spürte, wie sich die Aufmerksamkeit der ganzen Gegend auf sie konzentrierte. Einen Block vor ihrem Bestimmungsort tauchte ein Elfenmädchen auf einem Motorrad auf und fuhr neben ihnen her. Das bedeutete, daß sich die hiesigen Anwohner entspannt hatten. Die Nachricht mußte sich verbreitet haben, daß die Ancients sagten, die Eindringlinge seien in Ordnung.

Sie erreichten das Haus, vor dem sich zwei Elfen auf den Stufen rekelten. Ihre grünen und schwarzen Gang-Farben waren kaum zu sehen, aber Chase konnte sich vorstellen, daß sie in der falschen Gegend wie ein Leuchtfeuer wirken mußten.

Im Haus wurden Janey und er von einem hochgewachsenen, platinblonden Elf mit kurzgeschnittenem Haar und dunkelgrüner und schwarzer Lederkleidung empfangen. Als sie eintraten, unterhielt er sich gerade in gedämpftem Tonfall mit einem anderen, kleineren Elf, auf dessen Miene Besorgnis stand. Der größere Elf wandte sich an sie.

»Janey«, sagte Chase, auf den hochgewachsenen Elf deutend, »das ist Falchion. Er ist ein Leutnant, könnte man, glaube ich, sagen. Janey wird für mich arbeiten.«

Falchion bedachte sie mit einem leichten Grinsen. »Janey Zane. Schau, schau, es wird alles immer größer.«

Janey sagte nichts, sondern nickte dem Elf nur zu. Chase fragte sich plötzlich, ob mehr hinter ihrer Reaktion steckte als nur professionelle Distanz.

Er richtete seine Aufmerksamkeit wieder auf den Elf. »Gibt es irgendein Problem?«

Falchion schnaubte. »Verdammt richtig, es gibt eins. Kommt hier rein.« Er deutete auf eines der Nebenzimmer. Als sie eintraten, hatte Chase den Eindruck, es müsse einmal ein Wohnzimmer gewesen sein, doch jetzt war es kahl und leer, abgesehen von ein paar unbeschrifteten Kisten.

Janey trat als letzte ein und schloß die Tür, als der Elf zu reden begann. »Du hast uns belogen, Church. Du hast uns nichts davon gesagt, daß Fuchi mit drinhängt.«

Chase seufzte. »Ich weiß nicht sicher, ob Fuchi mit drinhängt.«

»Blödsinn«, schnappte Falchion. »Das ist die Tochter des Großen Mannes. Fuchi muß mit drinhängen.«

Chase hielt seinem Blick stand. »Habt ihr irgendwas über sie gehört?«

»Nein, aber das heißt nicht ...«

»Überhaupt nichts? Auch nichts auf der Straße?«

»Nein, verdammt, aber du hättest ...«

»Wenn Fuchi sie suchte, wäre das bekannt, oder

nicht? Irgendwo, irgendwie würde sich das Gerücht verbreiten, und die Ancients wüßten davon.«

»Geh nicht zu weit, Church.«

»Das tue ich nicht. Ich meine es ernst«, sagte Chase. »Ich sag dir was. Du sagst deinen Leuten, sie sollen die Lauscher aufspannen, und in der Nanosekunde, in der sie *irgendwas* über Fuchi und sie hören, verschwinde ich mit ihr.«

Falchion sah ihn an und wollte gerade antworten, doch Janey kam ihm zuvor. »Ich bin etwas überrascht, daß sich die Ancients wegen eines Konzerns Sorgen machen.«

Chase und der Elf wandten sich zu ihr um. Sie hatte die Hände in die Taschen gesteckt und schien völlig gelassen zu sein, doch Chase spürte eine gewisse Anspannung.

»Du weißt einen Drek über uns, Chica«, sagte Falchion. »Versuch gar nicht erst zu erraten, was wir vorhaben oder tun. Wir leben in harten Zeiten.«

Janey sah aus, als wolle sie antworten, doch Chase schnitt ihr das Wort ab. »Sind wir uns einig?« fragte er den Elf.

Falchion nickte. »Sind wir.«

»Gut«, sagte Chase. Er drehte sich um, doch Janey war schneller und ging vor ihm durch die Tür.

»Eine Sache noch, Church«, sagte Falchion in seinem Rücken.

Chase blieb stehen und wandte den Kopf.

»Du weißt, daß das Mädchen ein Chiphead ist, richtig?«

»Ja, ich weiß.«

Der Elf grinste. »Gut. Wir müssen dir nämlich mehr berechnen, weil wir die ganze verdammte Zeit ihre Kotze aufwischen müssen.«

Chase nickte. »Wenn ihr müßt, holt einen Arzt, dem ihr vertraut. Sie muß in ein paar Tagen clean sein.«

Der Elf schnaubte. »Du träumst, Chummer. Ich weiß

einen Drek drüber, aber ich hab 'ne Menge andere gesehen, die so drauf waren wie sie, und die werden nie mehr clean.«

Irgend etwas plärrte auf dem Trideo in Caras Zimmer, aber Chase hatte keine Ahnung, was es war, und vermutete, daß Cara es ebenfalls nicht wußte. Er sah sie an und fragte sich kurz, ob sie in einen der in Seattle allzu häufigen Gewitterregen geraten war, wußte jedoch, daß die Elfen sie nie herausgelassen hätten. Es war Schweiß, der ihre Kleidung durchnäßte.

Sie saß zu nah bei einem der Lautsprecher, und Chase mußte sie zweimal rufen, bevor sie ihre Anwesenheit registrierte und zusammenzuckte. Er konnte erkennen, daß ihr Gesicht vom Weinen geschwollen war.

»Cara«, sagte Chase. »Geht es dir einigermaßen?« Es war das, was man eben sagte, so dumm es auch war.

Sie antwortete nicht, aber ihr Blick wanderte zu Janey, und ein Ausdruck der Verachtung huschte über ihr Gesicht. Ihre Augen verhärteten sich, und sie wandte sich ab.

»Wir werden jetzt damit anfangen, deine Mutter zu suchen, Cara, um ein Treffen zu verabreden«, sagte Chase. »Dafür wirst du dich zusammenreißen müssen.«

Er sah, wie sie erstarrte, und ihr linker Arm zuckte wieder auf die gleiche Art, wie er es schon zuvor gesehen hatte. Auf der Fahrt nach Seattle war das Zucken ausgeprägter geworden, da Cara ohne ihre Traumchips war, die sie in Denver hatte zurücklassen müssen.

Ein Schauder überlief sie, dann sah sie ihm direkt ins Gesicht. Die alte Furcht stand wieder in ihren Augen, aber er sah auch noch etwas anderes: wachsende Selbstkontrolle. »Ich ... ich werde bereit sein.«

»Gut«, sagte er. »Es kann nur noch ein paar Tage dauern.«

Sie nickte.

»Brauchst du irgendwas?« fragte er.

Cara sah weg, ohne zu antworten. Er beobachtete sie noch ein paar Sekunden, bis plötzlich die Sonne durch die Wolkendecke brach und ein schwacher Lichtstrahl in das Zimmer fiel. Cara erschauerte und veränderte ihre Haltung ein wenig, um in seiner kaum merklichen Wärme zu baden.

22

Ein paar Tage vergingen.

Sie hatten sich auf dem geräumigen, fast leeren Dachboden versammelt, das Chase als Operationsbasis für sie gemietet hatte. Cara, die immer noch schmerzhaft unter dem Chipentzug litt, schlief in einem der angrenzenden Räume. Dancing Flame, ein amerindianischer Schamane aus Janeys Team, dem Chase nie zuvor begegnet war, hatte Magie eingesetzt, um sie in einen Heilschlaf zu versetzen. Cara schien es tatsächlich besser zu gehen, aber der psychophysiologische Krieg in ihrem Körper wirkte sich natürlich äußerst nachteilig auf ihre Gesundheit aus. Dancing hatte Chase erzählt, er befürchte, Caras Akzeptieren der Cyberware in ihrem Körper habe gehörig zu ihrer Chipsucht beigetragen und erschwere es ihr, sie abzuschütteln. Chase akzeptierte das und vertraute dem Schamanen. Er hatte jahrelang mit einer Frau mit derselben Auffassung zusammengelebt, bevor sie ihm entrissen worden war.

Für ihn schwerer zu akzeptieren war die Menge an Cyberware, die Cara tatsächlich besaß. Von jemandem, der als Kind so große Angst vor kybernetischen Verbesserungen gehabt hatte, war Cara Villiers zu einer Frau herangewachsen, die die Modifikationen mit offenen Armen aufzunehmen schien. Er hatte die Datenbuchse gesehen und angenommen, es handele sich um ein ganz simples neurales Interface, wie es sich immer mehr Leute aus Gründen der Bequemlichkeit einsetzen ließen.

Liam Bough, ein anderer von Janeys Kameraden und ein flüchtiger Bekannter von Chase, hatte Cara untersucht, als die Elfengang sie abgeliefert hatte. Bough, der aus persönlicher Erfahrung mit Cyberware vertraut war, identifizierte die Datenbuchse als äußerst anspruchsvolles Modell, das bei höherer Übertragungsgeschwindigkeit weniger Systemverlust mit sich brachte als die üblichen Modelle. Für einen Chiphead war es ein Unterschied wie zwischen einem Sportwagen und einer Limousine.

Chase war weniger überrascht darüber, daß sie außerdem einen zusätzlichen neuralen Schaltkreis besaß, mit dem ein Musiksystem wie ein Keyboard oder eine Gitarre bedient werden konnte. Das ergab einen Sinn. Die Tatsache, daß Caras linkes Auge künstlich war, doch keine Verstärkungen besaß, die es leistungsfähiger als ein normales Auge machten, ergab dagegen keinen. Auch nicht die Tatsache, daß die Elle ihres linken Arms ersetzt worden war. Beides deutete darauf hin, daß sie einen Unfall erlitten hatte. Chase war schlicht und einfach überrascht. Cara hatte nie etwas erwähnt.

Nachdem sie alle versammelt waren, hatte Dancing Flame einen magischen Schutz um den Dachboden errichtet. Wenn jemand oder etwas persönlich oder mittels eines Zaubers einzudringen versuchte, würde Dancing es rechtzeitig wissen. Der Dachboden war außerdem technologisch mit Unterschall- und Rauschsystemen gegen Lauschangriffe geschützt. Zusätzlich waren an Wänden und Fenstern Unterbrecher angebracht, um akustische Laser zu kontern.

Ein Nicken von Dancing, und Bough tippte einen Code in die Fernbedienung für die Sicherheitseinrichtungen, die an seinem Gürtel hing. Der magische Schutz stand, und die Elektronik war aktiv. Sie waren jetzt hoffentlich isoliert und geschützt.

»Also«, sagte Chase, als die grünen Lämpchen an seiner Konsole aufleuchteten, »wo stehen wir? Janey?«

Janey Zane rekelte sich auf einem der Secondhand-Sofas, die schon auf dem Dachboden standen, als Chase ihn gemietet hatte. Das und ein paar andere Hinweise brachten ihn auf den Gedanken, daß die Unterkunft schon öfter für ähnliche Zwecke benutzt worden war.

Als sich der Job deutlicher herausgeschält hatte und dem Team die Aufgaben zugeteilt wurden, war Janeys Energie auf ein Niveau gestiegen, auf dem sie mehr wie eine Dreizehnjährige wirkte. Eine sehr professionelle Dreizehnjährige.

»Tja«, sagte sie, »ich hab mich auf den Straßen nach allem umgehört, was direkt mit unserer Geschichte verbunden sein könnte; doch wie die Ancients gesagt haben, alles ist tot. Nada.«

»Interessant«, sagte Chase.

Janey hob die Hand. »*Aber* auf der Straße wird eine Menge über Fuchi geredet. Es ist nur so, daß die Schlüsselworte Cara Villiers, Simon Church und Alte Welt nicht genannt werden.«

Auf der anderen Seite des Raumes nickte Bough. Offensichtlich hatte er ähnliches aufgeschnappt.

»Bei dem, was geredet wird, geht es eigentlich nur um eine mögliche Veränderung der Machtkonstellation innerhalb von Fuchi«, sagte Janey. »Offenbar hat es eine ziemliche Umstruktierung des Personals und eine allgemeine Stärkung der persönlichen Sicherheit gegeben. Die Entwicklung scheint von ganz oben auszugehen und bis ins mittlere Management zu reichen. Bei den Pinkeln ist ebenfalls mit einer Umstrukturierung zu rechnen.«

»Sieht es nach einer Auseinandersetzung zwischen den japanischen Elementen und Villiers aus?« fragte Chase.

Janey zuckte die Achseln. »Schwer zu sagen. Ich habe ein interessantes Gerücht aufgeschnappt, demzufolge Fuchi Runs gegen sich selbst durchzieht.«

»Gegen sich selbst?« sagte Dancing, offenbar verblüfft.

»Genau. Es heißt, Fuchi Corporate Services, also die Abteilung Managementberatung, habe einen Run gegen die Abteilung Systemdesign in Auftrag gegeben.«

»Als ich noch mit Fuchi zu tun hatte, wurde die Managementberatung von den Nakatomis geleitet. Die Abteilung Systemdesign wird von Samantha Villiers, Caras Mutter, geführt«, sagte Chase.

»Die Managementberatung gehört immer noch zu den Nakatomis, obwohl die Beratung jetzt hauptsächlich interner Natur ist«, sagte Bough. »Villiers hat faktisch jedoch nicht mehr das Sagen in der Abteilung Systemdesign. Diese Aufgabe hat Doktor Ben Bleiler übernommen, seitdem Villiers die Leiter hinaufgefallen ist und Darren Villiers als Leiter von Fuchi Nordwest abgelöst hat. Aber sie hat ihre Hände noch genügend im Spiel, daß man die Abteilung nach wie vor als die ihre betrachten könnte.«

»Irgendeine Ahnung, worauf der Run abzielte?« fragte Chase.

»Nein«, sagte Janey. »Darüber schweigt sich die Straße aus.«

»Meine Quellen zeichnen ein etwas anderes Bild«, warf Bough ein. »Ich habe mit ein paar Konzerntypen geredet, die mir erzählt haben, die Gerüchteküche hinsichtlich der internen Kämpfe bei Fuchi verbreite, es handele sich um eine Auseinandersetzung zwischen Samantha Villiers und Darren Villiers, den sie verdrängt hat.«

Dancing Flame lehnte sich in seinem Sessel zurück und schloß die Augen. »Jetzt habt ihr mich völlig verwirrt. Weckt mich, wenn wir beschließen, was getan werden soll.«

Chase sah Bough an, der nur nickte und sich nach einem Blick auf die Notizen in seinem Schoß an die grinsende Janey wandte. »Ist schon okay, er macht das immer so«, sagte sie. »Dancing interessiert sich nicht für Konzernintrigen, aber er vertraut uns. Wenn wir zum magischen Teil kommen, wecken wir ihn auf. Er ist irgendwie schwer zu verstehen, wenn er im Schlaf spricht.«

»Du wirst mir noch etwas länger zuhören müssen«,

sagte Bough mit einem Grinsen zu Chase. »Es wird ziemlich kompliziert.«

»Keine Sorge, ich höre zu. Vergiß nicht, ich hab mal für Fuchi gearbeitet.«

»Genau«, sagte Bough. »Und da so viele verdammte Villiers' in diesen Drek verwickelt sind, nenne ich sie bei ihren Vornamen.

Darren ringt offenbar mit Samantha um die Kontrolle über Fuchi Nordwest. Sie hatte den Posten kaum übernommen, als sie bereits eine ganze Reihe ernster personeller Extraktionen hinnehmen mußte, durch die einige von Fuchis Rivalen Zugang zu entscheidenden Informationen hinsichtlich der Eigentums- und Vermögensverhältnisse bei Fuchi gewonnen haben.«

Bough warf einen raschen Blick auf Janey, die ihm bedeutete fortzufahren. »Wir selbst waren eines der Extraktionsteams. Wir haben vor weniger als einer Woche eine gewisse Marie Palo aus einem ihrer Robotiklabors geholt, kurz bevor du in die Stadt gekommen bist.«

»Irgendeine Ahnung, wo die Palo abgeblieben ist?« fragte Chase.

»Nein«, sagte Janey. »Wir würden auf Ares Macrotechnology tippen, aber diese Vermutung basiert nicht auf konkreten Hinweisen, die wir aufgeschnappt haben, sondern nur auf der Einschätzung, wer für sie Verwendung haben könnte.«

»Könnte Fuchi selbst dahinterstecken?«

Janey sah ihn an. »Du meinst, so, wie es die Gerüchte besagen?«

»Genau.«

»Keine Ahnung. Vielleicht. Könnte sein. Schwer zu sagen. Das Anwerben und die Übergabe sind sehr professionell abgelaufen. Wir hatten keine Ahnung, mit wem wir es zu tun hatten.«

»Darren hat offenbar zumindest die Nakatomis im Rücken«, sagte Bough. »Da Seattle zur Einflußsphäre der Villiers' gehört, hat Samanthas Exmann Richard sie in Darrens Stellung bugsiert, als er nach Tokio versetzt wurde. Darren hat den Yamanas und Nakatomis den Floh ins Ohr gesetzt, Samantha sei nicht kompetent genug, um den gesamten Nordwesten zu leiten, und er hat die Extraktionen als Beweis benutzt, daß andere innerhalb des Konzerns derselben Ansicht sind.«

»Welche Haltung vertritt Richard in dieser Frage?« wollte Chase wissen.

»Er ist sehr vorsichtig«, erwiderte Bough. »Er hat sich immer sehr gut mit seiner Exfrau verstanden, aber er muß wegen des äußerst labilen Kräftegleichgewichts bei Fuchi sehr behutsam vorgehen. Wenn die Yamanas und Nakatomis genug Munition bekommen, können sie ihre Aktienmehrheit gegen ihn ausspielen und ihn in die Knie zwingen.«

Chase dachte ein paar Augenblicke über das Gehörte nach. »Nehmen wir also an, daß die Nakatomis tatsächlich hinter dem geplanten Anschlag auf Richard stehen oder zumindest darin verwickelt sind. Wenn sie der inneren Sicherheit Fuchis einen Tip geben, daß Cara in eine Verschwörung mit dem Ziel verwickelt ist, ihren Vater zu töten, könnten die Dinge ziemlich heikel werden, wenn sie mitbekommen, daß sie sich mit ihrer Mutter unterhält.«

»Ja«, sagte Bough, »so sehe ich die Situation.«

Chase lehnte sich zurück und starrte an die Decke. »Gott, ich liebe meinen Job«, sagte er seufzend.

Von unerwarteter Seite kam ein Schnauben. »Jetzt weißt du, wie ich mich fühle«, sagte Dancing Flame.

Chase sah ihn an, aber der Schamane schien immer noch zu schlafen. Janey kicherte.

»Was wir also tun werden«, sagte Chase, »ist, mich in Samantha Vielliers' Nähe zu bringen, so daß ich mich ungestört mit ihr unterhalten kann.«

»Wäre es nicht sinnvoller, wenn das einer von uns übernehmen würde?« fragte Bough. »Die Fuchi-Sicherheit könnte dich identifizieren.«

»Möglich«, pflichtete Chase bei, »aber mir wird sie eher zuhören als jemandem, den sie nicht kennt. Schnelligkeit ist von entscheidender Bedeutung, würde ich sagen.«

»Genau«, sagte Bough.

»Wir müssen uns nur noch überlegen, wie wir es machen. Janey?«

Sie lächelte und tippte eine Zahlenkombination in das rein akustische Telekom, das auf einem der Tische stand. Auf Boughs Konsole leuchtete ein weiteres grünes Lämpchen auf, und im Telekomhörer klickte es. Dann Stille und ein weiteres Klicken, bevor sich eine Stimme meldete. Chase hatte die Stimme noch nie zuvor gehört, aber er wußte, wen sie anrief.

»Janey«, sagte die Stimme. »Ich hatte damit gerechnet, eher von dir zu hören.«

»Tut mir leid, Jack. Wir haben gequatscht«, sagte Janey. »Ich bin da – offensichtlich –, dazu Liam und Dancing. Und Simon Church.« Sie sah Chase an. »Church, das ist FastJack.«

Chase hatte von dem Decker gehört, jedoch noch nie mit ihm zusammengearbeitet. Diesem Namen wurde beinahe ebenso große Ehrfurcht entgegengebracht wie dem Datenhimmel in Denver, den FastJack angeblich mitbegründet hatte. Außerdem hieß es, er habe am Echo-Mirage-Projekt der alten US-Regierung teilgenommen und somit als einer der ersten Decker überhaupt gegen den Computervirus gekämpft, der die Datenbanken der Welt im Jahre 2029 verseucht hatte. Chase wußte jedoch, daß dieses Gerücht nicht stimmte, weil er die Namen aller Teilnehmer an diesem Projekt kannte. FastJack konnte nicht dazugehört haben. Die Schicksale der Teilnehmer waren allesamt bekannt.

Außerdem hieß es, niemand habe FastJack je in Fleisch und Blut gesehen. Manche behaupteten sogar, er habe gar keines.

»Jack reicht«, sagte die Stimme.

»Ich freue mich, endlich mal mit dir reden zu können, Jack«, sagte Chase. »Ich habe schon viel von dir gehört.«

»Und ich von dir. Shiva hat mich gebeten, dir mitzuteilen, daß es Lachesis schon besser geht. Die Ärzte glauben, daß sie in ein paar Wochen wieder ohne fremde Hilfe essen kann, falls die Therapie anschlägt.«

Janet und Bough horchten auf und sahen Chase fragend an. Der reagierte nicht, sondern starrte einfach nur auf das Telekom. »Das war unpassend«, sagte er.

»Vielleicht«, sagte Jack, »und vielleicht auch nicht. Ich habe einiges darüber erfahren, wer du bist und was du warst.«

»Was alles völlig irrelevant ist«, schnappte Chase. Er wollte nicht, daß seine Vergangenheit hier und jetzt ausgebreitet wurde, wenn überhaupt. Einige Dinge waren zu schwer zu erklären. »Sie ist entgegen meiner ausdrücklichen Warnung ein Risiko eingegangen. Das muß Shiva dir ebenfalls gesagt haben, oder ist es Bash, auf den du hörst?«

Ein Kichern kam über die Leitung. »Ich ›höre‹ auf keinen von beiden.«

»Das freut mich für dich. Also, hast du irgendwas für uns, oder müssen wir einen anderen Decker beauftragen, der besser damit fertig wird?«

Janey und Bough wirkten angespannt. Chase war sicher, daß ihre Loyalität auf eine harte Probe gestellt wurde. Sie hatten im Laufe der Jahre wie auch andere Gruppen in Seattle oft mit FastJack zusammengearbeitet. Sie kannten auch Chase, wenngleich nicht annähernd so gut. Und sie hatten keine Ahnung, was wirklich zwischen den beiden vorging.

»Nein, *Tovarisch*«, sagte Jack, und Chase spürte, wie er sich versteifte. »Kein Grund für derart einschneidende Maßnahmen. Ich habe die Information, die Janey angefordert hat. Liam, stöpsel dein Datendeck in das Telekom ein.«

Bough beugte sich vor und tat, was Jack verlangte.

Chase wurde plötzlich an sein eigenes Datendeck erinnert, das in Denver zurückgeblieben war. Die Informationsübertragung begann augenblicklich.

»Ich habe so viel gesammelt, wie ich konnte«, sagte Jack. »Ihr werdet Samantha Villiers' persönlichen Terminkalender für die nächsten drei Wochen darin finden, Liam, dazu alle damit zusammenhängenden Reisedaten. Außerdem Aufzeichnungen in bezug auf ihre Sicherheit, ihr Personal und ihre normalen Verhaltensmuster. Plus alle architektonischen und sicherheitstechnischen Diagramme der Fuchi-Gebäude in der Innenstadt, die ich kriegen konnte.

Auf dem Kalender ist ein Ereignis verzeichnet, das ich für einen Kontakt empfehlen würde. Übermorgen abend besucht sie eine Party in der Renraku Arcologie zu Ehren eines gewissen Hiroshi Uchida, der von Chiba gesandt worden ist, um das Management der Arcologie nach den letzten Problemen dort zu stabilisieren. Die Party wird tatsächlich vom Vereinigten Konzernrat gesponsort, der Gouverneurin Schultz in allen Konzernfragen berät, also wird alles dort sein, was auf dem Konzernsektor Rang und Namen hat.«

»Wodurch es schwieriger wird, dort hineinzukommen, als ins Zürich-Orbital«, sagte Chase.

»Normalerweise ja, aber es gibt gewisse Aspekte hinsichtlich der Arcologie-Systeme, zu denen ich bereits seit Jahren Zugang habe. Die Party findet im Westgarten im zweihundertachtundfünfzigsten Stock statt. Ich kann in das System decken und das Subsystem beeinflussen, das die Notausgänge in diesem Bereich kontrolliert.«

»Ich bin beeindruckt«, sagte Chase.

»Du stehst bereits auf der Liste des Personals, das zur Zeit der Party Zugang zum Westgarten hat – natürlich unter einem falschen Namen.«

Chase nickte, doch Janey wirkte verärgert. »Jesus, Jack, triffst du jetzt die Entscheidungen für uns?«

»Nein, Janey. Ich habe einfach die notwendigen Vorbereitungen für die naheliegendste Möglichkeit getroffen. Sie muß nicht wahrgenommen werden.«

»Doch, sie wird«, sagte Chase. »Wir stehen unter Zeitdruck. Je länger wir warten, desto wahrscheinlicher wird es, daß wir an Einflußmöglichkeiten verlieren, und Samantha Villiers könnte sehr gut nach Japan abberufen werden. Wir haben keine andere Wahl.«

23

Chase ging durch die Straßen von Seattle. Es nieselte ein wenig, doch weder er noch die Stadt nahmen den Regen zur Kenntnis. Beide waren viel zu sehr mit ihren eigenen Angelegenheiten beschäftigt.

Cara Villiers. Chase beobachtete den vorbeifahrenden Verkehr und schüttelte den Kopf. Vor ein paar Tagen war sie nicht mehr als eine Erinnerung gewesen, lebendig zwar, doch eine, von der er nie geglaubt hätte, ihr noch einmal leibhaftig zu begegnen. Die Wiedererweckung von Geistern war in letzter Zeit in seinem Leben allzu alltäglich geworden, und es war kein besonders willkommenes Phänomen. Er hatte eine Menge Zeit, Energie und Gefühle in den Versuch investiert, sich von ihnen zu lösen. Jetzt alles wieder zurückkommen zu sehen, war ein wenig desorientierend.

Ein Stück die Straße entlang sah Chase einen Mann und ein kleines Mädchen, wahrscheinlich seine Tochter, die die vielbefahrene Straße zu überqueren versuchten. Der Mann wollte schnell hinüber, aber das kleine Mädchen war abgelenkt und schaute sich immer wieder nach dem hell erleuchteten Soygrill um, den sie gerade verlassen hatten. Er zerrte an ihrem Arm, sie stolperte, und dann war ihre Chance dahin, als sich die zeitweilige Lücke im Verkehrsfluß ebenso rasch wieder schloß, wie sie sich geöffnet hatte. Der Vater sagte etwas mit strenger Miene zu dem Mädchen, das zuhörte, lächelte und die Achseln zuckte. Er nahm es auf den Arm, und als die nächste Lücke auftauchte, rannte er über die Straße.

Chase folgte ihnen, und sein Blick fiel auf ein Schild mit der Aufschrift ›Geisterweg‹. Er ging darauf zu und betrachtete das große voll bewegliche Hologramm im Schaufenster. Ein Bach wand sich durch einen spärlichen Wald. Tiere bewegten sich im Unterholz. Sonnenstrahlen fielen auf den Boden und bildeten grell leuchtende Inseln.

Fasziniert betrat Chase den Laden, der ihn ein wenig an Farradays Geschäft in Manhattan erinnerte. Doch wo sich die magischen Gegenstände der schamanistischen Tradition im Geschäft des Katzenschamanen den vorhandenen Regalplatz fast zu gleichen Teilen mit denen der hermetischen Tradition teilten, handelte es sich hier um einen fast ausschließlich schamanistisch orientierten Laden.

Hinten im Laden saß ein alter Indianer hinter einer handgeschnitzten Theke. Er trug einen weiten, braunen Strickpullover und las einen Taschenbuchroman, der wahrscheinlich ebenso alt war wie er selbst. Als Chase eintrat, sah er auf. »Kann ich Ihnen helfen?« fragte er.

Chase schüttelte den Kopf. »Nein, danke. Ich sehe mich nur mal um.«

Der alte Mann nickte. »Lassen Sie sich Zeit. Wenn Sie Hilfe brauchen, fragen Sie nur.«

Chase bedachte ihn mit einem dünnen Lächeln, während seine Augen über die Regale huschten. »Danke, das werde ich.« Chase wußte, daß er wahrscheinlich keine Hilfe brauchen würde. Er war ziemlich vertraut mit der Art von Waren, die der Laden führte, oder vielmehr war *sie* es gewesen, und er hatte von ihr gelernt. Er zuckte zusammen. Vor einer Minute hatte er noch im Regen gestanden und über die Wiedererweckung von Geistern geklagt, und jetzt stand er hier in diesem Geschäft und half ihnen auf die Sprünge.

»Alles in Ordnung?« fragte der alte Mann.

»Ja«, sagte Chase. »Nur Erinnerungen.«

Der Indianer neigte den Kopf. »So schlimm?«

»Nein, nicht so schlimm.«

»Also eher schmerzhaft?«

»Sind sie das nicht alle?«

Der alte Mann wirkte überrascht. »Selbst die glücklichen?«

Chase nickte. »Wenn sie einen an Dinge erinnern, die man verloren hat.« Er sah weg, und sein Blick fiel auf ein altes Faß. Aus dem Faß ragte ein halbes Dutzend Regenstöcke. Er nahm einen heraus und hielt ihn schräg, so daß die Perlen darin von einem Ende zum anderen rannen und den Laden mit dem leisen, beruhigenden Geräusch fallenden Regens erfüllten.

»Vielleicht sollte man glücklich sein, daß man sie überhaupt besitzt«, sagte der alte Indianer und grinste dann. »Das stammt aus dem Großen Buch Alter Indianischer Redensarten, Seite hundertachtzehn, falls Sie interessiert sind.«

Chase neigte den Stock zur anderen Seite und lächelte. »Ich weiß. Ich habe es gelesen.«

»Das dachte ich mir.«

Chase sah verwirrt auf. »Tatsächlich?«

Der alte Mann zuckte die Achseln. »Die meisten, die hier hereinkommen, scheint immer zumindest eine Sache auf den Regalen zu verblüffen oder zu verwirren. Sie nicht. Sie haben Sie an andere Dinge erinnert. An andere Dinge als die, die sie waren.«

Chase nickte. »Das haben sie sicher getan.« Er legte den Regenstock wieder in das Faß zurück. »Vielen Dank, daß ich mich hier umsehen durfte.« Er machte Anstalten zu gehen.

»Sie sollten etwas kaufen«, sagte der alte Mann.

Chase blieb stehen und drehte sich lächelnd um. »Ach, tatsächlich?«

Cara schlief, als Chase zu ihrer Behausung zurückkam. Er hatte mit ihr reden wollen, um festzustellen, ob sie noch etwas wußte, was er bisher übersehen hatte. Dancing Fire sprach sich dagegen aus.

»Das ist das erste Mal, daß sie von allein schläft, seit

sie hier ist. Ich wäre überrascht, wenn sie zuvor viel Ruhe bekommen hat.«

»Was soll das heißen?« fragte Chase. »Sie hat nichts *anderes* getan als zu schlafen. Und manchmal ist es verdammt schwer, sie zu wecken.«

Der Schamane lehnte sich in seinem Sessel zurück und verschränkte die Arme. »Sie war nicht wach, aber sie hat nicht *geschlafen*. Sie hat geträumt – Alpträume, *schlimme* Alpträume. Sehr tiefe. Man erkennt den Unterschied nur, wenn man ihre Aura beobachtet. Aber sie hat jedenfalls nicht geschlafen.«

Chase sah auf die Tür zu dem Zimmer, in dem Cara hoffentlich schlief. »Dann geht es ihr besser?«

Der Schamane nickte. »Ich glaube schon, aber ich bin kein Arzt, nicht einmal ein Heilschamane. Ich denke, sie erreicht langsam eine Art inneres Gleichgewicht. Wie dieses Gleichgewicht aussieht und was sich überhaupt im Gleichgewicht befindet, kann ich nicht sagen.«

»Danke«, sagte Chase. »Ich weiß zu schätzen, was du tust.«

Der Schamane zuckte die Achseln. »Das ist mein Job, aber Anerkennung freut einen immer.« Er hielt einen Augenblick inne. »Ich hatte einen Cousin in Sioux City, der sich auf BTLs eingelassen hat. ›Träumer‹ hat er sie genannt. Jedenfalls hat es ihn schlimm erwischt, echt schlimm. Die Chips haben ihn wahnsinnig gemacht und dann getötet.«

Chase starrte den Schamanen ausdruckslos an.

»Aber deine Freundin ist anders«, sagte Dancing. »Auf den ersten Blick würde ich sagen, es hat sie mindestens genauso schlimm erwischt wie meinen Cousin, aber bei näherem Hinsehen sieht es so aus, als sei die Gewöhnung bei ihr nicht so stark. Echte Chipheads stöpseln sich *tagelang* in ihre verdammten Decks ein. Aber sie hat etwas, das sie davor bewahrt, endgültig abzugleiten.«

»Was meinst du damit?«

»Mein Cousin hatte nichts, woran er sich festhalten konnte«, sagte Dancing. »Irgendwann hat er den Bezug zur Wirklichkeit verloren, und in ihm war nichts, was ihn halten konnte. Sie hat etwas, irgend etwas Hartes, Kantiges in ihr, das sie nicht abgleiten läßt. Was es auch ist, sie hält sich daran fest und benutzt es, um sich aus dem Drek zu ziehen.«

Der Schamane richtete den Blick auf die Stelle, wo Cara schlief und vielleicht auch träumte. »Aber das ist wie im Trid, Chummer. Ich weiß nicht, ob es gut oder schlecht ist.«

24

Chase und Janey Zane saßen in einem verbeulten Toyota Monarch ein paar Blocks von der Renraku-Arcologie entfernt. Ein Kilometer über ihnen, im zweihundertachtundfünfzigsten Stock, befand sich der Westgarten, wo sich in dieser Nacht die Konzernelite versammelte, um ein neues Mitglied zu begrüßen. Chase würde ebenfalls dort sein, aber aus völlig anderen Gründen.

»Das riecht nach einer Falle«, sagte Janey.

»Sicher«, sagte Chase. »Mir gefällt es nie, wenn man nur eine Wahl hat. Deshalb versuche ich auch nicht, Cara mit reinzubringen. Wer weiß, was passiert.«

»Denk daran, wenn du Probleme hast, sieh zu, daß du zu einem Fenster auf der Nordseite kommst.«

»Ich denke daran.«

Einen Augenblick lang knisterte Statik in Chase' Ohr. Er veränderte die Einstellung des Ohrhörers, den er trug, ein normales Konzernzubehör für den Mann, den er heute abend darstellen würde, obwohl die Elektronik darin alles andere als normal war. Liam Boughs Stimme kam über den Ohrhörer, der so eingestellt worden war, daß er in beide Richtungen funktionierte, und somit ein Funkgerät ersetzte. »Scout Eins, hier spricht Scout Zwei. In Position. Over.«

»Roger, Scout Zwei. Over«, erwiderte Chase. FastJack hatte Bough ein paar Stunden zuvor in der Verkleidung eines Wartungstechnikers in die Arcologie eingeschleust und ihn einige Stockwerke unter der Party positioniert. Wenn alles nach Plan lief, würde Chase ihn kurz sehen, jedoch weder mit ihm noch einem anderen Mitglied des Teams tatsächlich in Kontakt treten, solange er sich im Innern der Arcologie aufhielt. Ihr Funkcode war so hochentwickelt, daß Chase sich keine Sorgen darum machte, die Renraku-Sicherheit könne ihn brechen, bevor er herauskam, aber die Sicherheitssysteme der Arcologie würden unbefugte Funksprüche aus dem Gebäude mit Sicherheit auffangen. Wenn Liam auf der Höhe war, hatte er die letzte Botschaft von einer Stelle ausgestrahlt, die sich so nahe wie möglich an der Außenwand befand. In diesem Fall würde es den Sicherheitsleuten schwerfallen herauszufinden, ob er von drinnen oder draußen kam.

Es wurde Zeit, den Rest des Teams zu überprüfen. Janey, das wußte er, war in Stellung. »Scout Eins an Scout Drei, bitte melden. Over«, sagte er.

Einen Augenblick später kam Dancing Fires Stimme über die Leitung. »Hier spricht Scout Drei. Bin in Position. Keine Probleme. Klare Sicht. Over.« Dancing und ein kleines Team von Einbruchsspezialisten hatten Stellung in einem Bürogebäude mit Blick auf die Nordwand der Arcologie bezogen. Wenn Chase in Schwierigkeiten geriet, war Dancing eine weitere Fluchtmöglichkeit.

»Roger, Scout Drei. Over«, sagte Chase. Das im obersten Knopf seines schicken Hemdes mit hohem Kragen eingebaute Mikro erlaubte ihm, sehr leise zu sprechen, was die Chance minimierte, daß irgend jemand in der Nähe zufällig mithörte. Etwaige Umstehende würden, wenn überhaupt, nur ein Murmeln verstehen.

Er wandte sich an Janey. »Sieht aus, als wären wir soweit.« Sie nickte, da sie alles auf ihrem eigenen Ohrhörer mitbekommen hatte. »Scout Eins an Scout Vier, bitte melden. Over.«

FastJacks Stimme erfüllte sein Ohr mit digitaler Klarheit. »Scout Vier. Die Renraku-Hauptknoten sind aktiv, aber nichts, worüber man sich Sorgen machen müßte. Ich befinde mich in einem Sicherheitsknoten der untersten Ebene und werde deine Ankunft beobachten. Übrigens habe ich den Zusatz über die Cyberware in deine Personalakte eingefügt, wie du es verlangt hast. Over.«

»Roger, Scout Vier. Wir melden uns, wenn es losgeht. Over.«

Janey sah ihn an. »Den Zusatz über die Cyberware?«

»Ich habe Jack gesagt, er soll in die falsche Personalakte noch die Bemerkung einfügen, ich sei in einen Unfall verwickelt gewesen, der einige Implantationen erforderlich gemacht hat. Ich habe mir Sorgen darüber gemacht, die Sensoren könnten erfassen, was ich tatsächlich eingebaut habe.«

Sie nickte. »Kommt mir sinnvoll vor. Liam war nicht sicher, ob du, abgesehen von der Datenbuchse, mit Cyberware bestückt bist. Normalerweise kann er das ganz gut erkennen.«

Chase lächelte. »Mein Zeug ist ungewöhnlich gut verborgen.« Bewegung auf der Straße erregte seine Aufmerksamkeit. Eine Gruppe von Lohnsklaven, die wahrscheinlich aus einem Film oder vom Essen kamen, näherte sich der Arcologie. Chase strich seine Kleidung glatt. »Wir fangen an. Wenn ich bei der Gruppe bin, sag Jack Bescheid.«

»Mach ich«, sagte Janey. »Und sei vorsichtig.«

Chase war halb aus dem Wagen. »Das bin ich immer.«

Die Renraku-Gruppe war ein gemischter Haufen aus Asiaten und Europäern. Chase ging über die Straße und hängte sich hinter sie. Er würde ihnen erst dann richtig nah kommen, wenn sie den Eingang der Arcologie erreichten, da er nicht das Risiko eingehen wollte, daß einer von ihnen Mitglied der Abteilung war, in die er mit seiner momentanen Identität angeblich selbst gehörte. In der Arcologie arbeiteten Tausende von Leuten, so daß die Chancen gering waren, aber es war in jedem Fall besser, das Risiko völlig auszuschalten.

Zu seiner Überraschung passierte die Gruppe den Haupteingang und ging auf einen der kleineren zu. Er hätte es vorgezogen, über die schwerer zu überwachenden Hauptfahrstühle direkt an der gewaltigen öffentlichen Promenade hineinzugelangen, aber er war so dicht hinter der Gruppe, daß jeder, der sie auf dem Sicherheitsmonitor beobachtete, ihn dazuzählen würde. Wenn er sich jetzt von der Gruppe löste, würde er mehr Aufmerksamkeit erregen.

Ein paar in der Gruppe schauten sich um und nickten ihm zu, doch niemand sagte etwas. Chase entspannte sich ein wenig. Sie mußten alle zur selben Abteilung gehören, und da sie ihn nicht kannten, stammte er offensichtlich aus einer anderen. Sie würden ihn nicht ansprechen.

Er folgte der Gruppe eine kurze Rampe zu einem Angestellteneingang hinauf, als Boughs Stimme über den Ohrhörer kam. »Scout Zwei, die Hunde sind los.«

Bough hatte also Mitglieder der Roten Samurai ausgemacht, der Elite der Renraku-Sicherheit. Chase war nicht überrascht. Bei einem Ereignis wie diesem mußten sie einfach in großer Zahl eingesetzt werden. Er war jedoch froh, daß Bough sie entdeckt hatte. Im anderen Fall hätte er sich mehr Sorgen gemacht.

Die Lohnsklaven vor ihm gingen einer nach dem anderen durch den Eingang, wobei sie ihre Ausweise vor den Sicherheitssensor hielten. Die Ausweise, die etwa die Größe einer Visitenkarte besaßen, enthielten kleine Mikroprozessoren, die das Sicherheitssystem lesen konnte. Der Sicherheitscomputer verglich die Informationen auf der Karte mit denen in seinen Datenbanken. Nur bei einer absoluten Übereinstimmung wurde einer Person der Zutritt gestattet.

Chase hielt seinen eigenen Ausweis im Vorbeigehen vor den Sensor. Er war nicht sicher, woher sie ihn bekommen hatten, aber als er ihn an diesem Morgen von Janey bekam, hatte sie ihm versichert, daß Jack ihn bereits mit allen notwendigen Informationen verschlüsselt hatte. Es war einer der besten, die er je gesehen hatte, und er fragte sich, ob es eine Fälschung oder ein bearbeitetes Original war, das sie sich durch irgendwelche fragwürdigen Maßnahmen angeeignet hatten.

Ein rotes Licht leuchtete auf, als das Sicherheitssystem die Karte abtastete. Der Wächter an der Tür sah gelangweilt herüber, als er das Bild, das das Computersystem auf seinen Monitor projizierte, mit dem tatsächlichen Gesicht vor sich verglich. Chase war ein wenig maskiert, genug, um einen etwaigen arglosen Beobachter zu täuschen, der ihn von einem Bild kannte, doch nicht genug, um ein hochentwickeltes Bilderkennungssystem oder jemanden, der ihn kannte, zum Narren zu halten. Chase lächelte, und der Wächter runzelte die Stirn. Gute Laune war offenbar nicht die Norm unter den Renraku-Angestellten.

Schließlich flackerten die Daten über den zweiten Monitor des Wächters. Nach einem raschen Blick darauf winkte er Chase hindurch. Chase nickte erneut und befestigte den Ausweis an der Brusttasche seiner Jacke, wo ihn der Haftpunkt auf der Rückseite an Ort und Stelle hielt.

Hinter dem Eingang lag ein kurzer Flur und eine Reihe von Fahrstühlen. Die Gruppe, der er gefolgt war, wartete vor einem davon. Chase ging an ihnen vorbei zu den Exec-Fahrstühlen am Ende der Reihe. Er spürte die Blicke der Gruppe auf sich ruhen, als er sich dem Aufzug näherte, dessen Türen sich in Reaktion auf seine Karte sofort öffneten. Er trat ein, drehte sich um und lächelte der Gruppe zu, als sich die Türen lautlos schlossen. Ein höherer Rang, egal wie künstlich, brachte eben Privilegien mit sich.

Der Fahrstuhl war jedoch nicht leer. Ein Japaner in der Renraku-Dienstuniform hatte an der Schalttafel der Kabine Haltung angenommen. »Guten Abend, Sir«, sagte der Liftboy. »Ihr Stockwerk?«

»MIS.«

»Möchten Sie in den hundertneunundsiebzigsten oder in den zweihundertzweiundvierzigsten, Sir?« fragte der Liftboy.

Chase sah ihn an, als sei er ein Narr. »In den zweihundertzweiundvierzigsten.«

»Selbstverständlich.«

Chase spürte die sanfte Beschleunigung des Aufzugs, der sich noch schneller bewegte, als es den Anschein hatte. Kurze Zeit später bremste die Kabine ab und kam zu einem seidenweichen Halt.

Die Türen öffneten sich. »Ich wünsche einen guten Abend, Sir.«

Chase ignorierte ihn, betrat den Flur und folgte dann Jacks Anweisungen, indem er sich nach links wandte. Auf beiden Seiten des Flurs befanden sich gewaltige Räume mit unzähligen Reihen von Arbeitsnischen darin. Schließlich erreichte er eine große Doppeltür, hinter der das Reich der Management-Informationssysteme lag.

Er bog in einen anderen Flur ab und kam an einem kleinen Wartungskarren und einem Arbeiter vorbei, der ein Wandpaneel geöffnet hatte, um an der Klimaanlage zu arbeiten. Der Wartungsarbeiter ignorierte Chase, als dieser vorbeiging, und Chase ignorierte ihn ebenfalls. Sie waren beide pünktlich.

Chase sichtete die Tür, zu der er wollte, und ging darauf zu. Die Türsensoren akzeptierten seine Ausweiskarte und entriegelten die Tür. Chase stieß die Tür auf und ging rasch hinein, wobei er dafür sorgte, daß sie so weit wie möglich aufschwang. Hinter ihm stellte sich der Wartungsarbeiter, Liam Bough, in die Tür und blockierte sie dadurch.

Chase ging zu einem der immer aktiven Computerterminals und legte rasch einen Chip in den Dateneingabeschlitz ein. Während das System den Chip las, tippte er den Zugangscode ein, den FastJack ihm gegeben hatte. Dann führte das Terminal eine Reihe von Anweisungen und Befehlen aus, die ihm vom Datenchip diktiert wurden, und zwar genau so, als würde tatsächlich jemand das Gerät benutzen, also auch mit Fehlern.

So würde das Terminal zwei Stunden lang arbeiten, bevor es seine Arbeit beendete. Dann würde es den »Benutzer« unter Verwendung desselben Zugangscodes abmelden und den Chip auswerfen.

Als das Terminal arbeitete, machte Chase kehrt und schlüpfte durch die immer noch nicht ganz geschlossene Tür hinaus. Bough hatte den Schließvorgang verzögert, um ihm Zeit zu geben, hatte ihn aber nicht zu lange aufhalten wollen, falls irgendein Teil des Renraku-Sicherheitssystems überwachte, wie lange die Türen geöffnet blieben. Sie wußten, daß das System vermittels der Ausweiskarten und Türsensoren Buch darüber führte, welche Angestellten durch welche Türen gingen und wie lange jemand in einem Raum blieb. Gewisse Ungereimtheiten lösten einen Alarm aus und wiesen auf ein potentielles Sicherheitsproblem hin.

Heute abend hatte das System also registriert, wie Chase mit seinem Ausweis eine Bürotür im Bereich der Technischen Aufsicht des MIS geöffnet und sich dann in das lokale System eingeschaltet hatte, wo es seine Anwesenheit noch ein paar Stunden lang registrieren würde.

Auf dem Flur entfernte Chase den Ausweis von seiner Jacke und gab ihn Bough, der ihm dafür einen anderen überreichte, den er soeben aus einem versiegelten Umschlag gezogen hatte. Chase würde diesen Ausweis benutzen, um mit einem der stärker frequentierten und daher weniger stark überwachten Aufzüge zur Party hinaufzufahren.

In zwei Stunden würde Bough mit Chase' ursprünglichem Ausweis die Tür zum MIS-Büro öffnen und den Chip holen. Bis dahin würde das System ihn aus dem Computer abgemeldet haben und danach das Öffnen der Tür mit seinem Ausweis registrieren. FastJack hatte schon lange zuvor herausgefunden, daß das Renraku-System keine Möglichkeit besaß zu unterscheiden, in welcher Richtung eine Person durch eine Tür schritt. Es registrierte nur, *daß* jemand hindurchging. Heute nacht würde Chase' Team das ausnutzen.

Chase marschierte durch den Flur zum nächsten Aufzug. Er hatte zwei Stunden Zeit, um Samantha Villiers zu finden und mit ihr zu reden, bevor er in dieses Stockwerk zurückkehren mußte, um die Prozedur mit Bough zu wiederholen. Als er sich dem Aufzug näherte, warf er einen flüchtigen Blick nach links auf das Büro des Mannes, dessen Identität er sich ausgeborgt hatte. Chase konnte ihn kaum erkennen, da er von drei Computerschirmen angestrahlt wurde. Es gab ein Problem, und zwar ein massives, mit einem der lokalen Netze des Gebäudes. Ein Problem mit einer Software, die *er* empfohlen hatte, und es mußte bis zum Morgen beseitigt sein. Er hatte vorgehabt, zur Party oben zu gehen, aber dieser plötzliche und unerwartete Systemfehler würde ihn davon abhalten. FastJack hatte dafür gesorgt.

Chase würde ihn würdig vertreten.

Chase betrat den Aufzug, dann steckte er seine neue Ausweiskarte in die Tasche. Glücklicherweise diktierten Anstand und gute Sitte, daß man bei einer gesellschaftlichen Veranstaltung seine Ausweiskarte nicht offen sichtbar trug. Alle hatten zu wissen, wer man war, und wenn nicht, brauchten sie es auch nicht zu wissen.

Der Aufzug fuhr in den zweihundertachtundfünfzigsten Stock, und als sich die Türen öffneten, gaben sie den Blick auf eine geräumige freie Fläche gegenüber dem Westgarten frei. Er wurde von Musik und dem Stimmengewirr einer festlich gestimmten Menge begrüßt.

Chase war überrascht. Es schien tatsächlich eine Party im Gange zu sein.

25

Chase trat aus dem Aufzug und direkt vor zwei bewaffnete Renraku-Wachen. Er blieb stehen, bis er erkannte, daß sie gelangweilt aussahen und ihn kaum zur Kenntnis genommen hatten. Hinter ihnen stand jedoch ein weiterer Wächter, der plötzlich einen verärgerten Eindruck machte. Er trug eine Uniform, die viel besser geschnitten war und mehr Rot und weniger Dunkelgrau aufwies. Ein Roter Samurai.

Chase setzte sich nicht wieder in Bewegung, sondern starrte den nächsten der beiden Wächter an. »Nun?« fragte er.

Der Wächter wechselte einen Blick mit seinem Partner und trat vor. »Sir?«

Chase verdrehte die Augen in Richtung Decke und fixierte dann den Wächter. »Wollen Sie meinen Ausweis nicht überprüfen?«

Der Wächter sah verwirrt aus. »Nein, Sir, dies ist kein Ausweiskontrollpunkt. Der Eingang unten und die Fahrstühle sind Kontrolle genug.«

Chase konnte erkennen, daß der Rote Samurai, den Rangabzeichen nach ein Offizier, die Szene beobachtete. Chase hob eine Augenbraue. »Sie vertrauen den Systemen?«

Der Wächter wurde augenblicklich nervös, als habe er etwas unterlassen, könne sich jedoch nicht mehr erinnern, was. »Jawohl, Sir.«

Chase nickte, wobei er zur Kenntnis nahm, daß der andere Wächter an irgendeinem Punkt des Gesprächs wieder die bequeme Haltung oder das Renraku-Äquivalent dazu angenommen hatte. Chase nickte ihm ebenfalls zu.

»Gut«, fuhr er fort. »Es ist meine Aufgabe, dafür zu sorgen, daß Sie Grund dazu haben.«

»Sir?«
Chase seufzte. »Den Systemen zu vertrauen.«
»Vielen Dank, Sir.«
Chase bedachte den Wächter mit einem Lächeln und ging dann an ihm vorbei. Er nickte dem Roten Samurai kurz zu, der ein wenig perplex aussah, das Nicken jedoch erwiderte. Eine kurze Treppe führte zu einem Absatz, der die gesamte Party überblickte. Chase schätzte, daß etwa tausend Gäste anwesend waren, und ihm blieben weniger als zwei Stunden, um Samantha Villiers zu finden.

Als er den Absatz erreichte, wurde ihm plötzlich klar, wie formlos und unjapanisch der Wortwechsel mit den Wächtern vonstatten gegangen war. Beide waren Kaukasier, nicht die in der Renraku-Sicherheit üblichen Japaner. Das bedeutete wahrscheinlich, daß sie Eigengewächse waren, die der Konzern erst hier in Seattle rekrutiert hatte. Interessant. Andererseits war der Rote Samurai tatsächlich ein Japaner. Die kurze Verbeugung, mit der er Chases Nicken erwidert hatte, war zwar durchaus förmlich gewesen, aber dennoch.

Chase riskierte einen Blick zurück, konnte jedoch nur die beiden Fahrstuhlwachen sehen. Sie standen beide bequem, die Augen auf die Tür gerichtet, und warteten.

Er stand am Rande des Absatzes, ein paar Stufen von zwei japanischen Frauen entfernt, denen er in etwa denselben Management-Rang zuordnete wie seiner angenommenen Identität. Er hatte jedoch keine Ahnung, in welcher Abteilung sie arbeiteten. Wie er beobachteten sie die Menge. Hin und wieder deutete eine von ihnen diskret auf einen Gast, um dann etwas ins Ohr ihrer Begleiterin zu flüstern.

Die Party war ein Meer halboffizieller Kleidung. Es wimmelte von makellos geschnittenen Anzügen und teuren Abendkleidern. Dies war nicht unbedingt das, was in Konzernkreisen als ›Topereignis‹ galt, wo die Moderivalität ebenso heftig war wie die Rivalität zwischen den Konzernen. Nichtsdestoweniger sichtete Chase ein paar Einzelpersonen, die Punkte zu sammeln oder gesellschaftlich einen Grad auf der Skala zu steigen versuchten, ohne ihre Grenzen zu überschreiten.

Er überflog die Menge. Die meisten waren Renraku-Execs und ihre Assistenten. Ein paar waren auch aus dem mittleren Management: Chase' Tarnidentität gehörte zum Beispiel dazu. Er vermutete, daß auch die beiden Frauen auf dem Treppenabsatz in diese Kategorie fielen. Er glaubte, daß ihre Anwesenheit als eine Art Belohnung oder vielleicht auch als Ansporn gedacht war. Sie konnten teilnehmen, hatten sich aber im Hintergrund zu halten. So nett das auch war, erschwerte es Chase die Aufgabe, sich mit der Vizepräsidentin eines der größten Megakonzerne der Welt zu unterhalten.

Von der Konzernelite erkannte Chase nur ganz wenige. Es war schon eine Weile her, daß er mit diesen Leuten zu tun gehabt hatte, und sei es auch nur peripher. Ein paar erkannte er aber doch: Sherman Huang, den exzentrischen Leiter von Renraku Amerika, und Brian Gates von Microdeck. Bill Loudon von Lone Star Security, Seattles ›Polizeitruppe‹. Karen King von Ares Macrotechnology. Sie hoben sich von der Menge ab, jeder im Zentrum einer kleinen Flutwelle des Interesses.

Dann entdeckte er sie. Sie stand auf der anderen Seite des Raumes inmitten einer Gruppe von sechs Männern und Frauen. Sie lachte, immer noch mit demselben breiten Lächeln. Ihr Haar war jedoch anders. Vor zwölf Jahren hatte sie es schulterlang und mit einer leicht rötlichen Tönung getragen, die das natürliche Schwarzbraun aufhellte. Jetzt war es modisch kurz geschnitten und vollkommen ungefärbt. Chase konnte sogar die attraktiven silbergrauen Fäden erkennen, die es durchzogen. Sie lachte wieder, und jemand reichte ihr einen Drink. Sie bedankte sich und richtete ihre Aufmerksamkeit auf eine andere Person in der Gruppe. Sie ließ ihren Charme auf sie wirken. Chase lächelte.

Er ging langsam die Treppe hinunter und schlenderte durch die Menge, ohne jemandem aufzufallen. Schließlich war es für seine Tarnidentität schon ein Privileg, überhaupt dabeisein zu dürfen. Er ging langsamer, als er sich der Gruppe näherte, und machte eine Bestandsaufnahme der Situation. Zuerst glaubte er, es würde sehr schwierig werden, Samantha auf sich aufmerksam zu machen, ohne einfach zu ihr zu gehen. Dann erkannte er zu seiner Erleichterung, wie einfach es in Wirklichkeit war.

Er schlenderte an ihnen vorbei, wobei er einmal kurz aufschaute und sie an ihrem Drink nippen sah. Sie sah kaum älter als vor zwölf Jahren aus. Das Privileg des Reichtums.

Der Westgarten befand sich in einer Ecke des Gebäudes direkt an der Außenwand. Lange Balkone zogen sich an den beiden Seiten entlang, die einen traumhaften Blick auf die Stadt boten. Man erreichte die Balkone durch kunstvoll verzierte Türen, von denen es etwa alle zehn Meter eine gab. Zwischen den Türen waren kleine Gärten angelegt, die kunstvoll mit kleinen Büschen und winzigen Bäumen bepflanzt waren. Sie waren eigentlich nicht im japanischen Stil gehalten, aber der japanische Einfluß war nicht zu übersehen. Chase stand auf dem kleinen Fleckchen zwischen einem der Gärten und den Türen, an die er grenzte. Er befand sich direkt in ihrem Blickfeld.

Er starrte sie nicht an, sondern ließ seine Blicke über die Menge schweifen, während er sie aus dem Augenwinkel beobachtete. Er stand einfach da, sah sich um und wartete.

Sie lächelte, dankte jemandem für irgend etwas, richtete ihre Aufmerksamkeit dann auf einen Neuankömmling in der kleinen Runde und hielt dann inne. Ihre Miene veränderte sich, als sie ihn ansah. Wie immer, war sie schwer zu interpretieren. Er drehte sich etwas zu ihr um und nickte ihr zu. Sie schaute weg, dann wieder hin, unsicher. Chase lächelte unmerklich, dann drehte er sich betont langsam um und ging auf den Balkon.

Es waren sehr wenige Leute draußen, so daß es nicht schwer war, einen Platz zu finden, wo sich niemand in unmittelbarer Nähe aufhielt. Er stand, umgeben von Zierpflanzen, da und wartete.

Sie kam nicht.

Chase wartete noch ein paar Augenblicke, dann wurde er unruhig. Er ging zum Rand des Balkons und dann durch eine andere Tür. Von hier aus, das wußte er, konnte ihn Dancing Fire deutlich sehen. Chase beschlich das ungute Gefühl, möglicherweise doch auf die Rükkendeckung zurückgreifen zu müssen.

Er erreichte eine andere Tür und trat vorsichtig hindurch. Er war gut zehn Meter von der ersten Tür entfernt, hatte aber immer noch gute Sicht auf Samantha Villiers und ihre Gruppe. Sie hörte jemandem angestrengt zu, aber Chase glaubte, einen Anflug von Unbehagen in ihrer Miene zu entdecken. Ein Kellner kam mit einer Platte Hors d'œuvres vorbei, und sie stellte ihr halbvolles Glas darauf ab.

Immer noch zuhörend, sah sie sich angelegentlich in dem Raum um, indem sie den Blick mit leichten Kopfbewegungen schweifen ließ. Sie suchte jemanden.

Chase arbeitete sich langsam wieder in ihr Blickfeld vor, als sich ihr Kopf ein wenig mehr drehte und sie ihn direkt ansah. Wiederum veränderte sich ihre Miene, aber diesmal schien sie offenbar überrascht zu sein, da sich ein fragender Ausdruck in ihr Gesicht stahl.

Chase fluchte im stillen, nickte wieder, schaute betont auf den Balkon und dann wieder zu ihr. Er glaubte, sie nicken gesehen zu haben, war jedoch nicht sicher. Wieder ging er hinaus auf den Balkon.

Diesmal stellte er sich an einen Platz, der ihm gestattete, sie im Auge zu behalten. Sie hatte sich erneut der Gruppe zugewandt und ihr Gespräch wiederaufgenommen. Chase war so frustriert, daß er erneut fluchte, lauter diesmal, dann wich sie plötzlich einen halben Schritt zurück, als verabschiede sie sich gerade von der Gruppe.

Er wartete, bis Samantha die Balkontür fast erreicht und einen Blick auf ihn geworfen hatte, dann schlenderte er zu einem abgeschiedeneren Fleck am Ende des Balkons. Er setzte sich auf eine niedrige Bank, zog ein elektronisches Notizbuch heraus und fing an, Unsinn einzutippen.

Einen Augenblick später erreichte ihn Samantha Villiers und setzte sich neben ihn. Sie griff in ihre kleine modische Abendtasche und holte eine Zigarette aus einem Etui, deren Spitze sie an die Seite des Etuis hielt. Der chemische Kontakt entzündete die Zigarette, und sie inhalierte tief, um dann den Rauch langsam auszuatmen. Ihre Augen waren auf ihn gerichtet.

»Hallo, Sam«, sagte er ruhig.

Sie entspannte sich sichtlich und zog noch einmal an der Zigarette. »Ich war nicht sicher, ob ich dich erkennen sollte oder nicht.«

Er unterdrückte ein Kichern und hielt den Blick auf das Notizbuch gerichtet. In einer Ecke des Schirms blinkte ein kleines ›OK‹ auf, das ihm verriet, daß die Schaltkreise im Innern keine Form elektronischer Lauschvorrichtungen entdeckt hatten. An Dancing Fire lag es, dafür zu sorgen, daß niemand auf magischem Weg mithörte.

»Wenn du mich nicht hättest erkennen sollen, hätte ich mir die Jacke über das Gesicht gezogen, als du mich zum erstenmal angesehen hast.«

Sie lächelte, versuchte das Lächeln jedoch mit einem weiteren Zug an der Zigarette zu verbergen. »Ist dir der Mittlere Osten zu langweilig geworden?« fragte sie.

Chase war überrascht. Sie wußte, wo er zuletzt gearbeitet hatte, obwohl er dort noch eine andere Identität benutzt hatte. Hatte Fuchi einen Hinweis bekommen

und sie dann über ihn in Kenntnis gesetzt, oder war es etwas anderes? »Ich habe den Regen vermißt.«

»Bestimmt«, sagte sie.

»Hör mal, ich wollte nur sagen, daß ich von dem Mist gehört habe, der jetzt überall herumgeistert, und dir Glück wünschen.«

»Danke«, sagte sie und dann nach einem Augenblick: »Also arbeitest du nicht für Renraku?«

»Nein.«

»Du hast dir die Mühe gemacht, dich hier einzuschleichen, nur um mir Glück zu wünschen?«

»So schwer war es gar nicht. Ich habe Mittel und Wege.«

»Das ist wahr.« Sie nahm noch einen tiefen Zug. »Dann sag mir doch, was die ganze Heimlichtuerei soll, wenn du dich einfach mit mir hättest verabreden oder eine Postkarte schicken können?«

Chase rieb sich die Nase. »Sagen wir einfach, es auf andere Weise zu tun, wäre zu beschwerlich gewesen.«

Sie kicherte. »Und das hier war nicht beschwerlich?«

Er zuckte die Achseln. »Du solltest dich wieder zu deinen Freunden gesellen, bevor sie dich vermissen«, sagte er, »aber sag mir doch: Wie geht es Cara eigentlich? Das habe ich mich schon oft gefragt.«

Ihre Augen verengten sich, und sie drückte ihre Zigarette an der Lehne der Bank aus. Ihre Stimme bekam einen rauhen Unterton. »Das kann ich dir nicht sagen. Sie ist irgendwo in Europa und versteckt sich vor der verdammten französischen Polizei, nach allem, was man mir erzählt. Wahrscheinlich hast du größere Chancen, sie zu sehen, als ich.« Samantha Villiers präsentierte der Welt ständig irgendeine Maske, doch Chase glaubte, einen Augenblick lang echten Kummer aus ihrem Tonfall herauszuhören.

Chase ließ ihre Worte ein paar Sekunden lang in der Luft hängen, dann sagte er: »Du hast recht.«

Sie sah langsam zu ihm auf.

»Cara ist hier in Seattle. Jetzt gerade. Sie ist in Schwierigkeiten und muß mit dir reden. Privat. Abseits von deiner Konzernarmee, sogar ohne ihr Wissen. Sofort.«

Samantha Villiers starrte ihn an. Er hatte den Eindruck, als zittere sie ein wenig.

Sie sah zu Boden, dann wieder zu ihm auf. Er konnte in ihren Augen die Gefühle erkennen, die sie zurückzudrängen versuchte.

»Was sie auch will«, sagte Samantha. »Ich möchte sie sehen. Ich will meine Tochter sehen.«

26

»Und?« fragte Chase.

Er stand in einem Büro im Raynox Building neben dem Schreibtisch, auf dem Dancing Fire auf indianische Art saß. Dancing beobachtete immer noch die Arcologie und die Party, die Chase gerade verlassen hatte. Sie neigte sich langsam dem Ende zu.

Dancing zuckte die Achseln. »Ich habe das gesehen, was ich erwartet habe. Ihre Aura war sauber, nichts Unnatürliches, vielleicht ein wenig Cyberware, aber nichts Ernstes.«

»Ihre Reaktionen?«

»Wie aus dem Lehrbuch. Aber sie war schwer zu durchschauen. Hatte das Visier unten, bis du es ihr runtergerissen hast.«

»Erzähl.«

»Als sie gekommen ist, war sie nervös, auch ein wenig verwirrt. Dann entspannte sie sich, aber es blieben trotzdem eine gewisse Unruhe und ein paar andere Sachen an den Rändern. Als du die Bombe hast platzen lassen, war sie alles mögliche – verängstigt, wütend, verwirrt, besorgt. Verdammt besorgt.«

Chase nickte. »Aber es war alles natürlich und nicht aufgesetzt?«

Dancing wandte sich an Chase, sah ihn direkt an, aber seine Augen waren blicklos. Er sah immer noch astral. Chase schauderte. »Einer der Gründe, warum Janey mich dabeihaben will, ist meine Fähigkeit, eine Aura zu lesen«, sagte Dancing. »Sie war sauber.«

»Also hat sie offenbar keine Ahnung.«

Dancing sah wieder zur Arcologie und zuckte die Achseln. »Scheint so.«

Chase nickte und klopfte dem indianischen Schamanen auf den Rücken. »Danke. Ich bleibe, bis die Party vorbei ist, und laß Janey wissen, wenn irgendwas passiert.«

»Gemacht.«

Als Chase sich zum gehen wandte, hielt ihn die Stimme des Indianers zurück. »Es geht mich ja nichts an, aber du weißt, daß sie 'ne Menge für dich übrig hat, nicht?«

»Wir hatten immer ein freundschaftliches Verhältnis...«

Der Indianer starrte ihn an.

Chase setzte sich wieder in Bewegung. »Du hast recht«, sagte er. »Es geht dich wirklich nichts an.«

Auf dem Weg zu ihrem Unterschlupf passierte Chase den Schutz, für den er gesorgt hatte, ein Teil davon offensichtlich, der Rest so gut verborgen, daß selbst er ihn kaum ausmachen konnte. Wenn jemand kam, um Cara zu erledigen, würde sich dieser Jemand durch eine kleine Armee kämpfen müssen.

Er ging nach oben in das stille Apartment. Zwei Wächter waren dort postiert, ein indianisches Ehepaar, das Dancing empfohlen hatte. Die im Umkreis postierten Wachen hatten sie von Chase' Rückkehr in Kenntnis gesetzt, und sie nickten ihm zu, als er eintrat.

»Irgendwas los?« fragte er.

Die Frau schüttelte den Kopf. Ihr Name war Leanna. »Nein, nichts. Die Frau ist wach. Sie wollte dich sprechen, sobald du zurückkehrst.«

Chase nickte und gestikulierte. »In ihrem Zimmer?«

»Ja.«

Als Chase sich auf den Weg zu Caras Zimmer machte, rief ihm der Mann gedämpft nach: »Janey Zane hat angerufen. Sie sagte, sie hätte mit den Vorbereitungen begonnen, wie du es verlangt hast. Morgen abend läßt sich arrangieren.«

»Gut«, sagte Chase. »Ruf sie an und sag ihr, das ist prima.«

Der Indianer nickte, kehrte in seine Ecke des Dachbodens zurück und zog ein Funktelekom aus der Tasche.

Chase klopfte leise an Caras Tür.

Ihre Stimme klang ruhig und entrückt. »Ja?«

»Ich bin's.«

»Es ist offen«, sagte sie.

Chase betrat das Zimmer, das dunkel war und schwach nach Schweiß roch. Cara Villiers saß auf der anderen Seite in einem kleinen Sessel, der durch den Mondschein beleuchtet wurde, welcher durch das Oberlicht fiel. Sie sah sehr jung aus, sehr müde. Er ging zu ihr und setzte sich auf die Bettkante.

»Ich habe mit deiner Mutter gesprochen.«

Sie drehte sich ein wenig in seine Richtung, und Chase konnte den dünnen Schweißfilm sehen, der sie bedeckte und den Stoff des T-Shirts an ihren Körper klebte. Ihr Haar war zerzaust, verknotet und strähnig. Ihre Lippen waren spröde, und ihr linker Arm zuckte beständig. Ihre Augen waren jedoch klar und durchdringend. Er wäre fast zurückgezuckt, als sie ihn ansah.

»Hat sie sich an mich erinnert?« fragte Cara.

»Natürlich hat sie das, Cara. Sie will dich sehen. Sofort. Zu unseren Bedingungen. Sie stellt keine Fragen.«

Cara starrte ihn fast eine Minute lang an, und Chase fühlte sich immer unbehaglicher. »Tatsächlich«, sagte sie kategorisch und sah weg.

»Morgen abend. Sie trifft sich mit dir morgen abend.«

»Hast du sie nach meinem Vater gefragt?«

»Nein. Ich hatte nicht genug Zeit. Außerdem dachte ich mir, daß ich das lieber dir überlasse.«

Sie holte tief Luft und atmete langsam aus. Sie schloß müde die Augen, dann sah sie ihn wieder an, wobei sie sich mit ihrer zitternden linken Hand ein paar feuchte Haarsträhnen aus der Stirn strich.

»Ja«, sagte sie. »Überlaß das lieber mir.«

27

Der Ort, den sie für das Treffen auswählten, war ein ›geschlossenes‹ Restaurant in Auburn, das Liam Bough kannte. The Caretaker hatte schon vor langer Zeit aufgehört, Speisen zu servieren, aber der Laden bediente immer noch eine exklusive Klientel. Sein Besitzer machte sein Geld mit einer anderen Art von Geschäft, der Art nämlich, die heute abend stattfand.

Chase und Janey hatten die Tische im Restaurant so umgestellt, daß Cara und ihre Mutter sich ungestört, aber in Sichtweite der anderen unterhalten konnten. Drinnen waren Chase, Janey Zane, Dancing und Cara. Das Indianer-Paar hielt sich als Verstärkung im Hintergrund. Bough war auf dem Dach und koordinierte die kleine Armee, die sie von ihrem Unterschlupf hierher begleitet hatte. Chase nahm an, wenn irgend etwas geschah, würde es hier geschehen. Er rechnete fast damit.

In seinem Ohrhörer knisterte es. Es war Bough. »Beobachter Eins an Basis. Ein Jaguar XTC nähert sich, dunkelblau, Kennzeichen FSG 101. Over.«

»Das ist sie«, sagte er und wandte sich an Dancing, der in einer der Nischen saß und den Eindruck erweckte, als schlafe er. »Hokuspokus-Zeit«, sagte Chase zu ihm.

Der Schamane grinste. »Bin gleich wieder da.« Er lehnte sich zurück und entspannte sich.

Chase schaltete sein Mikrofon ein. »Beobachter Eins, hier Basis. Bestätige Fahrzeug. Hast du sonst noch etwas? Over.«

»Basis, ich habe nichts. Es ist tot hier draußen«, erwiderte Bough augenblicklich. »Ich hasse diese verdammten Vorstädte. Geschätzte Ankunftszeit drei Minuten. Over.«

»Roger, Beobachter Eins, halte uns auf dem laufenden.«

Chase warf noch einen letzten Blick auf den Raum, in dem das eigentliche Treffen stattfinden würde, und ging dann zu Cara, die ruhig neben Janey saß. Janey schien nicht in der Lage zu sein, sich so mit Cara zu unterhalten, wie Freid es gekonnt hatte.

Krista Freid. Er verdrängte den Gedanken. Bevor dies alles vorbei war, würde noch jemand für den Mord an Krista büßen.

Cara sah besser aus. Sie trug eine Jeans, ein T-Shirt mit dem neuen Logo der Seahawks* und eine leichte Jacke. Ihr Haar war zurückgekämmt, wodurch ihr Aussehen eher wieder ihrem tatsächlichen Alter entsprach. Doch sie war angespannt und abgelenkt. Dancing hatte ihre Aura zuvor überprüft und festgestellt, daß ihr persönlicher Kampf beinahe vorüber war.

»Deine Mutter wird in ein paar Minuten hier sein«, sagte Chase zu ihr.

Cara starrte ins Leere und schien ihn überhaupt nicht zu hören. Janey tat es jedoch und sah auf. »So ist sie schon, seit wir hier sind.«

Chase hockte sich vor Cara. »Hey«, sagte er, ihre Hand nehmend, die sie ihm jedoch augenblicklich entzog. Es war ihre linke Hand, und das erregte ihre Aufmerksamkeit. Sie sah ihn an und blinzelte ein paarmal. In ihren Augen stand Furcht, aber auch noch etwas anderes. Dasselbe Etwas, das er schon zuvor bemerkt und nicht hatte einordnen können. »Alles in Ordnung?« fragte er.

Sie runzelte ihre Stirn und schaute dorthin, wo sie ihre Mutter treffen würde. »Ich … ich bin …«

»Verängstigt?« sagte Chase. »Darauf würde ich wetten. Deiner Mutter geht es wahrscheinlich nicht anders.

---

* Die Seattle Seahawks sind ein American Football-Team. – *Anm. d. Übers.*

Jedenfalls war sie es gestern abend. Ich glaube, sie vermißt dich sehr.«

Cara sprach sehr leise. »Nein, nicht verängstigt. Verwirrt.« Ihre Blicke flogen jetzt zwischen Chase und dem Tisch hin und her, der für sie und ihre Mutter vorbereitet worden war. »Ich bin nicht sicher – ich weiß nicht, was ich ihr sagen soll ...«

Dancing Fire meldete sich in Chase' Ohr. »Ich bin wieder da. Ich habe ihre Mutter astral überprüft – nichts. Sie ist sauber, genau wie gestern abend. Aber nervös wie nur was. Eigentlich das, was ich erwartet habe.«

Chase drehte sich ein wenig, so daß er den Schamanen sehen konnte, und nickte. Der Indianer starrte ihn und Cara an. Chase richtete seine Aufmerksamkeit wieder auf das Mädchen. »Erzähl ihr, was du mir erzählt hast«, sagte er. »Erzähl ihr alles, was du ihr erzählen mußt, Cara. Deswegen sind wir hier.«

Sie schloß die Augen und nickte. »Ich ... ich weiß.«

Dancings Stimme erklang wieder in Chase' Ohr.

»Sie ist ziemlich aufgedreht, Chummer. Ich wette, ihr Puls liegt weit über dem Tempolimit.« Chase ignorierte ihn.

»Cara«, sagte er. »Es wird schon alles klappen.«

Sie antwortete nicht.

»Beobachter Eins an Basis, der Jaguar parkt gerade ein«, sagte Bough.

Chase entfernte sich von Cara, die sich gleich wieder in Grübeleien zu verlieren schien. Scheiße, fluchte er innerlich, während er zur Tür ging. In der gegenüberliegenden Ecke konnte er gerade noch die Indianerin Leanna erkennen. Sie nickten sich gegenseitig zu.

Am Eingang wartete Chase.

»Sie kommt«, sagte Bough über Funk.

Die Türen öffneten sich, und Samantha Villiers trat ein. Chase stellte überrascht fest, daß sie ganz ähnlich wie Cara gekleidet war. Jeans, eine modische Bluse in der grünen Farbe ihrer Augen und eine leichte Jacke, die zu ihren weißen Stiefeln paßte. Dancing hatte recht, sie war nervös.

Chase trat auf sie zu und nahm ihren Arm. Sie schaute an ihm vorbei in das Restaurant, aber von der Tür konnte sie nicht mehr als die Tische sehen. Cara und die anderen waren außer Sicht.

»Sie ist hier«, sagte Chase. »Glaubst du, jemand könnte dich verfolgt haben?«

Samantha schüttelte den Kopf. »Nein. Ich fahre sehr viel mit meinem Wagen herum. Sie haben es aufgegeben, mir zu folgen.«

Chase lächelte und schüttelte den Kopf. »Unwahrscheinlich. An deinem Wagen ist wahrscheinlich ein Sender angebracht. Jedenfalls war das früher so.«

Jetzt sah sie ihn doch an. »Machst du Witze?«

»Nein. Die Sicherheit hat immer ein Auge auf die ganze Familie gehabt. Ansonsten hätten wir unsere Arbeit vernachlässigt.«

Sie brachte ein Lächeln zustande. »Niemals irgendwelche Geheimnisse, wie?«

»Keine.«

Sie schluckte das und dachte darüber nach, während sie noch einmal das Restaurant musterte. »Bekomme ich sie jetzt zu sehen oder nicht?«

Chase nickte. »Ja, aber ich muß dich vor etwas warnen.«

Sie sah ihn wieder an und versteifte sich. »Und wovor?«

»Cara hat einiges durchgemacht. Sie hat eine Menge Dinge getan, die dir nicht gefallen würden ...«

»Was ist mit ihr?«

»Sie hat ein Chip-Problem.«

Samanthas Blick verhärtete sich. »Ja, etwas in der Art habe ich schon vor einem Jahr oder so gehört.«

»Es könnte Langzeitwirkungen geben. Im Moment ist sie sehr verwirrt. Sie hat dir einiges zu erzählen, aber ich bin nicht sicher, ob sie es auch kann. Wenn nicht, werde ich es tun.«

Samantha legte ihm die Hand auf den Arm. »Danke«, sagte sie. »Danke dafür, daß du sie zu mir gebracht hast.«

»Sie hat mich darum gebeten. Ich tue nur, was man mir sagt.«

Ihr Blick wurde weicher. »Ja, das sieht dir ähnlich.«

»Wenn du kannst«, sagte er, »überrede sie, mit dir zu gehen. Sie braucht Hilfe – eine Therapie, Psychokonditionierung, ich weiß nicht. Wir haben ein wenig Magie eingesetzt ...«

Sie versteifte sich. »Jesus ...«

»Das ist schon in Ordnung«, versicherte er ihr. »Es scheint etwas geholfen zu haben, aber sie kämpft immer noch gegen das an, was ihr die Chips angetan haben.«

»Okay. Ich will sie sehen.«

Chase bedeutete Samantha, dort zu bleiben, wo sie war, während er in den Hauptbereich zurückkehrte. Cara und Janey saßen an der Seite und warteten. Janey schaute in seine Richtung, aber Caras Augen schweiften umher, während sie sich den Arm rieb und überallhin sah, nur nicht in seine Richtung.

Chase nickte Janey zu, dann Samantha, das Signal für sie, endgültig einzutreten. Als sie in Sicht kam, fiel Caras immer noch umherirrender Blick auf ihre Mutter und verweilte dort. Sie schaute weg und sofort wieder hin. Auf ihrer Miene zeichnete sich Verwirrung ab, aber ein Ausdruck ständig wachsender Entschlossenheit verdrängte die Verwirrung langsam.

Samantha stand vollkommen regungslos da und betrachtete ihre Tochter. Sie verbarg ihre Gefühle jetzt nicht mehr, vielleicht deshalb, weil die Angst und die Besorgnis einer Mutter sogar für ihre Selbstbeherrschung zuviel waren. Sie steckte die Hände in die Hosentaschen, und Chase fragte sich, ob sie damit ihr

Zittern verbergen wollte. Doch dann lächelte sie ihrer Tochter zu.

Chase trat zwischen die beiden, so daß er neben dem Schamanen stand. Er bedeutete Samantha, näher zu kommen. Sie tat es, wobei sie ihre Tochter nicht aus den Augen ließ. Cara hatte die Augen geschlossen und holte tief und gleichmäßig Luft. Janey hatte sich zu ihr hinuntergebeugt und redete leise auf sie ein.

Als Cara die Augen öffnete, war Chase überrascht und erfreut, eine gewisse Ruhe darin zu entdecken. Sie ließ Janey einfach stehen und ging auf ihre Mutter zu. Janey warf Chase einen verwirrten Blick zu.

Samantha sah aus, als wolle sie ihre Tochter in die Arme nehmen, fürchte sich jedoch davor. Dann wollte sie etwas sagen, doch Cara schien ihr zuvorzukommen.

Chase konnte sie sehen, aber nicht hören, was sie sagten. Cara drehte ihm den Rücken zu, während Samantha deutlich sichtbar war. Er stellte sich vor, daß sie ihre Tochter soeben gefragt hatte, wie es ihr ging.

Dann redete Cara, die etwas zu erklären schien, und Chase wünschte, er hätte mithören können. Samantha sah abwechselnd besorgt, verwirrt und dann ein wenig zornig aus. Als sich die Verwirrung auf ihrer Miene abzeichnete, warf sie Chase einen raschen Blick zu.

»Dancing«, sagte Chase leise. »Was geht da vor?«

Der Schamane starrte die beiden Frauen an, doch in seinen Augen stand wieder die mittlerweile vertraute Entrücktheit, die Chase mit der Astralsicht in Verbindung brachte. Dancing überprüfte ihre Auren. »Ich ... ich bin nicht sicher.«

Dann war es Samantha, die so aussah, als versuche sie ihrer Tochter etwas zu erklären, vielleicht auch sich vor ihr zu rechtfertigen.

Cara fiel ihr ins Wort. Sie schrie jetzt fast, so daß sie plötzlich jedes Wort verstehen konnten, aber ihr Tonfall war ausdruckslos. »... ist so einfach nicht. Leute wie er haben immer ein ganzes Buch voller Entschuldigun-

gen.« Sie wirkte angespannt, verkrampft, doch Chase erkannte, daß sie ihrer Mutter nicht mehr ins Gesicht sah. Ihre Augen waren auf eine andere, etwas tiefere Stelle fixiert.

»Das ist seltsam«, sagte Dancing. »Sie scheint emotional völlig aus dem Gleis zu sein, aber ihre Aura ist so stabil wie ein verdammter *Fels* ...«

Chase schaute zu Janey herüber, die ihn ebenfalls ansah. Sie schaltete ihr Mikrofon ein. »Das gefällt mir nicht. Es ist, als würde sie etwas *aufsagen*.«

Chase' Kopf schnellte wieder zu Cara und ihrer Mutter zurück. »... Situationen verlangen nach Taten. Beleidigungen werden nicht verziehen«, sagte Cara.

»Cara«, sagte Samantha, deren Stimme sich jetzt ebenfalls hob. »Ich weiß nicht, wovon du redest.«

»Das ist schon in Ordnung.« Cara nickte übertrieben. »Das ist schon in Ordnung.« Ihr linker Arm zitterte jetzt noch heftiger als der Rest ihres Körpers.

»Ich verstehe nicht«, sagte Samantha, indem sie Chase einen fragenden Blick zuwarf, um dann wieder ihre Tochter anzusehen.

»So etwas habe ich noch nie gesehen.« Dancing schüttelte den Kopf. Er sah zu Janey herüber, ebenso wie Chase, der den Kopf gerade noch rechtzeitig drehte, um zu sehen, was vorging.

Caras linker Arm hing jetzt steif an ihr herunter, die Hand am Gelenk zurückgebogen wie in einer merkwürdigen Tanzpose. Sie trat einen halben Schritt zurück. »Das ist schon in Ordnung«, sagte sie. »Das brauchst du auch nicht. *Er wird es verstehen.*«

Chase reagierte instinktiv, da seinem Körper nur genug Zeit für Reflexe blieb. Er spürte die warme Woge durch seinen Körper rauschen, als seine künstlich beschleunigten Reflexe seinen Körper zum Handeln zwangen. Der Ablauf der Zeit verlangsamte sich, die Situation wurde kristallklar, schmerzhaft offensichtlich. Sie waren zu weit entfernt, um sie noch zu erreichen.

Janey war die einzige, die möglicherweise schneller war als er, aber sie konnte nicht das sehen, was er sah.

Millisekunden verstrichen. Den Blick auf Caras Arm gerichtet, hörte Chase das reißende Geräusch, als die lange, dünne, glänzende Klinge aus ihrem Arm und über ihr Hosenbein glitt und dabei das frische Blut abwischte. Blut, das mit ihr aus der Öffnung in Caras Handgelenk schoß.

Sein Arm bewegte sich ebenso wie ihrer. Cara streckte den Arm seitlich aus und setzte zu einem weiten, glänzenden Bogen an, der am Hals ihrer Mutter enden würde.

Chase' Hand schloß sich um die Pistole; er zog sie mit einem Ruck aus dem Halfter und zerriß einige der Riemen, die sie an Ort und Stelle hielten. Augenblicklich aktivierte sich die Waffe und begann mit der Überprüfung ihrer Funktionen. Er hatte keine Zeit, auf das Ende der Überprüfung zu warten.

Caras Arm zischte durch die Luft, während ihre Mutter gerade erst auf die seltsame Bewegung aufmerksam wurde.

Chase verlor die Klinge vor dem Hintergrund von Samanthas weißer Jacke aus den Augen. Seine Waffe war draußen, bereit, und der Zielpunkt ruhte auf einem anderen hellen Fleck, der jedoch rötliche Flecke aufwies.

Er schoß einhändig. In dem armlangen Raum zwischen Cara und ihrer Mutter sah er eine blutige Explosion.

Samantha zuckte zusammen und taumelte zurück, während sie sich an den Hals griff. Cara drehte sich weiter, als ihr Körper vom Schwung ihres Armes herumgerissen wurde. Um den Arm lag ein blutiger Nebel. Die lange, dünne Klinge, die von der Kugel abgerissen worden war, wirbelte durch die Luft und fing das Licht auf ihrem Flug ein.

Cara prallte ein paar Herzschläge vor ihrer Mutter auf dem Boden auf. Chase' Beine setzten sich in Bewegung, und er erreichte sie Augenblicke später, knapp vor Janey, die ebenfalls ihre Waffe gezogen, jedoch nicht geschossen hatte. Cara lag mit dem Gesicht auf dem Boden und zitterte unkontrolliert, während das Blut aus ihrem zerfetzten Handgelenk sprudelte und bereits eine große Lache unter ihr gebildet hatte. »DANCING!« schrie Chase.

Seine Hand lag auf Caras Rücken, als Janey sie bereits herumwälzte, und er richtete seine Aufmerksamkeit auf Samantha. Sie saß dort, wo sie gelandet war, betäubt, verständnislos, Gesicht und Schultern blutüberströmt. Langsam entfernte sie die Hand von ihrem Hals, und Chase sah nur ganz wenig Blut dort. Er war nicht sicher, wessen Blut es war.

Dann war der Schamane neben ihm und legte die Hände um Caras zerschmettertes Handgelenk. Doch seine Hände allein konnten den Blutstrom nicht stoppen. Er begann einen Singsang, und Chase spürte, wie sich um sie die Macht bildete, während Caras Handgelenk zu leuchten begann und das Licht zusammen mit dem Blut durch die Finger des Schamanen zu rinnen schien.

Cara hustete, schrie auf und schlug um sich. Janey hielt sie unten, wobei sie immer wieder ihren Namen flüsterte.

Caras Augen öffneten sich. Chase erschrak. Sie hätte sich eigentlich im Schockzustand befinden oder bewußtlos sein müssen. Ihre Augen waren hart, kalt und dunkel. Sie lächelte, aber es war das falsche Lächeln. Dann lachte sie, und Chase spürte, wie ihm das Blut in den Adern gefror.

Mit einer Stimme, die zwar ihr gehörte, doch viel tiefer und rauher als üblich war, sagte sie etwas, das Chase zuerst nicht verstand. Sie wiederholte es, dann noch einmal, und schließlich verstand Chase die Worte. Sie sprach Deutsch.

»Ich bin die Klappe«, sagte sie. »Ihr seid zwei Fliegen. Zwei *verdammte* Fliegen.«

28

Ich habe die Berichte gelesen, Simon, wie spärlich sie auch sein mögen«, sagte Richard Villiers. »Aber Sie sollten mir alles erzählen, was Sie darin verschwiegen haben.« Villiers sah aus dem Fenster und betrachtete die smogumhüllte Skyline von Chiba, Japan. Jenseits der Gebäude war das schwache Blaugrau der Bucht von Tokio durch die grauen Wolken zu sehen.

Chase fühlte sich unbehaglich. Er hatte die Einladung von Villiers kurz nach Caras Einlieferung bei Nightingale's erhalten, der fortschrittlichen medizinischen Einrichtung, die Fuchi in aller Stille finanzierte. Dancings Magie hatte ihren Zustand stabilisiert, aber sie hatte eine Menge Blut verloren. Er war außerdem gezwungen gewesen, sie mit seiner Magie ruhigzustellen, als sie weiter getobt und um sich geschlagen hatte. Chase hatte Cara anfänglich zu irgendeiner privaten Einrichtung bringen wollen, doch Samantha hatte darauf bestanden, als sie ihre Fassung wiederfand, ihrer Tochter die beste medizinische Versorgung angedeihen zu lassen, die sie kannte.

Cara lag noch auf der Intensivstation. Die Mediziner gaben ihr Bestes, um ihr zu helfen, und hatten sich die Verbindungen von Chase und Fuchi zunutze gemacht, um einen Magier einzufliegen, der sich auf Heilmagie spezialisiert hatte. Die Ärzte und Psychotrauma-Spezialisten waren darauf bedacht, Beschreibungen von Caras Verhalten vor dem ›Showdown‹, wie sie den Vorfall bezeichneten, von ihm zu bekommen. Als Chase ihnen alles von ihrem Chip-Problem erzählte, was er darüber wußte, hatten sie oft und wissend genickt.

Noch mit Caras Blut bespritzt, saß er in einem der privaten Warteräume. Er hatte sich immer noch geweigert, die Fragen zweier Sicherheitsleute von Fuchi zu beantworten, als er die Einladung von Villiers erhalten hatte.

Seine Exfrau hatte offenbar direkt Kontakt mit ihm aufgenommen.

Der Vertreter der Klinik führte Chase in ein kleines Zimmer auf der Verwaltungsetage. In der Mitte des Zimmers stand ein Tisch und darauf ein kommerzielles Cyberdeck, ein Fuchi Cyber-IVx.

Natürlich, dachte Chase, Richard Villiers hält sich in Japan auf. Die einzige Möglichkeit, wie wir uns treffen können, besteht darin, es auf elektronischem Weg zu tun. Als er sich einstöpselte, fragte er sich kurz, wie die Bilder im Vergleich zu den hochentwickelten ausfallen würden, die er in Denver bei seinem Treffen mit Shiva gesehen hatte. Kaum war er in Villiers' ›Büro‹ eingetroffen, wurde ihm auch schon klar, wie dumm dieser Gedanke gewesen war. Schließlich hatte Fuchi die Technologie entwickelt.

Chase rutschte wieder auf seinem Sessel herum, aber nicht, weil dieser ungemütlich war. Der Sessel war perfekt.

»Sicher weiß ich kaum etwas«, sagte er. »Höchstens die Tatsache, daß ich ein verdammtes Arschloch bin.« Villiers wandte den Kopf ein wenig in seine Richtung. »Es tut mir wirklich leid.«

»Das sagen Sie andauernd.«

Chase sah weg und fuhr sich mit den Fingern durch das kurze Haar. Dann vertiefte er sich in die Geschichte. »Cara ist in Manhattan zu mir gekommen und hat mir erzählt, jemand wolle ein Attentat auf Sie unternehmen.«

Villiers runzelte die Stirn. »Auf mich? Ein Attentat?«

»Nächsten Monat in Frankfurt.«

Villiers holte tief Luft und sah weg. »Ich verstehe ...«

»Sie wüßte das, weil ein paar von ihren Freunden für das Attentat angeworben worden seien. Mitglieder einer deutschen politischen Gruppierung namens Alte Welt. Kommt Ihnen der Name bekannt vor?«

Villiers schüttelte den Kopf. »Nein, nie gehört.«

»Nun, die Alte Welt ist von Fuchi finanziert worden«, sagte Chase. »Klingelt da immer noch nichts?«

»Nein, aber wenn irgend etwas auch nur im entferntesten vertraut klingt, lasse ich es Sie wissen. Erzählen Sie weiter.«

»Ihre Kontaktperson zu Fuchi war eine Frau namens Katrina Demarque, die Verbindung mit ...«

Villiers hob die Hand. »Das ist ein Name, der etwas bedeutet. Aber nicht unbedingt mir.« In Erwiderung auf Chase' fragenden Blick sagte er: »Miles Lanier hat zugehört. Ich hole ihn dazu, so daß er Ihnen auch ein paar Fragen stellen kann.«

Am anderen Ende des Büros öffnete sich eine Tür, und ein großer, wohlproportionierter Mann trat ein. Er trug einen maßgeschneiderten Anzug im spanischen Schnitt und bewegte sich mit der anmutigen Eleganz eines Konzernaristokraten. Chase lachte innerlich. Lanier hatte seiner elektronischen Repräsentation dieselbe aristokratische Haltung verliehen, die ihm im wirklichen Leben zu eigen war.

Lanier schüttelte Chase zur Begrüßung die Hand. »Wie geht es Ihnen, Simon?« fragte er. »Es ist eine ganze Weile her.«

Chase nickte. »Ziemlich lange.« Lanier war Leiter einer der Unterabteilungen von Fuchis innerer Sicherheit gewesen, als Chase für die Villiers gearbeitet hatte. Er und Chase hatten oft zusammengearbeitet, um die Sicherheit bei Familienausflügen oder Geschäftsbesprechungen zu koordinieren. Chase hatte den Mann nie richtig gemocht. Jetzt war er der Leiter von Fuchis Nachrichtendienst.

Villiers bedeutete Lanier, in dem Plüschsessel neben Chase Platz zu nehmen. »Sie haben alles gehört, was bisher gesagt worden ist. Haben Sie etwas dazu anzumerken?«

»Tja«, sagte Lanier, der die Hände faltete und dabei zwei Finger zusammenlegte, mit denen er sanft gegen sein Kinn tippte. Es war ein Manierismus, den Chase verachtete. »Der Name Katrina Demarque ist bekannt. Er ist eine alternative Identität, die von einer unserer Konzernfrauen benutzt wird. Ich will mich nicht in Einzelheiten ergehen, weil dazu im Moment keine Notwendigkeit besteht.« Bei den letzten Worten huschten seine Augen zu Chase.

Villiers nickte. »Hat sie in erster Linie für bestimmte Abteilungen gearbeitet?«

Wiederum nickte Lanier. »Sie arbeitet oft mit Kontrollbeamten zusammen, die mehr dem japanischen Konzernblickwinkel zugeneigt sind.«

»Und Sie, Miles?« fragte Chase.

»Miles steht auf meiner Seite, Simon«, sagte Villiers. »Deuten Sie nichts anderes an.«

Chase zuckte die Achseln und wich Laniers funkelndem Blick aus. »Caras Freunde haben ihr unter anderem auch erzählt, sie erhielten Insider-Informationen über Ihre Reise von jemandem ganz in Ihrer Nähe.«

Villiers schnitt eine verächtliche Grimasse. »Das könnte praktisch jeder sein. Meine Reisepläne sind innerhalb des Konzerns kein so großes Geheimnis.«

»Unglücklicherweise«, sagte Lanier.

Villiers wandte sich an Chase. »Was geschah dann?«

Chase seufzte und schaute vom einen Mann zum anderen. »Ich nehme an, Sie zeichnen das auf?« Lanier nickte.

»Gut«, sagte Chase, »weil ich keine Lust habe, alles zweimal zu erzählen.«

Villiers stand am Fenster und starrte auf die grauen Wolken, als Chase bei Caras Zusammentreffen mit ihrer Mutter und der anschließenden Konfrontation angelangt war. Es war schwierig, über diesen Teil zu reden, aber er tat es, und er würde lernen müssen, damit zu leben. Die Ärzte sagten, sie seien nicht sicher, ob sie ihre Hand retten könnten.

»Nun, Miles?« fragte Villiers, ohne sich umzudrehen.

»Tut mir leid, Richard, an diesem Punkt kann ich nicht viel sagen«, begann Lanier. »Ich habe fast alles, was ich erübrigen kann, auf die Verifikation angesetzt. Es läßt sich nicht verhindern, daß die Japaner es herausfinden, insbesondere dann nicht, wenn die Nakatomis durch die Geschichte mit hineingezogen werden.«

»Machen Sie sich deswegen keine Gedanken«, sagte Villiers. »Mit denen werde ich schon fertig. Ich gehe davon aus, daß sie sich hüten werden, mich wirklich wütend zu machen.«

Villiers sah über die Schulter zu Chase. Ein leichter Helikopter flog draußen vorbei. Seine Warnlichter erhellten den Smog für einen Augenblick. »Was ist mit Ihnen, Simon? Was, glauben Sie, ist mit Cara geschehen?«

»Wissen Sie, was eine ›schlafende Rakete‹ ist?« fragte Chase. Lanier nickte, doch Villiers' Miene war verständnislos. »Das ist eine besondere Art zielansteuernde Rakete. Sehr teuer, bedarf einer sehr speziellen Programmierung. Im wesentlichen hängt sie in einem Gebiet herum, in der ein Kampf erwartet wird, und wartet dort auf ihr Ziel. Sobald sie ihr Ziel ausmacht – gewöhnlich dadurch, daß es sein Radar benutzt –, steuert sie es an und trifft.«

Chase konnte erkennen, wie bei Villiers langsam der Groschen fiel, aber Lanier, der in einer Welt lebte, in der schmutzige Tricks an der Tagesordnung waren, war ihm einen Schritt voraus. »Sie glauben, derjenige, der dafür verantwortlich ist, hat aus Cara eine Art Rakete gemacht und dann dafür gesorgt, daß Sie mit ihr zusammenkamen, da er wußte, Sie würden sie zu ihrer Mutter bringen?«

Chase nickte. »Genau. Abgesehen davon, daß es letzten Endes keinen Sinn ergibt.«

»Augenblick mal«, sagte Villiers plötzlich. »Wollen Sie damit etwa sagen, daß jemand an Cara eine Gehirnwäsche vorgenommen hat, damit sie versucht, ihre Mutter umzubringen?«

»Ja, das will ich«, sagte Chase. »Genau das will ich damit sagen.«

Villiers warf einen Blick auf Lanier. »Es wäre möglich, Richard«, sagte Lanier als Antwort auf seine unausgesprochene Frage. »Außerdem«, fuhr Lanier fort, »deutet der Vorbericht der Klinik darauf hin, daß sie alle für PAS, also für das Programm-Ausgeführt-Syndrom, typischen Reaktion zeigt. Sie hat getan, worauf sie konditioniert war, und jetzt bricht ihr Verstand ein.«

Kopfschüttelnd wandte sich Villiers wieder zum Fenster.

»Während Simon erzählt hat, sind weitere Berichte eingetroffen, Richard«, sagte Lanier. »Ich denke, du willst sie hören.«

Villiers drehte sich nicht um, bedeutete ihm aber fortzufahren.

Lanier warf einen Seitenblick auf Chase. »Unglücklicherweise scheinen sie einige Aspekte seiner Geschichte zu bestätigen.«

»Unglücklicherweise?« warf Chase ein.

Lanier lächelte dünn. »Es wäre alles viel leichter gewesen, wenn Sie gelogen hätten und das alles Ihr Plan gewesen wäre.«

»Jesus, vielen Dank auch, Miles.«

»Hören Sie auf, ihn zu reizen, Miles«, sagte Villiers. »Erzählen Sie einfach nur.«

»Also, zunächst einmal hat die Klinik einen Bericht über die Verstärkungen Ihrer Tochter zusammengestellt.«

»Über ihre Cyberware«, warf Chase ein.

Lanier funkelte ihn an. »Gewisse Teile haben Delta-Qualität und sind somit praktisch einzigartig. Wir werden zwar versuchen, die Konstruktionen zurückzuverfolgen, aber ich mache mir in dieser Hinsicht keine besonders großen Hoffnungen.«

»Delta-Qualität«, sagte Chase. »Das ist erstaunlich. Wie, zum Teufel, ist sie an Delta-Qualität herumgekommen?«

»Genau das ist die Frage«, sagte Lanier. »Ihre Datenbuchse und die dazugehörigen Schaltkreise sind von hoher Qualität, ansonsten aber normal. Mit einer Ausnahme: In den Modulationsschaltkreisen, also dem Teil, der das ankommende elektronische Signal aufnimmt und an das tatsächliche neurale Interface anpaßt, fanden wir einen Polyphasen-Hintergrundträger-Entschlüsselungsschaltkreis.«

»*Scheiße!*« Chase schlug mit der Hand auf die Lehne seines Sessels.

Villiers sah sie beide abwechselnd an. »Was bedeutet?«

»Wie Simon unzweifelhaft schon vermutet hat, enthielt mindestens einer der BTL-Chips von Cara außer den normalen psychoaktiven Funktionen ein Hintergrundträgersignal, das entweder Teil ihrer Konditionierung war oder dazu diente, sie zu verstärken, sobald sie sich nicht mehr unter ihrer direkten Kontrolle befand.«

»Wie bitte?« fragte Villiers wütend. »Er hat ihr immer wieder gesagt: ›Töte deine Mutter‹?«

Lanier nickte. »Wahrscheinlich ein wenig subtiler, doch im Prinzip richtig. Aber einfach nur zu sagen: ›Töte deine Mutter‹, funktioniert so ohne weiteres nicht. Das Opfer muß außerdem dahingehend konditioniert werden zu glauben, daß es triftige Gründe für das geforderte Verhalten gibt. Es ist wichtig, daß das Hirn des Opfers in der Lage ist, den Befehl zu akzeptieren, um ihn dann auch ausführen zu können, ohne...«

»Wer es auch war«, unterbrach Chase, indem er sich an Villiers wandte, »hat wahrscheinlich Caras Entfremdung von Ihnen und ihrer Mutter als Grundlage für die Konditionierung benutzt. Man hat die Gefühle genommen, die vorhanden waren, und sie dann bis zu dem

Punkt verstärkt, an dem sie Grund zu haben glaubte, ihre Mutter zu töten.«

Villiers war erbleicht und schüttelte wieder verwirrt, vielleicht auch verzweifelt, den Kopf. »Aber Sie sagten doch, sie hätte einen völlig normalen Eindruck gemacht? Hätten Sie das nicht bemerken müssen?«

Lanier antwortete für Chase. »Nicht notwendigerweise. Ihre Konditionierung war höchstwahrscheinlich sehr tief verankert und wurde wohl erst dann aktiv, wenn bestimmte Bedingungen erfüllt waren.«

»Wohl dadurch, daß sie ihre Mutter leibhaftig vor sich sah«, sagte Chase.

Lanier nickte zustimmend. »Ihre andere bedeutende Cyberware ist zugleich auch die wichtigste. Es handelt sich um den vollständigen Ersatz eines Unterarmknochens ihres linken Arms, der Elle, falls dies eine Rolle spielt. Das Material ist eine Mischung aus synthetischem Kalzium und härterem Metallplastik. Innerhalb des Knochens befand sich eine Klinge aus demselben Material, so daß sie auf einem Röntgenbild oder ähnlichen Methoden zur Materialdichtebestimmung nicht auftauchte. Die Klinge wurde durch einen Pseudomuskel ausgefahren. In den Arm war kein Ausgang eingebaut, so daß die Klinge beim Ausfahren direkt durch den Arm schnitt. Dabei wurde die Arterie durchtrennt, meiner Ansicht nach ein Versuch, ihren Tod herbeizuführen.

Eine Waffe«, schloß Lanier, »die nur zum einmaligen Gebrauch gedacht war. Sehr tödlich.«

Villiers saß hinter seinem Schreibtisch, eine Hand vor dem Gesicht, und starrte brütend durch den Raum. Er hieb mit der anderen Hand auf den Schreibtisch. »Diese verdammten *Wichser*«, sagte er.

Lanier warf einen Seitenblick auf Chase. »Glücklicherweise war ein Magier zugegen, der sich ein wenig mit Heilung auskannte.«

Villiers nickte.

»Derartige Cyberware«, sagte Chase, »und die Delta-Qualität, die Miles erwähnt hat, muß maßgefertigt werden. Man kann sie nicht einfach aus dem Wiremaster-Katalog bestellen. Sie wurde extra für sie, extra für diesen Job angefertigt.«

Villiers sah ihn an. »Aber warum? Warum, zum Teufel, wollten sie Samantha umbringen?«

»Tatsächlich glaube ich, daß es gegen Sie gerichtet war. Indirekt.«

»Gegen mich?« sagte Villiers. »Warum hat sie dann nicht versucht – warum hat man sie nicht auf mich angesetzt?«

»Weil sie niemals bis zu Ihnen vorgedrungen wäre«, sagte Chase. »Ihre Mutter war viel leichter zugänglich und damit auch wesentlich verwundbarer.«

Lanier nickte. »Ich bin der gleichen Ansicht. Durch sie hat man auf Sie gezielt und Ihre Tochter benutzt, um Ihre Exfrau umzubringen, für die Sie wahrscheinlich immer noch etwas empfinden.«

»Zwei Fliegen mit einer Klappe«, sagte Chase. »Das hat sie immer wieder gesagt. Keine direkte Analogie, aber doch nahe daran.«

»Warum glauben Sie das?« fragte Villiers. Chase konnte jetzt echte Wut in seinen Augen funkeln sehen, nicht das übliche Aufbrausen, zu dem er neigte.

»Bei dem Treffen«, sagte Chase, »schien sie Ihrer Frau – Exfrau – wegen irgend etwas Vorhaltungen zu machen. Ich hatte nicht die Möglichkeit, sie zu fragen, weswegen, aber ich wette, es ging dabei nicht um die Aktivitäten Ihrer Frau, sondern um Ihre.«

»Um meine?« sagte Villiers.

Lanier nickte wieder. »Mrs. Villiers hat der Sicherheit einen ausführlicheren Bericht über das Vorgefallene gegeben, während wir uns unterhalten haben.« Er tippte gegen seinen Schädel. »Die Daten sind mir gerade übermittelt worden. Kurz nach Beginn der Unterhaltung zwischen den beiden hat sich Cara offenbar über Fuchis

Verhalten im Falle Hanburg-Stein und darüber, wie alles geendet hat, ausgelassen. Es war eine ›vorprogrammierte‹ Rede, aber offenbar war sie im Hinblick auf Hanburg-Stein und unsere Verbindung mit den Nachtmachern sehr deutlich.«

Chase schoß kerzengerade aus seinem Sessel in die Höhe. Hatte er Lanier richtig verstanden? »Augenblick, Sie erwähnten gerade die Nachtmacher. In Caras Geschichte wird die Verbindung zwischen Fuchi und Hanburg-Stein durch die Alte Welt geknüpft. Die Nachtmacher existieren nicht mehr.«

»Ich fürchte, Sie sind einer Selbsttäuschung erlegen, Simon«, sagte Lanier. »Gewiß, Ihr persönlicher Feldzug gegen sie hat ihre Anführer vernichtet, was sie für ihre Taten auch verdient hatten. Aber die Gruppe hat sich neu formiert und dabei ihre terroristischen Aktivitäten heruntergefahren. Ich nehme an, sie haben aus ihren Fehlern gelernt, aber jedenfalls gibt es sie noch.«

Chase starrte ihn an. Es gab nichts, was er sagen konnte. Ihm fehlten die Worte.

»In Wirklichkeit gibt es gar keine Alte Welt, Simon«, fuhr Lanier fort. »Das ist nur eines ihrer Aushängeschilder. Die ganze Sache wurde bis ins letzte Detail von den Nachtmachern ausgeführt.«

29

»Das ist absurd«, sagte Chase. »Das können Sie nicht wissen.«

Lanier seufzte. »Ich fürchte, es paßt alles zu gut zusammen. Die Geschichte, die Cara Ihnen erzählt hat, stimmt mehr oder weniger bis auf die Tatsache, daß Fuchi keine Abmachung mit der Alten Welt, sondern mit den Nachtmachern hatte. Die Alte Welt existiert einzig und allein zum Zwecke des Wählerstimmenfangs. Die Wahrheit wurde entstellt, um zu gewährleisten, daß Sie sie zu ihrer Mutter brachten.«

Chase schüttelte den Kopf. »Das kaufe ich Ihnen nicht ab.«

»Ich fürchte, es ist wahr, Simon«, sagte Lanier. »Die Nachtmacher waren unter ihrer früheren Führung für derartige Taktiken bekannt. Wie Sie wissen, widerstrebt es ihnen nicht, Unschuldige zu töten.«

Tief in Chase war irgend etwas, das sich jetzt in ihm erhob und verlangte, Lanier zum Schweigen zu bringen. Es war so leicht, einfach nach ihm zu greifen und... aber nein, das würde hier in der Matrix nicht funktionieren. Lanier hatte Glück.

»Wenn es überhaupt wichtig ist, Simon, was sie Ihrer Frau angetan haben, hat bei meiner Entscheidung, ob ich mit ihnen zusammenarbeiten soll oder nicht, eine große Rolle gespielt«, sagte Villiers.

Chase drehte sich sehr langsam zu ihm um. Er sagte nichts.

»Ich gab erst meine Zustimmung, als eindeutig erwiesen war, daß ihre Führung gewechselt hatte. Es hat lange gedauert, bis ich überzeugt war«, sagte Villiers.

»Es stimmt«, sagte Lanier. »Tatsächlich war Richard erst überzeugt, nachdem wir eine besonders erstaunliche Information ausgegraben hatten.«

»Ach?« sagte Chase. Sie waren Narren. Ihre Information war falsch. Die Nachtmacher waren Asche im Wind.

»Erstaunlich in gewisser Hinsicht, wenngleich nicht nach modernen Maßstäben«, sagte Lanier. »Die Nachtmacher waren eine zellenartig aufgebaute Gruppe. Als Sie sie sich in Berlin vornahmen, haben Sie die gesamte Führungsspitze eliminiert: Lieber, Veitman, Kaufmann und dann Jahre später Steadman. Ich nehme an, er war schwer zu finden.«

»Ich habe Steadman nicht getötet.«

Das schien Lanier zu überraschen. »Nicht? Nun, wir hatten jedenfalls angenommen, Sie seien es gewesen. Egal, jedenfalls hatten Sie den Nachtmachern den Kopf abgeschlagen, und dadurch wurde ein verbitterter interner Machtkampf ausgelöst, der die Gruppe wahrscheinlich vollkommen gespalten hätte, wenn nicht jemand anders eingeschritten wäre.«

Chase rutschte unruhig auf seinem Sessel herum. Ein finsterer Gedanke nahm langsam in seinem Hinterkopf Gestalt an.

»Das ist der außergewöhnliche Teil«, fuhr Lanier fort. »Das Wesen, das einschritt, ist ein Großdrache. Ein Westlicher Drache mit dem Namen ...«

»Alamais«, sagte Chase leise. War es das, was Shiva ihm in jener Nacht in Denver versteckt hatte mitteilen wollen? Zum Teufel mit ihm.

Wiederum war Lanier überrascht. »Das wissen Sie? Aber Sie sagten doch gerade ...«

»Ich weiß es nicht. Ich habe nur einen Zusammenhang hergestellt. Ich erhielt vor kurzem eine Information, die ich zunächst für belanglos hielt, die Information nämlich, daß Steadman von derselben Person getötet wurde, die auch für den Tod einer Frau namens Shavan verantwortlich ist. Offenbar leitete sie die Revenants, meiner Ansicht nach ein weiterer europäischer Policlub. Sie wurde vor ein paar Jahren in Seattle getötet.«

Lanier wirkte plötzlich abgelenkt, und Chase hielt inne. Lanier bedeutete ihm fortzufahren. »Bitte fahren Sie fort. Meine Leute berichten mir gerade einige Dinge ...«

»Sie wurde getötet, weil sie dabei war, einen Handel mit Saeder-Krupp abzuschließen. Lofwyr, der Großdrache, der Saeder-Krupp führt, ist Alamais' Bruder. Alamais ließ Shavan töten, um diesen Handel zu verhindern. Offenbar sind er und sein Bruder uneins über die Einzelheiten der Europäischen Restauration.«

Lanier musterte ihn interessiert. »Das ist uns völlig neu. Wir hatten angenommen, Sie hätten Steadman getötet – oder töten lassen –, um ihren Rachefeldzug zu vollenden. Das wenige, was wir über Shavan wissen, deutet darauf hin, daß sie in Dantes Inferno in Seattle getötet wurde, obwohl diese Tatsache verschleiert wurde, um den Ruf dieses als sicher und neutral geltenden Treffpunkts zu schützen.

Die Revenants wurden ein Jahr später von den Nachtmachern absorbiert, oder vielmehr tauchten ehemalige Mitglieder der Revenants bei Versammlungen der Nachtmacher auf. Bei derartigen Gruppen laufen Übernahmen offenbar anders als bei Konzernen ab.«

Villiers mischte sich wieder ein, nachdem er sich zuvor zurückgelehnt und eine Weile nur zugehört hatte. »Wenn das, was Simon erzählt hat, stimmt, haben die Nachtmacher Steadman getötet. Warum, zum Teufel, sollten sie das tun?«

»Ich habe Steadman in Berlin nie finden können«, sagte Chase. »Er ist untergetaucht. Mittlerweile hatte ich ... hatte ich genug vom Töten und verfolgte ihn nicht.« Er hielt kurz inne. »Aber vielleicht waren die Nachtmacher auch weiterhin noch aktiv, nur im geheimen.«

Lanier nickte. »Das könnte sein. Das würde außerdem bedeuten, daß Alamais' Geschichte eine Lüge war.«

»Eine Halbwahrheit«, sagte Chase. »Steadmans Tod

war wahrscheinlich ein Versuch von Alamais, seine Kontrolle über den Policlub zu konsolidieren.«

»Steadman wurde erschossen«, sagte Lanier. »Der Bericht, den wir von den Deutschen bekommen haben, besagt, daß die Leiche nach dem geglückten Attentat magisch manipuliert wurde. Sie schienen zu glauben, Magie sei dazu benutzt worden, die Leiche als Zombie herumlaufen zu lassen.«

Chase nickte. »Sie haben lange genug den Anschein von Leben erweckt, um den Wechsel in der Befehlshierarchie weniger abrupt erscheinen zu lassen.«

»Das ist widerwärtig«, sagte Villiers.

Lanier zuckte die Achseln. »Erfinderisch.«

»Augenblick mal«, sagte Chase. »War das alles öffentlich bekannt? Ich würde meinen, wenn ein Drache einen Policlub übernimmt, müßte das doch zumindest eine Meldung in den Nachrichten wert sein.«

»Nein, es wurde alles ziemlich geheimgehalten«, sagte Lanier. »Der Name der Nachtmacher war in den Schmutz gezogen worden. Aushängeschilder wie die Alte Welt wurden als Deckmantel für ihre Aktivitäten gegründet. Außerhalb Europas gab es noch Ableger der Nachtmacher, aber die hatten sich mittlerweile in echte Policlubs verwandelt und benutzten auch weiterhin den Namen.

Der Kern der Organisation machte im geheimen weiter und konnte sich nach und nach neu aufbauen. Nach allem, was wir gehört haben, hat sich Alamais Sorgen gemacht, ein öffentliches Bekanntwerden seiner Führerschaft könne zu einiger Unruhe unter den Mitgliedern führen. Statt dessen hat er seine Befehle über ein Aushängeschild erteilt. Einige Mitglieder wissen offenbar immer noch nicht, daß er die Organisation anführt.«

»Über ein Aushängeschild?« fragte Chase.

»Eine Art Stellvertreter, obwohl dieser allem Anschein nach der eigentliche Verantwortliche war«, sagte

Lanier. »Er ist derjenige, mit dem wir immer zu tun hatten.«

Der finstere Gedanke in Chase' Hinterkopf verdichtete sich. »Wie hieß er?« fragte Chase.

»Er hat sich immer nur Alexander genannt«, sagte Lanier.

Der finstere Gedanke verdichtete sich zur Gewißheit, während ihm zugleich das Gefühl für die Realität, das Gefühl der Kontrolle entglitt. Die Struktur des Raumes schien einen Augenblick lang zu wabern.

»Könnte Alexander Adler gewesen sein?« fragte Villiers, indem er sich auf den Deutschen bezog, der Cara verführt hatte.

Lanier zuckte die Achseln. »Möglich. Wahrscheinlicher ist aber, daß ...«

»Haben Sie ein Bild von Alexander?« warf Chase ein. Er starrte auf die Skyline von Chiba und versuchte, gelassen zu klingen, gelassen zu bleiben. Es gelang ihm kaum, und die beiden anderen bemerkten es.

»Ja«, sagte Lanier, »das haben wir. Es wird einen Augenblick dauern, aber ... ja, meine Leute schicken mir gerade das Bild. Es wird dort auf die Wand projiziert.« Er deutete auf eine kahle Stelle an der Wand. Die Stelle lag genau außerhalb von Chase' Blickfeld, aber aus dem Augenwinkel sah er das Bild Gestalt annehmen. Er hatte darum gebeten, es zu sehen, doch jetzt wollte er sich nicht umdrehen, um einen Blick darauf zu werfen.

»Da. Das ist er«, sagte Villiers. »Ich bin dem Bastard nie persönlich begegnet, sondern habe nur sein Bild gesehen.«

Chase drehte sich langsam um, indem er den Sessel anstelle seines Körpers drehte. Dort war er, überlebensgroß. Er stand auf der Straße, redete mit jemandem, grinste breit. Sein Alter machte sich bemerkbar.

Lanier und Villiers starrten Chase an. »Sie kennen ihn?« fragte Lanier.

Chase fixierte das Gesicht. »Ich kenne ihn.« Er drehte

den Sessel, weg von dem Gesicht und zu Richard Villiers.

»Zwei Fliegen mit einer Klappe. Damit waren nicht Cara und ihre Mutter gemeint«, sagte Chase, »sondern Sie und ich.«

»Ich kann Ihnen nicht folgen«, sagte Villiers.

»Indem er Cara benutzte, um Ihre Exfrau zu töten, konnte er sich an Ihnen rächen«, sagte Chase. »Und indem er mich dazu brachte, alles zu tun, damit es geschah, konnte er sich an mir rächen.«

Villiers schüttelte den Kopf. »Sich an Ihnen rächen? Was haben Sie ihm denn getan?«

»Vor zwanzig Jahren habe ich ihn getötet. Ich habe ihn tot im Schwarzen Meer zurückgelassen. Mit ihm habe ich eine ganze Menge zurückgelassen.«

»Guter Gott«, sagte Lanier, irgendwie wissend und verstehend.

»Wer ist er, Simon?« fragte Villiers, der das Bild jetzt anstarrte.

Chase schloß die Augen und lehnte sich zurück. Er wünschte, irgendein dunkles Vergessen würde ihn verschlingen, aber nichts dergleichen geschah. »Sein Name ist Alexi Komroff. Er ist mein Bruder.«

30

Sowohl Villiers als auch Lanier starrten ihn an und warteten darauf, daß er etwas sagte. Chase schwieg eine ganze Weile. Er versuchte sich an das Gesicht seiner Frau zu erinnern, an ihre Stimme, ihr ruhiges Wesen, und sich diese Ruhe zu eigen zu machen.

»Ich halte es für besser, wenn Sie uns mehr erzählen, Simon«, sagte Lanier.

Chase öffnete die Augen und richtete sich auf. Er sah Lanier an. »Ich kann nicht«, sagte er. »Ältere Verpflichtungen.«

Villiers Augen bekamen einen harten Glanz. »Verdammt noch mal, Simon. Wir reden hier über meine Tochter …«

Chase fiel ihm ins Wort. »Es gibt einige Dinge, die ich Ihnen nicht erzählen kann, aber ich nehme an, Sie werden sich das meiste sowieso selbst denken können.« Die letzten Worte waren an Lanier gerichtet. »Was ich Ihnen sagen *kann*, muß genügen.

Mein Bruder und ich haben uns schon als Kinder nicht besonders nah gestanden. Er ist ein Jahr älter als ich. Wir waren zusammen beim Militär – wessen Militär, überlasse ich Ihrer Phantasie – und versuchten uns gegenseitig zu beweisen, wer von uns der zähere Hurensohn war.«

»Sie hatten einen Streit, nehme ich an?« fragte Lanier.

»Ja, das könnte man sagen. Die Umstände gehören zu dem Teil, den ich nicht näher vertiefen will, aber, ja, wir hatten einen Streit. Wie ich schon sagte, ich hielt ihn für tot, und ich glaubte, ich hätte ihn getötet. Aber verstehen Sie mich nicht falsch, der Gedanke hat mich nicht um den Schlaf gebracht. Und mehr wußte ich nicht. Bis gestern. Jemand, der uns beide kennt, sagte mir, er sei noch am Leben. Das ist das erste, was ich in den letzten zwanzig Jahren darüber gehört habe.«

»Das ist alles?« fragte Villiers. »Er soll das für etwas getan haben, das zwanzig Jahre zurückliegt?«

Chase schüttelte den Kopf. »Ich hätte es auch nicht für möglich gehalten, aber wer weiß? Ich habe absolut keine Ahnung, was ihm die Vergangenheit angetan hat.«

Lanier machte einen zerstreuten Eindruck. »Meine Leute haben mir gerade etwas mitgeteilt, das ein oder zwei Überlegungen wert ist.«

»Und was?« fragte Villiers.

»Es betrifft Simon.« Lanier sah Chase an. »Sie teilen mir mit, einige Indizien und, das will ich ausdrücklich betonen, nicht erhärtete Informationen wiesen darauf hin, daß der unter dem Namen ›Alexander‹ bekannte Mann seit etwa zehn Jahren bei den Nachtmachern aktiv sei.«

So lange, dachte Chase. »Tatsächlich?« sagte er laut.

Lanier bedachte ihn mit einem harten Blick. »Der Flugzeugabsturz, Simon.«

Chase erstarrte. Er war dieser Überlegung bewußt ausgewichen. Konnte Alexi das getan haben? Konnte sich sein Bruder derartig verändert haben, daß er sie umgebracht hatte, um *ihm* weh zu tun?

»Ich weiß«, sagte er sehr leise.

Villiers war wieder erbleicht. »Damit steht es fest«, sagte er, indem er sich mit den Handflächen auf der Schreibtischplatte abstützte. »Miles, holen Sie Peter Lindholm und Annie Dexter her. Finden Sie heraus, wo sich Alexander aufhält, und arbeiten Sie einen Angriffsplan aus.«

Villiers sah Chase an. »Nichts Persönliches, Simon, aber Sie hatten die richtige Idee in Berlin. Ich werde nur dafür sorgen, daß diesmal keiner davonkommt.«

Chase nickte. »Ich helfe Ihnen, so gut ich …«

»Wir können es nicht tun«, sagte Lanier, und sowohl

Chase als auch Villiers starrten ihn an. Er zuckte die Achseln. »Es geht einfach nicht.«

»Kommen Sie mir nicht mit diesem Drek, Miles«, sagte Villiers. »Ich will, daß Sie es durchdenken.«

»Das habe ich schon, und es geht nicht. Es gibt zu viele Hindernisse.« Er fixierte Villiers. »Soll ich die Liste durchgehen?«

»Vielleicht sollten Sie das«, sagte Chase.

Lanier nickte. »Also gut. Zuallererst wäre diese Sache mehr als eine simple taktische Operation. Wir haben kein ausreichendes Team in Norddeutschland, wo die Nachtmacher ihr Hauptquartier haben. Sie kennen die Rechtsprobleme, die wir in Deutschland hinsichtlich der Konzernoperationen haben. Einen Angriff wie diesen zu planen und auszuführen, wäre fast unmöglich.«

»Dann sagen wir es ihnen nicht«, sagte Villiers.

Lanier schnitt eine Grimasse. »Ja, wir brauchen es ihnen natürlich nicht zu sagen, aber was dann? Sie werden herausfinden, wer dafür verantwortlich ist, und dann müssen wir in den nächsten zehn Jahren dafür büßen. Und Sie vergessen, Richard, daß dies nicht Ihr Gebiet ist. Die Yamanas führen Fuchi-Europa. Glauben Sie, die würden ihre Einwilligung geben? Sie gehen nächsten Monat nur nach Frankfurt, um Einigkeit zu demonstrieren. In Wirklichkeit will man Sie dort nicht haben.«

»Ich bringe sie dazu, daß sie ihre Einwilligung geben.«

»Im Austausch wofür? Denken Sie an die politischen Folgen, Richard. Für Sie, für Ihren Neffen, für Ihre Exfrau. Was ist damit? Im Augenblick befinden Sie sich in einer verdammt guten Situation, soweit die Japaner betroffen sind. Das können Sie ausnutzen und wahrscheinlich diese ganze Auseinandersetzung beenden. Wenn Sie Cowboy spielen, könnte alles vorbei sein.«

Villiers starrte Lanier an. Chase spürte förmlich, wie

er nachdachte und alles analysierte, was ihm der Leiter seines Nachrichtendienstes sagte, und daß es ihm nicht gefiel. Laniers Argumentation schien jedoch tadellos zu sein.

»Ich kann ihn nicht einfach so davonkommen lassen, Miles.«

Lanier nickte. »Das wird er auch nicht. Wir werden ihn aufspüren und persönlich mit ihm abrechnen. Das mag einige Zeit dauern, aber er wird nicht einfach so davonkommen.«

»Nein«, sagte Chase.

Lanier wandte sich an ihn. »Ich nehme an, wenn Sie ihn sich vornehmen wollen...«

»Halten Sie die Klappe, Miles«, sagte Chase. »Mit normalen Operationen wird man dieses Problems niemals Herr. Siehe meine Aktion damals in Berlin. Sie sind wie eine Kolonie Wanzen. Man zertritt eine, und der Rest flieht und versteckt sich irgendwo. Die einzige Möglichkeit besteht darin, das ganze Nest mit einem Schlag auszuheben.«

Lanier schüttelte den Kopf. »Das ist auch keine Lösung. Als Sie beim letztenmal gegen sie vorgegangen sind, haben sie sich einfach aufgesplittert. Sie werden es wieder tun.«

Chase nickte. »Wahrscheinlich. Aber was ist beim letztenmal geschehen? Gewiß, sie haben sich aufgesplittert, aber die meisten Ableger haben eine einigermaßen gutartige Entwicklung durchgemacht. Die Nachtmacher sind hier in Nordamerika ein zugelassener, legaler Policlub. Sie sind radikale Bastarde, aber sie sind auch legale Bastarde. Es hat lange gedauert, bis ich das in meinen Schädel bekommen habe.

Das Problem ist der Kopf, der Kern *der* Nachtmacher, der hinter allem steht. Nach allem, was Sie mir erzählt haben, können wir ihm beikommen. Außerdem, wenn wir sie hart und blutig treffen, kommt die richtige Botschaft rüber. Wahrscheinlich erwischen wir nicht alle, aber diejenigen, die davonkommen, werden wissen, daß es haarscharf war, und daß wir nicht spaßen.«

Lanier hatte bei allem, was Chase sagte, zustimmend genickt. »Sie haben recht«, warf er ein. »Aber wie ich schon sagte, wir können nichts tun, was alle Beteiligten auf lange Sicht nicht teuer zu stehen kommt.«

»Dann lassen wir es jemand anders tun«, sagte Chase.

»Wir?« fragte Lanier.

Villiers richtete sich auf. »Wen denn? Die Deutschen? Die können nicht viel von den Nachtmachern halten.«

Lanier schnitt eine Grimasse. »Und ich halte nicht viel von den Deutschen. Verglichen mit uns, sind sie Amateure. Ganz zu schweigen von der nationalen Bürokratie, mit der sie sich herumschlagen müssen. Richard, Sie können einen Befehl geben, und er wird ausgeführt. Die Zeit, die es erforderte, sie davon zu überzeugen, daß ein schneller Schlag die einzige Möglichkeit ist ...« Lanier seufzte. »Ich hasse es, darüber nachzudenken.«

»Und überhaupt, wer will schon sagen, wo der Einfluß der Nachtmacher endet«, sagte Chase. »Ein Wort über das Vorhaben an die falsche Person, und sie sind verschwunden.«

Villiers hob eine Augenbraue. »Das stimmt, aber ich dachte, das sei Ihr Plan.«

Chase schüttelte den Kopf. »Wir müssen jemanden dazu bringen, es zu tun, aber nicht die Deutschen.«

Lanier wirkte verblüfft. »Nicht die Deutschen? Einen anderen Konzern? Söldner?«

»Söldner«, sagte Villiers. »Das wäre möglich ...«

Chase schüttelte den Kopf. »Es würde zu lange dauern, ein Team zusammenzustellen. Wie brauchen jemanden, der sofort losschlagen kann.«

Lanier war frustriert. »Ich nehme an, Ihnen schwebt jemand Bestimmtes vor. Würde es Ihnen etwas ausmachen, uns einzuweihen?«

Chase schüttelte den Kopf und hob die Hände. »Ich will erst sehen, ob ein paar Brücken hinter mir abgebrochen sind oder nicht. Miles, lassen Sie Ihre Leute ein Angriffsprofil erstellen, als würde der Schlag von Ihren Streitkräften ausgeführt. Finden Sie heraus, wo sie sich aufhalten, wie sie geschützt sind, alles. Benutzen Sie nur Ihre eigenen Quellen, und wenden Sie sich nicht an den Nexus in Denver. Ich würde ihm bei dieser Sache nicht vertrauen.«

Lanier sah verärgert aus und wandte sich an Villiers. »Ich sehe nicht, wie wir …«

Villiers hob die Hand. »Arbeiten Sie das Profil aus, Miles, und beeilen Sie sich. Geben wir Church eine Chance.« Er starrte Chase an. »Seine Gründe, diese Geschichte zu regeln, sind ebensogut wie meine.«

Chase nickte. »Und ich kann mir denken, daß es zumindest eine andere Gruppe gibt, die hinter Captain Alexi Komroff ebenso verzweifelt her ist wie wir.«

31

Chase wußte nicht, wie schwierig es werden würde, die Verbindungen zu knüpfen, die er brauchte. Wenn er Shiva und dem Nexus hätte trauen können, wäre es fast einfach gewesen, aber diese Möglichkeit schied aus. Er konnte auf einige persönliche Kontakte im Mittleren Osten zurückgreifen, die möglicherweise in der Lage waren, ihm die Richtung zu weisen, aber es würde nicht leicht sein.

Zuvor mußte er sich jedoch um etwas anderes kümmern. Etwas ganz und gar Persönliches.

Die Sicherheitsposten an der Tür zur Intensivstation schauten mißtrauisch drein, während er sich näherte, als sich plötzlich ein anderer Mann vor sie stellte.

John Deaver lächelte nicht. Chase war überrascht, den Magier hier zu sehen, aber es war folgerichtig. Chase ließ sich seine Überraschung jedoch nicht anmerken. Sein Körper arbeitete auf einem Niveau, das er schon seit Jahren nicht mehr erreicht hatte.

»John«, sagte Chase. »Ist lange her.«

Deaver nickte. »Du wußtest nie, wie man sie richtig behandelt.«

Chase beugte sich eine Winzigkeit zu ihm vor. »Fang nicht damit an. Denk nicht mal daran.«

Deaver erwiderte das Starren. »Du kannst nicht rein. Du bist hier fertig. Darüber solltest du mal nachdenken.«

Chance sah einen Augenblick lang weg, und bevor sein Kopf zurückschwang, schoß seine rechte Hand vor, die Knöchel nach vorn gestreckt, und traf Deaver auf den Solar Plexus. Der Magier taumelte einen Schritt zurück, während die Luft explosionsartig aus seinen Lungen wich. Chase drehte sich leicht auf den Fußballen, und sein linker Fuß kam hoch und schmetterte seitlich dicht vor dem Ohr gegen Deavers Kinn. Der Magier brach lautlos zusammen.

Die beiden Wachen sahen abwechselnd von Chase zu Deaver. Chase hob die Hände und deutete mit dem Kopf auf Deavers reglose Gestalt. »Er ist ein Arschloch. Ihr dagegen werdet eure Bosse anrufen und herausfinden, ob ich rein darf oder nicht.«

Der eine Posten lächelte beinahe. »Das wird nicht nötig sein. Wir wußten, daß Ihnen der Zutritt gestattet ist. Mrs. Villiers hat das persönlich angeordnet, und ich will bestimmt nicht derjenige sein, der sie jetzt auf die Palme bringt.«

Chase blieb vor der Intensivstation stehen. Vom Flur aus konnte er den Beobachtungsraum und Samantha Villiers sehen. Sie stand und hörte jemandem zu, wahrscheinlich einem Vertreter der medizinischen Einrichtung. Ihre Arme waren über der Brust verschränkt, und sie nickte beim Zuhören. Hinter ihr sah Chase ein einzelnes Krankenbett. Darauf lag die kleine, reglose Gestalt von Cara Villiers.

Er drückte gegen die Tür. Sie gab seinem Druck nach und öffnete sich mit einem Zischen. Der Klinikvertreter drehte sich um und musterte ihn mit ein wenig finsterer Miene. Chase blieb ausdruckslos.

»Lassen Sie uns allein«, sagte er.

Samantha Villiers sah auf, als sie seine Stimme hörte, und nickte dem Klinikvertreter dann zu. Ohne sich noch einmal umzusehen, ging der Mann.

Chase ging zu Samantha und legte ihr eine Hand auf die Schulter. »Was hat er dir gesagt?« fragte er.

Sie holte tief Luft, bevor sie antwortete. »Sie glauben nicht, daß die transplantierte Hand anwächst. Du hast zu großen Schaden angerichtet.«

Er zuckte zusammen. Er hatte nichts anderes tun können. Keine Wahl, nur Reflexe.

Sie drehte sich ganz zu ihm um und legte ihm die

Hand auf den Arm. »Es tut mir leid«, sagte sie. »So habe ich es nicht gemeint.«

Er schüttelte den Kopf. »Nein, du hast recht. Ich hätte es nie so weit kommen lassen dürfen.«

Sie ließ die Hand sinken, sah ihm jedoch direkt ins Gesicht. In ihren Augen standen Tränen, aber auch eine ruhige Stärke, die viel darüber aussagte, wer sie war. »Du hast getan, was du tun mußtest. Wenn nicht du, dann wäre es eben jemand anders gewesen, und Cara und ich wären vielleicht beide tot.«

Chase schüttelte erneut den Kopf. »Nein, ich mußte es schon sein. Das war der Witz daran.«

Sie war verwirrt, aber er wischte ihre stumme Frage mit einer Handbewegung fort. »Später«, sagte er. »Frag Richard.«

Sie nickte. »Das werde ich.«

»Ich wollte nur nachsehen, ob alles in Ordnung ist, bevor ich mich um einige Dinge kümmere.« Er betrachtete Cara durch das Fenster. »Einige Dinge, die geregelt werden müssen.«

Samantha nickte. »Tu das. Und dann komm zurück. Ich will nicht, daß du wieder so verschwindest wie letztes Mal.«

Chase ging einen Schritt in Richtung Tür, hielt den Blick jedoch auf sie gerichtet. »Wir werden sehen.«

Sie nickte und lächelte versonnen, dann drehte sie sich zu Cara um. Chase konnte ihre Miene nicht interpretieren und sich auch nicht den Luxus leisten, darüber nachzudenken. Es wurde Zeit, sich auf den Weg zu machen.

Das Telekom war angeblich sicher. Lanier hatte es ihm versichert, und Richard Villiers hatte es ihm noch einmal bestätigt. Chase hatte zuerst mit Janey geredet, sie eingeweiht und dann die Nummer gewählt, die sie ihm gegeben hatte. Es war eine Privatnummer für den Notfall. Nur akustisch.

FastJack meldete sich nach dem ersten Klingeln.

»Jack, hier spricht Simon Church.«

»Wie geht es dem Mädchen?«

»Den Umständen entsprechend gut.«

»Tut mir leid, wie sich alles entwickelt hat«, sagte Jack.

»Mir auch. Ich brauche deine Hilfe.«

»Tatsächlich?«

»Ich brauche ein paar Informationen. Ich kann mich nicht direkt an den Nexus wenden, weil ich Shiva bei dieser Sache nicht trauen kann.«

»Das macht es, gelinde gesagt, sehr schwierig.«

»Ich möchte, daß du etwas für mich herausfindest, Jack. Direkt. Privat.«

»Was soll ich herausfinden?«

»Ich brauche eine private Telekomnummer einer wichtigen Persönlichkeit. Die Nummer ist geheim und auf normalem Weg nicht in Erfahrung zu bringen.«

»Das sollte nicht allzu schwierig sein. Wo wohnt diese Persönlichkeit?«

»In Moskau, Jack«, sagte Chase. »Sie wohnt in Moskau.«

TEIL 4

DEUTSCHLAND

Großdrache (Draco sapiens) – Großdrachen sind eine bei allen normalen Dracoformen (Östlich, Gefiedert und Westlich) vorkommende Unterart. Typischerweise sind sie um fünfzig Prozent größer als normale Exemplare derselben Dracoform. Insgesamt sind sie in der Regel extrem intelligent und beherrschen mindestens eine, manchmal auch mehrere menschliche Sprachen. Sie sind außerdem mächtige Magier, die oft zum schamanistischen Stil tendieren, obwohl das Wesen ihres Glaubens unbekannt ist.

Wenngleich fremdartig in Kultur und Psychologie, zeigen Drachen, und insbesondere Großdrachen, ein unerklärliches Interesse an menschlicher Kultur und Motivation. Da keiner der zwölf bekannten Großdrachen bisher die Gründe für diese Faszination dargelegt hat, bleiben ihr Wesen und ihre Implikationen ein Rätsel.

Gekürzter Auszug aus *Die Seele der Bestie: Draconische Anthropologische Studien*, New World Press, Manhattan 2051

32

Die Stealth-Transporter glitten am Rande des polnischen Luftraums und vor allem verborgen, was in ihre Richtung blickte, über die Ostsee. Die drei Maschinen glichen sich hinsichtlich der Konstruktion und der Abwesenheit jeglicher Kennzeichen und Markierungen wie ein Ei dem anderen. Sie flogen blind und verließen sich ganz auf die Daten der dreidimensionalen elektronischen Karten, die in den Bordcomputern gespeichert waren, und auf einen Navigationssatelliten im Orbit, der sie mit detaillierten Informationen fütterte. Das einzige, was auf ihre Anwesenheit hindeutete, waren die elektromagnetische Reststrahlung der Computersysteme, die schwache Hitze der Triebwerke und ihre geisterhaften Silhouetten am Nachthimmel.

»Drei Minuten bis zum polnischen Luftraum«, kam eine Stimme über das Interkom der führenden Maschine. Chase, der im umgebauten Laderaum des Flugzeugs saß, veränderte seine Haltung, um die Last seiner Ausrüstung gleichmäßiger zu verteilen. Nicht zum erstenmal kamen ihm Zweifel hinsichtlich seiner Entscheidung, die Luftlandetruppe auf ihrer Mission zu begleiten. Wenn er an seine lange zurückliegende Ausbildung dachte, konnte er nur hoffen, daß man derartiges Wissen tatsächlich niemals vergaß, wie immer behauptet wurde.

Die drei Maschinen würden auf ihrem Weg nach Norddeutschland nicht mehr als ein paar Minuten durch den polnischen Luftraum fliegen. Im Augenblick befanden sie sich innerhalb der Zone, die sowohl von der deutschen als auch von der polnischen Luftüberwachung kontrolliert wurde, doch die bereitete ihnen keinerlei Kopfzerbrechen. Die Planer der Mission hatten sich mehr Sorgen über zufällige Begegnungen mit Patrouillenmaschinen oder Routinetransporten vom deutschen Militärstützpunkt in Bergen gemacht. Ihre Flugroute führte etwa hundert Kilometer von diesem Stützpunkt entfernt über den Nordwestteil Polens.

Chase sah sich nach den anderen Männern in der Maschine um und wunderte sich darüber, wieviel sich verändert hatte. Vor zwanzig Jahren hatte er auch zu einem Team wie diesem gehört, aber das Vertrauen jenes Teams auf die Technologie war minimal gewesen, ein Luxus, den sich ihr Land nicht hatte leisten können, nicht einmal für ihre Elite. Jetzt war die technische Raffinesse und Aufwendigkeit der Kampfanzüge – ganz zu schweigen von den Flugzeugen, mit denen sie unterwegs waren – atemberaubend. Es war weit mehr, als Chase erwartet hatte, aber er hatte die Fähigkeit, überrascht zu sein, vor ein paar Tagen verloren.

Der einzige stehende Mann, der befehlshabende Sergeant des Zuges, gab den drei Gruppenführern gerade letzte Einsatzanweisungen und ging dann mit dem Kampfgewehr in der Hand zur Mitte des Flugzeugs und auf Chase zu. Die anderen Männer saßen längs der Bordwand, alle in schwarzgrau geflecktem Kampfanzug und mit mattschwarzer Ausrüstung. Da sie die Visiere ihrer Kampfhelme noch nicht geschlossen hatten, waren ihre Gesichter zu sehen. Sie wirkten entspannt und jovial und setzten die scherzhaften Hänseleien fort, die schon vor ein paar Stunden in der Luftbasis begonnen hatten. Chase erinnerte sich nur allzugut an diese Tradition und an die Angst, die damit überspielt werden sollte.

Der Befehlshabende setzte sich neben Chase, was diesen zwang, ein Stück auf der körpergerechten Bank zu rücken. Gennadi Demchenko grinste immer noch über die letzten spöttischen Bemerkungen eines Soldaten, während er es sich auf seinem Sitz bequem machte und Chase das Sturmgewehr reichte. Chase, dem nicht verborgen blieb, daß der Sergeant eine zweite Waffe dieser Art über der Schulter trug, sah ihn fragend an.

Demchenko zuckte die Achseln. »Sagen wir einfach, der Leutnant hat beschlossen, daß der Befehl, Sie nur mit einer Pistole auszurüsten, niemals zu ihm durchgedrungen ist. Er rechnet damit, sehr wütend auf jemanden zu sein, sobald wir wieder zurück sind, wahrscheinlich auf mich.«

Chase lächelte und begutachtete die Waffe. »Dieses Gewehr weist eine bemerkenswerte Ähnlichkeit mit dem Prototyp des Sturmgewehrs vom Typ CAR-32 auf, den Ares Macrotechnology vor ein paar Jahren getestet hat«, sagte er.

Der Sergeant zuckte wiederum die Achseln und lächelte dann. »Unsere Waffenkonstruktionen sind oft Kopien, und wir gehen davon aus, daß das AK-51 keine Ausnahme ist.«

Der Interkom knisterte. »Wir sind soeben in den polnischen Luftraum eingedrungen. Erreichen deutschen Luftraum in sechs Minuten. Fünfzehn Minuten bis zum Beginn der Mission.«

Chase sah bei diesen Worten auf, dann umschloß er mit der Hand den Kolben des Sturmgewehrs. Die Waffe erwachte augenblicklich zum Leben, als sie die Anwesenheit der Smartgunverbindung in seiner Handfläche spürte. Das Gewehr war bereit, und seine Statusinformationen erschienen in einem Bruchteil der Zeit auf Chase' Netzhaut, die seine Pistole dafür benötigte.

Demchenko nickte. »Ich war nicht sicher, ob ihre Cyberware mit den Systemen der Waffe zurechtkommt. Sie ist mit Hardware der letzten Generation bestückt.«

Chase ließ den Kolben los und schlang sich den Halteriemen um die Schulter, dann probierte er so lange herum, bis er die beste Trageposition für die Waffe gefunden hatte. Ihm fiel auf, daß die Waffe noch ein paar Sekunden, nachdem er die Hand vom Kolben genommen hatte, aktiv blieb, offenbar für den Fall, daß die Verbindung nur zeitweilig oder unabsichtlich unterbrochen war. Sehr clevere Konstruktion.

»Glauben Sie nicht immer alles, was in den Akten steht«, sagte Chase, indem er die Waffe umdrehte. Auf seinen geistigen Befehl wurde der Munitionsauswurf aktiv, und der Clip schnellte ein paar Zentimeter nach oben. Er nahm ihn heraus und betrachtete die farbigen Streifen auf der Oberseite. Er kicherte. »Tja, ich bin beeindruckt. Hülsenlose, leichte panzerbrechende Geschosse mit Explosivkopf. Was bedeutet der schwarzrote Streifen?«

»Reduziertes Uran.«

Chase hob eine Augenbraue.

»Genau der richtige Kopf, um Fahrzeugpanzerung zu durchschlagen«, sagte der Sergeant. »Für alle Fälle.«

»Machen Sie sich keine Sorgen um Durchschüsse?«

»Die Geschosse zerplatzen sehr gut«, sagte Demchenko. »Außerdem ist dies keine Geiselsituation.«

Die optische Statusanzeige der Waffe wies einen unter dem Lauf montierten Granatwerfer mit einem Magazin von acht Minigranaten auf. Der Munitionszähler stand jedoch auf null. »Keine Granaten?« fragte Chase.

Der Sergeant grinste. »Ich gebe Ihnen ein automatisches Gewehr anstelle Ihrer Pistole, und jetzt wollen Sie Granaten?«

Chase zuckte die Achseln, einen Augenblick durch das laute Gelächter der anderen Mitglieder des Zuges abgelenkt. Der Sergeant wandte kurz den Kopf, dann sah er kopfschüttelnd wieder Chase an. »Zu viele von ihnen verstehen es nicht«, sagte er leise. »Was wir tun, ist vielleicht nicht beispiellos, aber es ist auf jeden Fall politisch explosiv, wenn wir entdeckt werden.«

Aus Sicherheitsgründen desaktivierte Chase das Gewehr. »Wie viele von diesen Missionen ziehen Sie jedes Jahr durch?«

»Ich dürfte es Ihnen eigentlich gar nicht sagen, aber wahrscheinlich sind es auch nicht mehr, als es in Ihrer aktiven Zeit waren.« Der Sergeant sah zu Boden und wischte ein unsichtbares Stäubchen von seinem Stiefel.

»Aber sie sind ganz anders als die, in die Sie verwickelt waren.«

»Wieviel wissen die anderen darüber?«

»Nichts. Nur die Offiziere und ich sind eingeweiht, weil der Leutnant es für eine gute Idee hielt, daß ich auf Sie aufpassen soll.«

»Was halten Sie davon?«

Der Sergeant musterte ihn neugierig. »Davon, daß ich Ihnen den Rücken freihalten soll, oder von dem, was Sie getan haben?«

»Von beidem.«

Demchenko zuckte die Achseln. »In meiner taktischen Ausbildung haben wir uns einmal Ihr Missionsprofil und die Ergebnisberichte angesehen. Das führte zu einer ziemlichen Kontroverse, als die Verwaltung dahinterkam, aber ...« Er lehnte sich zurück. »Es war alles äußerst unglücklich. Alle Beteiligten haben irgendwann eine falsche Entscheidung getroffen. Aber der Verlust eines Raketenkreuzers kann eben nicht geduldet werden, ob man den Vorgang nun ›Diebstahl‹ oder ›Überlaufen‹ nennt.«

»Nein«, sagte Chase, »wahrscheinlich nicht.« Er seufzte. »Ich kann bis heute kaum glauben, daß mir nie der Gedanke gekommen ist, die Befehle in Frage zu stellen. Sie einfach so zu töten ...«

»Er war Ihr kommandierender Offizier und Ihr Bruder. Sie hatten keinen Grund, den Wahrheitsgehalt dessen, was er Ihnen erzählt hat, anzuzweifeln. Warum auch?«

Chase sah ihn an. »Weil ich ein menschliches Wesen bin.«

»Sie waren Soldat. Soldaten bekommen immer unmenschliche Befehle. Das ist der Grund, warum es Soldaten gibt. Wir tun die Dinge, die menschliche Wesen eben nicht tun.«

Chase sah weg und lehnte sich dann ebenfalls zurück. Er betrachtete die mit Ölzeug bedeckten Kisten, möglicherweise Geräte, die in der Nähe der rückwärtigen Laderampe in das Flugzeug eingebaut waren. Niemand wollte ihm sagen, was sich in jenen Kisten befand. Chase legte den Kopf in den Nacken.

»Ich bin kein Soldat mehr«, sagte er.

»Warum sind Sie dann hier?«

Chase schloß die Augen. »Das ist etwas, das ich einfach tun muß«, sagte er. »Ich muß es zu Ende führen. Ich spiele das Spiel, und so lauten die Regeln.«

»Manchmal«, sagte der Sergeant zu ihm, »müssen wir Soldaten sein, selbst wenn wir es nicht wollen. So lauten die Regeln, und bis sich das Spiel ändert, wird es auch so bleiben.«

33

Die Transportmaschine befand sich mitten in einer langgezogenen Kurve, als Chase als vorletzter absprang. Als letzter sprang Sergeant Demchenko, wie es seinem Rang als stellvertretender Zugführer zukam. Der Zugführer, Leutnant Grachev, hatte das Flugzeug als erster verlassen, gefolgt von seinen Männern. Die Wolkendecke war dicht, hing jedoch sehr hoch am Himmel, und Chase verlor sich nur ein paar Augenblicke in der finsteren Suppe, bevor er sie durchstieß und freie Sicht nach unten hatte.

Die hochentwickelten Schaltkreise in seinem Kampfanzug überwachten den gesamten Fall. Sie hatten eine Warnung auf dem Visier seines Kopfsets eingeblendet, als ihn das automatische Sprungsystem die Rampe hinunter und aus dem Heck des Flugzeugs beförderte. Jetzt, im freien Fall, übermittelten sie ihm, wie weit der harte unnachgiebige Boden unter ihm in der Dunkelheit noch entfernt war. Er war nicht sicher, ob es ihm gefiel, diese Information zu bekommen.

Es war dunstig, aber die Sicht reichte aus, um den verschwommenen Schein Magdeburgs Kilometer entfernt im Süden zu erkennen. Eine Botschaft kam knisternd über den Empfänger in seinem Helm.

»Steine unterwegs.« Das war die Stimme des Kompanieführers, Major Abdirov, der den Vierten Zug am Boden darüber in Kenntnis setzte, daß die Luftlandetruppen kamen. Wegen der großen Gefahr, daß die Deutschen ihre Funkmeldungen abhörten, hatten sie beschlossen, alle Unterhaltungen, sowohl über Funk als auch persönlich, in Englisch zu führen. Keiner der Soldaten trug irgend etwas bei sich, das auf ihr Ursprungsland hinwies. Chase dachte plötzlich an die Sturmgewehre. Es *waren* Ares CAR-32. Aus dem eben genannten

Grund würde die Einheit keine Kalaschnikovs bei sich führen. Woher hatten sie die Waffen bekommen?

Er drehte sich im Flug, um noch einen Blick auf die sich rasch entfernenden Stealth-Transporter zu werfen, aber die Wolkendecke verdeckte sie jetzt völlig. Er würde sie sich später genauer ansehen, wenn die V/STOL-Flugzeuge sie nach der Mission wieder einsammeln würden. Er hatte beim Einsteigen nicht viel von den Transportern gesehen, nur das rückwärtige Profil, als sie von den LKWs in die Maschinen gewechselt waren. Es war ihm bekannt vorgekommen, aber Chase hatte diesen Eindruck zunächst auf die grundsätzliche Konstruktion zurückgeführt, die bei allen Maschinen dieser Art im wesentlichen gleich war.

Die Höhenanzeige begann aufzublinken. Alle Zahlen auf den Helmanzeigen waren rot, um seine Nachtsicht nicht zu beeinträchtigen. Das Blinken war eine erste Warnung, daß es fast an der Zeit war, den Fallschirm zu öffnen.

Er drehte sich noch einmal und blickte jetzt direkt auf den Boden. Ohne das Mondlicht war alles, was unter ihm lag, in eine fast undurchdringliche Schwärze gehüllt. Er steigerte die Lichtverstärkung seiner Augen, so hoch er konnte. Die Wirkung war fast gleich Null. Ohne Mondlicht gab es wenig zu verstärken.

Auch seine wärmeempfindlichen Infrarotsysteme waren kaum eine Hilfe. Zwischen der Basis und dem umliegenden Gelände gab es keine Temperaturunterschiede und damit auch keine Unterscheidungsmöglichkeit. Seine mit dem Lichtverstärker gekoppelten Optiksysteme waren jedoch gut genug, um die größeren Bäume zu erkennen. Glücklicherweise hatte tagsüber die Sonne geschienen, und Bäume und Boden strahlten die Sonnenhitze des Tages jetzt in unterschiedlichem Maß ab.

Dann sah er sie deutlich. Kleine Infrarotsignale, nicht

größer als seine Handfläche, aber groß genug, um von oben gesehen zu werden. Der Vierte Zug der Kompanie war am Tag zuvor mit konventionellen Methoden in das Gebiet eingedrungen. Sie hatten die Grenze mit gefälschten Pässen überschritten und das Gelände dann isoliert. Eine kleine Brücke war zerstört worden, und man hatte Barrikaden errichtet, um die Straße zu sperren. Die zweite Zufahrtsstraße sollte mittlerweile durch einen Lastwagen blockiert sein, der auf der glatten Straße ins Rutschen gekommen und umgekippt war. Der Lastwagen würde dort ohne Kennzeichen zurückgelassen werden, so daß sich die örtlichen Behörden einem ziemlich schwergewichtigen Problem gegenübersahen, wenn sie ihn fanden.

Das Isolieren des Gebiets war eine reine Vorsichtsmaßnahme, da in dieser Gegend mit Verkehr zu dieser Nachtzeit kaum zu rechnen war. Dennoch hatten die Planer klugerweise beschlossen, auf Nummer Sicher zu gehen. Es bestand immer die Gefahr, daß die örtlichen Behörden in die Sache verwickelt wurden, sobald das Schießen begann, und alles, was ihr Eintreffen am Schauplatz der Auseinandersetzung verzögern konnte, war sinnvoll.

Chase kannte den tatsächlichen Einsatzplan kaum, da seine Schöpfer beschlossen hatten, ihn nicht in die Einzelheiten einzuweihen. Er wäre fast von dem Unternehmen ausgeschlossen worden, und das trotz der Tatsache, daß er ihnen die Informationen geliefert hatte, die es ermöglichten. Erst im letzten Augenblick war von höherer Stelle der Befehl gekommen, die seine Teilnahme erlaubte. Er war sogar vorübergehend wieder in seinen alten Rang eingesetzt worden, um die Vorschrift zu umgehen, daß Zivilisten an besonderen Militäroperationen nicht teilnehmen durften.

Darüber machte sich Chase ebenfalls seine Gedanken. War es ein Angebot mit dem Ziel, ihn wieder zurückzuholen? Oder war man einfach zu dem Schluß gekommen, daß sich ›Unfälle‹ in einer Kampfsituation leichter arrangieren ließen? Er wußte es nicht.

Er konzentrierte sich jetzt auf die Infrarotsignale. Der Vierte Zug hatte sie auf die kleinen Felder verteilt, die das Ziel umgaben. Ein einzelnes Licht, sichtbar nur für die Infrarotsysteme, markierte den Lande- und Sammelpunkt für den Ersten Zug. Zwei Lichter bildeten das Signal für den Zweiten Zug, und so weiter.

Transport und Absprungsysteme hatten perfekt funktioniert und ihn und den Rest des Zuges praktisch direkt über der Landezone abgesetzt. Auch mit seinen Infrarotsystemen konnte Chase die anderen unter sich kaum erkennen: Eine Komponente ihres Kampfanzugs dämpfte und absorbierte die Körperwärme. Dadurch waren sie für Chase sehr viel schwerer zu erkennen, aber dasselbe galt auch für einen Gegner mit ähnlichen Optiksystemen.

Pilze erblühten zwischen Chase und dem Boden, als sich die Fallschirme öffneten. Er beobachtete die Anzeige auf seinem Visier, und als das rote Signal aufleuchtete, zog er an der Reißleine.

Der abrupte Geschwindigkeitsverlust, als sich der Schirm öffnete, entsprach seiner Erwartung und seiner Erinnerung. Der Schirm entfaltete sich in Sekundenschnelle, und sein Fall wurde auf ein wesentlich gesünderes Tempo abgebremst. Er schaute nach oben, um sich davon zu überzeugen, daß mit seinem Schirm alles in Ordnung war. Nach allem, was er in der Dunkelheit erkennen konnte, sah alles sehr gut aus. Alle Kontrollkabel und -züge waren dort, wo sie auch sein sollten, und er griff nach oben.

Sein Fallschirm war eigentlich ein Paragleiter und als solcher sehr gut lenkbar, um eine kontrolliertere Landung zu ermöglichen. Chase brauchte nur eine ganz leichte Kurskorektur vorzunehmen, um genau auf das rote Licht zuzuschweben.

Im letzten Augenblick wich er noch einmal nach

DOOG 92

rechts aus, als der Boden deutlicher zu erkennen war und er die groben Umrisse eines eingesunkenen Fallschirms direkt unter sich erkannte. Da er nicht auf einem anderen Mitglied des Zuges landen wollte, drehte er sich, verlor dadurch die Balance und schlug bei der Landung unangenehm hart auf. So klobig der Kampfanzug auch war, Chase war dankbar für den Schutz, den seine Panzerung bot, da er kaum Zeit zur Vorbereitung hatte. Er spürte, wie ihm die Luft aus den Lungen gepreßt wurde, und dann das Zerren des Schirms, als er in sich zusammenfiel und ihn ein Stück über den Boden schleifte. Er stemmte sich dagegen, so gut er konnte, und da dem Schirm der Wind fehlte, sank er völlig in sich zusammen.

Chase rappelte sich auf, während bereits Kommandos aus dem Helmfunkgerät in seinen Ohren hallten. Alle drei Züge waren gelandet, und es hatte nur wenige leichte Verletzungen gegeben. Den vier Verletzten wurde die Aufgabe zugeteilt, die Landezonen für das spätere Abholmanöver zu sichern. Der Rest der Züge wurde neu strukturiert, um den Ausfall der vier zu kompensieren. Chase war verblüfft über den hohen Ausbildungsstandard, der es den Soldaten gestattete, sich so rasch an die veränderte Situation anzupassen. So gut sie auch gewesen waren, die Mitglieder seines ehemaligen Zuges wären mit einer improvisierten Rotation im Felde niemals zurechtgekommen.

»Apache Drei, hier spricht Apache Zwo. Sind Sie auf Empfang?« Das war Sergeant Demchenkos Stimme, die über Chase' Funkgerät kam. Chase war Apache Drei, der dritte ›kommandierende‹ Offizier des A-Zuges. Die anderen Züge trugen die Codebezeichnungen ›Bandit‹ und ›Cobra‹, und die Gruppen in jedem Zug hießen ›Alpha‹, ›Bravo‹ und ›Delta‹.

Chase bestätigte den Ruf des Sergeants. »Roger, Apache Zwo, bin auf Empfang.«

»Apache Drei, aktivieren Sie bitte Ihre Taktikeinheit.«

Chase fluchte, griff nach unten, und aktivierte eines der Systeme an seinem Gürtel. Er konnte, wenn er wollte, eine taktische Karte der Gegend aufrufen, auf der auch die Positionen aller Mitglieder der Kompanie verzeichnet waren. Jeder Mann strahlte ein energiearmes zerhacktes und verschlüsseltes taktisches Signal ab, das von den anderen Kompaniemitgliedern empfangen werden konnte. Die Brauchbarkeit wurde durch Umgebung, Hindernisse und Interferenzen eingeschränkt, aber die taktischen Vorteile waren enorm. Dadurch war es den Gruppen-, Zug- und sogar Kompaniekommandeuren möglich, sich über den Verbleib jedes Mitglieds ihrer Einheit auf dem laufenden zu halten.

»Roger, Apache Zwo. Einheit eingeschaltet.«

»Vielen Dank, Apache Drei. Nett von Ihnen, sich uns anzuschließen.«

»Roger, Apache Zwo.«

Der Zugkommandeur schaltete sich ein. Da Chase technisch gesehen Sergeant Demchenko zugeteilt war, lag er auf der Kommandofrequenz, die für Gespräche zwischen Zug- und Gruppenkommandeure reserviert war. »An alle Einheiten: Vorrücken zur ersten Wegmarke«, sagte Grachev.

Während er die taktische Karte aufrief, hörte Chase die Bestätigungen der einzelnen Gruppenführer. In seiner direkten Umgebung nahm er genug Bewegung wahr, so daß er jedem anderen Mitglied des Zuges hätte folgen können, aber er wollte Richtung und Entfernung für sich selbst herausfinden. Als das Bild auf seinem Visier Gestalt annahm, hörte er, wie sich jemand von hinten näherte. Chase wandte den Kopf, als ihm Demchenko eine Hand auf die Schulter legte.

Der Sergeant deutete nach links. »Da lang«, sagte er. Chase konnte den Gesichtsausdruck des anderen Mannes hinter dem Helmvisier nicht erkennen, spürte dafür das breite Grinsen des Mannes um so deutlicher.

»Ich weiß«, erwiderte Chase. »Ich wollte nur das Vordringen der anderen Züge überprüfen.«

Demchenko zog an einem der Befestigungsriemen von Chase' Ausrüstung. »Keine Sorge, sie sind dort, wo sie sein sollen. Tun wir dasselbe, ja?«

Chase lachte, und die beiden Männer schlugen einen flotten Trab zur ersten Wegmarke an.

34

Eine unbekannte Stimme meldete sich über Funk. »Bestätige zwei Posten. Einer vorn, der andere hinten. Beide bewaffnet. Leichte automatische Waffen. Keine Anzeichen für Körperpanzer, keine Anzeichen für Magie.«

Chase schaute nach links. Zu jedem Zug gehörte auch ein hermetischer Magier, und der Magier für Apache hockte nur ein paar Meter entfernt. Als die Funkmeldung hereinkam, nickte der Magier. Chase kannte den Namen des Mannes, Kunayev, doch darüber hinaus war ihm nichts über ihn bekannt außer der Tatsache, daß er den Kopf immer ein wenig seitlich geneigt hielt. Er war genauso gekleidet und bewaffnet wie die anderen Soldaten, um zu verhindern, daß er von feindlichen Scharfschützen gezielt aufs Korn genommen wurde. Er teilte sich die Last der taktischen Unterstützung mit dem Magier vom Cobra-Zug, während dem Bandit-Magier wie dem gesamten Bandit-Zug in erster Linie Aufklärungsaufgaben zugeteilt worden waren.

Chase war überrascht, daß nur drei Magier zur Einheit gehörten, obwohl bekannt war, daß die Nachtmacher über magisch aktive Mitglieder verfügten. Noch wichtiger war die Tatsache, daß der Policlub außerdem die Unterstützung des Großdrachen Alamais besaß. Das allein war an und für sich schon Grund genug, ausgedehnte magische Unterstützung mitzubringen. Als Chase bei der Missionsplanung auf diese Tatsache hinwies, hatte man ihm mitgeteilt, daß magische Unterstützung vorhanden sein würde, ihnen jedoch andere Mittel zur Verfügung standen, sich mit einem Drachen auseinanderzusetzen.

Er justierte die Sichtvergrößerung an seinem Helm, dann betrachtete er das etwa einen Kilometer entfernte

Anwesen. Nach den Maßstäben anderer Chalets in dieser Gegend war es nicht besonders groß, aber dafür imposant. Laut Schätzung des Fuchi-Nachrichtendienstes besaß es etwa dreißig Zimmer, aber dem ND war es nicht gelungen, sich vor Beginn des Unternehmens detaillierte Pläne der einzelnen Stockwerke zu beschaffen. Chase konnte viele beleuchtete Fenster erkennen, insbesondere im ersten Stock, und bemerkte auch die Anwesenheit einer ganzen Reihe von Bodenfahrzeugen auf der Rückseite – der Seite, von der sie sich näherten. Er konnte außerdem einen einzelnen Wachposten erkennen, der Jeans trug und auf und ab ging. Eine Zigarette hing im Mundwinkel und eine Maschinenpistole am Schulterriemen.

Die unbekannte Stimme sprach wiederum in sein Ohr. Chase wußte, daß die Meldungen über alle Kompaniefrequenzen weitergegeben wurden, um Zeit zu sparen und Übermittlungsfehler auszuschließen. »Eingeschränkte magische Sondierung beendet. Keine Anzeichen für paranormale Sicherheitspatrouillen. Das Hauptgebäude ist durch einen magischen Schirm geschützt, der ein Eindringen verhindert.«

Der Apache-Magier hockte neben Zugkommandeur Grachev. Chase konnte sie kaum auseinanderhalten. »Ich bin etwas überrascht«, sagte der Magier. »Ich hätte mit mehr gerechnet.«

Der Leutnant nickte. »Vielleicht glauben sie, daß sie nicht mehr brauchen?«

Der Magier zuckte die Achseln.

Grachev neigte den Kopf, als er seine Befehle über Funk erhielt. Einen Augenblick später hörte ihn Chase über sein eigenes Funkgerät. »Apache Eins. Bereithalten.« Demchenko glitt neben Chase, wobei er sich nicht die Mühe machte, den Strauch zwischen ihnen beiseite zu schieben. Chase nickte ihm zu und erhielt einen knappen Gruß als Antwort.

Grachev meldete sich wieder. »Bandit sichert die

Umgebung, Apache und Cobra führen den Angriff. Apache dringt direkt ein, Cobra gibt Rückendekkung. Ganz nach Plan, meine Herren. Irgendwelche Fragen?«

Wenn es welche gab, konnte Chase sie nicht hören.

»Apache, vorrücken!« sagte Grachev.

Chase und Demchenko würden mit als letzte eindringen, aber noch vor Cobra, dessen Mitglieder die Stellungen sichern würde, die Apache gerade verließ. Je zwei Gruppen von Apache und Cobra waren an der Vorderseite des Chalets postiert und würden auch aus dieser Richtung vordringen. Die verbleibende Gruppe aus jedem Zug, zu der auch Chase und Demchenko gehörten, würde von hinten angreifen. Bandit würde nicht nur das Gelände sichern, sondern auch ihren unmittelbaren Vormarsch decken.

Sie rückten stetig, aber vorsichtig durch das mit Büschen bewachsene Gelände auf den Südwestteil des Gebäudes vor. Ihr Vormarsch ging so lautlos vor sich, daß Chase beinahe sicher war, daß der Apache-Magier seine Magie einsetzte, um diese Lautlosigkeit der Bewegung zu ermöglichen. Der Cobra-Magier war bei den Gruppen auf der Vorderseite des Gebäudes.

Als sie etwa zwanzig Meter vor dem Gebäude den Rand des bewachsenen Geländes erreichten, blieben sie stehen und warteten auf das erste Signal.

Dann sah Chase, wie der Posten auf der Rückseite des Hauses ein kleines Mikrophon oder Funkgerät aus der Tasche zog, offenbar um eine Routinemeldung abzugeben. Kaum hatte er das Gespräch beendet und das Funkgerät wieder im Gürtel verstaut, wurde er von einer schallgedämpften Hochgeschwindigkeitskugel getroffen, und sein Kopf explodierte förmlich. Die Plötzlichkeit des Vorgangs erschreckte Chase, der genau mitbekam, wie die Überreste des Kopfes nach hinten schnappten und die Leiche augenblicklich zusammenbrach.

Die Gruppe setzte sich in Bewegung und rückte in zwei Kolonnen auf die Rückseite des Gebäudes vor.

Dann zersplitterten die Fensterscheiben, und Detonationen erschütterten das Gebäude, als Bandit Schock- und Explosivgrananten durch die Fenster schoß und Blitze das Gelände um das Haus erhellten. Chase ging davon aus, daß der Bandit-Magier zugleich einen mystischen Angriff auf den magischen Schirm unternahm, der das Haus schützte, um jene zu beschäftigen, die diese Schutzvorrichtungen überwachten.

Die beiden Gruppen rannten vorwärts und erreichten das Gebäude. Er hörte Gewehrfeuer von vorne und einen Schrei aus derselben Richtung, als die führenden Männer die Hintertür erreichten. Sie postierten sich neben der Tür, während zwei Männer das Schloß und den Türrahmen nach versteckten Fallen und Sicherungen untersuchten. Sie fanden nichts, abgesehen davon, daß die Tür abgeschlossen war. Eine kleine, für diesen Zweck konzipierte Sprengladung beseitigte das Hindernis.

Die anderen Mitglieder der Gruppe eröffneten das Feuer. Die Infrarot-Zielfernrohre durchdrangen den von der Explosion hervorgerufenen Rauch. Von seiner Position konnte Chase nicht in das Gebäude hineinsehen, aber zwei der Schützen teilten ihnen per Handzeichen mit, daß sie zwei Gegner getroffen hatten, die hinter der Tür im Hinterhalt gelegen hatten. Daraufhin stürmte die Gruppe das Haus.

Sie rannten durch das Foyer und arbeiteten sich rasch weiter vor. Chase hörte weiteres Gewehrfeuer von der Vorderseite. Demchenkos Stimme ertönte über Funk. »Die meisten scheinen vorne zu sein. Wir werden ...«

Der Rest seiner Worte ging im Bersten der umliegenden Wände unter, die von Wellen schimmernder Energie, die sich um sie kräuselten, zerschmettert wurden. Chase wurde von der Explosion nach hinten geschleudert und landete auf der nun in der Mitte gespaltenen

Platte eines Tisches. Ein großes gerahmtes Gemälde fiel von der eingestürzten Wand und zerbrach auf ihm. Magie, dachte Chase, und zwar von einem nie erlebten Ausmaß.

Er rappelte sich auf und sah sich um. Angeführt von Demchenko stürmte der Rest der Gruppe vorwärts. Vor ihnen konnte er die Ruinen des Flurs, geborstene Zimmertüren und mindestens eine Gestalt in schwarzgrauem Kampfanzug erkennen, die in Sicherheit getragen wurde. Außerdem hörte er auch schweres automatisches Gewehrfeuer aus dieser Richtung. Aber Magie schien nicht mehr eingesetzt zu werden. Hatten sie eine magische Falle ausgelöst?

Hinter ihm brach etwas, kaum hörbar unter dem Lärm des Gewehrfeuers, und Chase wirbelte herum, wobei er sich auf ein Knie sinken ließ und sein Gewehr in Anschlag brachte. Zwei Männer standen vor ihm, Panik im Gesicht. Einer trug eine Maschinenpistole, der andere eine doppelläufige Schrotflinte. Der mit der Schrotflinte beging den Fehler, sie leicht zu heben, und Chase feuerte. Die Salve traf ihn voll in der Brust und schleuderte den Mann in den Raum zurück, aus dem das Paar soeben gekommen war. Der andere erstarrte.

Hinter Chase blitzte es erneut mehrfach blau und rot auf, aber er drehte sich nicht um. Der zweite Mann zuckte zusammen und wich einen halben Schritt zurück, wobei er seine Maschinenpistole fallenließ. Chase sprang ihn an und rammte ihn gegen die Wand.

»Wo ist Alexander?«

Die Blicke des Mannes huschten zwischen Chase und der Richtung hin und her, aus der das Gewehrfeuer kam. Seine Augen waren vor Schreck und Panik weit aufgerissen.

»Sag es mir!«

Der Mann sah jetzt wieder Chase an, und in diesem Augenblick hatte es den Anschein, als realisiere er die Wirklichkeit der Geschehnisse. »Oben«, sagte er.

Chase ließ ihn los, drehte sich um und griff nach der Maschinenpistole des Mannes. Sein Ellbogen schoß rückwärts und traf den Mann genau über dem Solar Plexus. Ein scharfes Knacken, und der Mann brach zusammen. Chase warf die Waffe auf einen in der Nähe stehenden Schrank.

Er betrat den Raum, aus dem die beiden Männer gekommen waren, wobei er vorsichtig über die blutige Gestalt schritt, die mitten im Eingang lag. Es schien sich um eine Küche zu handeln, die zum Teil auch als Lagerraum benutzt wurde. Auf der anderen Seite des Zimmers stand eine Tür offen. Als er sich ihr näherte, erkannte er, daß sich dahinter eine schmale Treppe befand.

Er stieß die Tür mit dem Lauf seines Sturmgewehrs auf und musterte die Treppe. Sie war alt, zeigte aber alle Anzeichen einer kürzlich erfolgten Reparatur. Weiteres Gewehrfeuer, gefolgt vom rasch aufeinanderfolgenden Donnern mehrerer Explosionen. Mehr Granaten, dachte Chase.

Im Schutz des Explosionslärms raste er die Treppe hinauf. Oben angelangt, preßte er sich flach an die Wand neben der Tür. Er drückte die Klinke herunter und stellte fest, daß die Tür nicht verschlossen war. Dann versetzte er der Tür einen leichten Stoß, so daß sie langsam aufschwang, während er sich auf ein Knie fallen ließ.

Der hinter der Tür liegende Flur war düster, wurde jedoch sporadisch vom weiter entfernten Aufblitzen mehrerer Schußwaffen erhellt. Außerdem konnte Chase ganz eindeutig automatisches Feuer hören: das unverkennbare Hämmern ihrer Sturmgewehre und das Rattern konventionellerer Waffen. Er betrat den Gang und schaute in beide Richtungen. Frei.

Er bewegte sich rasch in Richtung des Gewehrfeuers, passierte eine aus den Angeln gesprengte Tür. Der Raum, der von den zu Beginn des Angriffs abgeschossenen Granaten zerstört worden war, enthielt drei Leichen, eine davon die einer Frau. Er hielt sich nicht auf.

Er erreichte eine Kreuzung und konnte die Mündungsblitze mehrerer Waffen direkt um die Ecke ausmachen. Dann blitzte es erneut rot auf, kaum von Geräusch begleitet, und das ganze Haus erbebte in seinen Grundfesten. Dort, direkt vor ihm, fand der Hauptkampf statt. Und dort, so vermutete er, würde er auch Alexi finden.

Chase duckte sich und tastete sich in den anderen Gang vor. Am Ende des kurzen Flurs, vielleicht fünf, sechs Meter weiter, standen die Gegner. Magische Energie umhüllte sie und schirmte sie vor dem Gewehrfeuer ab. Sie waren auf einem Balkon in Stellung gegangen, von dem aus sie wohl den Haupteingang überblicken konnten, der von Chase' Position nicht zu sehen war.

Es waren insgesamt vier, drei Schwerbewaffnete und Alexi. Die drei schossen auf die Angreifer unter ihnen, während Alexi offenbar soeben einen Schritt zurückgewichen war, um Luft zu holen. Chase sah zu seiner Verblüffung, wie sich in seiner Umgebung die letzten Energiefunken eines Zaubers auflösten. Alexi sah müde, aber trotzig und entschlossen aus.

Sein Bruder. Am Leben.

Chase erhob sich langsam, seine Waffe auf die vier gerichtet. Alexi stand ein wenig vorgebeugt da und war immer noch bemüht, wieder zu Atem zu kommen. Sein Gesicht war schweißüberströmt, und er wischte sich mit dem bereits völlig durchnäßten Ärmel seiner Jacke die Stirn ab.

Alexi war zwei Jahre älter als Chase, sah jedoch selbst jetzt, müde und erschöpft wie er war, jünger aus. Er wurde von einer Energie getragen, der er früher kaum jemals Ausdruck verliehen hatte, die Chase jedoch immer in seinen Augen hatte brennen sehen. Jetzt tobte sie in ihm und trieb ihn vorwärts.

Die Männer bei seinem Bruder sprangen plötzlich vor

und verließen ihren magischen Schutzschild. Hatten sich die Gruppen zurückfallen lassen? Chase hatte nichts über Funk gehört …

Alexi richtete sich auf und strich sich mit einer Hand das feuchte Haar aus der Stirn. Plötzlich fiel sein Blick direkt auf Chase, und er erstarrte. Chase richtete sein Gewehr mitten auf die Brust seines Bruders, wo bereits eine kurze Salve Wirkung zeigen würde. Alexi starrte ihn an, den unbekannten Gegner in Schwarz und Grau. Wie schnell ist er mit seiner Magie? fragte sich Chase. Schneller als sein eigener kybernetischer Abzug? Schneller als …

Alexi bewegte sich, seine Hand, von blauweißer Energie umgeben, schoß nach vorn und deutete auf Chase. Chase feuerte. Er war schneller.

Die Salve traf Alexi in die Brust und schleuderte ihn rückwärts gegen die Wand. Chase gab einen weiteren Feuerstoß ab. Der Körper seines Bruders wollte zusammensacken, doch die Kugeln hielten ihn aufrecht und nagelten ihn förmlich an die Wand, die von verirrten Kugeln aufgerissen wurde.

Das Magazin war leer, und Alexi Komroff sank nach vorn, um mit dem Gesicht nach unten auf den Boden zu fallen. Seine Beine zuckten noch einmal, dann lag er reglos da.

Chase starrte ihn an, während das Gewehrfeuer von unten heftiger wurde. Alles war so schnell gegangen … Irgendwo eine weitere Explosion und hinter ihm eine Stimme.

»Beinahe enttäuschend, nicht wahr?«

Chase drehte sich langsam um. Er war sich schmerzhaft der Tatsache bewußt, daß der Munitionsclip in seinem Gewehr leer war und er noch nicht nachgeladen hatte. Ein Mann stand da, gekleidet in einen dunklen Anzug von so wunderbarem Schnitt, daß er fast zu perfekt wirkte, um echt zu sein. Sein Haar war beinahe golden und glänzte rötlich. Seine Augen waren ebenfalls golden, fast wie geschmolzenes Erz. Eine Aura der Macht umgab ihn und erfüllte den Gang.

»Er wußte nicht einmal, daß du es warst«, sagte der Mann mit tiefer, volltönender Stimme, die Chase an Ort und Stelle festnagelte. »Wirklich enttäuschend. Ich hatte zumindest auf eine Erkenntnis im letzten Augenblick gehofft, kurz bevor einer den anderen oder ihr euch gegenseitig umbrachtet.«

Chase ließ den linken Arm sinken, der das Sturmgewehr hielt. Er hatte immer noch seine Pistole.

»Aber ich bin unhöflich, nicht wahr?« fuhr der Mann fort. »Du bist natürlich Mikhail Komroff, der Bruder jener Leiche dort um die Ecke.« Er lächelte betörend. »Und ich bin Alamais.«

Chase erschrak. Alamais, der Großdrache. Aber er sah nicht...

»Nein, ich sehe nicht so aus, nicht wahr?« sagte Alamais. »Ein simpler Trick der Gestaltwandlung und Massenverdrängung. Außerdem ist es viel leichter, sich in Häusern zu bewegen, die für Menschen gebaut sind, wenn man wie einer aussieht. Unbefriedigende Gestalt, aber sie hat ihre Vorzüge.«

Chase hörte Bewegung auf der Treppe hinter sich, aber auch Alamais entging sie nicht. »Ah, Gesellschaft«, sagte er stirnrunzelnd. »Ich hatte eigentlich mit dir allein reden wollen.«

Ein weiterer Soldat in Schwarz und Grau trat neben Chase. Es war Demchenko, und die Waffe, die er auf den Großdrachen gerichtet hatte, war nicht sein Sturmgewehr, sondern eine große, klobige Pistole. Chase kannte das Modell nicht.

Alamais gönnte ihm kaum einen Blick. »Da wir jetzt nicht miteinander reden können, lasse ich dich mit einer Information zurück, die mir die Gewißheit gibt, daß wir uns später noch unterhalten. Und diese Information lautet: Dein Bruder hat von nichts gewußt.«

Chase starrte Alamais an und fühlte sich plötzlich

schwerelos. Er nahm nichts anderes mehr wahr als den Drachen und seine Worte.

»Gewiß, er hat dich verachtet, dessen kannst du sicher sein«, sagte der Drache, »aber jenes faszinierende menschliche Gefühl, das Loyalität genannt wird, hat ihn davon abgehalten, dich zu verfolgen und zu jagen. In diesem Fall war es die familiäre Bindung. Also habe ich die erforderlichen Schritte für ihn unternommen.

In all der Zeit hat er nie gewußt, daß ›Simon Church‹ sein Bruder ist. Ich wollte sehen, was er tun würde – und übrigens auch du –, wenn eure Identitäten aufgedeckt würden.« Alamais lächelte. »Ich wollte sehen, wie ähnlich ihr euch seid und ob ihr dieselben Werte habt.« Der Drache in Menschengestalt seufzte. »Ich habe meine Antwort, aber noch mehr Fragen.«

Chase wollte etwas sagen, aber dann hörte er Demchenko Luft holen. »Keine Fragen mehr«, sagte der Sergeant. Seine Waffe schoß, zumindest glaubte Chase das. Er spürte etwas, ein seltsames Prickeln, und bemerkte, daß ein paar Lämpchen an der Waffe blinkten. Chase bemerkte außerdem das dicke Stromkabel, das vom Kolben der Waffe zu Demchenkos Rucksack führte.

Chase drehte sich zu Alamais um, der auf die Stelle sah, wo ihn die Waffe getroffen hatte, oder zumindest auf die Stelle, auf die der Schuß gerichtet gewesen war. Er schien keine Wirkung erzielt zu haben.

»Eine weitere Enttäuschung«, sagte der Drache stirnrunzelnd. »Was soll sie bewirken?«

Die Luft fühlte sich wärmer an. Chase spürte Demchenkos Grinsen. »Zielen.«

Überall war plötzlich Licht.

Es fiel in blendenden Strahlen durch die Decke, heller als die Sonne, traf den Drachen und hüllte ihn in eine Korona aus Energie. Ein Donnern setzte ein, eine Mischung aus dem Schmerzgebrüll des Drachen und dem Tosen ultrahoch erhitzter Luft. Die Druckwelle schleuderte Chase und Demchenko zu Boden, und sie spürten das Gebäude beben.

Licht blitzte auf, und Chase verspürte einen brennenden Schmerz in den Beinen, als sich plötzlich eine riesige Gestalt vor ihm auftürmte. Der Drache nahm seine wahre Gestalt an, und Chase war überall von roten und goldenen Schuppen umgeben. Der Boden brach ein, und Chase fiel.

Er war von Dunkelheit umgeben und wurde dann von einem riesigen, krallenbewehrten Fuß beiseite geschleudert. Der Drache brüllte ohrenbetäubend, während das Licht immer noch überall war. Chase wälzte sich auf den Rücken, so gut er konnte, ignorierte den furchtbaren Schmerz in den Beinen.

Der Drache ragte vor ihm durch das zerschmetterte Dach, die Flügel ausgestreckt, und kämpfte, um sich aus den Trümmern zu befreien. Eine Kugel aus grünweißer Energie umgab ihn. Licht blitzte aus den Wolken, dicke Strahlen aus blendender Energie, die gegen den Schild brandeten, den der Drache errichtet hatte.

Die verborgenen Waffen in den Transportflugzeugen waren Laser, und die Waffe, die Demchenko benutzt hatte, war eine Zielvorrichtung gewesen, erkannte Chase jetzt.

Wiederum blitzte Licht auf, und Chase konnte nicht mehr hinsehen. Er wälzte sich herum und sah Demchenkos schlaffe Gestalt einen halben Meter entfernt im Schutt liegen. Chase kroch zu ihm und erstarrte dann vor Entsetzen. Die Hälfte seines Körpers war weggebrannt worden, die andere Hälfte war völlig geschwärzt.

Wiederum blitzte das Licht auf, und Chase krampfte sich aus Angst vor der sengenden Hitze zusammen. Die Hitze kam nicht.

Alamais' Schild wehrte die Laserstrahlen wiederum ab. Als Reaktion auf die Gegenmaßnahmen des Drachen blitzte es hoch oben in den Wolken mehrfach rot auf. Es war ein Patt. Der Schirm schützte den Drachen, aber die Wolken blockierten die Sicht auf die Flugzeuge, so daß er ihnen mit seiner Magie nichts anhaben konnte. Alamais war jedoch dabei, die Reste des Hauses abzuschütteln, und Chase zweifelte nicht daran, daß ihm die Flugzeuge nicht mehr gewachsen sein würden, wenn er sich befreit hatte und wieder fliegen konnte.

Die Laser schossen wieder, diesmal aus einem anderen Teil der Wolken, und Chase duckte sich wieder. Blendendes Licht waberte um ihn, doch wiederum spürte er keine Hitze.

Er war innerhalb des Schirms. Innerhalb Alamais' Schutzschirm.

Chase' Blick fiel auf Demchenkos Sturmgewehr, das ein paar Meter entfernt zwischen den Trümmern lag. Chase kroch hin und spürte, wie es auf seinen Griff reagierte. Es funktionierte noch. Er prüfte seinen Status und stellte fest, daß der Munitionsclip frisch und das kleine Magazin für die Granaten gefüllt war.

Chase wälzte sich auf den Rücken und richtete die Waffe auf den Drachen, der hoch über ihm aufragte. Die Reste des Dachs wurden von seinen Schwingen beiseite gefegt.

Wiederum flammte Licht auf, und Chase schoß, wobei er die Waffe auf Automatik stellte. Der Kugelhagel traf den Drachen an der entblößten Unterseite, und der Rückstoß zog die Waffe höher, so daß sich die Kugeln mehr und mehr seinem Kopf näherten. Chase stellte kybernetisch die Zündzeit für die Minigranaten so ein, daß sie praktisch sofort nach dem Abfeuern und nicht erst beim Aufprall auf das Ziel explodierten.

Die Kugeln richteten wenig Schaden an, aber der Drache sah wenigstens nach unten. Chase schoß erneut, und eine Minigranate wurde aus dem Werfer unterhalb des Laufs abgefeuert. Sie explodierte dicht vor dem Kopf des Drachen und schleuderte ihn zurück. Chase spürte die Druckwelle, verzog das Gesicht und schoß erneut. Der Drache hatte sich gedreht, und die zweite Granate prallte von einer Schwinge ab, bevor sie detonierte und die Flügelmembrane einriß.

Der Drache heulte auf, und Energie bildete sich um seinen Kopf, konzentrierte sich in seinen Augen. Chase spürte, wie sich diese Augen auf ihn richteten, und schoß erneut. Die Granate explodierte hoch über ihm, und Chase sah, wie der grünweiße Schirm flackerte und verschwand.

Der Drache warf den Kopf zurück und heulte vor Wut.

Energie schoß aus den Wolken herab.

Diesmal spürte Chase die Hitze.

35

Es bedurfte eines achtsamen, wissendes Auges, um den Wechsel in der Farbe der schwarzen Landebahn aus Plastibeton wahrzunehmen, die unter dem Flugzeug vorbeirauschte, das jetzt kurz vor dem Aufsetzen war. Jason Chase achtete nicht darauf.

Er wußte, daß es ihn gab.

Das reichte ihm.

Glossar

Arcologie – Abkürzung für ›**Ar**chitectural Ec**ology**‹. In Seattle ist sie der Turm des Renraku-Konzerns, ein Bauwerk von gigantischen Ausmaßen. Mit ihren Privatwohnungen, Geschäften, Büros, Parks, Promenaden und einem eigenen Vergnügungsviertel gleicht sie im Prinzip einer selbständigen, kompletten Stadt.

Aztechnology-Pyramide – Niederlassung des multinationalen Konzerns Aztechnology, die den Pyramiden der Azteken des alten Mexikos nachempfunden ist. Obwohl sie sich in ihren Ausmaßen nicht mit der Renraku-Arcologie messen kann, bietet die Pyramide mit ihrer grellen Neonbeleuchtung einen atemberaubenden Anblick.

BTL-Chips – Abkürzung für ›**B**etter **T**han **L**ife‹ – besser als die Wirklichkeit. Spezielle Form der SimSinn-Chips, die dem User (Benutzer) einen extrem hohen Grad an Erlebnisdichte und Realität direkt ins Gehirn vermitteln. BTL-Chips sind hochgradig suchterzeugend und haben chemische Drogen weitgehend verdrängt.

Chiphead, Chippie, Chipper – Umgangssprachliche Bezeichnung für einen BTL-Chip-Süchtigen.

chippen – umgangssprachlich für: einen (BTL-)Chip reinschieben, auf BTL-Trip sein usw.

Chummer – Umgangssprachlich für Kumpel, Partner, Alter usw.

Cyberdeck – Tragbares Computerterminal, das wenig größer ist als eine Tastatur, aber in Rechengeschwindigkeit, Datenverarbeitung jeder Ansammlung von Großrechnern des 20. Jahrhunderts überlegen ist. Ein Cyberdeck hat darüber hinaus ein SimSinn-Interface, das dem User das Erlebnis der Matrix in voller sinnlicher Pracht ermöglicht. Das derzeitige Spitzenmodell, das *Fairlight Excalibur*, kostet 990 000 Nuyen, während das Billigmodell *Radio Shack PCD-100* schon für 6200 Nuyen zu haben ist. Die Leistungsunterschiede entsprechen durchaus dem Preisunterschied.

Cyberware – Im Jahr 2050 kann man einen Menschen im Prinzip komplett neu bauen, und da die cybernetischen Ersatzteile die ›Leistung‹ eines Menschen zum Teil beträchtlich erhöhen, machen sehr viele Menschen, insbesondere die Straßensamurai, Gebrauch davon. Andererseits hat die Cyberware ihren Preis, und das nicht nur in Nuyen: Der künstliche Bio-Ersatz zehrt an der Essenz des Menschlichen. Zuviel Cyberware kann zu Verzweiflung, Melancholie, Depression und Tod führen.

Grundsätzlich gibt es zwei verschiedene Arten von Cyberware, die **Headware** und die **Bodyware.**

Beispiele für Headware sind **Chipbuchsen,** die eine unerläßliche Voraussetzung für die Nutzung von **Talentsofts** (und auch BTL-Chips) sind. **Talentsofts** sind Chips, die dem User die Nutzung der auf den Chips enthaltenen Programme ermöglicht, als wären die Fähigkeiten seine eigenen. Ein Beispiel für ein gebräuchliches Talentsoft ist ein Sprachchip, der dem User die Fähigkeit verleiht, eine Fremdsprache so zu benutzen, als sei sie seine Muttersprache.

Eine **Datenbuchse** ist eine universellere Form der Chipbuchse und ermöglicht nicht nur Input, sondern auch Output. Ohne implantierte Datenbuchse ist der Zugang zur Matrix unmöglich.

Zur gebräuchlichsten Headware zählen die **Cyberaugen.** Die äußere Erscheinung der Implantate kann so ausgelegt werden, daß sie rein optisch nicht von biologischen Augen zu unterscheiden sind. Möglich sind aber auch absonderliche Effekte durch Gold- oder Neon-Iris. Cyberaugen können mit allen möglichen Extras wie Kamera, Lichtverstärker und Infrarotsicht ausgestattet werden.

Bodyware ist der Sammelbegriff für alle körperlichen Verbesserungen. Ein Beispiel Für Bodyware ist die **Dermalpanzerung,** Panzerplatten aus Hartplastik und Metallfasern, die chemisch mit der Haut verbunden werden. Die **Smartgunverbindung** ist eine Feedback-Schaltschleife, die nötig ist, um vollen Nutzen aus einer Smartgun zu ziehen. Die zur Zielerfassung gehörenden Informationen werden auf die Netzhaut des Trägers oder in ein Cyberauge eingeblendet.

Im Blickfeldzentrum erscheint ein blitzendes Fadenkreuz, das stabil wird, sobald das System die Hand des Trägers so ausgerichtet hat, daß die Waffe auf diesen Punkt zielt. Ein typisches System dieser Art verwendet ein subdermales **Induktionspolster** in der Handfläche des Trägers, um die Verbindung mit der Smartgun herzustellen.
Jeder Straßensamurai, der etwas auf sich hält, ist mit **Nagelmessern** und/oder **Spornen** ausgerüstet, Klingen, die im Hand- oder Fingerknochen verankert werden und in der Regel einziehbar sind.
Die sogenannten Reflexbooster sind Nervenverstärker und Adrenalin-Stimulatoren, die die Reaktion ihres Trägers beträchtlich beschleunigen.

decken – Das Eindringen in die Matrix vermittels eines Cyberdecks.

Decker – Im Grunde jeder User eines Cyberdecks.

DocWagon – Das DocWagon-Unternehmen ist eine private Lebensrettungsgesellschaft, eine Art Kombination von Krankenversicherung und ärztlichem Notfalldienst, die nach Anruf in kürzester Zeit ein Rettungsteam am Tat- oder Unfallort hat und den Anrufer behandelt. Will man die Dienste des Unternehmens in Anspruch nehmen, benötigt man eine Mitgliedskarte, die es in drei Ausführungen gibt: Normal, Gold und Platin. Je besser die Karte, desto umfangreicher die Leistungen (von ärztlicher Notversorgung bis zu vollständigem Organersatz). Das DocWagon-Unternehmen hat sich den Slogan eines im 20. Jahrhundert relativ bekannten Kreditkartenunternehmens zu eigen gemacht, an dem, wie jeder Shadowrunner weiß, tatsächlich etwas dran ist: Never leave horne without it.

Drek, Drekhead – Gebräuchlicher Fluch; abfällige Bezeichnung, jemand der nur Dreck im Kopf hat.

ECM – Abkürzung für ›**E**lectronic **C**ounter**m**easures‹; elektronische Abwehrsysteme in Flugzeugen, Panzern usw.

einstöpseln – Bezeichnet ähnlich wie **einklinken** den Vorgang, wenn über Datenbuchse ein Interface hergestellt wird, eine direkte Verbindung zwischen menschlichem Gehirn und elektronischem System. Das Einstöpseln ist die notwendige Voraussetzung für das Decken.

Exec – Hochrangiger Konzernmanager mit weitreichenden Kompetenzen.

Fee – Abwertende, beleidigende Bezeichnung für einen Elf. (Die Beleidigung besteht darin, daß amer. mit ›Fee‹ auch Homosexuelle, insbesondere Transvestiten bezeichnet werden).

geeken – Umgangssprachlich für ›töten‹, ›umbringen‹.

Goblinisierung – Gebräuchlicher Ausdruck für die sogenannte Ungeklärte Genetische Expression (UGE). UGE ist eine Bezeichnung für das zu Beginn des 21. Jahrhunderts erstmals aufgetretene Phänomen der Verwandlung ›normaler‹ Menschen in **Metamenschen.**

Hauer – Abwertende Bezeichnung für Trolle und Orks, die auf ihre vergrößerten Eckzähne anspielt.

ICE – Abkürzung für ›Intrusion Countermeasure Equipment‹, im Deckerslang auch Ice (Eis) genannt. Grundsätzlich sind ICE Schutzmaßnahmen gegen unbefugtes Decken. Man unterscheidet drei Klassen von Eis: **Weißes Eis** leistet lediglich passiven Widerstand mit dem Ziel, einem Decker das Eindringen so schwer wie möglich zu machen. **Graues Eis** greift Eindringlinge aktiv an oder spürt ihren Eintrittspunkt in die Matrix auf. **Schwarzes Eis** (auch Killer-Eis genannt) versucht, den eingedrungenen Decker zu töten, indem es ihm das Gehirn ausbrennt.

Jackhead – Umgangssprachliche Bezeichnung für alle Personen mit Buchsenimplantaten. Darunter fallen zum Beispiel Decker und Rigger.

Knoten – Konstruktionselemente der Matrix, die aus Milliarden von Knoten besteht, die untereinander durch Datenleitungen verbunden sind. Sämtliche Vorgänge in der Matrix finden in den Knoten statt. Knoten sind zum Beispiel: I/O-Ports, Datenspeicher, Subprozessoren und **Sklavenknoten,** die irgendeinen physikalischen Vorgang oder ein entsprechendes Gerät kontrollieren.

Lone Star Security Services – Die Polizeieinheit Seattles. Im Jahre 2050 sind sämtliche Datenleistungsunternehmen, auch die sogenannten ›öffentlichen‹ privatisiert. Die Stadt schließt Verträge mit unabhängigen Gesellschaften, die dann die wesentlichen öffentlichen Aufgaben wahrnehmen. Renraku

Computer Systems ist zum Beispiel für die öffentliche Datenbank zuständig.

Matrix – Die Matrix – auch Gitter genannt – ist ein Netz aus Computersystemen, die durch das globale Telekommunikationsnetz miteinander verbunden sind. Sobald ein Computer mit irgendeinem Teil des Gitters verbunden ist, kann man von jedem anderen Teil des Gitters aus dorthin gelangen.

In der Welt des Jahres 2050 ist der direkte physische Zugang zur Matrix möglich, und zwar vermittels eines ›Matrix-Metaphorischen Cybernetischen Interface‹, kurz Cyberdeck genannt. Die sogenannte **Matrix-Metaphorik** ist das optische Erscheinungsbild der Matrix, wie sie sich dem Betrachter (User) von innen darbietet. Diese Matrix-Metaphorik ist erstaunlicherweise für alle Matrixbesucher gleich, ein Phänomen, das mit dem Begriff **Konsensuelle Halluzination** bezeichnet wird.

Die Matrix ist, kurz gesagt, eine informations-elektronische Analogwelt.

Messerklaue – Umgangssprachliche Bezeichnung für einen Straßensamurai.

Metamenschen – Sammelbezeichnung für alle ›Opfer‹ der UGE. Die Gruppe der Metamenschen zerfällt in vier Untergruppen:

a) **Elfen:** Bei einer Durchschnittsgröße von 190 cm und einem durchschnittlichen Gewicht von 68 kg wirken Elfen extrem schlank. Die Hautfarbe ist blaßrosa bis weiß oder ebenholzfarben. Die Augen sind mandelförmig, und die Ohren enden in einer deutlichen Spitze. Elfen sind Nachtwesen, die nicht nur im Dunkeln wesentlich besser sehen können als normale Menschen. Ihre Lebenserwartung ist unbekannt.

b) **Orks:** Orks sind im Mittel 190 cm groß, 73 kg schwer und äußerst robust gebaut. Die Hautfarbe variiert zwischen rosa und schwarz. Die Körperbehaarung ist in der Regel stark entwickelt. Die Ohren weisen deutliche Spitzen auf, die unteren Eckzähne sind stark vergrößert. Das Sehvermögen der Orks ist auch bei schwachem Licht sehr gut. Die durchschnittliche Lebenserwartung liegt zwischen 35 und 40 Jahren.

c) **Trolle:** Typische Trolle sind 280 cm groß und wiegen 120 kg. Die Hautfarbe variiert zwischen rötlichweiß und mahagonibraun. Die Arme sind proportional länger als beim normalen Menschen. Trolle haben einen massigen Körperbau und zeigen gelegentlich eine dermale Knochenbildung, die sich in Stacheln und rauher Oberflächenbeschaffenheit äußert. Die Ohren weisen deutliche Spitzen auf. Der schräg gebaute Schädel hat 34 Zähne mit vergrößerten unteren Eckzähnen. Trollaugen sind für den Infrarotbereich empfindlich und können daher nachts unbeschränkt aktiv sein. Ihre durchschnittliche Lebenserwartung beträgt etwa 50 Jahre.

d) **Zwerge:** Der durchschnittliche Zwerg ist 120 cm groß und wiegt 72 kg. Seine Hautfarbe ist normalerweise rötlich weiß oder hellbraun, seltener dunkelbraun. Zwerge haben unproportional kurze Beine. Der Rumpf ist gedrungen und breitschultrig. Die Behaarung ist ausgeprägt, bei männlichen Zwergen ist auch die Gesichtsbehaarung üppig. Die Augen sind für infrarotes Licht empfindlich. Zwerge zeigen eine erhöhte Resistenz gegenüber Krankheitserregern. Ihre Lebensspanne ist nicht bekannt, aber Vorhersagen belaufen sich auf über 100 Jahre.

Darüber hinaus sind auch Verwandlungen von Menschen oder Metamenschen in Paraspezies wie **Sasquatchs** bekannt.

Metroplex – Ein Großstadtkomplex.

Mr. Johnson – Die übliche Bezeichnung für einen beliebigen anonymen Auftraggeber oder Konzernagenten.

Norm – Umgangssprachliche, insbesondere bei Metamenschen gebräuchliche Bezeichnung für ›normale‹ Menschen.

Nuyen – Weltstandardwährung (New Yen, Neue Yen).

Paraspezies – Paraspezies sind ›erwachte‹ Wesen mit angeborenen magischen Fähigkeiten, und es gibt eine Vielzahl verschiedener Varianten, darunter auch folgende:

a) **Barghest:** Die hundeähnliche Kreatur hat eine Schulterhöhe von knapp einem Meter bei einem Gewicht von etwa 80 kg. Ihr Heulen ruft beim Menschen und vielen anderen Tieren eine Angstreaktion hervor, die das Opfer lähmt.

b) **Sasquatch:** Der Sasquatch erreicht eine Größe von knapp drei Metern und wiegt etwa 110 kg. Er geht aufrecht und kann praktisch alle Laute imitieren. Man vermutet, daß Sasquatche aktive Magier sind. Der Sasquatch wurde 2041 trotz des Fehlens einer materiellen Kultur und der Unfähigkeit der Wissenschaftler, seine Sprache zu entschlüsseln, von den Vereinten Nationen als intelligentes Lebewesen anerkannt.

c) **Schreckhahn:** Er ist eine vogelähnliche Kreatur von vorwiegend gelber Farbe. Kopf und Rumpf des Schreckhahns messen zusammen 2 Meter. Der Schwanz ist 120 cm lang. Der Kopf hat einen hellroten Kamm und einen scharfen Schnabel. Der ausgewachsene Schreckhahn verfügt über die Fähigkeit, Opfer mit einer Schwanzberührung zu lähmen.

d) **Dracoformen:** Im wesentlichen wird zwischen drei Spezies unterschieden, die alle magisch aktiv sind: Gefiederte Schlange, Östlicher Drache und Westlicher Drache. Zusätzlich gibt es noch die Großen Drachen, die einfach extrem große Vertreter ihres Typs (oft bis zu 50 % größer) sind.

Die Gefiederten Schlangen sind von Kopf bis Schwanz in der Regel 20 m lang, haben eine Flügelspannweite von 15 m und wiegen etwa 6 Tonnen. Das Gebiß weist 60 Zähne auf.

Kopf und Rumpf des Östlichen Drachen messen 15 m, wozu weitere 15 m Schwanz kommen. Die Schulterhöhe beträgt 2 m, das Gewicht 7,5 Tonnen. Der Östliche Drache hat keine Flügel. Sein Gebiß weist 40 Zähne auf.

Kopf und Rumpf des Westlichen Drachen sind 20 m lang, wozu 17 m Schwanz kommen. Die Schulterhöhe beträgt 3 m, die Flügelspannweite 30 m und das Gewicht etwa 20 Tonnen. Sein Gebiß weist 40 Zähne auf.

Zu den bekannten Großen Drachen zählt auch der Westliche Drache *Lofwyr*, der mit Gold aus seinem Hort einen maßgeblichen Anteil an Saeder-Krupp Heavy Industries erwarb. Das war aber nur der Auftakt einer ganzen Reihe von Anteilskäufen, so daß seine diversen Aktienpakete inzwischen eine beträchtliche Wirtschaftsmacht verkörpern. Der volle Umfang seines Finanzimperiums ist jedoch unbekannt!

Persona-Icon – Das Persona-Icon ist die Matrix-Metaphorik für das Persona-Programm, ohne das der Zugang zur Matrix nicht möglich ist.

Pinkel – Umgangssprachliche Bezeichnung für einen Normalbürger.

Rigger – Person, die Riggerkontrollen bedienen kann. Riggerkontrollen ermöglichen ein Interface von Mensch und Maschine, wobei es sich bei den Maschinen um Fahr- oder Flugzeuge handelt. Der Rigger steuert das Gefährt nicht mehr manuell, sondern gedanklich durch eine direkte Verbindung seines Gehirns mit dem Bordcomputer.

Sararimann – Japanische Verballhornung des englischen ›Salaryman‹ (Lohnsklave). Ein Konzernangestellter.

SimSinn – Abkürzung für **Sim**ulierte **Sinn**esempfindungen, d. h. über Chipbuchsen direkt ins Gehirn gespielte Sendungen. Elektronische Halluzinogene. Eine Sonderform des SimSinns sind die BTL-Chips. **SIN** – Abkürzung für **S**ystem**i**dentifikations**n**ummer, die jedem Angehörigen der Gesellschaft zugewiesen wird.

So ka – Japanisch für: Ich verstehe, aha, interessant, alles klar.

Soykaf – Kaffeesurrogat aus Sojabohnen.

STOL – Senkrecht startendes und landendes Flugzeug.

Straßensamurai – So bezeichnen sich die Muskelhelden der Straßen selbst gerne.

Trid(eo) – Dreidimensionaler Video-Nachfolger.

Trog, Troggy – Beleidigende Bezeichnung für einen Ork oder Troll.

Verchippt, verdrahtet – Mit Cyberware ausgestattet, durch Cyberware verstärkt, hochgerüstet.

UCAS – Abkürzung für ›**U**nited **C**anadian & **A**merican **S**tates‹; die Reste der ehemaligen USA und Kanada.

Wetwork – Mord auf Bestellung.

Yakuza – Japanische Mafia.